Die Frau in der Literatur

Honoré de Balzac

Memoiren zweier Jungvermählter

Briefroman

Aus dem Französischen
von Ernst Sander
Mit einem Nachwort
von Irma Sander

Ullstein Taschenbuch

Ullstein Buch Nr. 30154
im Verlag Ullstein GmbH,
Frankfurt/M – Berlin – Wien

Ungekürzte Ausgabe

Französischer Originaltitel:
›Mémoires de deux Jeunes Mariées‹
Umschlagentwurf von Hannes Jähn
unter Verwendung eines
Kupferstichs (Ausschnitt)
von Nicolas Cochin aus
dem Jahre 1776
Alle Rechte an dieser Ausgabe:
Verlag Ullstein GmbH,
Frankfurt/M – Berlin – Wien
Printed in Germany 1983
Druck und Verarbeitung:
Ebner Ulm
ISBN 3 548 30154 1

Januar 1984

CIP-Kurztitelaufnahme
der Deutschen Bibliothek

Balzac, Honoré de:
Memoiren zweier Jungvermählter: Briefroman /
Honoré de Balzac. Aus d. Franz. von Ernst
Sander. – Ungekürzte Ausg. –
Frankfurt/M; Berlin; Wien: Ullstein, 1984.
(Ullstein-Buch; Nr. 30154: Die Frau in d. Literatur)
Einheitssacht.: Mémoires de deux Jeunes Mariées ‹dt.›
ISBN 3-548-30154-1

NE: Sander, Ernst [Übers.]; GT

MEMOIREN ZWEIER JUNGVERMÄHLTER

Übertragung von Ernst Sander

Die ›Mémoires de deux Jeunes Mariées‹ wurden zuerst im Feuilleton von ›La Presse‹ vom 1. November 1841 bis zum 15. Januar 1842 gedruckt; im gleichen Jahr erschien die zweibändige Buchausgabe. Balzac ordnete den Roman den ›Scènes de la Vie privée‹ ein. Der Roman wurde George Sand gewidmet; die Vorrede wurde datiert: ›Paris, Juni 1840‹. Im Jahr der Buchveröffentlichung, am 16. April 1842, beginnt die ›Menschliche Komödie‹ zu erscheinen.

ERSTER TEIL

I

An Mademoiselle Renée de Maucombe

Paris, September

Liebes Rehlein, auch ich bin entronnen! Und wenn Du mir nicht nach Blois geschrieben hast, so bin ich auch die erste bei unserm hübschen Briefwechsel-Stelldichein. Hebe Deine schönen dunklen Augen auf, die sich an meinen ersten Satz hefteten, und spare Deinen Erstaunensruf für den Brief auf, in dem ich Dir meine erste Liebe anvertrauen möchte. Es wird immer von der ersten Liebe gesprochen; gibt es denn überhaupt eine zweite? Schweig! wirst Du mir sagen; sag mir lieber, wirst Du mich bitten, wie Du aus dem Kloster entkommen bist, wo Du Dein Gelübde ablegen solltest! Meine Liebe, was auch immer bei den Karmeliterinnen geschehen mag, das Wunder meiner Befreiung hat sich auf die natürlichste Weise vollzogen. Die Aufschreie eines erschreckten Gewissens haben schließlich über die Befehle einer unbeugsamen Politik gesiegt: das ist alles. Meine Tante, die mich nicht an der Auszehrung hat sterben sehen wollen, hat meine Mutter überzeugt, die mir das Noviziat als das einzige Mittel gegen meine Krankheit verschrieben hatte. Die schwarze Schwermut, der ich nach Deiner Abreise anheimfiel, hat diese glückliche Lösung noch beschleunigt. Und so bin ich denn in Paris, mein Engel, und so danke ich denn Dir das Glück, daß ich hier bin. Liebe Renée, wenn Du mich an dem Tag hättest sehen können, da ich ohne Dich war, so wärst Du stolz darauf gewesen, so tiefe Empfindungen in einem so jungen Herzen erweckt zu haben. Wir haben so oft von Gemeinschaft geträumt, so viele Male unsere Schwingen entfaltet und so vereint gelebt, daß ich glaube, unsere Seelen sind aneinandergeschweißt, wie es die beiden ungarischen Mädchen waren, von deren Tod uns Monsieur Beauvisage erzählte, der so ganz anders ist, als sein Name lautet: nie ist ein Klosterarzt besser ausgewählt worden. Bist Du nicht zur selben Zeit erkrankt wie die, die Du liebhast? In der dumpfen Niedergeschlagenheit, in der ich mich befand, konnte ich nur deutlicher die Bande erkennen, die uns vereinen; ich hatte sie durch das Fernsein zerrissen geglaubt, Daseinsekel hatte mich erfaßt wie eine zum Alleinsein verurteilte Turteltaube; das Sterben ist mir als etwas Lieblichem erschienen, und so siechte ich denn ganz langsam dahin. Allein in Blois, bei den Karmeliterinnen zu sein, gequält von der Angst, dort mein Gelübde ablegen zu müssen, ohne die Vorgeschichte der Mademoiselle de la Vallière[1] und ohne meine Renée! Das war eine Krankheit, eine zum Tode führende Krankheit. Dies eintönige Leben, wo jede Stunde eine Pflicht mit sich bringt, ein Gebet, eine Arbeit, die so unveränderlich festgelegt sind, daß man überall mit Sicherheit sagen kann, was eine Karmeliterin zu dieser oder jener Tages- oder Nachtstunde tut; dieses grauenvolle Dasein, in dem es gleichgültig ist, ob die uns umgebenden Dinge existieren oder nicht: für uns war es denkbar abwechslungsreich geworden: der Aufschwung unseres Geistes kannte keine Grenzen mehr; die Phantasie hatte uns den Schlüssel zu ihren Königreichen gegeben; abwechselnd waren wir eine der andern bezaubernder Hippogryph[2]; die Behendere weckte die Schläfrigere auf, und unsere Seelen tollten nach Herzenslust umher und bemächtigten sich der

Welt, die uns versagt war. Es gab nichts, bis auf das ›Leben der Heiligen‹, das uns nicht geholfen hätte, die geheimsten Dinge zu verstehen! An dem Tag, da Deine liebe Nähe mir geraubt wurde, wurde ich, was in unsern Augen eine Karmeliterin ist, nämlich eine moderne Danaïde[3], die, anstatt ein Faß ohne Boden zu füllen, tagtäglich aus irgendeinem Brunnen einen leeren Eimer zieht und dabei hofft, sie trage ihn gefüllt von dannen. Meine Tante ahnte nichts von unserm Innenleben. Sie begriff meinen Daseinsekel nicht; sie hatte sich ja doch eine himmlische Welt auf den beiden Morgen Land errichtet, die ihr Kloster umfaßt. Um in unserem Alter ein der Frömmigkeit geweihtes Leben führen zu können, bedarf es eines Übermaßes an Schlichtheit, wir wir es nicht besitzen, liebes Rehlein, oder einer Glut der Hingabe, wie sie aus meiner Tante ein so sublimes Geschöpf macht. Meine Tante hat sich für einen Bruder aufgeopfert, für den sie schwärmte; aber wer vermag sich für Unbekannte oder für Ideen aufzuopfern?

Seit bald vierzehn Tagen verschließe ich in mir so viele ungestüme Wörter, begrabe ich in meinem Herzen so viele Gedanken, so viele Beobachtungen, die ich mitteilen möchte, und Geschichten, die ich nur Dir erzählen könnte, daß ich ohne die schrankenlose Offenheit dessen, was ich Dir schreibe und was unsere geliebten Plaudereien ersetzen muß, ersticken würde. Wie notwendig ist uns doch das Innenleben! Ich fange heute morgen mein Tagebuch an und male mir dabei aus, daß das Deinige schon begonnen ist, daß ich binnen weniger Tage in den Tiefen Deines schönen Tals von Gémenos leben werde, von dem ich nur weiß, was Du mir davon erzählt hast, wie Du in Paris leben wirst, von dem Du nur kennst, was wir uns davon erträumten.

So vernimm denn, schönes Kind, daß eines Morgens, der in meinem Lebensbuch für immer mit einem rosa Zeichen versehen bleiben wird, aus Paris in Begleitung Philippes, des letzten Dieners meiner Großmutter, eine Anstandsdame angelangt ist, die hergeschickt worden war, um mich abzuholen. Als meine Tante mich in ihr Zimmer hatte kommen lassen und mir diese Neuigkeit verkündete, versagte mir vor Freude die Stimme, und ich schaute sie mit verdutzter Miene an. »Mein Kind«, hat sie mir mit ihrer gutturalen Stimme gesagt, »du verläßt mich ohne Bedauern, ich sehe es; aber dieser Abschied ist nicht der letzte, wir werden einander wiedersehen: Gott hat deine Stirn mit dem Mal der Erkorenen gezeichnet, in dir ist der Hochmut, der gleicherweise zum Himmel wie zur Hölle führt, aber du besitzt zuviel Adel, um abzusinken! Ich kenne dich besser, als du dich kennst: nie wird für dich die Leidenschaft das sein, was sie für gewöhnliche Frauen ist.« Sie hat mich sanft an sich gezogen, mich auf die Stirn geküßt und mich dabei das Feuer fühlen lassen, das sie selber verzehrt, das das Azurblau ihres Blicks verdunkelt, ihre Lider mürbe gemacht, ihre goldenen Schläfen gefurcht und ihr schönes Gesicht vergilbt hat. Ich habe dabei eine Gänsehaut bekommen. Ehe ich antwortete, habe ich ihre Hände geküßt. »Liebe Tante«, habe ich gesagt, »wenn Ihre anbetenswürdige Güte es nicht vermocht hat, mich Ihren Paraklet⁴ finden zu lassen, der dem Körper heilsam und dem Herzen süß ist, so müßte ich, um zurückzukehren, so viele Tränen vergießen, daß Sie meine Wiederkehr schwerlich wünschen würden. Ich komme nur wieder hierher zurück, wenn mein Ludwig XIV. mich verrät, und wenn ich mir einen ergattere, soll nur der Tod ihn mir entreißen! Ich habe keine Angst vor einer Montespan⁵.« – »Geh, du Tollkopf«, sagte sie lächelnd, »laß solcherlei eitle Gedanken nicht hier zurück, nimm sie mit, und wisse, daß du mehr eine Montespan als eine La Vallière bist.« Ich habe sie geküßt. Die arme Frau hat es sich nicht versagen können, mich zum Wagen zu begleiten, wo ihre Augen abwechselnd auf ihrem väterlichen Wappen und auf mir ruhten.

Die Nacht hat mich in Beaugency überrascht; ich war noch völlig befangen in einer seelischen Stumpfheit, die jener seltsame Abschied in mir ausgelöst hatte. Was würde ich denn in der Welt finden, nach der mich so sehr verlangt hatte? Zunächst fand ich niemanden, der mich empfangen hätte, vergebens hatte ich mich innerlich darauf eingestellt: meine Mutter war im Bois de Boulogne, mein Vater im Staatsrat; mein Bruder, der Herzog de Rhétoré, kommt immer nur nach Hause, wurde mir gesagt, um sich zum Abendessen umzuziehen. Miss Griffith (und deren Griff ist hart!) und Philippe haben mich in meine Zimmer geführt.

Diese Wohnung ist die meiner so sehr geliebten Großmutter, der Prinzessin de Vaurémont; ich verdanke ihr irgendein Vermögen, von dem mir bislang niemand auch nur das mindeste gesagt hat. An dieser Stelle wirst du die Traurigkeit mitempfinden, die mich überkam, als ich diese mir durch meine Erinnerungen geweihte Stätte betrat. Die Wohnung war so, wie sie sie verlassen hatte! Ich sollte in dem Bett schlafen, in dem sie gestorben ist. Ich saß auf ihrer Chaiselongue und weinte, ohne mir bewußt zu werden, daß ich nicht allein sei; ich mußte daran denken, daß ich dort oft gekniet hatte, um der Großmutter besser lauschen zu können. Auf diese Weise habe ich ihr in rötlichen Spitzen ruhendes, vom Alter wie von den Schmerzen des Sterbens abgezehrtes Gesicht ganz aus der Nähe sehen können. Das Zimmer schien mir noch erfüllt von der Wärme, die sie einst dort ausgebreitet hatte. Wie war es möglich, daß Mademoiselle Armande-Louise-Marie de Chaulieu gezwungen war, sich wie eine Bäuerin in das Bett ihrer Ahnin zu legen, beinahe am Tag von deren Tod? Denn mir war, als sei die Prinzessin, die doch 1817 verschieden ist, erst am Vortage gestorben. Jenes Zimmer bot mir Dinge dar, die sich dort nicht hätten befinden dürfen, und die mir bewiesen, wie wenig die Leute, die sich um die Angelegenheiten des Königreichs kümmern, auf ihre eigenen bedacht sind, und wie wenig man, nun sie tot war, dieser alten Frau gedacht hat, von der man als einer der großen Frauengestalten des achtzehnten Jahrhunderts sprechen wird. Philippe hat gewissermaßen verstanden, woher meine Tränen rührten. Er hat mir gesagt, die Prinzessin habe mir testamentarisch ihre Möbel vermacht. Übrigens hatte mein Vater die großen Räume in dem Zustand belassen, in den sie durch die Revolution versetzt worden waren. Dann bin ich aufgestanden, Philippe hat mir die Tür zum kleinen Salon aufgemacht, der auf den Empfangsraum mündet, und ich habe ihn in der mir bekannten Verwahrlosung vorgefunden: die Supraporten[6], die kostbare Bilder enthalten hatten, zeigten ihre leeren Rahmen, der Marmorschmuck war zerschlagen, die Spiegel gestohlen worden. Früher hatte ich immer Angst gehabt, die große Treppe hinaufzusteigen und die weite Einsamkeit der hohen Säle zu durchschreiten; ich ging stets zur Prinzessin über eine kleine Treppe, die unter der geschwungenen großen hindurch zur Geheimtür ihres Toilette-Kabinetts führte.

Das Appartement besteht aus einem Salon, einem Schlafzimmer und dem hübschen, in Zinnoberrot und Gold gehaltenen Kabinett, von dem ich Dir erzählt habe, und befindet sich in dem Pavillon, der nach Invalides zu gelegen ist. Das Stadtpalais ist vom Boulevard nur durch eine von Schlingpflanzen bedeckte Mauer getrennt und durch eine herrliche Reihe von Bäumen, die ihre Kronen mit denen der Ulmen auf der andern Boulevardseite vereinen. Ohne die goldene und blaue Kuppel, ohne die grauen Massen von Invalides würde man sich in einem Wald glauben. Der Stil dieser drei Zimmer und ihre Anordnung deuten die früheren Galaräume der Herzoginnen von Chaulieu an; die der Herzöge müssen sich in dem gegenüberliegenden Pavillon befinden. Beide sind geziemend getrennt durch die beiden Corps de Logis und den Frontpavillon, in dem sich die großen, düsteren, hallenden Säle befinden, die Philippe mir zeigte; sie sind noch immer allen Glanzes beraubt, so, wie ich sie in meiner Kindheit gesehen habe. Philippe setzte eine Miene stillschweigenden Einverständnisses auf, als er mein erstauntes Gesicht sah. Meine Liebe, in diesem Diplomatenhaus sind alle Leute diskret und geheimnisvoll. Er hat mir dann gesagt, es sei ein Gesetz zu erwarten, nach dem allen Emigranten der Wert ihrer Güter zurückerstattet werden soll. Mein Vater schiebt die Wiederherstellung seines Stadtpalais bis zum Augenblick dieser Entschädigung auf. Der Architekt des Königs habe die Kosten auf dreihunderttausend Francs geschätzt. Diese Mitteilung unter der Hand hatte die Wirkung, daß ich auf das Sofa meines Salons sank. Ja, mein Vater hätte mich also, anstatt diese Summe dazu zu verwenden, mich zu verheiraten, in einem Kloster umkommen lassen? Das war der Gedanke, der mir auf der Schwelle jener Tür gekommen war. Ach, Renée, wie habe ich meinen Kopf an deine Schulter gelehnt, wie habe ich mich in die Tage zurückversetzt, da meine Großmutter diese beiden Räume mit Leben erfüllte! Sie existiert nur noch in meinem Herzen, und Du bist in Maucombe, zweihundert Meilen von mir entfernt: ihr beiden seid die einzigen Wesen, die mich liebhaben oder mich liebgehabt haben. Die liebe alte Dame mit dem so jungen Blick wollte beim Erklingen meiner Stimme wiedererstehen. Wie gut haben wir uns verstanden! Die Erinnerung hat mit einem Schlage die Stimmung verwandelt, in der ich mich zunächst befunden hatte. Ich habe etwas Heiliges in dem wahrgenommen, was mir eben noch als Profanierung dünkte. Es schien mir lieblich, den vagen Duft von Puder à la maréchale einzuatmen, der dort noch fortdauerte, lieblich, im Schutz der Vorhänge aus gelbem, weißgemustertem Damast zu schlafen, in denen ihr Atem etwas von ihrer Seele hinterlassen haben muß. Ich habe zu Philippe gesagt, er solle allem seinen Glanz wiedergeben und meinem Appartement sein Eigenleben als Wohnstatt verleihen. Ich habe sogar selber angewiesen, wie ich alles haben wollte, und jedem Möbelstück seinen Platz gegeben. Alles habe ich mir nacheinander angeschaut, von allem Besitz ergriffen und dabei gesagt, wie diese alten Dinge, an denen ich hänge, sich verjüngen könnten. Das Zimmer ist in einem von der Zeit ein wenig vergilbten Weiß gehalten, wie ja auch das Gold der verspielten Arabesken an einigen Stellen eine rötliche Tönung angenommen hat; doch das harmoniert mit den verblichenen Farben des Teppichs aus der Savonnerie[7], den Ludwig XV. meiner Großmutter geschenkt hat, wie auch sein Bildnis. Die Uhr ist ein Geschenk des Marschalls von Sachsen. Das Porzellan auf dem Kamin kommt vom Marschall de Richelieu. Das Bildnis meiner Großmutter, das gemalt wurde, als sie fünfundzwanzig war, hat einen ovalen Rahmen und hängt dem des Königs gegenüber. Ein Bild des Prinzen findet sich nicht. Ich mag dieses freimütige Übergehen, dieses Fehlen aller Heuchelei; es malt mit einem Zug jenen köstlichen Charakter. Bei einer schweren Erkrankung meiner Großmutter bestand ihr Beichtvater darauf, daß der im Salon wartende Prinz hereinkommen dürfe. »Mit dem Arzt und dessen Rezepten«, hat sie gesagt. Das Bett hat einen Baldachin und ein gepolstertes Rückenteil; die Vorhänge sind in Falten von schöner Breite gerafft, die Möbel aus vergoldetem Holz und mit gelbem, weißgeblümtem Damast bezogen, dem gleichen, der die Fenster drapiert; dort ist er mit einem weißen Seidenstoff gefüttert, der beinahe aussieht wie Moiré. Die Supraporten sind von irgendeinem Künstler gemalt worden, sie stellen einen Sonnenaufgang und eine Mondscheinlandschaft her. Der Kamin ist recht seltsam gestaltet. Man merkt, daß im letzten Jahrhundert ein großer Teil des Lebens sich am Kaminfeuer abspielte. Dort vollzogen sich die großen Ereignisse. Die Feuerstelle aus vergoldetem Messing ist ein Wunderwerk an plastischem Schmuck, die Verkleidung kostbar und elegant, die Schaufel und die Zangen sind reizend gearbeitet, der Blasbalg ein Juwel. Der Bildteppich des Kaminschirms stammt aus Les Gobelins, und sein Rahmenwerk ist erlesen; die mutwilligen Gestalten, die auf den Füßen, auf der Querstange, auf den Flügeln umhertollen, sind entzückend; alles ist gearbeitet wie ein Fächer. Wer mag ihr dieses hübsche Möbelstück geschenkt haben, an dem sie so hing? Das wüßte ich gern. Wie oft habe ich sie gesehen, wenn sie, tief in ihre Bergère zurückgelehnt, den Fuß auf der Querstange, das Kleid halb übers Knie geschürzt, wie ihre Stellung es mit sich brachte, dasaß: dann nahm sie ihre Schnupftabaksdose von dem Tischchen, wo sie zwischen der Pastillendose und ihren seidenen Handschuhen stand, stellte sie zurück und langte abermals danach. War sie kokett? Bis zu ihrem Todestag hat sie sich gepflegt, als sei sie noch so wie am Tag vor der Entstehung ihres schönen Porträts, als erwarte sie, daß die Blüte des Hofs sich um sie schare. Jene Bergère hat mich an die unnachahmliche Bewegung erinnert, die sie ihren Röcken gab, wenn sie sich hineinsinken ließ. Solcherlei Frauen der vergangenen Zeit nehmen gewisse Geheimnisse mit sich hinweg, in denen ihre Epoche sich ausdrückte. Die Prinzessin verfügte über Kopfbewegungen, über eine Art, Worte und Blicke um sich zu werfen, eine ganz besondere Ausdrucksweise, wie ich sie bei meiner Mutter nicht mehr wahrnehme: es lag darin Raffinesse und Gutartigkeit, Absicht ohne deren Augenschein; ihre Konversation war zugleich weit ausholend und lakonisch, sie wußte gut zu erzählen und mit drei Worten etwas augenfällig zu machen. Vor allem besaß sie jene äußerste Freiheit des Urteils, die sicherlich von Einfluß auf mein geistiges Gehaben gewesen ist. Ich habe von meinem siebten bis zu meinem zehnten Lebensjahr in ihrer unmittelbaren Nähe gelebt; sie hat mich im gleichen Maße gern zu sich gezogen, wie ich zu ihr zu gehen liebte. Diese Bevorzugung hat Anlaß zu mehr als einem Zerwürfnis zwischen ihr und meiner Mutter gegeben. Nun aber wird ein Gefühl durch nichts besser angeschürt als durch den eisigen Wind der Verfolgung. Mit welcher Anmut pflegte sie zu mir zu sagen: Da bist du ja, du Frätzchen!, wenn die Ringelnatter der Neugier mir ihre Geschmeidigkeit geliehen hatte und mich durch die Türe zu ihr hinschlüpfen ließ. Sie fühlte sich geliebt, und sie mochte meine naive Liebe, die einen Sonnenstrahl in ihren Winter fallen ließ. Ich weiß nicht, wie es abends bei ihr zuging, aber sie bekam stets viel Besuch; wenn ich morgens auf den Zehenspitzen kam, um nachzuschauen, ob es in ihrem Zimmer schon hell sei, sah ich die Möbelstücke ihres Salons durcheinanderstehen, Spieltische waren aufgestellt worden, und hier und dort lagen Tabakkrümel. Jener Salon ist im gleichen Stil wie das Schlafzimmer gehalten; die Möbel haben seltsame Konturen, das Holzwerk ist tief geschnitzt und hat Rehfüße. Üppige plastische, noble Blumengirlanden schlängeln sich über die Spiegel und fallen in Festons herab. Auf den Konsolen stehen schöne chinesische Vasen. Der Hintergrund des Mobiliars ist in Hochrot und Weiß gehalten. Meine Großmutter war eine stolze, reizvolle Brünette, ihr Teint läßt sich aus der Wahl der Farben erraten, mit denen sie sich umgab. Ich habe in jenem Salon auch einen Schreibtisch wiedergefunden, dessen figürlicher Schmuck meine Augen ehedem sehr stark auf sich gezogen hatte; er ist mit zisliertem Silber ausgelegt; ein Lomellini[8] aus Genua hatte ihn ihr geschenkt. Auf jeder Seite dieses Tisches sind die Beschäftigungen während jeder Jahreszeit dargestellt; die Gestalten treten plastisch hervor, auf jedem Bild gibt es Hunderte. Zwei Stunden lang bin ich ganz allein geblieben und habe meinen Erinnerungen, einer nach der andern, nachgehangen, dort, in jenem Sanktuarium, wo eine der um ihres Geistes und ihrer Schönheit willen berühmtesten Frauen vom Hof Ludwigs XV. verschieden ist. Du weißt, wie jäh ich im Jahre 1816, von heute auf morgen, von ihr getrennt worden bin. »Sag deiner Großmutter Lebewohl«, hat meine Mutter zu mir gesagt. Die Prinzessin war nicht überrascht über mein Fortgehen, aber dem Anschein nach ungerührt. Ganz wie sonst hat sie mich empfangen. »Du kommst ins Kloster, mein Kleinod«, hat sie zu mir gesagt, »dort wirst du deine Tante sehen, eine vortreffliche Frau. Ich werde Sorge tragen, daß du nicht aufgeopfert wirst; du sollst unabhängig sein und sogar heiraten dürfen, wen du willst.« Ein halbes Jahr später ist sie gestorben; ihr Testament hatte sie dem beharrlichsten ihrer Freunde übergeben, dem Fürsten Talleyrand; als er Mademoiselle de Chargeboeuf einen

Besuch machte, hat er Mittel und Wege gefunden, mich wissen zu lassen, daß meine Großmutter mir verboten habe, die Gelübde abzulegen. Ich hoffe, daß ich dem Fürsten früher oder später einmal begegne; sicherlich wird er mir dann mehr darüber sagen. Auf diese Weise, mein schönes Rehlein, habe ich mich, wenn ich schon niemanden zu meinem Empfang vorgefunden habe, mit dem Schatten der lieben Prinzessin getröstet; und zugleich habe ich mich in die Lage versetzt, eine unserer Vereinbarungen zu erfüllen, die nämlich – weißt Du noch? –, auch den winzigsten Nebendingen unseres Hauses und unseres Lebens Beachtung zu schenken. Es ist so schön, zu wissen, wo und wie das Wesen lebt, das uns lieb ist! Schildere mir bis ins kleinste die Dinge, die um Dich sind, schlechthin alles, sogar die Lichteffekte des Sonnenuntergangs in den großen Bäumen.

10. Oktober

Um drei Uhr nachmittags war ich angelangt. Gegen halb sechs ist Rose gekommen und hat mir gesagt, meine Mutter sei zurückgekehrt, und ich bin hinuntergegangen, um ihr meine Aufwartung zu machen. Meine Mutter hat im ersten Stock des gleichen Pavillons ein Appartement inne, das wie das meine angeordnet ist. Ich wohne also über ihr, und wir benutzen dieselbe Geheimtreppe. Mein Vater bewohnt den gegenüberliegenden Pavillon; doch da es auf der Hofseite mehr Raum gibt, der auf unserer Seite durch die große Treppe eingenommen wird, ist seine Wohnung sehr viel geräumiger als die unsrige. Ungeachtet der Pflichten seiner Stellung, die die Rückkehr der Bourbonen ihm wiedererstattet hat, haben meine Eltern auch weiterhin das Erdgeschoß bewohnt und können dort sogar Empfänge veranstalten, so groß sind die Häuser unserer Vorväter. Ich traf meine Mutter in ihrem Salon an, wo sich nichts verändert hat. Sie war in großer Toilette. Bei jedem Schritt habe ich mich gefragt, wie sich wohl diese Frau mir gegenüber verhalten würde, die sich so wenig als Mutter gezeigt hatte, daß ich innerhalb von acht Jahren nur die beiden Briefe von ihr bekommen habe, die Du kennst. Da ich meinte, es sei meiner unwürdig, Zärtlichkeit vorzuspiegeln, hatte ich mich in eine geistesschwache Nonne verwandelt und bin nicht ohne beträchtliche Verlegenheit zu ihr hineingegangen. Jene Verlegenheit verflog indessen bald. Meine Mutter ist von vollkommener Eleganz gewesen; sie hat mir keinerlei Zärtlichkeit geheuchelt, sie ist auch nicht kühl gewesen, sie hat mich nicht als Fremde behandelt, sie hat mich nicht als eine geliebte Tochter an die Brust gezogen; sie hat mich empfangen, als habe sie mich am Vortage zum letztenmal gesehen, sie hat sich als die sanfteste, die aufrichtigste Freundin bezeigt; sie hat mich zunächst auf die Stirn geküßt und dann zu mir wie zu einer Erwachsenen gesprochen. »Liebes Kind«, hat sie zu mir gesagt, »wenn das Kloster für dich den Tod bedeutet, so ist es besser, wenn du in unserer Mitte lebst. Du vereitelst damit zwar die Pläne deines Vaters und die meinen; aber wir leben ja nicht mehr in den Zeiten, da den Eltern blind gehorcht wurde. Es ist Monsieur de Chaulieus Absicht, und sie entspricht vollauf der meinen, daß nichts versäumt werden soll, um dir das Leben angenehm zu machen und dich die Gesellschaft kennenlernen zu lassen. In deinem Alter hätte ich genauso gedacht wie du; also habe ich dir nichts vorzuwerfen: du konntest nicht verstehen, was wir von dir verlangten. Ich werde dir keineswegs eine lächerliche Strenge bezeigen. Falls du mein Herz beargwöhnt hast, wirst du bald gewahr werden, daß du dich irrtest. Obwohl ich dir völlige Freiheit lassen will, glaube ich, daß du in der ersten Zeit gut daran tätest, auf die Ratschläge einer Mutter zu hören, die sich dir gegenüber wie eine Schwester verhalten möchte.« Die Herzogin sprach mit sanfter Stimme und zupfte mir dabei meinen Klosterschülerinnenumhang zurecht. Sie hat mich für sich eingenommen. Mit ihren achtunddreißig Jahren ist sie schön wie ein Engel; ihre Augen sind dunkelblau, die Wimpern seidig, ihre Stirn faltenlos, der Teint so weiß und rosig, daß man glauben könnte, sie schminke sich, Schultern und Brust sind erstaunlich, die Taille ist ausgebuchtet und schmal wie die Deine; ihre Hände sind von seltener Schönheit und milchweiß; auf den Fingernägeln verweilt das Licht, so poliert sind sie; den kleinen Finger spreizt sie ganz leicht ab; der Daumen ist von elfenbeinerner Feinheit. Ihr Fuß entspricht ihrer Hand, der spanische Fuß der Mademoiselle de Vandenesse. Wenn sie als Vierzigjährige noch so aussieht, wird sie auch noch mit sechzig schön sein. Ich habe, mein Rehlein, als gefügige Tochter geantwortet. Ich bin ihr begegnet wie sie mir, ich habe sogar noch mehr getan: ihre Schönheit hatte mich besiegt, ich habe ihr ihre Vernachlässigung verziehen, ich habe begriffen, daß eine Frau wie sie sich von ihrer Rolle als Königin hat hinreißen lassen. Das habe ich ihr so naiv gesagt, wie wenn ich mit Dir geplaudert hätte. Vielleicht ist sie nicht darauf gefaßt gewesen, aus dem Mund ihrer Tochter liebevolle Worte zu vernehmen? Meine ehrliche, bewundernde Huldigung hat sie unendlich gerührt: ihr Verhalten hat sich geändert und ist noch liebenswürdiger geworden; alle Förmlichkeit war hingeschwunden. »Du bist ein gutes Kind, und ich hoffe, wir bleiben Freundinnen.« Dieser Ausspruch ist für mich von anbetungswürdiger Naivität gewesen. Ich habe sie indessen nicht merken lassen wollen, wie ich ihn aufgenommen hatte, weil ich sofort einsah, daß sie in dem Glauben belassen werden müsse, ihrer Tochter an Gewitztheit und Geist weit überlegen zu sein. So habe ich denn das Gänschen gespielt, und sie war von mir entzückt. Ich habe ihr mehrmals die Hände geküßt und ihr gesagt, wie glücklich ich sei, daß sie sich mir gegenüber so verhalte, daß ich mich bei ihr wohl fühle, und ich habe ihr sogar meine Befürchtungen anvertraut. Sie hat gelächelt, hat meinen Hals umschlungen, mich an sich gezogen und mich zärtlich auf die Stirn geküßt. »Liebes Kind«, hat sie gesagt, »wir haben heute zum Abendessen Gäste, vielleicht denkst du gleich mir, daß es besser ist, mit deiner Einführung in die Gesellschaft zu warten, bis die Schneiderin für deine Garderobe gesorgt hat; also wirst du, nachdem du deinen Vater und deinen Bruder begrüßt hast, wieder hinauf in deine Zimmer gehen.« Dem habe ich aus ganzem Herzen beigepflichtet. Die entzückende Toilette meiner Mutter war die erste Enthüllung jener Welt, die Du und ich flüchtig in unseren Träumen erblickt hatten; aber ich habe nicht die leiseste Regung von Neid verspürt. Mein Vater ist hereingekommen. »Monsieur, dies hier ist Ihre Tochter«, hat die Herzogin zu ihm gesagt.

Mein Vater hat sich sogleich äußerst liebevoll bezeigt; er hat seine Vaterrolle so gut gespielt, daß ich glaubte, sie komme ihm aus dem Herzen. »Da bist du nun also, du rebellisches Mädchen!« hat er zu mir gesagt, meine beiden Hände in die seinen genommen und sie mit mehr Galanterie als väterlicher Zuneigung geküßt. Und er hat mich an sich gezogen, mir den Arm um die Taille geschlungen, mich an sich gedrückt und mich auf Wangen und Stirn geküßt. »Du wirst uns den Kummer, den uns dein Verzicht auf deine Berufung verursacht hat, durch die Freude wettmachen, die uns deine Erfolge in der Gesellschaft bereiten werden. – Wissen Sie, Madame, daß sie sehr hübsch sein wird und daß Sie eines Tages stolz auf sie sein können? – Da kommt dein Bruder Rhétoré. – Alphonse«, sagte er zu einem schönen jungen Herrn, der eingetreten war, »dies ist deine Schwester, die Nonne, die das Ordenskleid in die Brennesseln werfen will.« Mein Bruder trat nicht eben eilfertig auf mich zu, nahm meine Hand und drückte sie. »Gib ihr doch einen Kuß«, sagte die Herzogin zu ihm. Da hat er mich auf beide Wangen geküßt. »Ich bin entzückt, daß du da bist«, hat er zu mir gesagt, »und ich bin dein Bundesgenosse gegen den Vater.« Ich habe ihm gedankt, aber ich meine, daß er sehr wohl einmal nach Blois hätte kommen können, als er nach Orléans reiste, um unsern Bruder, den Grafen, in dessen Garnison zu besuchen. Ich habe mich zurückgezogen, aus Scheu, es möchten fremde Leute kommen. Ich habe in meiner Wohnung einiges umgeräumt, ich habe auf die hochrote Samtdecke des Tisches alles gestellt, dessen ich bedarf, um Dir zu schreiben, und habe über meine neue Lage nachgedacht.

So und nicht anders, mein schönes, weißes Rehlein, ist alles vonstatten gegangen, als ein achtzehnjähriges Mädchen nach einer Abwesenheit von neun Jahren in den Schoß einer der erlauchtesten Familien des Königreiches heimkehrte. Die Reise hatte mich erschöpft, und auch die Aufregungen dieser Rückkehr in den Familienkreis: also habe ich mich um acht Uhr schlafen gelegt, wie im Kloster. Sogar das kleine Meißner Service, das die liebe Prinzessin benutzte, wenn sie die Lust ankam, allein in ihrem Zimmer zu essen, ist für mich aufbewahrt worden.

II

Dieselbe derselben

Am andern Morgen war mein Appartement in Ordnung gebracht und gesäubert, und zwar durch den alten Philippe; er hatte in die Vasen Blumen gestellt. Nun fühle ich mich endlich heimisch. Nur war niemand auf den Gedanken gekommen, daß ein Zögling der Karmeliterinnen schon zu früher Stunde Hunger hat, und Rose hat die allergrößte Mühe gehabt, mir ein Frühstück zu besorgen. »Mademoiselle hat sich zu der Zeit zu Bett gelegt, da das Abendessen serviert worden ist, und nun steht sie in dem Augenblick auf, da Monseigneur heimkommt«, hat sie zu mir gesagt. Ich habe mich ans Schreiben gemacht. Gegen eins hat mein Vater an die Tür des kleinen Salons geklopft und mich gefragt, ob ich ihn empfangen könne; ich habe ihm geöffnet, er ist hereingekommen und traf mich dabei an, wie ich Dir schrieb. »Meine Liebe, du mußt dich einkleiden und dich hier einrichten; in dieser Börse hier findest du zwölftausend Francs. Es handelt sich um die Einkünfte eines Jahres; ich stelle sie dir für deinen Unterhalt zur Verfügung. Du setzt dich mit deiner Mutter wegen einer Gouvernante ins Einvernehmen, die dir genehm ist, falls Miss Griffith dir nicht gefällt; Madame de Chaulieu hat nämlich keine Zeit, dich morgens zu begleiten. Es wird dir ein Wagen und ein Diener zur Verfügung gestellt.« – »Laß mir Philippe«, bat ich ihn. – »Gut«, antwortete er. »Aber sei völlig unbesorgt: dein Vermögen ist so ansehnlich, daß du weder deiner Mutter noch mir zur Last fällst.« – »Wäre es indiskret, wenn ich fragte, wie hoch mein Vermögen ist?« – »Durchaus nicht, mein Kind«, hat er mir gesagt. »Deine Großmutter hat dir fünfhunderttausend Francs hinterlassen, das waren ihre Ersparnisse; sie hat nämlich ihre Familie um kein einziges Stück Landbesitz schädigen wollen. Die Summe ist amtlich eingetragen worden. Die zum Kapital geschlagenen Zinsen ergeben heute etwa vierzigtausend Francs Einkünfte. Ich hatte jene Summe dazu verwenden wollen, deinem zweiten Bruder ein Vermögen zu verschaffen; daher störst du meine Pläne beträchtlich; aber in einiger Zeit wirkst du vielleicht bei ihnen mit: ich erwarte alles von dir selbst. Du kommst mir einsichtiger vor, als ich glaubte. Ich brauche dir nicht zu sagen, wie eine Demoiselle de Chaulieu sich zu verhalten hat; der Stolz, der sich in deinen Zügen malt, ist mein verläßlicher Garant. In unserm Haus wären Vorsichtsmaßregeln, wie kleine Leute sie für ihre Tochter anwenden, etwas Schmähliches. Üble Nachrede, die sich gegen dich richtet, könnte dem, der sie sich herausnimmt, das Leben kosten – oder einem deiner Brüder, wenn der Himmel ungerecht wäre. Weiteres über dieses Kapitel brauche ich dir nicht zu sagen. Adieu, liebes Kind.« Er hat mich auf die Stirn geküßt und ist gegangen. Nachdem er neun Jahre lang hartnäckig darauf bestanden hat, verstehe ich nicht, daß er seinen Plan jetzt aufgibt. Mein Vater ist von einer Klarheit gewesen, die ich schätze. In dem, was er sagt, ist keinerlei Doppeldeutigkeit. Mein Vermögen soll also seinem Sohn, dem Marquis, zufallen. Wer nun aber hat diesen Plan ausgebrütet? Meine Mutter? Oder mein Vater, oder vielleicht mein Bruder?

Ich bin auf dem Sofa meiner Großmutter sitzen geblieben, den Blick auf die Börse gerichtet, die mein Vater auf dem Kamin hatte liegenlassen, zugleich zufrieden und unzufrieden über die Beachtung, die meine Gedanken dem Geld schenken. Zwar brauche ich mir jetzt darüber keine Gedanken mehr zu machen: meine Zweifel sind gelichtet, und es liegt etwas Würdiges darin, daß ich meinem Stolz alles Leiden in dieser Beziehung erspart habe. Philippe ist den ganzen Tag unterwegs gewesen, bei den Kaufleuten und Handwerkern, die mit der Durchführung meiner Metamorphose beauftragt werden sollen. Eine berühmte Schneiderin, eine gewisse Victorine, ist gekommen, und ebenso eine Weißnäherin und ein Schuhmacher. Ich bin ungeduldig wie ein Kind, zu erfahren, wie ich aussehen werde, wenn ich den Sack abgestreift habe, den die klösterliche Gewandung darstellt; aber alle diese Handwerker beanspruchen viel Zeit. Der Korsettschneider verlangt acht Tage, sofern ich mir nicht die Taille verderben will. Jetzt wird es ernst; habe ich denn überhaupt eine Taille? Janssen, der Schuhmacher der Oper, hat mir nachdrücklich versichert, ich hätte den Fuß meiner Mutter. Den ganzen Morgen habe ich mit diesen ernstzunehmenden Beschäftigungen hingebracht. Auch ein Handschuhmacher ist noch gekommen und hat das Maß meiner Hände genommen. Die Weißnäherin hat meine Anordnungen entgegengenommen. Zu meiner Mittagessensstunde, zur selben Zeit, da hier das Frühstück eingenommen wird, hat meine Mutter mir gesagt, wir würden zusammen zu den Modistinnen fahren, der Hüte wegen, damit ich meinen Geschmack bilden und mir die meinen selber bestellen könne. Ich bin ganz taumelig von dieser beginnenden Unabhängigkeit, wie ein Blinder, der seine Sehkraft wiedererlangt hat. Jetzt kann ich beurteilen, was eine Karmeliterin und was ein Mädchen aus der guten Gesellschaft ist: der Unterschied ist so groß, daß wir ihn niemals hätten begreifen können. Während jener Mahlzeit war mein Vater zerstreut, und wir haben ihn seinen Gedanken überlassen; er ist tief in die Geheimnisse des Königs eingeweiht. Ich war völlig vergessen; er wird sich meiner schon erinnern, wenn er mich nötig hat; das ist mir klar. Mein Vater ist ein bezaubernder Mann, trotz seiner fünfzig Jahre: er wirkt jugendlich, ist gut gewachsen, blond, von erlesenen Manieren und bester Haltung; er hat das zugleich sprechende und stumme Gesicht der Diplomaten; seine Nase ist schmal und lang, seine Augen sind braun. Welch ein hübsches Paar! Wieviel seltsame Gedanken haben mich bestürmt, als mir deutlich wurde, daß diese beiden gleich edlen, reichen und überlegenen Menschenwesen nicht zusammenleben, daß ihnen nichts gemeinsam ist als der Name, und daß sie nur in den Augen der Welt ihr Einssein aufrechterhalten. Gestern war die Elite des Hofs und der Diplomatie da. In einigen Tagen gehe ich zu einem Ball bei der Herzogin de Maufrigneuse und werde der Gesellschaft vorgestellt, die ich so gern hatte kennenlernen wollen. Jeden Morgen soll jetzt ein Tanzlehrer kommen: in einem Monat muß ich tanzen können, sonst kann ich nicht zum Ball gehen. Vor dem Essen ist meine Mutter zu mir gekommen; es handelte sich um meine Gouvernante. Ich habe Miss Griffith behalten; der britische Botschafter hatte sie ihr empfohlen. Die Miss ist die Tochter eines protestantischen Predigers: sie hat eine vollkommene Erziehung genossen; ihre Mutter war adlig; sie ist sechsunddreißig Jahre alt; sie wird mich die englische Sprache lehren. Meine Griffith sieht gut aus und könnte Ansprüche erheben; sie ist arm und stolz, eine Schottin; sie wird meine Anstandsdame sein und in Roses Zimmer schlafen. Rose wird Miss Griffith unterstellt. Ich habe sogleich durchschaut, daß ich meine Meisterin meistern könnte. In den sechs Tagen, die wir beisammen sind, hat sie durchaus eingesehen, daß einzig ich Verständnis für sie aufbringe; ich dagegen habe erkannt, daß sie ungeachtet ihrer statuenhaften Haltung sehr nett zu mir sein wird. Sie scheint mir ein gutes, aber wortkarges Geschöpf zu sein. Ich habe nicht herausbekommen können, was zwischen ihr und meiner Mutter besprochen worden ist.

Eine weitere Neuigkeit, die mir jedoch geringfügig vorkommt! Heute morgen hat mein Vater den Ministersessel abgelehnt, der ihm angeboten worden war. Daher seine gestrige Nachdenklichkeit. Er ziehe den ärgerlichen öffentlichen Diskussionen einen Gesandtenposten vor, hat er gesagt. Ihm winkt Spanien. Ich habe diese Neuigkeiten beim Mittagessen erfahren, der einzigen Tagesstunde, da mein Vater, meine Mutter, mein Bruder und ich einander in einer gewissen Vertraulichkeit sehen. Die Diener kommen nur dann, wenn nach ihnen geschellt wird. Während der übrigen Zeit sind mein Bruder und mein Vater nicht daheim. Meine Mutter kleidet sich an, zwischen zwei und vier Uhr kommt sie nie zum Vorschein: um vier unternimmt sie eine einstündige Ausfahrt; zwischen sechs und sieben empfängt sie, sofern sie nicht in der Stadt zu Abend ißt; der übrige Teil des Abends dient den Vergnügungen, dem Schauspiel, dem Ball, Konzerten, Besuchen. Kurzum, ihr Dasein ist so ausgefüllt, daß sie, wie ich glaube, keine Viertelstunde für sich hat. Sie muß eine ziemlich beträchtliche Zeit für ihre Morgentoilette verwenden, denn zum Mittagessen, das zwischen elf und zwölf eingenommen wird, erscheint sie in göttlicher Schönheit. Ich fange an, mich in den Geräuschen auszukennen, die in ihren Räumen laut werden: erst nimmt sie ein beinahe kaltes Bad, dann eine Tasse kalten Kaffee mit Rahm, dann zieht sie sich an; nie läßt sie sich vor neun Uhr wecken, abgesehen von Sonderfällen; im Sommer werden Morgenritte unternommen. Um zwei empfängt sie einen jungen Herrn, den ich noch nicht zu sehen bekommen habe. So nimmt sich unser Familienleben aus. Wir kommen beim Mittagessen und beim Abendessen zusammen; doch bei dieser Mahlzeit sind meine Mutter und ich auch häufig allein. Ich ahne schon, daß ich noch weit öfter in meiner Wohnung mit Miss Griffith so allein zu Abend essen werde, wie meine Großmutter es tat. Meine Mutter ißt häufig in der Stadt zu Abend. Es wundert mich nicht mehr, wie wenig meine Familie sich um mich kümmert. Meine Liebe, in Paris gehört Heroismus dazu, die Leute liebzuhaben, die um einen sind, denn wir sind nur selten allein beisammen. Wie sehr vergißt man in dieser Stadt diejenigen, die gerade abwesend sind! Und dabei habe ich noch keinen Fuß vor die Tür gesetzt, ich kenne nichts; ich warte, bis ich klüger geworden bin, bis meine Kleidung und mein Benehmen in Einklang mit der Welt sind, deren Bewegtheit mich erstaunt, obwohl ich ihr Geräusch nur aus der Ferne höre. Nur bis in den Garten bin ich bislang gekommen. In einigen Tagen wird die Italienische Oper wieder eröffnet. Meine Mutter hat dort eine Loge. Ich bin wie außer mir vor Verlangen, italienische Musik zu hören und eine französische Oper zu sehen. Ich beginne, die klösterlichen Gewohnheiten aufzugeben und die der großen Welt anzunehmen. Ich schreibe Dir immer abends bis zu dem Augenblick, da ich zu Bett gehe, und der ist jetzt bis auf zehn Uhr hinausgeschoben; das ist die Stunde, da meine Mutter Besuche macht, sofern sie nicht in eins der Theater fährt. Es gibt in Paris zwölf Theater. Ich bin eine krasse Ignorantin, ich lese viel, aber ich lese ohne Plan. Ein Buch führt mich auf das andere über. Die Titel mehrerer Werke finde ich auf dem Umschlag dessen, das ich gerade vor mir habe; aber niemand leitet mich an, und so stoße ich oft auf sehr langweilige. Was ich an moderner Literatur gelesen habe, dreht sich um die Liebe, das Thema also, das uns so viel zu schaffen gemacht hat, da doch unser ganzes Schicksal durch den Mann und für den Mann geschaffen wird; aber wie sind jene Autoren zwei kleinen Mädchen namens ›Weißes Rehlein‹ und ›Herzchen‹ unterlegen, Renée und Louise! Ach, lieber Engel, was für armselige Geschehnisse, wie bizarr ist das alles, und wie dürftig werden die Gefühle ausgedrückt! Zwei Bücher indessen haben mir seltsam gefallen, das eine ist ›Corinne‹[9] und das andere ›Adolphe‹[10]. Bei dieser Gelegenheit habe ich meinen Vater gefragt, ob ich Madame de Staël nicht mal besuchen dürfe. Da haben meine Eltern und Alphonse zu lachen angefangen. Alphonse hat gefragt: »Woher kommt sie eigentlich?«

Mein Vater hat geantwortet: »Wir sind recht albern; von den Karmeliterinnen natürlich.« – »Mein Kind, Madame de Staël ist tot«, hat die Herzogin freundlich zu mir gesagt. – »Wie kann eine Frau sich nur betrügen lassen?« habe ich Miss Griffith gefragt, als ich den Schluß von ›Adolphe‹ gelesen habe. »Wenn sie liebt, kann sie es«, hat Miss Griffith geantwortet. Sag mir doch, Renée, könnte ein Mann uns tatsächlich betrügen . . . ? Miss Griffith hat vermutlich gemerkt, daß ich nicht ganz dumm bin, daß ich eine Bildung genossen habe, von der niemand etwas weiß, die nämlich, die wir einander vermittelt haben, indem wir ins Blaue hinein grübelten und erwogen. Sie hat eingesehen, daß meine Unwissenheit sich nur auf die Außendinge erstreckt. Das arme Geschöpf hat mir sein Herz aufgetan. Jene lakonische Antwort, als Gegengewicht gegen alles vorstellbare Unheil, hat mir einen leichten Schauder verursacht. Die Griffith hat mir mehrfach gesagt, ich solle mich in der Gesellschaft durch nichts blenden lassen und allem gegenüber mißtrauisch sein, zumal gegenüber dem, was mir am meisten gefällt. Mehr weiß sie mir nicht zu sagen, mehr kann sie mir nicht sagen. Was sie redet, ist ein bißchen monoton. Sie ähnelt darin einem Vogel, der nur einen einzigen Ruf hat.

III

Dieselbe derselben

Dezember

Ja, Liebe, nun bin ich bereit, in die Welt und das Leben einzutreten; auch habe ich versucht, recht tollköpfig zu sein, ehe ich mich dazu herrichtete. Nach vielem Anprobieren fand ich mich heute morgen gut und geziemend korsettiert, gestiefelt, geschnürt, frisiert, gekleidet, mit Schmuck behängt. Ich habe getan wie Duellanten vor dem Zweikampf: ich habe mich hinter verschlossenen Türen geübt. Ich habe mich in Wehr und Waffen sehen wollen, ich habe wohlgemut festgestellt, daß ich über ein sieghaftes, triumphierendes Aussehen verfüge, dem man sich ergeben muß. Ich habe mich geprüft und beurteilt. Ich habe meine Fähigkeiten vor mir Revue passieren lassen, indem ich die schöne Maxime des Altertums praktisch erprobte: ›Erkenne dich selbst!‹ Es hat mir unendliche Freude bereitet, meine Bekanntschaft zu machen. Die Griffith hat als einzige das Geheimnis meines Puppenspiels geteilt. Ich war dabei zugleich Puppe und Kind. Du glaubst, mich zu kennen? Keine Ahnung hast Du!

Jetzt folgt das Bildnis Deiner ehedem als Karmeliterin verkleideten Schwester, die als leichtlebiges, mondänes Mädchen auferstanden ist. Die Provence ausgenommen, bin ich eins der schönsten jungen Frauenwesen Frankreichs. Das scheint mir das Endergebnis dieses angenehmen Kapitels zu sein. Ich habe zwar Fehler; aber wäre ich ein Mann, so würde ich sie lieben. Jene Fehler rühren von den Hoffnungen her, die ich gebe. Wenn man vierzehn Tage lang die erlesenen Rundungen der Arme seiner Mutter hat bewundern müssen, und wenn eben jene Mutter die Herzogin de Chaulieu ist, dann kommt man sich armselig vor, wenn man die eigenen mageren Ärmchen betrachtet; aber man tröstet sich, wenn man merkt, daß man ein feines Handgelenk hat, eine gewisse Weichheit der Linien in den Vertiefungen, die eines Tages seidiges Fleisch füllig machen, abrunden und plastisch formen wird. Die etwas dürre Bildung der Arme kehrt in den Schultern wieder. Im Grunde habe ich gar keine Schultern, sondern bloß harte Schulterblätter, die zwei eckige Flächen bilden. Auch meine Taille ist ohne Geschmeidigkeit, die Hüften sind starr und steif. Uff! Jetzt habe ich alles gesagt. Aber die Konturen sind fein und fest, die Gesundheit verschlingt mit ihrer lebendigen, reinen Flamme diese nervigen Linien, Leben und blaues Blut strömen in Fluten unter durchsichtiger Haut. Und die blondeste Tochter der blonden Eva ist im Vergleich zu mir eine Negerin! Und ich habe einen Gazellenfuß! Und alle meine Gelenke sind delikat, und ich besitze die ebenmäßigen Züge eines griechischen Vasenbilds. Die Tönungen der Haut sind ohne Schmelz, das stimmt schon, Mademoiselle; aber sie sind lebendig: ich bin eine sehr hübsche, unreife Frucht, und ich habe alle Anmut der Unreife. Kurz und gut: ich gleiche der Gestalt, die in dem alten Meßbuch meiner Tante einer blaßvioletten Lilie entsteigt. Meine blauen Augen sind nicht eben dümmlich, sie sind stolz, und zwei Ränder von lebhaftem Perlmutter, das hübsche Äderchen durchziehen, rahmen sie ein, und die sich darüber neigenden langen, dichten Wimpern muten an wie Seidenfransen. Meine Stirn strahlt, mein Haar hat einen entzückenden Ansatz, es bildet kleine, mattgoldene Wellen, die nach der Mitte zu bräunlich werden; dort kräuseln sich ein paar widerspenstige Härchen, die zur Genüge besagen, daß ich nicht zu den faden, immer zu Ohnmachten neigenden Blondinen gehöre, sondern zu den südlichen, vollblütigen; daß ich eine bin, die zuschlägt, anstatt jemanden an sich heranzulassen. Der Friseur hatte mir das Haar in zwei Flächen glätten wollen, und ich sollte an der Stirn an einer Goldkette eine Perle tragen – dann sähe ich mittelalterlich aus, hat er gesagt. »Merken Sie sich, daß ich nicht alt genug bin, um mich mittelalterlich herzurichten und um einen Schmuck zu tragen, der mich jünger macht!« Meine Nase ist klein und schmal, ihre Flügel sind gut geschnitten und durch eine zartrosa Scheidewand getrennt; sie ist herrisch, mokant, und ihre Spitze ist viel zu nervig, um je dick oder rot zu werden. Mein liebes Rehlein, wenn das alles nicht hinreicht, daß ein Mädchen auch ohne Mitgift genommen wird, dann kenne ich mich nicht mehr aus. Meine Ohren sind kokett gewunden, eine Perle in jedem Läppchen müßte dort gelb wirken. Mein Hals ist lang und besitzt die schlangenhafte Beweglichkeit, die so viel Majestät verleiht. Im Dunkeln wird seine Blässe golden. Ach, ich habe vielleicht einen etwas zu großen Mund, aber er ist so ausdrucksvoll, die Lippen haben eine so schöne Farbe, die Zähne lachen so erquicklich! Und überdies steht alles in harmonischem Einklang: man hat seinen Gang, man hat seine Stimme! Man erinnert sich des Schwingens der Röcke der Ahnfrau, die nie mit der Hand daran gerührt hat. Mit einem Wort: ich bin schön und anmutig. Meiner Stimmung nachgebend, kann ich lachen, wie Du und ich so oft gelacht haben, und ich werde mir dennoch nichts vergeben: es wird stets irgend etwas Eindrucksvolles in den Grübchen zurückbleiben, die der Übermut mit seinem leichten Finger mir in die weißen Wangen drückt. Ich kann die Augen niederschlagen und tun, als sei bei schneeiger Stirn mein Herz aus Eis. Ich kann einen melancholischen Schwanenhals zur Schau tragen, wenn ich als heilige Jungfrau posiere, und dann stehen die von den Malern geschaffenen Madonnen weit unter mir, und im Himmel bin ich über sie erhaben. Um zu mir zu sprechen, wird ein Mann gezwungen sein, seine Stimme in Musik zu verwandeln.

So bin ich denn also in jeder Hinsicht gewappnet und kann die Klaviatur der Koketterie von den tiefsten Tönen bis zum höchsten Diskant durcheilen. Es ist ein ungeheurer Vorteil, eine Ausnahmeerscheinung zu sein. Meine Mutter ist weder ausgelassen noch zimperlich; sie ist ausschließlich würdevoll und imponierend; das kann sie nur hinter sich lassen, um zur Löwin zu werden; wenn sie verletzt hat, sorgt sie kaum je für Heilung; ich werde mich darauf verstehen, zu verletzen und zu heilen. Ich bin ganz anders als meine Mutter. Daher ist zwischen uns auch keine Nebenbuhlerschaft möglich, sofern wir nicht um der mehr oder weniger großen Vollkommenheit der äußeren Erscheinung willen in Wettstreit treten, denn darin sind wir einander ähnlich. Ich bin meinem Vater nachgeartet, und der ist vornehm und ungezwungen. Ich habe die Umgangsformen meiner Großmutter und deren bezaubernden Stimmklang, eine Kopfstimme, wenn ich sie anstrenge, eine melodiöse Bruststimme in Mittellage beim Tête-à-tête. Mir ist, als habe ich erst heute das Kloster verlassen. Für die Gesellschaft, die Welt existiere ich noch nicht, noch bin ich unbekannt. Welch köstlicher Augenblick! Noch gehöre ich mir selbst wie eine Blume, die noch kein Auge erblickt und die sich gerade erschlossen hat. Ja, mein Engel, als ich in meinem Salon auf und ab geschritten bin und mich betrachtet, als ich das unschuldige, schlichte Gewand der Klosterschülerin erblickt habe, da empfand ich im Herzen etwas Unbestimmbares: Sehnsucht nach dem Vergangenen, Zukunftssorgen, Beklommenheit ob der Gesellschaft, Abschied von den blassen, unschuldig gebrochenen Margueriten, die wir sorglos zerpflückt haben; es war etwas von alledem; aber es war auch etwas von den phantastischen Vorstellungen dabei, die ich in die Tiefen meines Innern zurückverweise, Tiefen, in die hinabzusteigen ich nicht wage und aus denen sie stammen.

Liebe Renée, ich nenne eine Brautausstattung mein eigen! Alles liegt wohlgeordnet und parfümiert in den Zedernholzschubfächern mit der Vorderseite aus Lackarbeit in meinem reizenden Ankleidezimmer. Ich habe Bänder, Schuhe, Handschuhe,

alles im Überfluß. Mein Vater hat mir liebreicherweise hübsche
Dinge geschenkt, wie ein junges Mädchen sie braucht: ein Ne-
cessaire, Dinge für den Toilettentisch, eine Räucherpfanne, einen
Fächer, einen Sonnenschirm, ein Gebetbuch, eine goldene Kette,
einen Kaschmirschal; er hat mir versprochen, ich solle Reitunter-
richt haben. Nun, tanzen kann ich ja schon! Morgen, ja, morgen
abend soll ich in die Gesellschaft eingeführt werden. Meine Toilette ist ein Kleid aus weißem Musselin. Als Kopfschmuck trage
ich ein Geflecht aus weißen Rosen à la grecque. Ich will meine
Madonnenmiene aufsetzen: ich möchte nämlich ganz harmlos
wirken und dadurch die Damen für mich einnehmen. Meine
Mutter hat keine Ahnung von dem, was ich Dir schreibe; sie hält
mich für unfähig zu denken. Wenn sie meinen Brief läse, wäre
sie starr vor Staunen. Mein Bruder beehrt mich mit tiefer Verachtung und bedenkt mich nach wie vor mit liebenswürdiger
Gleichgültigkeit. Er ist ein gutaussehender junger Herr, aber
launisch und melancholisch. Ich weiß um sein Geheimnis: weder
der Herzog noch die Herzogin haben es erraten. Obwohl Herzog und jung, ist er eifersüchtig auf seinen Vater; er stellt im
Staat nichts dar, er hat kein Hofamt, er kann nicht sagen: Ich
gehe in die Kammer. Ich bin die einzige im Hause, die sechzehn
Stunden Zeit zum Nachdenken hat: mein Vater steckt in den
öffentlichen Angelegenheiten und seinen Vergnügungen, auch
meine Mutter ist beschäftigt; niemand im Haus kommt zu sich
selbst, alle sind stets außerhalb, sie haben nicht Zeit genug zum
Leben. Ich bin über die Maßen neugierig, welchen unbezwing-
lichen Reiz Welt und Gesellschaft besitzen, daß sie alle von neun
Uhr abends bis zwei oder drei Uhr morgens mit Beschlag belegen
und einem so viel Kosten machen und Anstrengungen aufbürden.
Als ich mir wünschte, hineinzugelangen, ahnte ich solcherlei Ent-
fernungen, dergleichen Berauschungen nicht; aber tatsächlich, ich
vergesse, daß es sich um Paris handelt. So kann man denn also
beieinander leben, im Familienkreis, und sich nicht kennen. So
etwas wie eine Nonne kommt an, und innerhalb von vierzehn
Tagen durchschaut sie, was ein Staatsmann im eigenen Haus
nicht wahrnimmt. Vielleicht sieht er es dennoch, und in seiner
freiwilligen Blindheit ist etwas Väterliches. Diesen dunklen
Punkt werde ich noch sondieren.

IV

Dieselbe derselben

15. Dezember

Gestern um zwei Uhr bin ich auf den Champs-Elysées und im Bois de Boulogne spazierengefahren; es war einer der Herbsttage, wie wir sie an den Ufern der Loire so sehr genossen haben. Endlich habe ich nun also Paris gesehen! Die Place Louis XV ist wirklich schön, aber von der Schönheit, wie Menschen sie erschaffen. Ich war melancholisch, wenngleich zum Lachen aufgelegt, trug unter einem reizenden Hut ein ruhiges Gesicht zur Schau und hielt die Arme gekreuzt. Aber ich habe kein einziges Lächeln ergattert, kein einziger junger Mann ist wie angewurzelt stehengeblieben, niemand hat sich nach mir umgedreht; dabei fuhr der Wagen mit einer meiner Pose angemessenen Langsamkeit. Nein, das stimmt nicht, ein charmanter Herzog, der vorbeiritt, hat jäh sein Pferd gewandt. Dieser Herr, der vor der Öffentlichkeit meiner Eitelkeit genugtat, war mein Vater, und wie er mir später sagte, ist sein Stolz angenehm berührt worden. Auch meiner Mutter bin ich begegnet; sie hat mir mit den Fingerspitzen die Andeutung einer Kußhand zugeworfen. Meine Griffith, die völlig unbekümmert war, hat ihre Blicke umherschweifen lassen. Meiner Meinung nach sollte ein junges Frauenzimmer stets wissen, wohin es schaut. Ich war wütend. Ein Mann hat überaus ernsthaft meinen Wagen gemustert, ohne mich zu beachten. Möglicherweise war dieser Bewunderer ein Wagenbauer. Ich habe mich in der Bewertung meiner Kräfte geirrt: die Schönheit, dieses seltene Privileg, das Gott allein verleiht, ist in Paris weiter verbreitet, als ich meinte. Zierpuppen wurden aufs liebenswürdigste gegrüßt. Bei puterroten Gesichtern haben die Männer sich gesagt: »Das ist die Richtige!« Meine Mutter ist ausgiebig bewundert worden. Dieses Rätsel hat eine Lösung, und ich werde danach suchen. Die Männer, meine Liebe, sind mir durchweg sehr häßlich vorgekommen. Die hübschen ähneln uns in dem, was nicht hübsch an uns ist. Ich weiß nicht, welcher böse Genius ihre Kleidung erfunden hat: sie ist überraschend plump, wenn man sie mit derjenigen vergangener Jahrhunderte vergleicht; sie ist glanzlos, farblos, ohne Romantik; sie wendet sich weder an die Sinne noch an den Geist, noch an das Auge, und sie muß unbequem sein; sie ist ohne Weite, eng bemessen. Vor allem hat die Kopfbedeckung mich betroffen gemacht: sie sieht aus wie ein Säulenstumpf und paßt sich nicht der Form des Kopfes an; aber es ist ja leichter, wie mir gesagt worden ist, eine Revolution zu machen, als Hüte anmutig zu gestalten. In Frankreich tritt die Tapferkeit vor der Vorstellung den Rückzug an, einen Filzhut mit rundem Kopfteil tragen zu müssen, und aus Mangel an Mut während eines einzigen Tages macht man sich sein Leben lang durch seine Kopfbedeckung lächerlich. Dabei heißt es immer, die Franzosen nähmen nichts schwer! Die Männer sehen übrigens stets schauderhaft aus, gleichgültig, was für Hüte sie tragen. Ich habe lediglich abgekämpfte und harte Gesichter gesehen, in denen sich weder Ruhe noch innerer Gleichmut fanden; die Züge sind roh, und die Falten zeugen von enttäuschtem Ehrgeiz, von fehlgeleiteter Eitelkeit. Schöne Stirnen sind etwas Seltenes. »Das nun also sind die Pariser!« habe ich zu Miss Griffith gesagt. »Sehr liebenswürdige und sehr geistvolle Herren«, hat sie mir geantwortet. Ich habe geschwiegen. Eine Sechsunddreißigjährige hat wohl ein recht nachsichtiges Herz.

Abends bin ich zum Ball gegangen und habe mich an der Seite meiner Mutter gehalten; sie hat mir den Arm mit einer Fürsorglichkeit geliehen, die nicht unbelohnt geblieben ist. Alle Ehrerweisungen galten ihr, ich wurde zum Anlaß für die angenehmsten Schmeichelreden. Sie hat es fertiggebracht, mich mit lauter Schwachköpfen tanzen zu lassen; sie haben mir samt und sonders was von der Hitze vorgeredet, wie wenn ich aus Eis gewesen wäre, und wie schön der Ball sei, als hätte ich keine Augen gehabt. Keiner hat es unterlassen können, in Ekstase über etwas Seltsames, Unerhörtes, Außergewöhnliches, Merkwürdiges und Absonderliches zu geraten, nämlich mich zum erstenmal auf einem Ball zu sehen. Meine Toilette, die mich in meinem weißgoldenen Salon entzückt hatte, als ich ganz allein darin einherstolzierte, war inmitten der wundervollen Prunkgewänder der meisten andern Frauen kaum der Beachtung wert. Jede von ihnen hatte ihre Getreuen, sie beobachteten einander aus den Augenwinkeln, einige strahlten in triumphierender Schönheit, wie meine Mutter. Ein junges Mädchen zählt auf einem Ball nicht; sie ist bloß eine Tanzmaschine. Die Männer sind, mit seltenen Ausnahmen, hier nicht besser als auf den Champs-Elysées. Sie sind verbraucht, ihre Züge sind ohne Charakter, oder vielmehr: sie haben alle denselben Charakter. Die stolzen, sieghaften Mienen, die unsere Vorväter auf ihren Bildnissen tragen, unsere Vorväter, die der körperlichen Kraft die geistige Kraft zugesellten, gibt es nicht mehr. Es fand sich jedoch in dieser Versammlung ein Mann von großer Begabung, der sich von der Masse durch die Schönheit seines Gesichts abhob; aber er hat in mir nicht das lebhafte Interesse wachgerufen, das er eigentlich hätte erregen müssen. Ich kenne keins seiner Werke, und er ist nicht von Adel. Welches auch das Genie und die Qualitäten eines Bürgerlichen oder eines Geadelten sein mögen, in meinem Blut findet sich für sie kein einziger Tropfen. Überdies habe ich gemerkt, wie stark er mit sich selbst und wie wenig er mit den andern beschäftigt war; und so zwang ich mir die Gedanken auf, daß wir für diese großen Ideenjäger bloß Gegenstände, nicht aber Menschenwesen sind. Wenn Leute von Talent lieben, sollten sie nicht mehr schreiben, oder sie lieben nicht. In ihrem Gehirn ist etwas, das ihnen mehr wert ist als ihre Geliebte. All das habe ich dem Verhalten jenes Mannes entnehmen zu können geglaubt, der, wie es heißt, Gelehrter, Redner, Autor ist und den der Ehrgeiz dazu treibt, sich in den Dienst jedes Großen zu stellen. Meine Meinung stand sogleich fest: ich fand es meiner unwürdig, der Welt meines geringen Erfolges wegen zu grollen, und ich habe unbekümmert weitergetanzt. Außerdem hat das Tanzen mir Freude gemacht. Ich habe einen Haufen würzelosen Klatsch über mir unbekannte Leute angehört; aber vielleicht ist es erforderlich, daß ich über vielerlei Dinge im Bilde bin, die ich noch nicht weiß, damit ich sie recht verstehe; denn ich habe es erlebt, daß die Mehrzahl der Herren und Damen inniges Vergnügen dabei fand, gewisse Sätze auszusprechen oder zu vernehmen. Die Gesellschaft stellt mir eine Fülle von Rätseln, deren Lösung zu finden mich schwierig dünkt. Intrigen gibt es haufenweise. Ich habe ziemlich scharfsichtige Augen und ein feines Gehör, und was meine Fassungskraft betrifft, so kennen Sie sie ja, Mademoiselle de Maucombe!

Ich bin müde heimgekommen, und glücklich über diese Müdigkeit. Ganz naiv habe ich meiner Mutter, in deren Gesellschaft ich war, den Zustand geschildert, in dem ich mich befand; sie hat mir nahegelegt, dergleichen Dinge einzig ihr anzuvertrauen. »Liebes Kind«, hat sie hinzugefügt, »der gute Geschmack bekundet sich ebensosehr im Wissen um die Dinge, die man verschweigen muß, wie im Wissen um die Dinge, die man sagen kann.«

Diese Empfehlung hat mich verstehen lassen, welches die Empfindungen sind, über die wir jedermann gegenüber Schweigen bewahren müssen, vielleicht sogar unserer Mutter gegenüber. Mit einem einzigen Blick habe ich das weite Gefilde weiblicher Verstellungskünste überschaut. Ich kann Dir versichern, liebes Rehlein, daß wir mit der Unverfrorenheit unserer Unschuld zwei leidlich aufgeweckte kleine Schwatzbasen bilden würden. Wieviel Belehrendes kann in einem auf die Lippen gelegten Finger sein, in einem Wort, einem Blick! Innerhalb einer Sekunde bin ich äußerst schüchtern geworden. Ja, was denn? Man kann also nicht mal dem natürlichen Glücksgefühl Ausdruck geben, das der Tanz in uns wachruft? Aber, so habe ich mir gesagt, wie soll ich es dann erst mit meinen Gefühlen halten? Bekümmert bin ich zu Bett gegangen. Noch immer verspüre ich heftig den ersten Zusammenstoß meines freien, frohen Naturells mit den harten Gesetzen der Gesellschaft. Schon habe ich etwas von meiner weißen Wolle an den Sträuchern der Landstraße lassen müssen. Leb wohl, mein Engel!

V

Renée de Maucombe an Louise de Chaulieu

Wie hat Dein Brief mich bewegt! Bewegt vor allem durch den Vergleich unserer beiden Schicksale. In welch einer Welt des Glanzes wirst Du fortan leben! In welch einer friedlichen Zurückgezogenheit werde ich meine unscheinbare Laufbahn vollenden! Auf Schloß Maucombe, von dem ich Dir bereits allzuviel erzählt habe, als daß ich es nochmals zu tun brauchte, habe ich mein Zimmer beinahe im gleichen Zustand vorgefunden, in dem

31

ich es verlassen hatte; von hier aus wurde mein Verständnis für die köstliche Landschaft des Tals von Gémenos[11] erweckt, die ich als Kind angeschaut habe, ohne sie recht eigentlich zu sehen. Vierzehn Tage nach meiner Ankunft haben meine Eltern mich zusammen mit meinen beiden Brüdern mit zum Abendessen zu einem Nachbarn, Monsieur de l'Estorade, genommen, einem alten Edelmann, der sehr reich geworden ist, und zwar auf die Weise, wie man in der Provinz reich wird: durch geflissentlichen Geiz. Der alte Herr hatte es nicht fertiggebracht, seinen einzigen Sohn den Klauen Bonapartes zu entreißen; vor der Aushebung hat er ihn zwar bewahren können, aber dann mußte er ihn 1813 zur Armee schicken, in die Ehrengarde: seit Leipzig hat der alte Baron nichts wieder von ihm gehört. Monsieur de Montriveau, den Monsieur de l'Estorade im Jahr 1814 aufsuchte, hat ihm versichert, er habe mitangesehen, wie der junge Herr von den Russen gefangengenommen worden sei. Madame de l'Estorade ist vor Kummer gestorben; sie hatte in Rußland erfolglos Nachforschungen durchführen lassen. Der Baron ist ein frommer Christ; er hat sich der schönen, von den Priestern empfohlenen Tugend befleißigt, die wir in Blois üben mußten: der Hoffnung! Die hat ihn den Sohn im Traum sehen lassen, und er hat seine Reichtümer für ihn angehäuft; er hat auch die Interessen des Sohns bei den Erbfolgen wahrgenommen, die ihm von seiten der Familie der verstorbenen Madame de l'Estorade zufielen. Niemand brachte den Mut auf, sich über diesen alten Herrn lustig zu machen. Mir ist schließlich klargeworden, daß die unverhoffte Rückkehr jenes Sohns zur Ursache der meinen wurde. Wer hätte uns sagen können, daß, während unsere Gedanken sich in mannigfachem Schweifen ergingen, mein Zukünftiger langsam zu Fuß durch Rußland, Polen und Deutschland unterwegs sei? Erst in Berlin endeten alle seine Mißgeschicke; von dort aus hat der französische Gesandte ihm die Heimkehr nach Frankreich erleichtert. Monsieur de l'Estorade, ein kleiner provenzalischer Edelmann mit einem Einkommen von etwa zehntausend Francs, verfügt über keinen Namen von europäischem Klang, und so hat sich niemand für den Chevalier de l'Estorade interessiert, dessen Name auf eigentümliche Weise nach Abenteuer roch.

Zwölftausend Francs, der jährliche Ertrag aus den Besitztümern der Madame de l'Estorade, zusammen mit den väterlichen Ersparnissen schaffen dem armen Angehörigen der Ehrengarde ein für die Provence beträchtliches Vermögen, nämlich etwa zweihundertfünfzigtausend Francs, und hinzu kommen die Erträgnisse des Bodens. Der gute alte de l'Estorade hatte wenige Tage, bevor er den Chevalier wiedersehen sollte, ein schönes, aber schlecht verwaltetes Gut gekauft, das er mit zehntausend Maulbeerbäumen bepflanzen will, die er eigens in seiner Baumschule gezüchtet, da er jene Erwerbung vorausgesehen hatte. Nun der Baron den Sohn wiedergewonnen hat, kennt er keinen andern Gedanken, als ihn zu verheiraten, und zwar mit einem jungen Mädchen von Adel zu verheiraten. Meine Eltern haben hinsichtlich meiner den Gedanken ihres Nachbarn beigepflichtet, als der alte Herr ihnen seine Absicht kundtat, Renée de Maucombe ohne Mitgift zu nehmen und besagter Renée im Ehekontrakt die Gesamtsumme dessen zuzuerkennen, was ihr ihrerseits einmal als Erbe zufalle. Mein jüngerer Bruder Jean de Maucombe hat, als er großjährig wurde, anerkannt, er habe von seinen Eltern einen Vorschuß im Werte eines Drittels der Erbschaft erhalten. Auf diese Weise umgehen die Adelsfamilien der Provence den infamen Code civil des Sieur de Buonaparte, durch den adlige Mädchen ebenso oft ins Kloster gesteckt werden, wie er ihnen zur Ehe verhilft. Der französische Adel ist nach dem wenigen, was ich darüber gehört habe, in bezug auf diese wichtigen Dinge geteilter Meinung.

Jenes Abendessen, mein geliebtes Herzlein, war das erste Zusammentreffen zwischen Deinem Rehlein und dem Verbannten. Doch wir wollen der Reihe nach vorgehen. Die Diener des Grafen de Maucombe hatten ihre alten, galonierten Livreen angelegt und ihre Litzenhüte aufgesetzt: der Kutscher hat seine großen Stulpenstiefel angezogen, wir haben zu fünft in der alten Karosse gesessen und sind majestätisch gegen zwei Uhr zu dem auf drei Uhr angesetzten Essen vor der Bastide angelangt, die der Baron de l'Estorade bewohnt. Der Schwiegervater hat nämlich kein Schloß, sondern nur ein schlichtes Landhaus; es ist am Fuß eines unserer Hügel am Ausgang unseres schönen Tals gelegen, dessen Stolz gewißlich das alte Kastell Maucombe bildet

Jene Bastide macht tatsächlich ihrem Namen Ehre: vier Feldsteinmauern mit gelblichem Verputz, bedeckt mit Hohlziegeln von einem schönen Rot. Die Dächer biegen sich unter der Last jenes Ziegelwerks. Die ohne jede Symmetrie eingebrochenen Fenster besitzen riesige, gelbgetünchte Laden. Der Garten, der diese Behausung umgibt, ist ein provenzalischer Garten, umgeben von kleinen Mauern aus dicken, runden, in Schichten gelegten Feldsteinen; die Begabung des Maurers bezeigt sich in der Art, wie er sie wechselweise geneigt oder aufrecht stehend angeordnet hat; die darüber gebreitete Lehmkruste bröckelt hier und dort ab. Der gutsartige Eindruck dieser Bastide entsteht durch die schmiedeeisernen Eingangsgitter nach der Landstraße hin. Es hat lange gedauert, bis man sich dieses Gittertor leisten konnte; es ist so dürftig, daß es mich an Schwester Angélique erinnert hat. Das Haus hat eine steinerne Freitreppe, die Tür ist mit einem Schutzdach geschmückt, wie es jeder Bauer an der Loire für sein elegantes weißes Steinhaus mit dem blauen Dach, über dem die Sonne lacht, verschmähen würde. Der Garten und was darum herumliegt sind entsetzlich staubig und die Bäume verdorrt. Man merkt es, daß das Leben des Barons seit langem darin besteht, aufzustehen, zu Bett zu gehen und am folgenden Tag abermals aufzustehen, ohne eine andere Sorge, als Sou auf Sou zu häufen. Er ißt, was seine Dienerschaft ißt; sie besteht aus zwei Personen, einem provenzalischen Burschen und der alten Kammerzofe seiner Frau. In den Zimmern steht wenig Mobiliar. Dabei hatte sich das Haus de l'Estorade in Unkosten gestürzt. Es hatte seine Schränke ausgeleert und das erste und das zweite Aufgebot seiner Dienstmannen für dieses Essen einberufen, das uns in altem, schwarz angelaufenem, zerbeultem Silber serviert wurde. Der ›Verbannte‹, liebes Herzlein, ist wie das Gittertor: recht mager! Er ist blaß, er hat gelitten, er ist wortkarg. Mit seinen siebenunddreißig Jahren wirkt er wie ein Fünfziger. Die Ebenholzfarbe seines Haars, das schön gewesen sein muß, als er ganz jung war, ist mit Weiß untermischt wie ein Lerchenflügel. Seine schönen blauen Augen sind Höhlen; er ist ein bißchen schwerhörig, und so erinnert er an den Ritter von der Traurigen Gestalt; dennoch habe ich gnädigst eingewilligt, Madame de l'Estorade zu werden und mich mit zweihundertfünfzigtausend

Francs dotieren zu lassen, freilich unter der ausdrücklichen Bedingung, freie Hand bei der Einrichtung der Bastide zu haben und einen Park anlegen zu dürfen. Von meinem Vater habe ich formell verlangt, mir einen kleinen Teil des Wassers zu überlassen, das von Maucombe nach hier geleitet werden kann. In einem Monat bin ich Madame de l'Estorade; ich habe nämlich gefallen. Nach dem sibirischen Schnee ist ein Mann überaus geneigt, meinen schwarzen Augen Gerechtigkeit widerfahren zu lassen; Du hast ja gesagt, sie könnten die Früchte zum Reifen bringen, die ich anschaue. Louis de l'Estorade scheint außerordentlich glücklich zu sein, daß er ›die schöne Renée de Maucombe‹ heiratet, denn mit diesem Ehrennamen ist Deine Freundin bedacht worden. Während Du Dich anschickst, die Freuden eines Daseins im großen zu ernten, diejenigen einer Mademoiselle de Chaulieu in Paris, das Du beherrschen wirst, ist Dein armes Rehlein Renée, die Tochter der Wüste, aus den höheren Regionen, in die wir uns aufgeschwungen hatten, in die vulgären Realitäten eines Daseins hinabgestürzt, das schlicht ist wie das eines Gänseblümchens. Ja, ich habe mir gelobt, der Trost dieses jungen Menschen zu werden, der keine Jugend gehabt hat, der vom Schoß der Mutter in den Krieg, von den Freuden seiner Bastide in die Eiswüsten und die Zwangsarbeit Sibiriens getrieben worden ist. Die Einförmigkeit meiner künftigen Tage wird einige Abwechslung durch bescheidene ländliche Lustbarkeiten erhalten. Ich beabsichtige, die Oase des Gémenostals bis an mein Haus heranzuführen, das bald majestätisch von schönen Bäumen beschattet sein wird. Ich will Rasenflächen haben; die sind in der Provence immer grün; mein Park soll sich bis auf den Hügel hinauf erstrecken; auf den höchsten Punkt soll irgendein hübscher Pavillon zu stehen kommen; von dort aus können meine Augen dann vielleicht das schimmernde Mittelmeer erblicken. Orangen- und Zitronenbäume, das reichste, was die Pflanzenwelt hervorbringt, sollen die Stätte meiner Zurückgezogenheit schmücken, und dort werde ich dann Herrin und Mutter sein. Eine naturgeschaffene, unzerstörbare Poesie wird dort um uns sein. Und dadurch, daß ich meinen Pflichten treu bleibe, ist für uns kein Unheil zu befürchten. Meine christliche Einstellung wird von meinem Schwiegervater und dem Chevalier de l'Estorade geteilt. Ach, Herzlein, das Leben liegt vor mir wie eine der großen französischen Landstraßen, gleichmäßig und sanft, von ewigen Bäumen beschattet. Schwerlich wird es in diesem Jahrhundert zwei Buonapartes geben; ich könnte also meine Söhne behalten, wenn ich welche bekomme, sie aufziehen und Männer aus ihnen machen; durch sie werde ich das Leben genießen. Wenn Du Dein Schicksal nicht verfehlst, Du, die Du die Frau eines der Mächtigen dieser Erde sein wirst, werden die Kinder Deiner Renée stets eine tatkräftige Schützerin haben. Lebt also wohl, wenigstens für mich, ihr Romane und absonderlichen Geschehnisse, zu deren Heldinnen wir uns gemacht hatten. Ich kenne die Geschichte meines Lebens schon im voraus: große Ereignisse darin werden das Zahnen der jungen Herren de l'Estorade sein, ihre Ernährung und die Verheerungen, die sie in meinen Blumenpflanzungen und in mir selber anrichten: ich muß ihnen die Mützchen besticken, von einem armen, kränkelnden Mann geliebt und bewundert werden, und das alles am Eingang des Gémenostals: das sind meine Freuden. Vielleicht wird eines Tages die Landfrau den Winter über in Marseille wohnen; aber auch dann erscheint sie nur auf der engen Schaubühne eines Provinztheaters, dessen Kulissen völlig ungefährlich sind. Ich werde nichts zu fürchten haben, nicht einmal eine der Huldigungen, die uns stolz machen könnten. Wir werden uns sehr für die Seidenraupen interessieren, da wir Maulbeerblätter zu deren Zucht verkaufen. Wir werden die seltsamen Wechselfälle des provenzalischen Lebens kennenlernen, und die Ungewitter einer Ehe, in der kein Zerwürfnis möglich ist: Monsieur de l'Estorade hat feierlich seine Absicht kundgetan, sich von seiner Frau leiten zu lassen. Da ich ihn nun aber in diesem weisen Entschluß nur bestärken kann, wird es sicherlich dabei sein Bewenden haben. Du, liebe Louise, wirst die romantische, romanhafte Seite meines Daseins bilden. Deswegen erzähle mir nur ganz genau von Deinen Abenteuern, male mir die Bälle, die Feste aus, erzähl mir, wie Du Dich kleidest, welche Blumen Dein schönes Blondhaar umkränzen, und von den Worten und dem Gehaben der Herren. Dann wirst Du zu zweit sein, wenn Du ihnen zuhörst, wenn Du tanzt, wenn Du fühlst, daß Dir die Fingerspitzen gedrückt werden. Wie gern würde ich mich in Paris amüsieren, während Du

Hausmutter auf La Crampade wärst, denn so heißt unsere Bastide. Der arme Mann, der da glaubt, er heirate nur eine einzige Frau! Ob er je merkt, daß es ihrer zwei sind? Ich beginne, Unsinn zu reden. Und da ich es nur noch ohne Dein unmittelbares Dabeisein tun kann, will ich lieber damit aufhören. Nimm also einen Kuß auf Deine beiden Wangen; meine Lippen sind noch die eines jungen Mädchens (er hat nur gewagt, meine Hand zu nehmen). Ach, er ist von einem Respekt und einer Wohlanständigkeit, die recht beunruhigend wirken. Nun fange ich schon wieder mit dem Unsinn an. Leb wohl, Liebe.

P. S. Ich öffne Deinen dritten Brief. Liebste, ich kann über etwa tausend Francs verfügen: lege sie doch in hübschen Dingen für mich an, wie sie sich hier in der Gegend und selbst in Marseille schwerlich auftreiben lassen. Wenn Du für Dich selber einkaufst, dann denk an Deine Klausnerin auf La Crampade. Bedenk, daß weder meine Eltern noch mein Schwiegervater in Paris Leute von Geschmack kennen, die für sie etwas kaufen könnten. Auf Deinen Brief will ich später antworten.

VI

Don Felipe Henarez an Don Fernandez

Paris, September

Das Datum dieses Briefes sagt Ihnen, lieber Bruder, daß der Chef Ihres Hauses keinerlei Gefahr mehr läuft. Wenn wir durch die Hinmetzelung unserer Vorfahren im Löwenhof[12] auch wider Willen zu Spaniern und Christen gemacht worden sind, so blieb uns doch die Klugheit der Araber erhalten; und vielleicht habe ich meine Rettung dem Abencerragenblut verdankt, das noch immer in meinen Adern fließt. Die Furcht machte Ferdinand[13] zu einem so guten Komödianten, daß Valdez[14] seinen Beteuerungen glaubte. Ohne mich wäre der arme Admiral verloren gewesen. Die Liberalen werden nie wissen, was ein König ist. Mir jedoch ist der Charakter dieses Bourbonen seit langem bekannt: je mehr Seine Majestät uns Ihres Schutzes versicherte, desto mehr erwachte mein Mißtrauen. Ein wahrer Spanier hat

37

es nicht nötig, seine Versprechungen zu wiederholen. Wer zuviel redet, will täuschen. Valdez ist auf ein englisches Schiff entkommen. Was nun mich betrifft, so schrieb ich, als das Schicksal meines geliebten Spaniens in Andalusien sich ins Unglückliche gewendet hatte, an den Verwalter meiner sardinischen Güter, er möge für meine Sicherheit Maßnahmen treffen. Geschickte Korallenfischer erwarteten mich mit einem Boot an einem gewissen Punkt der Küste. Als Ferdinand den Franzosen nahelegte, sich meiner Person zu versichern, befand ich mich in meiner Baronie Macumer inmitten von Banditen, die allen Gesetzen und Rachegelüsten hohnlachten. Das letzte hispano-maurische Geschlecht aus Granada hat in die Wüsten Afrikas zurückgefunden, auf einem sarazenischen Pferd, nach einem Besitztum, das es von Sarazenen ererbt hat. Die Augen jener Banditen haben vor wilder Freude und wildem Stolz gefunkelt, als sie erfuhren, daß sie den Herzog von Soria, ihren Herrn, gegen die Vendetta des Königs von Spanien schützten; einen Henarez, den ersten, der sie aufsuchte seit der Zeit, da die Insel noch den Mauren gehörte; und dabei hatten sie unlängst noch meinen Richterspruch gefürchtet! Zweiundzwanzig Karabiner haben sich erboten, auf Ferdinand von Bourbon zu zielen, den Abkömmling eines Geschlechts, das in den Tagen, da die Abencerragen siegreich an den Ufern der Loire anlangten, noch unbekannt war. Ich glaubte, von den Erträgnissen jener riesigen Güter leben zu können, denen wir bedauerlicherweise so wenig Aufmerksamkeit geschenkt haben; aber mein Aufenthalt hat mir meinen Irrtum und die Wahrhaftigkeit von Queverdos Berichten bewiesen. Der arme Mann hatte zweiundzwanzig Menschenleben in meinen Diensten und verfügte über keinen Real; Savannen von zwanzigtausend Morgen und kein Haus; Urwälder und kein Möbelstück. Eine Million Piaster und die Anwesenheit des Herrn während eines halben Jahrhunderts wären nötig, um diese prächtigen Ländereien ertragreich zu machen: ich werde das im Kopf behalten. Besiegte pflegen während ihrer Flucht über sich und über die verlorene Sache nachzudenken. Beim Anblick dieses schönen, von den Mönchen zernagten Kadavers schwammen meine Augen in Tränen: ich erkannte darin Spaniens traurige Zukunft wieder. In Marseille habe ich Riegos[15] Ende erfahren. Schmerzlich wurde mir bewußt, daß auch mein Leben mit einem Martyrium enden wird, einem dunklen und langen. Heißt das noch existieren, wenn man sich nicht für ein Land aufopfern noch für eine Frau leben darf? ›Lieben, Erobern‹ – dieses Doppelantlitz derselben Idee war als Parole in unsere Säbel eingraviert, in goldenen Lettern auf die Gewölbebogen unserer Paläste geschrieben, unablässig von den Wasserstrahlen nachgesprochen worden, die im Garten aus unsern Marmorbecken aufsprühten. Doch jene Parole fanatisiert unnütz mein Herz: der Säbel ist zerbrochen, der Palast liegt in Schutt und Asche, die lebendige Quelle ist vom unfruchtbaren Wüstensand aufgesogen worden.

Dieses ist mein Testament.

Don Fernandez, Sie werden verstehen, warum ich Ihren Eifer durch den Befehl zügelte, Sie sollten dem ›Rey neto‹[16] treu bleiben. Als Dein Bruder und Dein Freund bitte ich Dich dringlich, zu gehorchen; als Ihr Herr befehle ich es Ihnen. Sie sollen zum König gehen, Sie sollen von ihm meine Grandenwürde und meine Güter fordern, meine Ämter und Titel; vielleicht wird er zögern und ein paar königliche Grimassen schneiden; doch dann sagen Sie ihm, daß Sie von Maria Heredia geliebt werden, und daß Maria nur den Herzog von Soria heiraten kann. Dann werden Sie sehen, daß er vor Freude erzittert: das ungeheure Vermögen der Heredias hatte ihn daran gehindert, meinen Untergang zu vollenden; auf diese Weise wird er ihm als endgültig erscheinen – mein Nachlaß wird Ihnen ohne weiteres zufallen. Sie werden Maria heiraten: ich habe längst das Geheimnis Ihrer beiderseitigen, verborgenen Liebe erraten. Daher habe ich auch den alten Grafen auf diese Substitution vorbereitet. Maria und ich hatten lediglich den Vereinbarungen und Wünschen unserer Väter gehorcht. Sie sind schön wie ein Kind der Liebe; ich bin häßlich wie ein Grande von Spanien; Sie werden geliebt, ich bin der Gegenstand eines uneingestandenen Widerwillens; Sie werden bald das bißchen Widerstand niedergerungen haben, das mein Unglück vielleicht jener edlen Spanierin einflößen wird. Herzog von Soria, Ihr Vorgänger möchte Sie weder ein Bedauern kosten noch Sie eines Maravedis berauben. Da Marias Juwelen die Leere ausfüllen dürften, die die Diamanten meiner Mutter bei Ihnen hinterlassen, werden Sie mir jene Diamanten zusenden; sie genügen, die Unabhängigkeit meiner Lebensführung sicherzustellen; schicken Sie sie mir durch meine Amme, die alte Urraca, die einzige aus der Dienerschaft meines Hauses, die ich bei mir behalten will: sie allein versteht sich darauf, mir die Schokolade richtig zu bereiten.

Während unserer kurzen Revolution hat mein beständiges Arbeiten meine Lebensbedürfnisse auf das Notwendige eingeschränkt, und das mit meiner Stellung verbundene Gehalt hat mich damit versehen. Sie werden die Vermögenseinkünfte jener beiden letzten Jahre in den Händen Ihres Verwalters vorfinden. Diese Summe gehört mir: allein die Hochzeit eines Herzogs von Soria bringt große Ausgaben mit sich – wir wollen sie also teilen. Sie werden das Hochzeitsgeschenk Ihres Banditenbruders nicht zurückweisen. Überdies ist es mein Wille. Da die Baronie Macumer nicht dem Herrschaftsbereich des Königs von Spanien angehört, verbleibt sie mir und setzt mich in den Stand, meine Heimat und einen Namen zu haben, sofern ich zufällig noch etwas werden wollte.

Gott sei gelobt: damit ist das Geschäftliche erledigt und das Haus Soria gerettet!

In diesem Augenblick, da ich nur noch Baron de Macumer bin, verkünden die französischen Kanonen den Einzug des Herzogs von Angoulême[17]. Sie dürften verstehen, Monsieur, warum ich meinen Brief hier unterbreche ...

Oktober

Bei meiner Ankunft hier besaß ich keine zehn Quadrupel[18]. Aber ist es nicht kleinlich von einem Staatsmann, wenn er inmitten von Katastrophen, die er nicht verhindert hat, eine selbstsüchtige Voraussicht bezeigt? Den besiegten Mauren ein Pferd und die Wüste; den in ihren Hoffnungen enttäuschten Christen das Kloster und ein paar Goldstücke. Indessen ist meine Resignation nur Müdigkeit. Das Kloster liegt mir noch zu fern, und also bin ich auf mein Leben bedacht. Ozalga hatte mir auf Gedeih und Verderb Empfehlungsschreiben mitgegeben, und darunter befand sich eins an einen Buchhändler, der für unsere Landsleute hier dasselbe ist, was Galignani[19] für die Engländer bedeutet. Dieser Mann hat mir acht Schüler zu drei Francs für die Unterrichtsstunde verschafft. Einen über den anderen Tag gehe ich zu jedem meiner Schüler; ich habe also täglich vier Stunden zu geben und verdiene somit zwölf Francs, welcher Betrag höher ist als meine Bedürfnisse. Wenn Urraca angelangt ist, will ich das Glück irgendeines spanischen Verbannten machen, indem ich ihm meine Kundschaft abtrete. Ich wohne in der Rue Hillerin-Bertin[20] bei einer armen Witwe, die Kostgänger bei sich aufnimmt. Mein Zimmer ist nach Süden gelegen, mit Ausblick auf einen kleinen Garten. Ich höre keinerlei Lärm, ich schaue ins Grüne und gebe alles in allem täglich nur einen Piaster aus; ich bin ganz erstaunt über die stillen, reinen Freuden, die ich genieße bei diesem Leben à la Dionys[21] in Korinth. Von Sonnenaufgang bis zehn Uhr rauche ich und trinke meine Schokolade, wobei ich am Fenster sitze und auf zwei spanische Gewächse niederschaue, einen Ginster, der zwischen den Zweigmassen eines Jasmins aufwächst: Gold auf weißem Grund, ein Anblick, der einem Maurensprößling stets nahegehen wird. Um zehn mache ich mich auf den Weg und gebe bis vier meine Stunden. Dann komme ich zum Essen heim, und dann rauche und lese ich bis zum Schlafengehen. Dieses Leben, in dem sich Arbeit und Betrachtung, Einsamkeit und Geselligkeit mischen, könnte ich lange führen. Sei also glücklich, Fernandez, meine Abdankung ist ohne Hintergedanken vollzogen worden; keine Reue, wie Karl V. sie empfand, ist ihr gefolgt, keine Lust, das Spiel abermals zu beginnen wie Napoleon. Fünf Tage und fünf Nächte habe ich über meinem Testament verbracht; mein Denken hat daraus fünf Jahrhunderte gemacht. Die Würden, die Titel, die Güter muten mich an, als seien sie nie mein gewesen. Nun die Schranke des Respekts, die uns trennte, gefallen ist, kann ich Dich in meinem Herzen lesen lassen, lieber Junge. Dieses Herz, das Ernst und Strenge mit einem undurchdringlichen Panzer bedecken, ist voll von Zärtlichkeit und unangewandter Hingabe; aber keine Frau hat es je enträtselt, nicht einmal die, die mir an der Wiege bestimmt worden ist. Darin beruht das Geheimnis meiner glühenden politischen Betätigung. Mangels einer Geliebten habe ich Spanien vergöttert. Auch Spanien ist mir entglitten! Und nun ich nichts mehr bin, kann ich mein zerstörtes Ich betrachten und mich fragen, warum das Leben hineingelangt ist und wann es von dannen gehen wird? Warum das ritterlichste unter allen Geschlechtern in seinem letzten Sprößling noch einmal alle seine hohen Tugenden, seine afrikanische Liebesfähigkeit, seine heiße Poesie zusammengefaßt hat, wenn das Samenkorn seine runzlige Hülle bewahren muß, ohne daß der Stengel sprießt, ohne daß aus einem hohen, strahlenden Kelch seine orientalischen Düfte verströmen dürfen? Welches Verbrechen habe ich vor meiner Geburt begangen, daß ich niemandem Liebe eingeflößt habe? War ich denn schon vor Geburt an ein altes Wrack, dazu bestimmt, an einer Steilküste zu scheitern? Ich finde in meinem Innern die Wüsten der Väter wieder, bestrahlt von einer Sonne, die sie verbrennt, ohne irgend etwas wachsen zu lassen. Also warte ich, stolzer Rest eines gefallenen Geschlechts, unnützer Kraft, verlorener Liebe, ein alter Jüngling, dort, wo ich bin, und besser hier als anderswo, auf die letzte Gunst, auf den Tod. Ach, unter diesem Nebelhimmel wird kein Funke die Flamme unter all diesen Aschenschichten wieder beleben. Daher werde ich, wie Jesus Christus, als letzte Worte sagen können: ›Mein Gott, warum hast du mich verlassen?‹ Ein schrecklicher Ausspruch; niemand hat ihn zu ergründen gewagt.

Bedenke, Fernandez, wie froh es mich macht, in Dir und Maria aufs neue aufzuleben! Ich werde Euch fortan mit dem Stolz eines Schöpfers betrachten, der sich seines Werkes freut. Liebt einander recht und immer, bereitet mir keinen Kummer: ein Ungewitter zwischen Euch würde mir mehr Schmerz bereiten als Euch. Unsere Mutter hat geahnt, daß die Ereignisse einmal ihren Hoffnungen dienen würden. Vielleicht ist der Wunsch einer Mutter ein Pakt zwischen ihr und Gott. War sie nicht übrigens eins der geheimnisvollen Wesen, die mit dem Himmel in Verbindung stehen und von ihm eine Vision der Zukunft erhalten? Wie oft habe ich nicht in den Falten ihrer Stirn gelesen, daß sie Fernandez die Ehren und Güter Felipes wünschte! Ich habe es ihr gesagt, sie hat mir durch zwei Tränen geantwortet und mir die Wunden eines Herzens gezeigt, das uns beiden in gleicher Weise ganz und gar hätte gehören sollen, das aber einzig Dir eine unbezwingliche Liebe schenkte. Daher wird ihr froher Schatten über Euern Häuptern schweben, wenn Ihr Euch vor dem Altar neigt. Werden Sie nun endlich Ihren Felipe einmal strei-

cheln, Doña Clara? Sie sehen ja: er tritt Ihrem Vielgeliebten sogar das Mädchen ab, das Sie widerwillig ihm auf die Knie geschoben haben. Was ich tue, gefällt den Frauen, den Toten, dem
König. Gott hat es gewollt, laß es also damit sein Bewenden
haben, Fernandez: gehorch und schweig.

P. S. Empfiehl Urraca, mich nicht anders zu nennen als Monsieur Henarez. Sag zu Maria kein Wort. Du sollst das einzige
Lebewesen sein, das die Geheimnisse des letzten Mauren weiß, in
dessen Adern das Blut der großen, der Wüste entstammenden
und in Einsamkeit endenden Familie erstirbt. Leb wohl.

VII

Louise de Chaulieu an Renée de Maucombe

Januar 1824

Nanu, bald verheiratet? Geht man so mit den Leuten um?
Schon nach einem Monat gelobst Du Dich einem Mann an, ohne
ihn zu kennen, ohne auch nur das mindeste von ihm zu wissen?
Dieser Mensch kann doch stumpf sein, das ist man auf mancherlei Weise! Er kann kränklich sein, langweilig, unausstehlich.
Merkst du denn nicht, Renée, was aus Dir gemacht werden soll?
Du wirst gebraucht, um das glorreiche Geschlecht de l'Estorade
fortzupflanzen, und weiter gar nichts. Du wirst eine Provinzlerin. Haben wir das einander gelobt? An Deiner Stelle unter-
nähme ich lieber Bootsfahrten nach den Hyères-Inseln, bis ein
algerischer Korsar mich raubte und mich dem Großherrn ver-
kaufte; dann würde ich Sultanin, und eines Tages Sultanin Wa-
lide[22]; im Serail würde ich alles auf den Kopf stellen, gleichgültig, ob jung oder alt. Du tauschst ein Kloster gegen das andre
ein! Ich kenne Dich, Du bist feige, Du wirst mit der Gefügigkeit
eines Lamms in die Ehe gehen. Ich möchte Dir etwas raten: komm
nach Paris, da machen wir die Männer toll und werden Königinnen. Dein Mann, mein schönes Rehlein, kann sich in drei
Jahren zum Abgeordneten machen lassen. Ich weiß jetzt, was
das ist, ein Abgeordneter; ich werde es Dir erklären; Du wirst
Dich in dies alles gut hineinfinden, Du kannst in Paris bleiben

und da eine Dame *à la mode* werden, wie meine Mutter sich aus-
drückt. Oh, ich werde Dich keinesfalls auf Deiner Bastide lassen.

Montag

Seit vierzehn Tagen, Liebe, lebe ich jetzt das Leben der großen
Welt: einen Abend in der Italienischen Oper, den andern in der
Großen Oper, von da aus stets zum Ball. Ach, die Gesellschaft
ist ein Feentraum! Die Musik in der Italienischen Oper entzückt
mich, und während meine Seele in himmlischen Wonnen schwelgt,
werde ich lorgnettiert, bewundert; aber durch einen einzigen
meiner Blicke bringe ich die kühnsten Jungherrenaugen dazu,
daß sie sich senken. Ich habe dort reizende junge Leute gesehen;
aber nichts zu machen, mir gefällt keiner; keiner hat die Erschüt-
terung bewirkt, die ich empfinde, wenn ich in ›Otello‹[23] Garcia
in seinem wundervollen Duett mit Pellegrini höre. Mein Gott,
wie eifersüchtig muß Rossini sein, daß er die Eifersucht so gut
hat ausdrücken können! Welch ein Aufschrei: ›Il mio cuor si di-
vide.‹ Ich rede unverständliches Zeug, Du hast Garcia nicht gehört, aber Du weißt ja, wie eifersüchtig ich bin! Was für ein
jämmerlicher Dramatiker ist doch Shakespeare! Othello gewinnt
Ruhm, trägt Siege davon, kommandiert, paradiert, fährt in der
Welt umher und läßt Desdemona in ihrem Winkel, und Desdemona, die es erlebt, daß er den Stumpfsinn des öffentlichen Lebens ihr vorzieht, wird nicht mal böse? Dies Schaf verdient den
Tod. Möge der, den ich einmal zu lieben geruhe, sich ja nicht er-
dreisten, etwas anderes zu tun als mich zu lieben! Ich bin nämlich vollauf für die langen Prüfungszeiten der alten Ritterzeit.
Ich halte den Tropf von jungem Edelherrn für sehr impertinent
und sehr dumm, der es übel aufnahm, daß seine Herrscherin ihn
ihren Handschuh aus einer Gruppe von Löwen herausholen hieß:
sicherlich hielt sie irgendeine schöne Liebesblume für ihn bereit,
und er hat sie eingebüßt, nachdem er sie sich verdient hatte, der
Freche! Aber ich schwatze, als hätte ich Dir nicht große Neuigkeiten zu berichten! Mein Vater wird höchstwahrscheinlich unsern Herrn und König in Madrid vertreten. Ich sage ›unsern‹
Herrn, denn ich werde der Gesandtschaft angehören. Meine Mutter wünscht hierzubleiben, also nimmt mein Vater mich mit, um
eine Frau bei sich zu haben.

Liebe, Du wirst darin nichts Außergewöhnliches erblicken, und dennoch steckt Ungeheuerliches dahinter: innerhalb von vierzehn Tagen habe ich die Geheimnisse des Hauses enträtselt. Meine Mutter würde meinem Vater nach Madrid folgen, wenn er Monsieur de Canalis als Gesandtschaftssekretär mitnähme; aber die Sekretäre bestimmt der König, und der Herzog wagt weder, sich dem König zu widersetzen, der sich sehr absolut gehabt, noch meine Mutter zu erzürnen; und nun glaubt der große Politiker, den Knoten aller Schwierigkeiten durchschnitten zu haben, indem er die Herzogin hierläßt. Monsieur de Canalis, der große Dichter der gegenwärtigen Stunde, ist der junge Herr, der die Gesellschaft meiner Mutter kultiviert und sicherlich mit ihr zusammen von drei bis fünf Diplomatie treibt. Die Diplomatie muß etwas Schönes sein, denn er liegt ihr mit dem Eifer eines Börsenspekulanten ob. Der Herr Herzog de Rhétoré, unser feierlicher, kalter, launenhafter Ältester, würde von seinem Vater auch in Madrid überschattet werden; er bleibt ebenfalls in Paris. Miss Griffith weiß übrigens, daß Alphonse eine Tänzerin von der Oper liebt. Wie kann man nur in Beine und Pirouetten verschossen sein? Es ist uns aufgefallen, daß mein Bruder den Aufführungen beiwohnt, in denen die Tullia tanzt; er klatscht den Pas dieser Kreatur Beifall, und dann geht er weg. Ich glaube, zwei Mädchen können in einem Haus größere Verheerungen anrichten als die Pest. Was meinen zweiten Bruder betrifft, so ist er bei seinem Regiment; ich habe ihn noch nicht gesehen. So bin ich denn also zur Antigone eines Gesandten Seiner Majestät auserkoren worden. Vielleicht verheirate ich mich in Spanien, und vielleicht beabsichtigt mein Vater, mich dort ohne Mitgift zu verheiraten, genauso wie Du mit dem ehemaligen Ehrengardisten verheiratet wirst. Mein Vater hat mir vorgeschlagen, mit ihm zu kommen, und mir seinen Spanisch-Lehrer angeboten. »Also willst du mich in Spanien unter die Haube bringen?« habe ich ihn gefragt. Statt einer Antwort hat er mich mit einem durchtriebenen Blick beehrt. Seit ein paar Tagen beliebt es ihm, mich beim Mittagessen zu necken; dabei studiert er mich, und ich verstelle mich; daher habe ich ihn, als Vater und als Gesandten, grausam hinters Licht geführt. Hat er mich nicht für ein Gänschen gehalten? Er hat mich gefragt, was ich von einem gewissen jungen Herrn und einigen jungen Damen hielte, mit denen ich in verschiedenen Häusern beisammen gewesen bin. Ich habe ihm mit den stupidesten Darlegungen über die Haarfarben, die Unterschiede der Figur und der Züge jener jungen Leute geantwortet. Mein Vater schien enttäuscht ob meiner Blödheit; er tadelte sich wohl innerlich, mich überhaupt gefragt zu haben. Da habe ich hinzugefügt: »Übrigens sage ich nicht, was ich wirklich denke, lieber Vater: meine Mutter hat mich längst befürchten lassen, ich hätte mich ungehörig benommen, indem ich von meinen Eindrücken sprach.« – »Innerhalb der Familie kannst du dich ungescheut ausdrücken«, antwortete meine Mutter. »Nun«, bin ich da fortgefahren, »bis jetzt sind mir die jungen Herren mehr interessiert als interessant vorgekommen, mehr mit sich selbst als mit uns beschäftigt; aber im Grunde haben sie sich nur recht wenig verstellt: sie legen bei jeder Gelegenheit die Maske ab, die sie aufgesetzt haben, wenn sie mit uns sprechen, und bilden sich dann sicherlich ein, wir wüßten uns unserer Augen nicht zu bedienen. Der Mann, der mit uns spricht, ist der Liebhaber; der Mann, der nicht mehr mit uns spricht, ist der Gatte. Was nun die jungen Damen betrifft, so sind sie so falsch, daß es unmöglich ist, ihren Charakter anders zu enträtseln als durch den Tanz; denn nur ihre Figur und ihre Bewegungen lügen nicht. Ich war vor allem erschrocken über die Brutalität der guten Gesellschaft. Wenn es ans Essen geht, so ereignen sich, mutatis mutandis, Dinge, die mir ein deutliches Bild von Volksaufständen vermitteln. Die Wohlerzogenheit verbirgt nur sehr unvollkommen den allgemeinen Egoismus. Ich hatte mir die Gesellschaft anders vorgestellt. Die Frauen werden in ihr gering geachtet, und das ist vielleicht ein Rest der Lehren Bonapartes.« – »Armande macht erstaunliche Fortschritte«, hat meine Mutter gesagt. »Du glaubst doch nicht etwa, liebe Mutter, daß ich dich in einem fort fragen werde, ob Madame de Staël schon tot sei?« Mein Vater hat gelächelt und ist aufgestanden.

Samstag

Liebste, ich habe nicht alles gesagt. Das Folgende ist nur für Dich bestimmt. Die Liebe, die wir uns erträumt hatten, muß in der Tiefe verborgen sein; ich habe nämlich nirgendwo eine Spur davon entdeckt. Zwar habe ich in den Salons einige hastig ausgetauschte Blicke wahrgenommen, aber wie blaß war das! Unsere Liebe, diese Welt der Wunder, der schönen Träume, der köstlichen Wirklichkeiten, der Freuden und Schmerzen, die einander antworten, des Lächelns, das das eigentliche Wesen enthüllt, der Worte, die entzücken, des immer gespendeten, immer empfangenen Glücks, der Kümmernisse, die das Fernsein, der Beglückungen, die die Gegenwart des geliebten Wesens mit sich bringt ...! Von alledem nicht das mindeste. Wo sprießen alle jene herrlichen Blüten der Seele? Wer lügt? Wir oder Welt und Gesellschaft? Ich habe nun schon junge Leute, Männer zu Hunderten gesehen, und kein einziger hat in mir auch nur die leiseste Erregung ausgelöst; sie hätten mir Bewunderung und Ergebenheit bezeigen, sie hätten sich duellieren können: ich hätte dem allen mit fühllosen Blicken zugeschaut. Die Liebe stellt ein so seltenes Phänomen dar, daß man sein ganzes Leben durchleben kann, ohne dem Menschenwesen zu begegnen, dem die Natur die Macht verliehen hat, uns glücklich zu machen. Dieser Gedanke läßt einen erbeben; denn wenn man jenem Wesen erst spät begegnet, was dann?

Seit ein paar Tagen fange ich an, mich vor unserem Geschick zu fürchten, zu verstehen, warum so viele Frauen unter der Schicht von leuchtendem Rot, die die falschen Freuden eines Festes ihnen auferlegen, bekümmerte Gesichter haben. Man heiratet auf gut Glück, und Dir geht es nicht anders. Über meine Seele sind Gedankenstürme hinweggezogen. Täglich auf dieselbe Weise geliebt zu werden, und dennoch ganz anders, nach zehn Jahren des Glücks noch genauso geliebt zu werden wie am ersten Tag! Eine solche Liebe bedarf der Jahre: man muß sich geraume Zeit haben begehren lassen, muß manche Neugier erweckt und gestillt, viele Sympathien erweckt und erwidert haben. Gibt es denn Gesetze für die Schöpfungen des Herzens wie für die in der Natur sichtbaren Schöpfungen? Gibt es eine Heiterkeit, die Bestand hat? In welchem Verhältnis soll die Liebe ihre Tränen und ihre Freuden mischen? Der frostige Ablauf des düsteren, gleichförmigen, endlosen Lebens im Kloster ist mir als annehmbar erschienen, während die Reichtümer, die Pracht, die Tränen, die Entzückungen, die Feste, die Freuden, die Wonnen der beiderseitigen, geteilten, erlaubten Liebe mir als etwas Unmögliches vorgekommen sind. Ich gewahre in dieser Stadt keine Stätte für das Beseligende der Liebe, für ihre gesegneten Gänge unter Hainbuchen bei Vollmondschein, der die Wasser aufglänzen läßt, während man flehentlichen Bitten widerstrebt. Ich bin reich, jung und schön, mir bleibt nichts, als zu lieben, die Liebe könnte mein Leben werden, meine einzige Beschäftigung; nun aber komme und gehe ich seit drei Monaten mit ungeduldiger Neugier und habe unter den leuchtenden, gierigen, erweckten Blicken nichts gefunden. Keine Stimme hat mich innerlich angerührt, kein Blick hat mir die Welt erhellt. Einzig die Musik hat meine Seele erfüllt, einzig sie hat mir bedeutet, was unsere Freundschaft für mich ist. Bisweilen habe ich nachts eine Stunde an meinem Fenster verharrt, in den Park hinabgeschaut, Geschicke herbeigerufen und sie nach dem unbekannten Quell gefragt, daraus sie entstehen. Manchmal bin ich im Wagen ausgefahren, in den Champs-Elysées ausgestiegen und habe mir einen Mann ausgemalt: daß er meine betäubte Seele erwecken, daß er kommen, mir folgen, mich anschauen möge; aber an solchen Tagen habe ich immer nur Seiltänzer erblickt, Lebkuchenverkäufer und Taschenspieler, eilige Passanten, die ihren Geschäften nachgingen, oder Liebespaare, die jeden Blick scheuten, und ich fühlte mich versucht, sie anzuhalten und ihnen zu sagen: »Ihr, die ihr glücklich seid, sagt mir doch, was es mit der Liebe auf sich hat!« Aber ich habe solcherlei närrische Gedanken unterdrückt, bin wieder in meinen Wagen gestiegen und habe mir gelobt, eine alte Jungfer zu werden. Gewiß ist Liebe eine Inkarnation, und welcher Voraussetzungen bedarf es, damit sie statthat! Wir sind nicht sicher, daß wir immer mit uns selbst im Einklang leben: wie wird es erst zu zweit sein? Dieses Problem kann nur Gott allein lösen. Ich beginne zu glauben, daß ich ins Kloster zurückkehren werde. Wenn ich in der Gesellschaft verbleibe, begehe ich sicherlich Dinge, die Torheiten verzweifelt ähnlich sehen, denn es ist mir unmöglich, zu billigen, was ich vor mir sehe. Alles verletzt mein Feingefühl, die Gepflogenheiten meiner Seele oder meine geheimen Gedanken. Ach, meine Mutter ist die glücklichste Frau der Welt, sie wird von ihrem großen, kleinen Canalis angebetet. Mein Engel, mich packt ein abscheulicher Drang, herauszubekommen, was zwischen meiner Mutter und jenem jungen Herrn vorgeht. Die Griffith ist, wie sie mir gesagt hat, ebenfalls von solcherlei Gedanken heimgesucht worden; sie wäre am liebsten den Frauen ins Gesicht gesprungen, die sie glücklich sah; sie hat sie geschmäht und kein gutes Haar an ihnen gelassen. Nach ihrer Auffassung besteht die Tugend darin, alle diese wüsten Dinge im tiefsten Herzensgrund zu begraben. Was aber ist denn der tiefste Herzensgrund? Ein Lagerraum für alles, was an Schlechtem in uns ist. Ich fühle mich recht gedemütigt, daß ich noch keinem Anbeter begegnet bin. Ich bin im heiratsfähigen Alter, aber ich habe Brüder, eine Familie, empfindliche Eltern. Ach, wenn das den Grund für die Zurückhaltung der Männer bildete, dann wären sie recht feige. Die Rolle der Chimène im ›Cid‹ und die des Cid selber begeistern mich. Welch wunderbares Theaterstück! Genug. Leb wohl.

VIII

Dieselbe derselben

Januar

Unser Sprachlehrer ist ein armer Flüchtling, der sich verborgen halten muß, weil er an der Revolution teilgenommen hat, die vom Herzog von Angoulême niedergeworfen worden ist; wir verdanken übrigens diesem Erfolg schöne Festlichkeiten. Obwohl dieser Mann ein Liberaler und sicherlich ein Bürgerlicher ist, hat er mein Interesse erweckt: ich habe mir vorgestellt, er sei ein zum Tode Verurteilter. Ich bringe ihn zum Reden, um sein Geheimnis herauszubekommen, doch er ist von kastilischer Verschlossenheit, stolz, als sei er Gonzalvo von Cordova[24], und dennoch von engelhafter Sanftmut und Geduld; sein Stolz ist nicht gereizt wie der von Miss Griffith, sondern ganz innerlich; er läßt sich erstatten, was ihm zukommt, und erstattet uns, wozu er verpflichtet ist; und er hält uns von sich fern durch den Respekt, den er uns erweist. Mein Vater behauptet, in dem Sieur Henarez, den er unter uns im Scherz ›Don Henarez‹ nennt, stecke viel von einem großen Herrn. Als ich mir vor ein paar

Tagen herausnahm, ihn so anzureden, hat jener Mann die Augen, die er für gewöhnlich gesenkt hält, zu mir aufgehoben und mir zwei Blicke entgegengeschleudert, die mich sprachlos machten; Liebste: er hat ganz bestimmt die schönsten Augen der Welt. Ich habe ihn gefragt, ob ich ihn durch irgend etwas verstimmt hätte, und da hat er mir in seiner sublimen und grandiosen spanischen Sprache geantwortet: »Mademoiselle, ich komme hierher, um Sie das Spanische zu lehren.« Ich habe mich gedemütigt gefühlt, ich bin rot geworden; ich war drauf und dran, ihm mittels einer gehörigen Impertinenz zu antworten, aber da ist mir eingefallen, was unsere liebe Mutter im Herrn uns immer gesagt hat, und so habe ich ihm geantwortet: »Wenn Sie mich, weshalb auch immer, tadeln müßten, wäre ich Ihnen zu Dank verpflichtet.« Er ist zusammengezuckt, das Blut hat sein olivenes Gesicht gefärbt, und er hat mit sanfter, gerührter Stimme erwidert: »Die Religion dürfte Sie besser, als ich es vermöchte, gelehrt haben, fremdes Unglück zu respektieren. Wäre ich in Spanien Don gewesen und hätte durch den Triumph Ferdinands VII. alles verloren, so wäre Ihr Scherz eine Grausamkeit; aber wenn ich wirklich nur ein armer Sprachlehrer bin: ist er dann nicht ein übler Spott? Weder das eine noch das andere ist einer jungen adeligen Dame würdig.« Ich habe seine Hand ergriffen und zu ihm gesagt: »Also berufe auch ich mich auf die Religion und bitte Sie, mein Unrecht zu vergessen.« Er hat den Kopf gesenkt, meinen ›Don Quijote‹ aufgeschlagen und sich gesetzt. Dieser kleine Zwischenfall hat mich in größere Verwirrung versetzt als alle Komplimente, Blicke und Redensarten, die mir an dem Festabend zuteil wurden, an dem mir am meisten der Hof gemacht wurde. Während der Unterrichtsstunde habe ich mir aufmerksam den Mann angeschaut, und er hat sich ohne sein Wissen beobachten lassen: er richtet nie den Blick auf mich. Ich habe entdeckt, daß unser Lehrer, den wir auf vierzig schätzten, jung ist; er kann höchstens sechsundzwanzig oder achtundzwanzig sein. Meine Gouvernante, der ich ihn überließ, hat mich auf die Schönheit seines schwarzen Haares und seiner Zähne hingewiesen; sie sind wie Perlen. Seine Augen nun aber bestehen aus Samt und Feuer. Genug davon; übrigens ist er klein und häßlich. Es war uns gesagt worden, die Spanier hielten nicht auf Reinlichkeit; er jedoch ist äußerst gepflegt, seine Hände sind weißer als sein Gesicht; sein Rücken ist leicht gewölbt; sein Kopf riesengroß und von bizarrer Form; seine übrigens geistvolle Häßlichkeit wird durch die Pockennarben, von denen sein Gesicht durchsiebt ist, noch gesteigert; seine Stirn tritt mächtig hervor, seine Brauen sind zusammengewachsen und allzu dicht, sie geben ihm ein hartes Aussehen, das auf die Seele abstoßend wirkt. Er hat das finstere, kränkliche Gesicht von Kindern, denen ein früher Tod bestimmt ist und die ihr Leben nur unendlicher Fürsorge verdanken, wie Schwester Martha. Kurzum, wie mein Vater sagte: er hat andeutungsweise die Maske des Kardinals de Ximenes[25]. Mein Vater mag ihn nicht, er fühlt sich durch ihn unfrei. Die Umgangsformen unseres Lehrers sind nämlich von einer natürlichen Würde, die den lieben Herzog zu beunruhigen scheint; er kann keine wie auch immer geartete Überlegenheit in seiner Nähe ertragen. Sobald mein Vater Spanisch kann, brechen wir nach Madrid auf. Zwei Tage nach der Lektion, die ich empfangen hatte, kam Henarez wieder, und da habe ich ihm, um ihm irgendwie meine Dankbarkeit zu bezeigen, gesagt: »Ich zweifle nicht daran, daß Sie Spanien im Zusammenhang mit politischen Ereignissen verlassen haben; wenn mein Vater als Gesandter dorthin geschickt wird, wie es heißt, dürfte es uns ein Leichtes sein, uns für Sie einzusetzen und Ihre Begnadigung zu erlangen, falls Sie verurteilt worden sein sollten.« – »Es liegt in niemandes Macht, mich zu verpflichten«, hat er mir geantwortet. »Wie?« habe ich ihn gefragt. »Ist dem so, weil Sie keinerlei Protektion annehmen wollen, oder weil es sich um eine Unmöglichkeit handelt?« – »Beides«, hat er sich verneigend verwidert, und zwar in einem Tonfall, der mir Schweigen auferlegte. In meinen Adern grollte das Blut meines Vaters. Dieser Hochmut hat mich empört, und ich habe mich nicht weiter um Sieur Henarez gekümmert. Und dennoch, Liebste, liegt etwas Schönes darin, von andern nichts haben zu wollen. Nicht einmal unsere Freundschaft würde er entgegennehmen, dachte ich, während ich ein Verbum konjugierte. Dabei habe ich innegehalten und den Gedanken, der mich beschäftigte, laut ausgesprochen, aber auf Spanisch. Henarez hat mir mit vollendeter Höflichkeit geantwortet, Gefühle setzten eine Gleich-

heit voraus, die nicht vorhanden sei, und also erübrige sich diese
Frage. »Zielen Sie auf eine Gleichheit in bezug auf die Gegen-
seitigkeit der Gefühle oder in bezug auf den Unterschied der
gesellschaftlichen Stellung?« habe ich gefragt, im Versuch, ihn
aus dem Ernst herauszulocken, der mich ungeduldig macht. Da
hat er abermals seine furchtbaren Augen zu mir erhoben, und
ich habe die meinen gesenkt. Liebste, dieser Mann ist ein unlös-
bares Rätsel. Er schien mich zu fragen, ob meine Worte eine
Erklärung seien: in seinem Blick waren ein Glück, ein Stolz, eine
Angst der Ungewißheit, die mir das Herz zusammenpreßten.
Ich habe eingesehen, daß die Koketterie, die wir in Frankreich als
das bewerten, was sie wert ist, bei einem Spanier eine gefähr-
liche Bedeutung annimmt, und ich habe mich ein bißchen dümmlich in mein Schneckenhaus zurückgezogen. Nach Schluß der
Stunde hat er sich vor mir verbeugt und mir einen Blick voll
demütiger Bitten zugeworfen, der besagte: Treiben Sie nicht Ihr
Spiel mit einem Unglücklichen. Dieser plötzliche Gegensatz zu
seinem ernsten, würdigen Verhalten hat mir großen Eindruck
gemacht. Ist es nicht entsetzlich, denken und sagen zu müssen:
mir scheint, in diesem Mann liegen Schätze an liebenden Gefühlen verborgen?

IX

Madame de l'Estorade an Mademoiselle de Chaulieu

Dezember

Nun ist es geschehen, liebes Kind: jetzt schreibt Madame de
l'Estorade an Dich; aber zwischen Dir und mir ist nichts anders
geworden – es gibt bloß ein Mädchen weniger. Sei unbesorgt, ich
habe über meine Einwilligung sorglich nachgedacht und sie nicht
blindlings gegeben. Mein Leben ist jetzt festgelegt. Die Gewißheit,
auf einem gebahnten Weg weiterzuschreiten, entspricht in gleicher Weise meiner Vernunft und meinem Charakter. Eine starke
moralische Kraft hat für alle Zeit das korrigiert, was wir als die
Zufälle des Lebens bezeichnen. Wir besitzen Ländereien, die ertragreich gemacht werden müssen, ein Haus, das ausgestattet und

verschönt werden soll; ich habe einen Haushalt zu leiten und liebenswert zu gestalten, einen Mann mit dem Leben auszusöhnen. Ich werde sicherlich eine Familie zu betreuen, Kinder großzuziehen haben. Es hilft nichts: das Alltagsleben wird nie etwas Großes und Außerordentliches sein. Gewiß, die unermeßlichen Wünsche, die Seele und Denken weiten, finden keinen Eingang in dieses Abkommen; dem Anschein nach wenigstens. Doch wer hindert mich daran, auf dem Meer des Unendlichen die Schiffe schaukeln zu lassen, die wir ehedem dort fahren ließen? Nichtsdestoweniger glaub nicht, daß die schlichten Dinge, denen ich mich widme, aller Leidenschaft bar seien. Die Aufgabe, einen armen Menschen, der den Stürmen als Spielzeug hat dienen müssen, an das Glück glauben zu machen, ist ein schönes Werk und kann hinreichen, die Monotonie meines Daseins zu modifizieren. Ich habe keinen Grund gewahrt, mich vom Kummer übermannen zu lassen, und ich habe Gutes erblickt, das es zu tun gilt. Unter uns: ich liebe Louis de l'Estorade nicht mit der Liebe, die einem Herzklopfen verursacht, wenn man einen Schritt vernimmt, die uns tief bewegt beim leisesten Erklingen einer Stimme, oder wenn ein feuriger Blick uns umhüllt; aber anderseits mißfällt er mir auch nicht. Was soll ich nun mit dem Drang nach sublimen Dingen anfangen, wirst Du sagen, mit den starken Gedanken, die uns miteinander verbinden und die nun einmal in uns sind? Ja, gerade das hat mich sehr beschäftigt. Aber es ist doch auch etwas Großes, sie zu verbergen, sie, ohne daß jemand darum weiß, für das Glück der Familie einzusetzen, sie zu Mitteln der Glückseligkeit für all die Wesen zu machen, die uns anvertraut worden sind und denen wir etwas schulden? Die Zeit, da diese Fähigkeiten glänzen, ist bei den Frauen recht beschränkt; und wenn mein Leben auch nicht hat groß sein dürfen, so wird es doch wenigstens friedvoll, einig und ohne Erschütterungen gewesen sein. Wir werden bevorzugt geboren, wir haben die Wahl zwischen Liebe und Mutterschaft. Nun, ich habe meine Wahl getroffen: ich will aus meinen Kindern meine Götter machen, und mein Eldorado soll dieser Erdenwinkel sein. Weiter kann ich Dir heute nichts sagen. Ich danke Dir für all die Dinge, die Du mir geschickt hast. Wirf einen Blick auf die Bestellungen, deren Liste diesem Brief beigefügt ist. Ich möchte in einer Atmosphäre von Luxus und Eleganz leben und von der Provinz nur das hinnehmen, was sie an Angenehmem darbietet. Übrigens braucht eine Frau, auch wenn sie in der Einsamkeit lebt, nicht zur Provinzlerin zu werden; sie bleibt immer sie selbst. Ich rechne stark auf Deine Freundschaft, indem ich Dich bitte, mich über alle Moden auf dem laufenden zu halten. In seiner Begeisterung verweigert mein Schwiegervater mir nichts und stellt sein Haus auf den Kopf. Wir lassen Handwerker aus Paris kommen und modernisieren alles.

X

Mademoiselle de Chaulieu an Madame de l'Estorade

Januar

Ach, Renée, Du hast mich für mehrere Tage traurig gestimmt. Also werden dieser entzückende Körper, dieses schöne, stolze Gesicht, dieses natürlich elegante Benehmen, dieses an kostbaren Gaben reiche Innere, diese Augen, an denen sich die Seele wie an einer lebendigen Liebesquelle labt, dieses von erlesenen Zärtlichkeiten erfüllte Herz, dieser weite Geist, alle diese so seltenen Fähigkeiten, die Bemühungen der Natur und unserer gegenseitigen Erziehung, diese Schätze, denen für die Leidenschaft und das Verlangen einzigartige Reichtümer entspringen sollten, Gedichte, Stunden, die Jahre aufgewogen hätten, Freuden, die einen Mann zum Sklaven einer einzigen anmutigen Geste hätten machen können: all das wird sich in der Ödnis einer vulgären, gemeinen Ehe verlieren, hinschwinden in der Leere eines Lebens, das Dir zum Überdruß werden muß! Ich hasse schon im voraus die Kinder, die Du bekommen wirst; sie werden mißgestalet sein. Alles in Deinem Leben ist vorbedacht: Du hast nichts zu hoffen, nichts zu fürchten, nichts zu leiden. Und wenn Du nun an einem Tag des Glanzes einem Menschen begegnest, der Dich aus dem Schlummer erweckt, dem Du Dich anbefehlen willst . . .? Ach, es läuft mir kalt über den Rücken bei diesem Gedanken! Nun, Du hast eine Freundin! Sicherlich wirst Du der gute Geist jenes Tals werden, Du wirst Dich in seine Schönheit einweihen, in jener

Natur leben, Dich von der Größe der Dinge durchdringen lassen, von der Langsamkeit des pflanzlichen Wachstums, von der Schnelligkeit des Sichaufschwingens der Gedanken; und wenn Du Deine lachenden Blumen anschaust, wirst Du zu Dir selbst zurückfinden. Wenn Du dann zwischen Deinem vorangehenden Mann und Deinen Dir nachtrippelnden Kindern einherschreitest, murmelnd, spielend, während Dein Mann stumm und selbstzufrieden ist, dann weiß ich schon jetzt, daß Du mir schreiben wirst. Dein dunstiges Tal mit seinen steilen oder mit schönen Bäumen bewachsenen Hügeln, Deine Wiesen, die in der Provence etwas so Seltenes sind, die in kleine Läufe aufgeteilten klaren Wasser, die mannigfachen Tönungen des Lichts, all diese von Gott verschiedenartig geschaffene Unendlichkeit, die Dich umgibt, wird Dich an die unendliche Eintönigkeit Deines Innern gemahnen. Aber ich will für Dich dasein, liebe Renée, und Du sollst in mir stets eine Freundin finden, deren Herz niemals von der leisesten gesellschaftlichen Niedrigkeit gestreift werden soll, ein Herz, das ganz Dir gehört.

Montag

Liebste, mein Spanier ist von einer wundervollen Melancholie: er hat irgend etwas Ruhevolles, Strenges, Würdiges, Tiefes, das mich in hohem Maße interessiert. Die beständige Feierlichkeit und das Schweigen, das diesen Mann einhüllt, besitzen für die Seele etwas Herausforderndes. Er ist stumm und großartig wie ein entthronter König. Die Griffith und ich beschäftigen uns mit ihm wie mit einem Rätsel. Wie sonderbar! Ein Sprachlehrer erlangt meine Beachtung und damit einen Triumph, den bislang kein anderer Mann davongetragen hat, und dabei sind alle Söhne aus adeligem Haus, alle Gesandtschaftsattachés und Gesandten, alle Generale und Leutnants, die Pairs von Frankreich, deren Söhne und Neffen, der Hof und die Stadt an mir vorübergezogen. Die Kälte dieses Mannes hat etwas Aufreizendes. Der tiefste Stolz erfüllt die Wüste, die er zwischen uns zu legen versucht und die er auch tatsächlich zwischen uns ausbreitet; mit einem Wort: er hüllt sich in Dunkel. Jetzt ist die Koketterie auf seiner Seite, und ich bringe Kühnheit auf. Dies seltsame Spiel amüsiert mich um so mehr, als dies alles ohne Folgen ist. Was ist denn schon ein Mann, ein Spanier und Sprachlehrer? Ich verspüre in mir nicht den leisesten Respekt für einen Mann, was auch immer er sei, und wäre er ein König. Ich finde, wir sind mehr wert als alle Männer, auch und gerade die berühmtesten. Oh, wie hätte ich Napoleon beherrscht, wie hätte ich ihn empfinden lassen, wenn er mich geliebt hätte, daß er mir zur freien Verfügung stehe!

Gestern habe ich den Lehrer Henarez mit einer bissigen Bemerkung bedacht, die ihn empfindlich getroffen haben muß; er hat nicht darauf geantwortet; es war am Schluß der Unterrichtsstunde, er hat seinen Hut genommen, sich vor mir verneigt und mir einen Blick zugeworfen, der mich glauben läßt, er wird nicht wiederkommen. Das macht mir sehr zu schaffen: es wäre von unheilvoller Vorbedeutung, wollte ich die ›Neue Heloïse‹ von Jean-Jacques Rousseau, die ich gerade gelesen habe und die mir die Liebe verleidet hat, nacherleben. Diese diskutierende, Phrasen dreschende Liebe dünkt mich unerträglich. Auch Clarissa war zu selbstgerecht, als sie ihr langes Briefchen schrieb; aber Richardsons[26] Werk macht einem, wie mein Vater sagt, auf glänzende Weise die Engländerinnen verständlich. Das Buch Rousseaus macht auf mich den Eindruck eines philosophischen Sermons in Briefen.

Die Liebe ist, wie ich glaube, ein durch und durch persönliches Gedicht. Alles, was die Schriftsteller uns davon schildern, ist zugleich wahr und falsch. Wirklich, Du Liebe und Schöne, da Du mir nur noch von der ehelichen Liebe erzählen kannst, glaube ich, es liegt im Interesse unserer Doppelexistenz, daß ich Mädchen bleibe und eine schöne Leidenschaft erlebe, damit wir das Leben richtig kennenlernen. Berichte mir ganz genau alles, was Dir, vor allem in den ersten Tagen, mit dieser Bestie widerfährt, denn anders kann ich einen Ehemann nicht bezeichnen. Ich verspreche Dir dieselbe Genauigkeit, wenn ich jemals geliebt werden sollte. Leb wohl, mein armes, verschlungenes Geliebtes.

XI

Madame de l'Estorade an Mademoiselle de Chaulieu

Auf La Crampade

Dein Spanier und Du, Ihr macht mich erzittern, liebes Herzlein.
Ich schreibe Dir nur diese wenigen Zeilen und bitte Dich, ihn zu
verabschieden. Alles, was Du mir über ihn sagst, läßt auf den
höchst gefährlichen Charakter von Leuten schließen, die, da sie
nichts zu verlieren haben, alles wagen. Dieser Mann darf nicht
Dein Geliebter und kann nicht Dein Gatte werden. Näheres
über die intimen Geschehnisse bei meiner Hochzeit schreibe ich
Dir erst, wenn mein Herz von der Unruhe frei ist, die ihm Dein
letzter Brief auferlegt hat.

XII

Mademoiselle de Chaulieu an Madame de l'Estorade

Februar

Mein schönes Rehlein, heute morgen um neun hat sich mein Vater bei mir anmelden lassen; ich war aufgestanden und angeklei-
det; ich fand ihn mit ernster Miene in meinem Salon am Kamin
sitzen, noch nachdenklicher als für gewöhnlich; er hat auf die
Bergère ihm gegenüber gedeutet, und ich habe mich mit einer
Feierlichkeit hineinsinken lassen, die die seine so gut nachäffte,
daß er lächeln mußte; doch es war ein von ernster Trauer ge-
prägtes Lächeln. »Du bist mindestens so geistvoll wie deine
Großmutter«, hat er zu mir gesagt. »Spiel hier bitte nicht den
Kurmacher«, habe ich geantwortet. »Du möchtest mich etwas
fragen.« Er ist in großer Erregung aufgestanden und hat eine
halbe Stunde lang mit mir geredet. Diese Unterhaltung verdient
es, festgehalten zu werden. Kaum war er gegangen, als ich mich
auch schon an meinen Tisch setzte und versuchte, seine Worte
wiederzugeben. Zum erstenmal habe ich es erlebt, daß mein Vater all seine Gedanken vor mir ausbreitete. Er hat damit begonnen, mir zu schmeicheln, und dabei hat er sich alles andere als

ungeschickt verhalten; ich müßte es ihm zugute halten, daß er mich durchschaut und gewürdigt hat.

»Armande«, hat er zu mir gesagt, »du hast mich auf seltsame Weise getäuscht und auf angenehme überrascht. Als du aus dem Kloster kamst, habe ich dich für ein junges Mädchen gehalten, wie sie alle sind, ohne Weite des Blicks, ungebildet, ein Mädchen, mit dem man leichtes Spiel durch Flitterkram, ein Schmuckstück hat, ein Mädchen, das sich kaum je Gedanken macht.« – »Schönen Dank im Namen der Jugend.« – »Ach, es gibt überhaupt keine Jugend mehr«, sagte er und ließ sich eine Staatsmannsgeste entschlüpfen. »Du hast einen Verstand von unglaublicher Weite, du beurteilst alles nach seinem Wert, deine Hellsicht ist außerordentlich; du bist sehr maliziös: man glaubt, du habest dort nichts bemerkt, wo du bereits den Blick auf die Ursache der Wirkungen gerichtet hältst, die die andern erst erwägen. Du bist ein Minister im Unterrock; einzig du bist hier befähigt, mich zu verstehen; es bleibt einem also nichts übrig, als dich gegen dich selber einzusetzen, wenn man von dir ein Opfer will. Daher will ich offen über die Pläne reden, die ich gefaßt habe und auf denen ich beharre. Damit du dich zu ihnen bekennst, muß ich dir darlegen, daß sie nicht auf niedrigen Erwägungen beruhen. Somit bin ich gezwungen, mich mit dir auf politische Betrachtungen einzulassen, die für das Königreich von höchster Wichtigkeit sind und die jede außer dir langweilen könnten. Wenn du mich angehört hast, magst du lange nachdenken; ich lasse dir ein halbes Jahr Zeit, wenn es sein muß. Du bist völlig Herrin deiner selbst, und wenn du das Opfer ablehnst, das ich von dir erbitte, so werde ich mich in deine Weigerung schicken, ohne dich weiter zu quälen.«

Nach diesen einleitenden Worten bin ich wirklich ernst geworden und habe gesagt: »Bitte sprich, Vater.« Und folgendermaßen hat der Staatsmann sich geäußert: »Mein Kind, Frankreich befindet sich in einer prekären Situation; sie ist außer dem König nur einigen höher gearteten Geistern bekannt; aber der König ist ein Kopf ohne Arme; ferner besitzen die großen Geister, die in das Geheimnis der Gefahr eingeweiht sind, keinerlei Autorität über die Männer, die es zu gebrauchen gilt, um zu einem glücklichen Ergebnis zu gelangen. Jene Männer sind durch die Volkswahl ausgespien worden und wollen nicht Werkzeuge sein. So bedeutend einige unter ihnen auch sein mögen, sie führen das Werk der sozialen Zersetzung weiter, anstatt uns zu helfen, das Staatsgebäude neu zu festigen. Kurz und gut: es gibt nur noch zwei Parteien: die des Marius[27] und die des Sulla[28]; ich bin für Sulla und gegen Marius. Das ist in großen Zügen die Lage. Und die Einzelheiten: die Revolution geht weiter, sie ist dem Gesetz eingeimpft, sie ist dem Boden eingeprägt worden, sie wirkt sich vor allem im Geistesleben aus: sie ist um so furchtbarer, als sie den meisten Ratgebern des Throns als besiegt erscheint, denn diese gewahren bei ihr weder Soldaten noch Geldmittel. Der König ist ein großer Geist, er sieht in diesen Dingen klar; aber er wird Tag für Tag von den Anhängern seines Bruders bedrängt, die allzu schnell vorgehen möchten; er hat keine zwei Jahre mehr zu leben, er ist ein Todeskandidat, der seine Laken ordnet, um in Ruhe zu sterben. Weißt du, mein Kind, welches die verheerendsten Wirkungen der Revolution sind? Darauf wirst du nie kommen. Indem sie Ludwig XVI. den Kopf abhieb, hat die Revolution allen Familienvätern den Kopf abgeschlagen. Heutzutage gibt es keine Familien mehr, es gibt nur noch Individuen. Indem die Franzosen eine Nation werden wollten, haben sie darauf verzichtet, ein Reich zu sein. Indem sie proklamierten, daß die Rechtsgleichheit über der väterlichen Erbfolge stehe, haben sie den Familiengeist getötet und den Fiskus geschaffen! Und sie haben die Schwäche der Obrigkeit vorbereitet, und die blinde Gewalt der Masse, die Auslöschung der Künste, die Herrschaft der persönlichen Interessenwirtschaft; und sie haben der Eroberung die Wege gebahnt. Wir befinden uns zwischen zwei Systemen: entweder den Staat auf der Familie oder aber auf persönlichen Interessen zu konstituieren: zwischen Demokratie und Aristokratie, zwischen Diskussion oder Gehorsam, Katholizismus oder religiöser Indifferenz: das ist, kurz zusammengefaßt, die Sachlage. Ich gehöre der kleinen Zahl derjenigen an, die dem, was als ›das Volk‹ bezeichnet wird, Widerstand leisten wollen, wohlverstanden im eigenen Interesse des Volks. Es handelt sich nicht mehr um feudale Rechte, wie man es den Dummköpfen einredet, noch um Junkertum – es handelt sich um den Staat, es handelt sich um das Leben Frankreichs. Jedes Land, das die väterliche Macht nicht als sein Fundament nimmt, ist ohne gesicherte Existenz. Hier beginnt die Stufenleiter der Verantwortlichkeiten und der Subordination; sie reicht bis zum König hinauf. Der König, das sind wir alle! Für den König sterben heißt, für sich selber sterben, für seine Familie, die so wenig stirbt wie das Königreich. Jedes Tier hat seinen Instinkt; der des Menschen ist der Familiengeist. Ein Land ist stark, wenn es sich aus reichen Familien zusammensetzt, deren sämtliche Glieder an der Verteidigung des gemeinsamen Schatzes interessiert sind: des Schatzes an Geld, an Privilegien, an Genußmöglichkeiten; ein Land ist schwach, wenn es sich aus nicht solidarischen Individuen zusammensetzt, denen es gleichgültig ist, ob sie sieben Menschen gehorchen oder einem einzigen, einem Russen oder einem Korsen, vorausgesetzt, daß jedes Individuum sein Feld behält; und dieser unglückliche Egoist sieht dann nicht, daß man es ihm eines Tages wegnehmen wird. Für den Fall des Mißerfolgs steuern wir einem grausigen Zustand der Dinge entgegen. Es wird nur noch strafrechtliche oder fiskalische Gesetze geben: Geld oder Leben. Das großherzigste Land der Erde wird nicht mehr von Empfindungen regiert werden. Es werden dort unheilbare Wunden offengehalten und behandelt. Zunächst ein allgemeiner Neid: die oberen Klassen werden in Verwirrung gebracht, die Gleichheit der Begierden wird für die Gleichheit der Kräfte gehalten; die echten, anerkannten, bestätigten Obrigkeiten werden von den Fluten der Bourgeoisie hinweggeschwemmt. Unter tausend könnte man einen Mann erwählen; unter drei Millionen vom gleichen Ehrgeiz Besessenen, die dieselbe Livree tragen, die der Mittelmäßigkeit, findet sich kein einziger. Diese triumphierende Masse merkt nicht einmal, daß sie eine andere, schreckliche Masse gegen sich haben wird, nämlich die der besitzenden Bauern: zwanzig Millionen Morgen lebendiger Erde, die vorrücken, mit Scheingründen aufwarten, auf nichts hören, immer mehr wollen, alles verbarrikadieren, über brutale Kraft verfügen . . .«

»Aber was könnte ich denn für den Staat tun?« unterbrach ich meinen Vater. »Ich verspüre nicht die mindeste Anlage, die Jeanne d'Arc der Familie zu werden und bei langsamem Feuer auf dem Scheiterhaufen eines Klosters umzukommen.« – »Du bist ein Satansbraten«, hat mein Vater gesagt. »Wenn ich vernünftig mit dir rede, antwortest du mir mit Scherzen, und wenn ich scherze, antwortest du mir, als seist du ein Gesandter.« – »Die Liebe lebt von Gegensätzen«, habe ich ihm gesagt. Und er hat Tränen gelacht. »Du wirst jetzt über das nachdenken, was ich dir auseinandergesetzt habe; du dürftest festgestellt haben, wieviel Vertrauen und Großzügigkeit dazu gehört, mit dir zu sprechen, wie ich es eben getan habe, und vielleicht kommen die Ereignisse meinen Plänen zu Hilfe. Ich weiß, daß jene Pläne, was dich betrifft, verletzend und unbillig sind; daher wende ich mich ihrer Sanktion wegen weniger an dein Herz als an deine Phantasie und deine Vernunft; ich habe an dir mehr Vernunft und Einsicht wahrgenommen, als bei wem auch immer . . .« – »Du schmeichelst dir selbst«, habe ich ihm lächelnd gesagt, »denn schließlich bin ich deine Tochter!« – »Kurzum«, ist er fortgefahren, »ich vermag nicht inkonsequent zu sein. Wer den Zweck will, will auch die Mittel, und wir sind allen ein Beispiel schuldig. Du darfst also kein Vermögen besitzen, solange nicht dasjenige deines jüngeren Bruders gesichert ist, und ich will dein gesamtes Kapital dazu verwenden, für ihn ein Majorat zu errichten.« – »Aber du wehrst mir doch nicht«, entgegnete ich, »nach meinem Gefallen zu leben und glücklich zu sein, wenn ich dir mein Vermögen überlasse?« – »Nein«, antwortete er, »vorausgesetzt, daß das Leben, wie du es verstehst, in nichts der Ehre, dem Ansehen und, wie ich hinzufügen möchte, dem Ruhm deiner Familie schadet.« – »Oh!« rief ich aus. »Du enthebst mich sehr rasch meiner überlegenen Klugheit.« – »In Frankreich«, sagte er voller Bitterkeit, »werden wir schwerlich einen Mann finden, der ein Mädchen aus dem höchsten Adel ohne Mitgift zur Frau nähme oder ihr gar eine zugeständе. Und wenn sich dennoch einer fände, so würde er der Klasse der bürgerlichen Parvenüs angehören: in dieser Beziehung gehöre ich noch dem elften Jahrhundert an.« – »Und ich ebenfalls«, habe ich gesagt. »Aber warum verzweifeln? Gibt es keine bejahrten Pairs von Frankreich?« – »Du bist recht fortschrittlich eingestellt, Louise!« hat er ausgerufen. Dann hat er mir die Hand geküßt und ist lächelnd gegangen.

Am selben Morgen hatte ich Deinen Brief bekommen, und er

hat mich eingehend über den Abgrund nachdenken lassen, von dem Du behauptest, ich könne hineinfallen. Mir war, als rufe in meinem Innern eine Stimme: Du wirst hineinfallen! Also habe ich Vorsichtsmaßnahmen getroffen. Henarez wagt es, mich anzusehen, Liebste, und seine Augen verwirren mich, rufen in mir eine Empfindung hervor, die ich nur mit der eines tiefen Erschreckens vergleichen kann. Man dürfte diesen Mann so wenig anschauen wie eine Kröte; er ist häßlich und faszinierend. Seit zwei Tagen beratschlage ich mit mir, ob ich nicht meinem Vater rundheraus sagen soll, ich wolle kein Spanisch mehr lernen, und er möge diesen Henarez entlassen; aber nach dergleichen männlichen Entschlüssen verspüre ich das Verlangen, von der schrecklichen Empfindung heimgesucht zu werden, die ich beim Anblick dieses Mannes durchlebe, und ich sage mir: Einmal noch, und dann werde ich sprechen. Liebste, seine Stimme ist von durchdringender Süße, er spricht, wie die Fodor[29] singt. Sein Gehaben ist schlicht, ohne die mindeste Affektiertheit. Und was für schöne Zähne er hat! Vorhin, beim Fortgehen, hat er zu bemerken geglaubt, wie sehr er mich interessiert; er hat, übrigens voller Ehrerbietung, dazu angesetzt, meine Hand zu ergreifen, um sie zu küssen; aber er hat die Geste unterbrochen, gleich als sei er erschrocken über seine Kühnheit und den Abstand, den er hatte überbrücken wollen. Obwohl nur wenig davon zu merken war, habe ich es erraten; ich habe gelächelt, denn nichts ist rührender als das Sichaufschwingen eines inferioren Menschen, der sich dann beschämt in sich zurückzieht. Es liegt soviel Wagemut in der Liebe eines Bürgerlichen zu einem adligen Mädchen. Mein Lächeln hat ihn verwirrt, der arme Kerl hat nach seinem Hut gesucht, ohne ihn zu sehen, er wollte ihn nicht finden, und ich habe ihn ihm mit ernster Miene gereicht. Zurückgedämmte Tränen feuchteten seine Augen. Es lag eine Welt von Dingen und Gedanken in diesem kurzen Augenblick. Wir verstanden einander so gut, daß ich ihm in dieser Sekunde meine Hand zum Kuß hinhielt. Vielleicht, um ihm dadurch zu sagen, daß die Liebe den Abgrund, der uns trennt, zuschütten könne. Ich weiß nicht, was mich dazu getrieben hat: die Griffith hatte uns gerade den Rücken zugekehrt, da habe ich ihm stolz mein weißes Pfötchen entgegengestreckt, und ich habe die Glut seiner Lippen verspürt, die von zwei dicken Tränen gemindert wurde. Ach, mein Engel, ich bin kraftlos in meinem Sessel sitzen geblieben, nachdenklich, ich war glücklich, und ich bringe es nicht fertig, das Wie und das Warum zu erklären. Was ich empfunden habe, war Poesie. Meine Erniedrigung, deren ich mich jetzt schäme, ist mir als etwas Großes erschienen: er hatte mich bezaubert – das möge mir als Entschuldigung dienen.

Freitag

Dieser Mensch ist wirklich wunderbar schön. Seine Redeweise ist elegant, sein Geist von bemerkenswerter Überlegenheit. Liebste, er ist kundig und logisch wie Bossuet[30], wenn er mir die Mechanik nicht nur der spanischen Sprache, sondern überdies des menschlichen Denkens und aller Sprachen auseinandersetzt. Das Französische spricht er, als sei es seine Muttersprache. Als ich ihm deswegen mein Erstaunen bezeigte, antwortete er, er sei in jungen Jahren mit dem König von Spanien nach Valençay[31] gekommen. Was mag in jener Seele vorgegangen sein? Er ist nicht mehr, was er war: er ist in schlichter Kleidung gekommen, aber völlig wie ein großer Herr, der einen Morgenspaziergang macht. Während der Unterrichtsstunde hat sein Geist gestrahlt wie ein Leuchtturm: seine ganze Beredsamkeit hat er entfaltet. Wie ein Erschöpfter, der wieder zu Kräften kommt, hat er mir eine sorgsam verborgen gehaltene Seele enthüllt. Er hat mir die Geschichte eines armen Teufels von Diener erzählt, der sich um eines einzigen Blickes einer Königin von Spanien willen hat töten lassen. »Ihm blieb nichts, als zu sterben!« habe ich zu ihm gesagt. Diese Antwort hat sein Herz erfreut, und sein Blick hat mich wahrhaft erschreckt.

Abends bin ich zum Ball bei der Herzogin von Lenoncourt gegangen; Fürst Talleyrand war ebenfalls dort. Ich habe ihn durch Monsieur de Vandenesse, einen charmanten jungen Herrn, fragen lassen, ob sich im Jahre 1809 unter den Gästen auf seinem Landbesitz ein gewisser Henarez befunden habe. »Henarez ist der maurische Name der Soria, die, wie sie behaupten, zum Christentum bekehrte Abencerragen sind. Der alte Herzog und seine beiden Söhne begleiteten den König. Der älteste, der heutige Herzog von Soria, wurde unlängst durch König Ferdinand,

63

der sich damit für eine alte Feindschaft rächte, seiner sämtlichen Güter, Ehren und Würden beraubt. Der Herzog hat einen ungeheuren Fehler begangen, indem er das konstitutionelle Ministerium unter Valdez anerkannte. Glücklicherweise ist er aus Cadiz entkommen, ehe Monseigneur der Herzog von Angoulême die Stadt einnahm; trotz seines guten Willens hätte Angoulême ihn nicht vor dem Zorn des Königs schützen können.«

Diese Antwort, die der Vicomte de Vandenesse mir wortwörtlich überbrachte, hat mir viel zu denken gegeben. Ich kann nicht schildern, in welchen Ängsten ich die Zeit bis zu meiner nächsten Unterrichtsstunde hinbrachte; sie hat heute vormittag stattgefunden. Während der ersten Viertelstunde habe ich, während ich ihn musterte, überlegt, ob er Herzog oder ein Bürgerlicher sei, ohne mir darüber klarwerden zu können. Er schien meine Gedanken in dem Maße zu erraten, wie sie entstanden, und Gefallen daran zu finden, sich ihnen zu widersetzen. Schließlich konnte ich nicht länger an mich halten, ich schob brüsk das Buch beiseite, unterbrach die Übersetzung, die ich daraus laut vorgetragen hatte, und sagte ihm auf Spanisch: »Sie führen uns hinters Licht, Monsier. Sie sind kein armer liberaler Bürger, Sie sind der Herzog von Soria!« – »Mademoiselle«, antwortete er mit einer Regung von Kümmernis, »leider bin ich nicht der Herzog von Soria.« Ich erkannte die ganze Verzweiflung, die er in das Wort ›leider‹ legte. Ach, Liebste, es ist ganz bestimmt unmöglich, daß irgendein anderer Mann so viel Leidenschaft und mancherlei anderes noch in ein einziges Wort legen könnte. Er hatte die Augen niedergeschlagen und wagte nicht mehr, mich anzublicken. »Monsieur de Talleyrand«, sagte ich zu ihm, »bei dem Sie die Jahre des Exils verbracht haben, läßt einem Henarez nur die Alternative, entweder der in Ungnade gefallene Herzog von Soria oder ein Domestik zu sein.« Er hob die Augen zu mir auf und ließ mich zwei schwarze, glühende Kohlenbecken sehen, zwei zugleich flammende und demütige Augen. Er hat gewirkt, als erleide er die Folter. »Mein Vater hat sich tatsächlich in Diensten des Königs von Spanien befunden«, sagte er. Der Griffith war diese Art des Sprachunterrichts etwas Unbekanntes. Wir machten beängstigende Pausen nach jeder Frage und jeder Antwort. »Also«, fragte ich ihn, »sind Sie nun adlig oder bürgerlich?« – »Sie wissen doch, Mademoiselle, daß in Spanien jedermann, sogar der Bettler, adlig ist.« Diese Zurückhaltung brachte mich auf. Ich hatte seit der letzten Stunde eins der Amüsements ausgeheckt, die die Phantasie zum Lächeln reizen. Ich hatte in einem Brief das Idealbildnis des Mannes entworfen, von dem ich geliebt werden möchte, und mir vorgenommen, ihn durch ihn übersetzen zu lassen. Bislang habe ich aus dem Spanischen ins Französische übersetzt, und nicht aus dem Französischen ins Spanische; ich wies ihn darauf hin und bat die Griffith, mir den letzten Brief zu holen, den ich von einer meiner Freundinnen erhalten hätte. Aus der Wirkung, die mein Programm auf ihn hat, dachte ich, werde ich ersehen, was für Blut in seinen Adern fließt. Ich nahm der Griffith das Briefblatt aus der Hand und sagte: »Sehen Sie mal, ob ich es gut abgeschrieben habe!« Denn der Brief war natürlich in meiner Handschrift. Ich hielt ihm das Blatt, oder, wenn Du willst, die Falle hin und beobachtete ihn, während er das Nachfolgende las:

›Der Mann, der mir gefallen soll, meine Liebe, müßte gegen Männer rauh und stolz, aber gegen Frauen sanft sein. Sein Adlerblick müßte auf der Stelle alles, was lächerlich wäre, verscheuchen. Er müßte ein mitleidiges Lächeln für alle haben, die geheiligte Dinge ins Lächerliche ziehen, vor allem solche, die die Poesie des Herzens bilden und ohne die das Leben nur eine trübselige Wirklichkeit wäre. Ich verachte tief alle, die uns den Quell der religiösen Ideen nehmen möchten, die so fruchtbar an Tröstlichem sind. Daher müßte sein Glaube von der Einfalt desjenigen eines Kindes sein, vereint mit der unerschütterlichen Überzeugung eines Mannes von Geist, der seine Glaubensgründe vertieft hat. Sein jugendlicher, ihm eigentümlicher Geist müßte frei von Affektiertheit und Schaugepränge sein: er kann nichts sagen, was zuviel oder unangebracht wäre; auch wäre es ihm unmöglich, die andern oder sich selber zu langweilen, denn er hat ja in seinem Innern einen reichen Fundus. Alle seine Gedanken müßten von edler Art sein, hochherzig, ritterlich, ohne jedweden Egoismus. Bei allem, was er unternimmt, läßt sich das völlige Fehlen von Berechnung oder persönlichem Interesse feststellen. Sogar seine Fehler rühren von der Weite seiner Ideen her, die über seine Zeit hinausreichen. Ich muß merken, daß er in allen Dingen seiner Epoche voraus ist. Da er von zarter Rücksichtnahme erfüllt ist, wie sie dem schwachen Geschlecht gebührt, ist er gütig zu allen Frauen, aber schwerlich je in sie verliebt: er muß diese Frage als viel zu ernst ansehen, um daraus ein Spiel zu machen. Es könnte also sein, daß sein Leben hinginge, ohne daß er wahrhaft liebte, obgleich er über alle guten Eigenschaften verfügt, die eine tiefe Leidenschaft zu entfachen vermögen. Doch wenn er einmal seinem Idealbild einer Frau begegnete, derjenigen, die man flüchtig erblickt, wenn man mit offenen Augen träumt; wenn er mit einem Wesen zusammenträfe, das ihn versteht, das seine Seele erfüllt und auf sein ganzes Leben einen Strahl des Glücks wirft, der für ihn schimmert wie ein Stern durch das Gewölk dieser düsteren, kalten, eisigen Welt; der seinem Dasein einen neuen Zauber leiht und in ihm die bislang stummen Saiten zum Schwingen bringt: dann, glaube ich, erübrigt es sich, zu sagen, daß er sein Glück erkennen und richtig einschätzen wird. Daher würde er sie vollkommen glücklich machen. Nie, weder durch ein Wort noch durch einen Blick, würde er das liebende Herz verletzen, das sich seinen Händen mit der blinden Liebe eines in den Armen seiner Mutter schlafenden Kindes anvertraut hat, denn wenn sie je aus diesem süßen Traum erwachte, wären ihr Seele und Herz auf alle Zeit zerfetzt: es müßte ihr unmöglich sein, sich auf diesen Ozean einzuschiffen, ohne ihm seine ganze Zukunft anzuvertrauen.

Jener Mann muß notwendigerweise die Physiognomie, die Haltung, den Gang, kurzum: die Befähigung zum Vollbringen der größten und kleinsten Dinge besitzen, die Eigenschaften der höher gearteten Menschen, die schlicht und ohne Künstelei sind. Er kann häßlich, aber seine Hände müssen schön sein, seine Oberlippe leicht aufgeworfen durch ein ironisches, verächtliches Lächeln gegenüber den Gleichgültigen; nur für die, die er liebt, muß er den himmlischen, glänzenden Strahl seines seelenvollen Blicks vorbehalten.‹

»Mademoiselle«, sagte er zu mir auf Spanisch und mit tief bewegter Stimme, »würden Sie mir gestatten, dies hier zur Erinnerung an Sie aufzubewahren? Die heutige war die letzte Unterrichtsstunde, die Ihnen zu erteilen ich die Ehre hatte, und die Lektion, die ich durch diesen Brief empfange, kann für mich zu einer ewigen Lebensregel werden. Ich habe Spanien als Flüchtling und ohne Geld verlassen; heute nun aber habe ich von meiner Familie eine Summe erhalten, die für meine Bedürfnisse ausreicht. Ich werde die Ehre haben, Ihnen irgendeinen armen Spanier als Ersatz für mich zu schicken.« Auf diese Weise schien er mir zu sagen: ›Genug des Spiels.‹ Mit einer Bewegung von unglaubhafter Würde ist er aufgestanden und gegangen, und ich bin ganz verwirrt ob der unerhörten Delikatesse der Männer seiner Klasse zurückgeblieben. Er ist hinuntergegangen und hat um eine Unterredung mit meinem Vater gebeten. Beim Essen hat mein Vater lächelnd zu mir gesagt: »Louise, du hast deine spanischen Unterrichtsstunden von einem Exminister des Königs von Spanien und einem zum Tode Verurteilten bekommen.« - »Dem Herzog von Soria?« fragte ich. – »Dem Herzog!« antwortete mir mein Vater. »Das ist er nicht mehr; er führt jetzt den Titel eines Barons de Macumer, nach einem Lehen, das ihm auf Sardinien verblieben ist. Er scheint mir recht originell zu sein.« – »Brandmarke nicht mit diesem Wort, das bei dir stets ein wenig Spott und Verachtung birgt, einen Mann, der so viel gilt wie du und der, wie ich glaube, eine schöne Seele hat«, habe ich gesagt. – »Baronin de Macumer?« hat mein Vater gerufen und mich spöttisch angeschaut. Ich habe mit einer stolzen Bewegung den Blick gesenkt. »Aber Henarez hat doch auf der Freitreppe dem spanischen Gesandten begegnen müssen?« sagte meine Mutter. – »Ja«, hat mein Vater geantwortet, »der Gesandte hat mich gefragt, ob ich etwa gegen seinen König und Herrn konspirierte; aber er hat den spanischen Exgranden mit sehr viel Ehrerbietung gegrüßt und sich ihm zur Verfügung gestellt.«

Das, meine liebe Madame de l'Estorade, ist vor vierzehn Tagen geschehen, und nun ist es vierzehn Tage her, daß ich diesen Mann, der mich liebt, nicht gesehen habe, denn dieser Mann liebt mich. Was er wohl tun und treiben mag? Ich wollte, ich wäre eine Fliege, eine Maus, ein Spatz. Ich möchte ihn ganz allein in seiner Wohnung sehen können, ohne daß er mich bemerkte. Jetzt haben wir einen Mann, zu dem ich sagen könnte: »Geh und stirb für mich . . .!« Und er ist so geartet, daß er es täte, wenigstens glaube ich das. Kurz und gut: es gibt in Paris

einen Mann, an den ich denke und dessen Blick mein Inneres
mit Licht überflutet. Ach, es ist ein Feind, den ich mir zu Füßen
werfen muß. Wie? Es sollte also einen Mann geben, ohne den ich
nicht leben könnte, der mir unentbehrlich wäre? Du heiratest,
und ich liebe! Schon nach vier Monaten sind die beiden Tauben,
die sich so hoch in die Lüfte schwangen, in die Sümpfe der Wirklichkeit hinabgestürzt.

Sonntag

Gestern, in der Italienischen Oper, bemerkte ich, daß ich angesehen wurde, meine Augen sind magisch von zwei feurigen Augen angezogen worden, die wie zwei Karfunkelsteine in einem
dunklen Winkel der Orchestersitze blitzten. Henarez hat seinen
Blick nicht von mir gelöst. Das Ungeheuer hat sich den einzigen
Platz ausgesucht, von dem aus er mich sehen konnte, und ist dort
verblieben. Was er als Politiker ist, weiß ich nicht; aber in der
Liebe ist er ein Genie.

›So weit, schöne Renée, ist es mit uns gekommen‹, hat der
große Corneille gesagt.

XIII

Madame de l'Estorade an Mademoiselle de Chaulieu

Auf La Crampade, Februar

Meine liebe Louise. ich habe warten müssen, ehe ich Dir schreiben konnte; aber jetzt weiß ich vielerlei Dinge, oder besser ausgedrückt, ich habe sie gelernt, und um Deines künftigen Glücks
willen muß ich sie Dir sagen. Es besteht ein so großer Unterschied zwischen einem jungen Mädchen und einer verheirateten
Frau, und das junge Mädchen kann ihn genauso wenig begreifen, wie die verheiratete Frau wieder zum jungen Mädchen
werden kann. Die Heirat mit Louis de l'Estorade ist mir lieber
gewesen als die Rückkehr ins Kloster. Das ist klar. Nachdem ich
gemerkt hatte, daß ich, wenn ich Louis nicht heiratete, zurück
ins Kloster müsse, blieb mir nichts als, um mich wie ein junges
Mädchen auszudrücken, zu resignieren. Resigniert habe ich mich

darangemacht, meine Lage genau zu prüfen, um dann das Bestmögliche daraus zu machen.

Zunächst hat die Gewichtigkeit dessen, worauf ich mich einließ, mich mit Schrecken erfüllt. Die Ehe setzt sich das ganze Leben zum Ziel, während die Liebe als Ziel lediglich die Lust hat: überdies dauert die Ehe fort, wenn die Lust längst hingeschwunden ist, und bildet die Veranlassung zu Reizen, die sehr viel kostbarer sind als die bei der Vereinigung von Mann und Frau. Daher bedarf es vielleicht, auf daß eine Ehe glücklich werde, nur der Freundschaft, die in Anbetracht ihrer gleichmäßigen Sanftheit viele menschliche Unvollkommenheiten verzeiht. Nichts stand dem entgegen, daß ich für Louis de l'Estorade Freundschaft empfunden hätte. Ich war fest entschlossen, in der Ehe nicht die Liebesgenüsse zu suchen, an die wir so oft und mit so gefährlichem Überschwang denken, und also habe ich in mir die sanfteste Ruhe verspürt. Wenn schon keine Liebe in mir war, warum sollte ich nicht nach dem Glück suchen? habe ich mir gesagt. Übrigens werde ich geliebt und will mich lieben lassen. Meine Ehe wird keine Dienstbarkeit sein, sondern beständige Herrschaft. Welche Unzuträglichkeit könnte bei diesem Stand der Dinge einer Frau erwachsen, die die absolute Herrin ihrer selbst bleiben will?

Dieser wichtige Punkt, nämlich die Führung einer Ehe ohne Ehemann, wurde in einem Gespräch zwischen Louis und mir geregelt; es hat mir die Vortrefflichkeit seines Charakters und die Zartheit seiner Seele offenbart. Mein Herzlein, ich wünschte sehr, in der schönen Jahreszeit der liebenden Hoffnung zu verbleiben, die, da sie keine Lust erzeugt, der Seele ihre Jungfräulichkeit beläßt. Nichts der Pflicht, dem Gesetzeszwang einräumen zu brauchen, nur von sich selbst abzuhängen, seinen festen Willen zu behalten . . . wie schön und wie nobel ist das! Diese Vereinbarung, die gegen das Gesetz und sogar gegen das Sakrament verstößt, konnte lediglich zwischen Louis und mir getroffen werden. Diese Schwierigkeit, die erste wahrgenommene, ist die einzige, die meine Eheschließung verzögert hat. Wenn ich zunächst auch zu allem entschlossen gewesen bin, um nicht zurück ins Kloster zu müssen, liegt es doch in unserer Natur, nach mehr zu verlangen, wenn man weniger erlangt hat; und wir, lieber Engel, gehören nun einmal zu denen, die alles wollen. Ich habe also meinen Louis aus dem Augenwinkel beobachtet und mich gefragt: Hat das Unglück ihn gut oder böse gemacht? Indem ich ihn genau studierte, habe ich schließlich wahrgenommen, daß seine Liebe bis zur Leidenschaft gediehen war. Nun ich zu seinem Idol geworden war und ihn bei dem gelindesten kühlen Blick erbleichen und zittern sah, ist mir klargeworden, daß ich alles wagen könne. Natürlich habe ich ihn weit von den Eltern weggeführt, auf Spazierwege, bei denen ich vorsichtig sein Herz befragte. Ich habe ihn zum Sprechen gebracht, ich habe von ihm Rechenschaft über seine Gedanken, seine Pläne, unsere Zukunft verlangt. Meine Fragen zeugten von so viel vorausgreifendem Nachdenken und griffen so sicher die schwachen Stellen des schrecklichen Lebens zu zweit an, daß Louis mir später gestanden hat, eine so kundige Unberührtheit habe ihn entsetzt. Ich hörte mir seine Antworten an; er verstrickte sich darin wie Menschen, die die Furcht aller Mittel beraubt hat; schließlich habe ich gemerkt, daß der Zufall mir einen Gegner beschert habe, der mir um so mehr unterlegen war, als er das erriet, was Du so hochmütig meine ›große Seele‹ nennst. In seiner Zerbrochenheit durch Unglück und Not betrachtete er sich so ungefähr als vernichtet und verlor sich in drei gräßlichen Befürchtungen. Erstens sei er siebenunddreißig und ich siebzehn; er ermaß also nicht ohne Schrecken die zwanzig Jahre, die zwischen uns liegen. Alsdann steht für ihn fest, daß ich sehr schön sei; und Louis, der, was das betrifft, unsere Meinungen teilt, sah nicht ohne tiefen Schmerz, in welchem Maß seine Leiden ihn der Jugend beraubt hatten. Schließlich fühlte er mich als Frau sich als Mann sehr überlegen. Diese drei Unzulänglichkeiten hatten ihn sich selber gegenüber mit Mißtrauen erfüllt, und so fürchtete er, er könne mich nicht glücklich machen, und sah sich als Lückenbüßer betrachtet. Ohne die Aussicht auf das Kloster würde ich ihn nie geheiratet haben, sagte er mir eines Abends beklommen. »Das stimmt«, antwortete ich ihm ernst. Liebe Freundin, er hat mich die erste der großen Erschütterungen empfinden lassen, die uns von den Männern zuteil werden. Ich wurde bis ins Herz durch zwei dicke Tränen getroffen, die aus seinen Augen rollten. »Louis«, fuhr ich mit tröstender Stimme fort, »es kommt nur auf Sie an, um aus dieser Vernunftheirat eine Ehe zu machen, der ich völlige Zustimmung zu zollen vermöchte. Was ich jetzt von dir verlangen werde, erfordert von deiner Seite eine noch viel schönere Selbstverleugnung als die Dienstbarkeit deiner Liebe, wenn sie ehrlich ist. Könntest du dich bis zu einer Freundschaft aufschwingen, wie ich sie verstehe? Man hat nur einen Freund im Leben, und ich will der deinige sein. Die Freundschaft ist das Band zweier gleichgearteter Seelen, die durch ihre Stärke vereinigt und dennoch unabhängig voneinander sind. Wir wollen Freunde und Gefährten sein, um das Leben miteinander ertragen zu können. Ich verbiete dir nicht, mir die Liebe einzuflößen, von der du sagst, daß du sie für mich empfindest; aber ich will nur aus freiem Willen deine Frau werden. Erweck in mir den Wunsch, dir meine freie Entscheidung anzubefehlen, und ich opfere sie dir sogleich. Auf diese Weise wehre ich dir nicht, jene Freundschaft mit Leidenschaft zu durchtränken, sie durch die Stimme der Liebe zu verwirren: ich selber werde versuchen, unsere Zuneigung zu etwas Vollkommenem zu machen. Vor allem erspare mir die Unannehmlichkeiten, die die ziemlich bizarre Situation, in der wir uns befinden, in der Außenwelt mit sich bringen könnte. Ich will weder als launisch noch als prüde erscheinen, weil ich beides nicht bin, und ich halte dich für einen hinreichend anständigen Mann, um dir vorzuschlagen, du sollest den Anschein der vollzogenen Ehe wahren.« Liebste, ich habe nie einen glücklicheren Mann als Louis nach meinem Vorschlag erlebt; seine Augen strahlten, das Feuer des Glücks hatte die Tränen getrocknet. »Bedenk bitte«, habe ich abschließend gesagt, »daß in dem, was ich von dir erbitte, nichts Absonderliches liegt. Jene Bedingung wurzelt in meinem übergroßen Wunsch, deine Achtung zu genießen. Wenn du mich bloß der Eheschließung verdanktest, könntest du mir dann nicht eines Tages allzu verpflichtet sein, wenn deine Liebe einzig durch gesetzliche oder kirchliche Formalitäten gekrönt worden wäre, und nicht durch mich? Wenn du mir nicht gefielest, ich dir, jedoch passiv gehorchte, wie meine sehr verehrte Mutter es mir nahegelegt hat, und ein Kind bekäme, glaubst du, daß ich jenes Kind dann ebenso liebhaben könnte, wie wenn es ein aus gleichem Wollen geborener Sproß wäre? Wenn es schon nicht unerläßlich ist, daß man aneinander Gefallen findet, wie zwei Liebesleute, dann gib doch bitte zu, daß man sich nicht unbedingt zu mißfallen braucht. Wir werden uns also in einer gefährlichen Situation befinden: wir müssen auf dem Lande leben, sollte man da nicht die Unbeständigkeit aller Leidenschaften bedenken? Können kluge Menschen sich nicht von vornherein gegen das Mißliche der Wandelbarkeit wappnen?« Er war seltsam erstaunt, mich so vernünftig und erfahren im Vernunftgebrauch zu sehen; und er gab mir ein feierliches Versprechen, worauf ich seine Hand nahm und sie liebevoll drückte.

Wir wurden Ende der Woche getraut. Da ich sicher war, meine Freiheit zu behalten, unterzog ich mich heiteren Sinnes den lächerlichen Einzelheiten sämtlicher Zeremonien: ich konnte ich selber sein, und vielleicht habe ich für ein leichtfertiges Frauenzimmer gegolten, um mich der in Blois üblichen Ausdrucksweise zu bedienen. Das junge Mädchen, das bezaubert war von der neuen Situation und den reichen Unterstützungen von allen Seiten, darein es sich zu betten gewußt hatte, wurde für eine zielbewußte Frau gehalten. Liebste, ich habe wie in einer Vision alle Schwierigkeiten meines Lebens wahrgenommen, und ich hatte jenen Mann ehrlich glücklich machen wollen. Nun aber wird in der Einsamkeit, in der wir leben, die Ehe innerhalb kurzer Zeit zu etwas Unerträglichem, wenn die Frau nicht die Oberherrschaft führt. In solchen Fällen muß die Frau den Zauber einer Geliebten und die Eigenschaften einer Gattin besitzen. Den Freuden die Ungewißheit beimischen, heißt das nicht: die Illusion verlängern und die Genüsse der Selbstliebe zu verewigen, auf die alle Geschöpfe so viel Wert legen, und aus so guten Gründen? Die eheliche Liebe, wie ich sie auffasse, umkleidet eine Frau also mit Hoffnung, macht sie zu einer Herrscherin und leiht ihr eine unerschöpfliche Kraft, eine Lebenswärme, die alles rings um sie erblühen läßt. Je mehr sie Herrin ihrer selbst ist, desto sicherer ist sie, Liebe und Glück zu etwas Lebenskräftigem zu machen. Aber ich habe vor allem verlangt, daß über unsere heimlichen Abmachungen der Schleier des tiefsten Geheimnisses gebreitet bleibe. Der von seiner Frau unterjochte Mann macht sich gerechtermaßen lächerlich. Der Einfluß einer Frau muß völlig geheim bleiben: alles in allem ist bei uns die Anmut des Tuns das Geheimnis. Wenn ich es auf mich nehme, diesen niedergebrochenen Charakter neu zu beleben, den von mir gewitterten guten Eigenschaften ihren alten Glanz wiederzugeben, so will ich, daß es den Anschein hat, all das vollziehe sich in und an Louis von selber. Darin besteht die recht schöne Aufgabe, der ich mich widme und die für den Ruhm einer Frau ausreicht. Ich bin beinahe stolz darauf, ein Geheimnis zu besitzen, das mein Dasein unterhalten, einen Plan, dem ich alle meine Kräfte zuteil werden lassen kann und um den nur Gott und Du wissen.

Jetzt bin ich fast glücklich, und vielleicht würde ich es weniger sein, wenn ich es nicht einer geliebten Seele sagen könnte; denn auf welche Weise sollte ich es ihm sagen? Mein Glück würde ihm wehtun; ich habe es vor ihm geheimhalten müssen. Er, Liebste, besitzt eine frauenhafte Empfindlichkeit wie alle Männer, die viel gelitten haben. Drei Monate lang ist zwischen uns alles so geblieben, wie es vor der Eheschließung gewesen ist. Ich beschäftige mich, wie Du Dir wohl denken kannst, mit einer Menge kleiner, persönlicher Fragen, auf die die Liebe mehr Wert legt, als man gemeinhin glaubt. Trotz meiner Kälte hat seine ermutigte Seele sich entfaltet: ich habe festgestellt, daß sein Gesicht den Ausdruck wechselte und sich verjüngte. Die Eleganz, die ich im Haus eingeführt habe, hat ihren Widerschein auf seine Person geworfen. Unmerklich habe ich mich an ihn gewöhnt; ich habe aus ihm mein zweites Ich gemacht. Da ich ihn in einem fort sehen mußte, habe ich die Verbindung seiner Seele mit seiner Physiognomie wahrgenommen. Die Bestie, wie wir, Deinem Ausdruck gemäß, den Ehemann nannten, ist verschwunden. An irgendeinem lieblichen Abend habe ich einen Liebhaber erblickt, dessen Worte mir in die Seele gingen und auf dessen Arm ich mich mit unsäglicher Lust stützte. Kurz: um Dir gegenüber ganz wahrhaftig zu sein, wie ich es vor Gott sein würde, den man nicht zu täuschen vermag, es erstand in meinem Herzen Neugier, vielleicht angestachelt durch die wunderbare Frömmigkeit, mit der er sein Gelübde hielt. Tief beschämt über mich leistete ich Widerstand. Ach, wenn man nur aus Würde widerstrebt, hat der Verstand bald Mittel und Wege gefunden. Das Fest ist also geheim vollzogen worden, wie unter zwei Liebesleuten, und es soll ganz unter uns bleiben. Wenn du einmal heiratest, wirst Du meine Diskretion billigen. Doch wisse, daß nichts von alledem ermangelte, was die zarteste Liebe sich wünscht, weder das Unvorhergesehene, das auf irgendeine Weise die Ehre jenes Augenblicks rettet, noch die geheimnisvollen Begnadungen, die unsere Phantasie von ihm fordert, die Hingerissenheit, die entschuldigt, die entrissene Einwilligung, die seit langem erahnten idealen Wollüste, die uns die Seele unterjochen, bevor wir uns der Wirklichkeit überließen; alles Verführerische war darin mitsamt seinen zauberischen Formen.

Ich gestehe Dir, daß ich trotz all diesem Schönen mir abermals meinen freien Willen ausbedungen habe; alle Gründe dafür mag ich Dir nicht anführen. Du bist die einzige Seele, in die ich diese Halbbeichte ergieße. Selbst wenn wir einem geliebten oder nicht geliebten Gatten angehören, glaube ich, daß wir viel verlieren würden, wenn wir nicht unsere Gefühle und das Urteil geheimhielten, das wir uns über die Ehe gebildet haben. Die einzige Freude, die mir zuteil geworden ist, und sie war himmlisch, entspringt der Gewißheit, daß ich diesem armen Mann das Leben neu geschenkt habe, bevor ich es Kindern gebe. Louis hat seine Jugend wiedergewonnen, seine Kraft, seine Heiterkeit. Er ist ein völlig anderer Mensch geworden. Wie eine Fee habe ich die Erinnerung an seine Leiden ausgelöscht. Ich habe Louis verwandelt, er ist bezaubernd geworden. Da er sich gewiß ist, mir zu gefallen, entfaltet er seinen Geist und offenbart neue Qualitäten. Das beständige Prinzip des Glücks eines Mannes zu sein, wenn jener Mann es weiß und der Liebe Dankbarkeit beimischt, ach, Liebste, diese Gewißheit entwickelt in der Seele eine Kraft, die die der umfassendsten Liebe übertrifft. Jene ungestüme und dauerhafte, einheitliche und mannigfache Kraft erzeugt schließlich die Familie, dieses schöne Werk der Frauen: ich begreife sie jetzt in ihrer vollen, fruchtbaren Schönheit. Der alte Vater ist nicht länger geizig, er schenkt blindlings alles, was ich wünsche. Die Dienerschaft ist vergnügt; es scheint, als strahle Louis' Glückseligkeit durch das ganze Haus, in dem ich durch die Liebe Herrscherin bin. Der alte Herr hat sich allen Verbesserungen angepaßt, er hat keinen Flecken in meinem Luxus bilden wollen; mir zu Gefallen trägt er jetzt die Kleidung unserer Zeit, und mit der

Kleidung hat er auch die Umgangsformen der Gegenwart übernommen. Wir haben englische Pferde, ein Coupé, eine Kalesche und einen Tilbury. Unsere Dienerschaft trägt eine schlichte, aber elegante Livree. Daher gelten wir als Wunder. Ich setze meine ganze Klugheit (mir ist dabei ganz ernst) dafür ein, sparsam zu wirtschaften, die größtmöglichen Genüsse für die kleinstmögliche Summe zu verschaffen. Ich habe Louis die Notwendigkeit des Baus von Wegen klargemacht, damit er sich den Ruf eines um das Wohl seines Landbesitzes besorgten Mannes erwirbt. Ich lege ihm nahe, seine Bildung zu vervollkommnen. Ich hoffe, ihn bald als Mitglied des Generalrats seines Départements zu sehen, und zwar durch den Einfluß meiner Familie und derjenigen meiner Mutter. Ich habe ihm rundheraus erklärt, ich sei ehrgeizig, ich sähe es nicht ungern, wenn sein Vater sich auch weiterhin unserer Güter annähme und Sparmaßnahmen durchführte, weil ich Louis ganz und gar in der Politik aufgehen sehen möchte; wenn wir Kinder hätten, möchte ich sie vollkommen glücklich und an guten Stellen im Staat sehen; sofern er nicht meine Achtung und Zuneigung einbüßen wolle, müsse er bei den nächsten Wahlen Abgeordneter des Départements werden; meine Familie würde seine Kandidatur unterstützen, und dann hätten wir die Freude, alle Winter in Paris zu verbringen. Ach, mein Engel, an dem Eifer, mit dem er mir gehorcht hat, konnte ich ermessen, wie sehr ich geliebt werde. Schließlich hat er mir gestern aus Marseille, wohin er für ein paar Stunden gefahren ist, nachstehenden Brief geschrieben:

›Als Du mir erlaubt hast, Dich zu lieben, meine süße Renée, habe ich an das Glück geglaubt; heute jedoch sehe ich dessen kein Ende mehr. Die Vergangenheit ist nur noch eine verschwommene Erinnerung, ein notwendiger Schatten, um den Glanz meiner Seligkeit deutlicher hervorzuheben. Wenn ich bei Dir bin, reißt die Liebe mich so sehr hin, daß ich außerstande bin, Dir die Weite dessen auszudrücken, was ich fühle: ich kann nichts, als Dich bewundern, Dich anbeten. Deine Worte kehren erst zu mir zurück, wenn ich fern von Dir bin. Du bist makellos schön und von einer so ernsten, so majestätischen Schönheit, daß die Zeit sie schwerlich je ändern wird; und obwohl die Liebe zwischen Eheleuten weniger von der Schönheit als von den Gefüh-

len abhängt, die bei Dir erlesen sind, laß mich Dir sagen, daß die
Gewißheit, Du werdest allezeit schön sein, mir eine Freude
spendet, die größer wird mit jedem Blick, den ich auf Dich werfe. Die Harmonie und Würde Deiner Gesichtszüge, in denen
Deine sublime Seele sich offenbart, besitzt etwas Reines unter
der gesunden Farbe der Haut. Der Glanz Deiner dunklen Augen
und die kühne Wölbung Deiner Stirn sagen davon aus, wie hoch
Deine Tugend sich aufschwingt, wie verläßlich Dein Wesen, wie
widerstandsfähig Dein Herz gegenüber den Stürmen des Lebens
ist, falls solche einträten. Noblesse ist Dein bezeichnender Cha-
rakterzug; ich verfüge nicht über die Anmaßung, Dir dies zu
sagen; sondern ich schreibe Dir diesen Brief einzig, damit Du
erkennst, daß ich um den vollen Wert des Schatzes weiß, den ich
besitze. Das wenige, das Du mir gewährst, wird für mich stets
Glück bedeuten, künftig wie gegenwärtig; denn ich fühle vollauf, daß etwas Großes in unserem Gelöbnis liegt, jedem von uns
seine volle Freiheit zu wahren. Wir werden niemals eine Be-
zeigung der Zärtlichkeit wollen, die nicht aus freien Stücken geschieht. Wir werden frei sein trotz enger Fesseln. Ich werde um
so stolzer sein, Dich auf diese Weise immer aufs neue zu erobern,
als ich jetzt um den Preis weiß, den Du dieser Eroberung bei-
missest. Du kannst niemals sprechen oder atmen, handeln, denken, ohne daß ich immer gesteigert die Anmut Deines Körpers
und Deiner Seele bewundere. Es ist in Dir etwas Göttliches, etwas Weises, etwas Bezauberndes, das Überlegung, Ehre, Lust
und Hoffnung harmonisch zusammenfaßt, das, mit einem Wort,
der Liebe weitere Ausdehnung gibt, als das Leben sie besitzt. O
mein Engel, möge der Genius der Liebe mir treu bleiben, möge
die Zukunft erfüllt sein von der Wollust, mit deren Hilfe Du
alles um mich her verschönt hast! Wann bist Du Mutter, damit
ich Dich in der Blüte Deiner Lebenskraft sehe, damit ich höre,
wie Du mit Deiner milden Stimme und Deinen feinen, neuarti-
gen, von Dir so gut ausgedrückten Gedanken die Liebe segnest,
die meine Seele erquickt, meine Fähigkeiten gestählt hat, die
meinen Stolz bildet und aus der ich wie aus einem Zauberbron-
nen ein neues Leben geschöpft habe? Ja, ich werde alles sein, was
Du willst, daß ich es sei: ich will einer der Männer werden, die
unserm Land von Nutzen sind, und ich werde den Ruhm auf

Dich zurückstrahlen lassen, dessen Grundzug Deine Genugtuung sein soll.‹

Ja, Liebste, auf solcherlei Weise forme ich ihn. Sein Stil ist noch jungen Datums, in einem Jahr wird er besser sein. Louis ist, was ihn betrifft, noch im ersten Überschwang, ich erwarte ihn mit dem gleichmäßigen, fortdauernden Glücksgefühl, das eine glückliche Ehe spenden muß, wenn auf der Basis, daß einer des andern sicher ist und beide sich gut kennen, Frau und Mann das Geheimnis entdeckt haben, das Unendliche zu vermannigfachen und sogar den Tiefen des Lebens etwas Zauberhaftes zu verleihen. Dieses schöne Geheimnis wahrhafter Gatten erschaue ich erst flüchtig, will es aber ganz besitzen. Du siehst, daß er sich geliebt glaubt, der Tor, als sei er nicht mein Ehemann. Dabei bin ich noch nicht über die bloß äußerliche Anhänglichkeit hinaus, die uns die Kraft verleiht, mancherlei Dinge zu ertragen. Doch Louis ist liebenswürdig; er ist von großer Ausgeglichenheit des Charakters; er tut ganz schlicht Handlungen, deren sich die meisten Männer laut rühmen würden. Kurzum: wenn ich ihn nicht liebe, so fühle ich mich doch sehr wohl befähigt, ihn liebzuhaben.

So sind denn also mein schwarzes Haar, meine schwarzen Augen mit den Lidern, die sich, wie Du sagst, wie Jalousien entfalten, mein kaiserliches Gehaben und meine Person in den Stand souveräner Macht erhoben worden. In zehn Jahren werden wir sehen, Liebste, ob wir nicht alle beide lachlustig und glücklich in Paris sind, von wo aus ich Dich dann und wann in meine schöne Oase in der Provence mitnehmen werde. O Louise, gefährde nicht unser beider schöne Zukunft! Begeh nicht die Tollheiten, mit denen Du mir drohst. Ich heirate einen alten Jüngling, heirate Du einen jungen Greis aus der Pairskammer. Dort bist Du in dem, was Dir gebührt.

XIV

Der Herzog von Soria an den Baron de Macumer

Madrid

Mein lieber Bruder, Sie haben mich nicht zum Herzog von Soria gemacht, damit ich nicht auch als Herzog von Soria handle. Wenn ich wüßte, daß Sie umherirren müßten, ohne der Erleichterungen teilhaftig zu sein, die Geld einem überall verschafft, würden Sie mein Glück zu etwas Unerträglichem umschaffen. Weder Maria noch ich willigen in eine Heirat ein, bevor wir nicht sicher sind, daß Sie die Summen entgegengenommen haben, die wir Urraca für Sie einhändigten. Jene zwei Millionen entstammen Ihren eigenen Ersparnissen und denen Marias. Wir haben beide vor demselben Altar gekniet und, Gott weiß, mit welcher Glut! für Dein Glück gebetet. O lieber Bruder, unsere Wünsche müssen Erhörung finden. Die Liebe, die Du suchst und die den Trost Deines Exils bilden würde, wird vom Himmel herniedersteigen. Maria hat Deinen Brief unter Tränen gelesen, und ihre ganze Bewunderung gilt Dir. Was nun mich betrifft, so willige ich um unseres Hauses und nicht um meinetwillen ein. Der König hat Deine Erwartungen erfüllt. Ach, Du hast ihm Deine Verachtung so verächtlich vor die Füße geworfen, wie man Tigern ihre Beute hinwirft, daß ich, um Dich zu rächen, ihn nur zu gern wissen lassen möchte, wie Du ihn durch Deine Größe zermalmt hast. Das einzige, lieber, geliebter Bruder, was ich für mich genommen habe, ist mein Glück, ist Maria. Daher werde ich fortan stets vor Dir dastehen wie ein Geschöpf vor dem Schöpfer. In meinem Leben und in dem Marias wird es einen Tag geben, der genauso schön ist wie der unserer glücklichen Vereinigung, und das wird der Tag sein, an dem wir vernehmen, daß Dein Herz verstanden worden ist, daß eine Frau Dich liebt, wie Du geliebt werden mußt und willst. Vergiß nicht, daß, wenn Du durch uns lebst, wir auch durch Dich leben. Du kannst uns voller Vertrauen über den Nuntius schreiben, leite also Deine Briefe über Rom. Der französische Gesandte in Rom wird es sicherlich übernehmen, sie dem Staatssekretär Monsignore Bemboni auszuhändigen, den unser Legat wohl schon benachrichtigt hat. Jeder andere Weg wäre vom Übel. Leb wohl, lieber Ausgeplünderter, lieber Verbannter. Sei wenigstens stolz auf das Glück, das Du uns bereitet hast, auch wenn es Dich selber nicht glücklich machen kann. Sicherlich wird Gott unsere von Dir erfüllten Gebete erhören.

Fernandez

XV

Louise de Chaulieu an Madame de l'Estorade

März

Ach, mein Engel, macht die Ehe so philosophisch . . .? Dein liebes Gesicht muß ganz gelb gewesen sein, als Du mir jene schrecklichen Gedanken über das menschliche Leben und unsere Pflichten schriebst. Glaubst Du wirklich, daß Du mich durch dieses Programm unterirdischer Arbeiten für die Ehe gewinnen könntest? Ach, dahin haben Dich also Deine tiefsinnigen Träumereien gelangen lassen? Wir verließen Blois im Schmuck unserer Unschuld und bewaffnet mit scharfen Spitzen der Überlegung: die Dolche dieser rein geistigen Erfahrung mit den Dingen haben sich wider Dich gekehrt! Kennte ich Dich nicht als das reinste und engelhafteste Geschöpf auf dieser Welt, so würde ich Dir sagen, daß Deine Berechnungen nach Verderbtheit schmecken. Wie, Liebste: im Interesse Deines Landlebens teilst Du Deine Freuden in geregelte Portionen ein, behandelst Du die Liebe wie Deinen Holzvorrat? Oh, weit lieber möchte ich in den heftigen Wirbelstürmen meines Herzens umkommen als in der Dürre Deiner weisen Rechenkunst leben. Du warst wie ich ein sehr kluges junges Mädchen, weil wir uns vielerlei Gedanken über wenige Dinge gemacht hatten; aber, mein Kind, die Philosophie ohne Liebe oder unter dem Deckmantel einer vorgetäuschten Liebe ist die schrecklichste unter allen ehelichen Heucheleien. Ich weiß nicht, ob nicht sogar der größte Schwachkopf auf Erden dann und wann den Uhu der Weisheit in einem Haufen Rosen hockend findet; das ist eine wenig erquickliche Entdeckung, die selbst die lodernste Leidenschaft in die Flucht schlagen könnte. Du wirfst Dich zum Schicksal auf, anstatt ihm als Spielball zu dienen. Wir entwickeln uns beide recht sonderbar: viel Philosophie und wenig Liebe, das ist Deine Diät; viel Liebe und wenig Philosophie, das ist die meine. Jean-Jacques' Julie, die mir immer wie ein Professor vorkam, ist im Vergleich zu Dir bloß ein Student. Du Ausbund an weiblicher Tugend! Hast Du das Leben genau ausgemessen? Ach, ich mache mich über Dich lustig, vielleicht hast Du recht. Du hast innerhalb eines Tages Deine Jugend hingeopfert, Du bist vor der Zeit geizig geworden. Sicherlich wird Dein Louis glücklich sein. Wenn er Dich liebt, woran ich nicht zweifle, wird er nie merken, daß Du Dich im Interesse Deiner Familie verhältst wie die Kurtisanen im Interesse ihres Vermögens; aber die machen bestimmt die Männer glücklich, wie sich aus den tollen Verschwendungen schließen läßt, die um ihretwillen begangen werden. Ein hellsichtiger Gatte würde wahrscheinlich in seiner Leidenschaft für Dich beharren; doch müßte er sich nicht schließlich der Dankbarkeit für eine Frau entschlagen, die sich aus der Falschheit ein moralisches Korsett macht, das ihrem Leben ebenso notwendig ist wie das andere dem Körper? Aber, Liebste, die Liebe ist in meinen Augen das Grundprinzip aller Tugenden, die einem Bild der Gottheit dargebracht werden! Die Liebe, wie alle übrigen Grundprinzipien, darf nicht berechnet werden, sie ist das Unendliche unserer Seele. Hast Du nicht vor Dir selbst die schreckliche Lage eines Mädchens rechtfertigen wollen, das einem Mann verheiratet wird, den es nur achten kann? Deine Maxime, Dein Maßstab ist die Pflicht; aber aus Notwendigkeit zu handeln, ist das nicht die Moral einer atheistischen Gesellschaft? Aus Liebe und aus dem Gefühl heraus zu handeln, ist das nicht das geheime Gesetz aller Frauen? Du hast Dich zum Mann aufgeworfen, und Dein Louis muß sich damit abfinden, die Frau zu sein. O Liebste, Dein Brief hat mich in unendliches Nachsinnen versenkt. Ich habe es erlebt, daß das Kloster für Mädchen nie die Mutter zu ersetzen vermag. Ich flehe Dich an, mein nobler Engel mit den schwarzen Augen, der Du so rein und so stolz, so ernst und so elegant bist, gedenke der ersten Schreie, die Dein Brief mir entpreßt! Ich habe mich mit dem Gedanken getröstet, daß in dem Augenblick, da ich mich hier in Klagen erging, die Liebe wohl die Baugerüste der Vernunft umgestoßen hat. Ich werde vielleicht noch Schlimmeres anstellen, ohne Überlegung, ohne Vorbedacht: die Leidenschaft ist ein Element, dem eine genauso grausame Logik, wie die Deine es ist, innewohnen muß.

Montag

Gestern abend vor dem Zubettgehen habe ich mich an mein Fenster gestellt und den Himmel angeschaut; er war von erhabener Reinheit. Die Sterne sahen aus wie silberne Nägel, die einen blauen Schleier hielten. Durch die Stille der Nacht hindurch habe ich ein Atmen hören können, und im Dämmerlicht, das die Sterne warfen, habe ich meinen Spanier gesehen, der wie ein Eichhörnchen in einem der Bäume der dem Boulevard gegenüberstehenden Reihe hockte und wohl in den Anblick meiner Fenster versunken war. Diese Entdeckung bewirkte als erstes, daß ich mit Füßen und Händen, die wie gelähmt waren, in mein Zimmer zurückwich; aber im Hintergrund dieser Furchtempfindung verspürte ich eine köstliche Freude. Ich war niedergeschmettert und glücklich. Kein einziger der geistvollen Franzosen, die mich heiraten wollen, ist auf den Gedanken gekommen, die Nächte auf einer Ulme zu verbringen, auf die Gefahr hin, von der Nachtwache festgenommen zu werden. Mein Spanier sitzt sicherlich schon seit geraumer Zeit immer da oben. Ach, er gibt mir keine Stunden mehr, er möchte welche empfangen, er soll sie haben. Wenn er wüßte, was alles ich mir über seine augenblickliche Häßlichkeit gesagt habe! Auch ich habe philosophiert, Renée. Ich habe gedacht, es sei etwas Widerliches, einen schönen Mann zu lieben. Hieße das nicht eingestehen, daß an der Liebe, die doch etwas Göttliches sein sollte, zu drei Vierteln die Sinne teilhaben? Als ich mich von meinem ersten Schrecken erholt hatte, reckte ich hinter dem Fenster den Hals vor, um ihn nochmals zu sehen, und da hat er mich entdeckt! Mittels eines Blasrohrs hat er mir durchs Fenster einen Brief geschossen, der kunstvoll um eine dicke Bleikugel gewickelt war. Mein Gott! Ob er glaubt, ich hätte mein Fenster absichtlich offengelassen? habe ich mir gesagt. Aber es barsch zu schließen, das hätte mich zu seiner Komplicin gemacht. Ich habe etwas Besseres getan, ich bin wieder ans Fenster getreten, als hätte ich das Geräusch seiner

81

Botschaft nicht vernommen, als hätte ich nichts gesehen, und habe mit lauter Stimme gesagt: »Wollen Sie nicht kommen und sich die Sterne anschaun, Griffith?« Die Griffith schlief wie eine alte Jungfer. Als er mich vernahm, ist der Maure schnell wie ein Geist hinabgeklettert. Wahrscheinlich war er genau wie ich zu Tode erschrocken, denn ich habe nicht gehört, daß er sich entfernte; er muß also am Fuß der Ulme stehengeblieben sein. Nach gut einer Viertelstunde, während ich im Himmelsblau untersank und im Ozean der Neugierde schwamm, habe ich mein Fenster zugemacht, mich zu Bett gelegt und das Seidenpapier mit der Sorgfalt derer aufgerollt, die in Neapel an alten Schriftrollen arbeiten. Meine Finger berührten Feuer. Welch schreckliche Macht übt dieser Mann auf mich aus! sagte ich mir. Sogleich habe ich das Papier dem Licht entgegengestreckt, um es ungelesen zu verbrennen ... Ein Gedanke hat meine Hand zurückgehalten. Was hatte er mir geschrieben, daß er es mir heimlich schreiben mußte? Ja, Liebste, ich habe den Brief dennoch verbrannt und mir dabei gedacht, daß, wenngleich alle Mädchen der Welt ihn verschlungen haben würden, ich, Armande-Louise-Marie de Chaulieu, ihn keineswegs zu lesen brauchte.

Tags darauf, in der Italienischen Oper, war er auf seinem Posten; aber selbst wenn er konstitutioneller Minister gewesen ist, glaube ich nicht, daß mein Verhalten ihm auch nur die leiseste Regung meiner Seele enthüllt hat: ich habe mich völlig so benommen, als hätte ich gestern abend weder etwas gesehen noch erhalten. Ich war mit mir zufrieden, er jedoch war recht traurig. Der Ärmste! In Spanien ist es etwas so Natürliches, daß die Liebe ihren Weg durchs Fenster findet. Während der Pause erging er sich im Korridor. Der erste Sekretär der spanischen Gesandtschaft hat es mir gesagt; er erzählte mir dabei etwas, das er getan hat und das als erhaben bezeichnet werden muß. Als er noch Herzog von Soria war, hatte er eine der reichsten Erbinnen Spaniens heiraten sollen, die junge Prinzessin Maria Heredia, deren Vermögen ihm die Leiden des Exils hätte mildern können; aber es scheint, daß entgegen dem Willen der beiderseitigen Eltern, die sie schon als Kinder verlobt hatten, Maria den jüngeren Soria liebte, und daß mein Felipe auf Prinzessin Maria verzichtete, indem er sich vom König von Spanien hat ausplündern lassen. »Er hat diese großherzige Handlung sicherlich in aller Schlichtheit vollzogen«, habe ich zu dem jungen Herrn gesagt. »Kennen Sie ihn denn?« hat er naiv geantwortet. Meine Mutter hat gelächelt. »Was mag aus ihm werden? Er ist ja doch zum Tode verurteilt«, habe ich gefragt. »In Spanien wartet seiner der Tod, aber auf Sardinien hat er das Recht, zu leben.« - »Siehe da, gibt es denn auch in Spanien Gräber?« sagte ich, um mir den Anschein zu geben, ich nähme das ganze als einen Scherz. - »Alles gibt es in Spanien, sogar noch Spanier aus den alten Zeiten«, hat meine Mutter mir geantwortet. - »Nicht ohne Mühe wurde erreicht, daß der König von Sardinien dem Baron de Macumer einen Paß gewährte«, fuhr der junge Diplomat fort; »kurz und gut, er ist sardinischer Untertan geworden, er besitzt herrliche Lehen auf Sardinien, mit dem Recht der hohen und niederen Gerichtsbarkeit. Er hat einen Palast in Sassari. Wenn Ferdinand VII. stürbe, würde Macumer wahrscheinlich in den diplomatischen Dienst zurückkehren, und der Turiner Hof würde ihn zum Gesandten ernennen. Obwohl er noch jung ist, ist er ...« - »Ach nein: er ist jung?« - »Ja, Mademoiselle, obwohl er noch jung ist, ist er einer der hervorragendsten Männer Spaniens!« Ich schaute in den Zuschauerraum, während ich dem Sekretär lauschte, und schien ihm nur geringe Aufmerksamkeit zu schenken; aber, unter uns, jetzt war ich ganz verzweifelt darüber, daß ich den Brief verbrannt hatte. Wie drückt sich ein solcher Mann aus, wenn er liebt? Und er liebt mich doch. Geliebt zu werden, heimlich angebetet, in diesem Theaterraum, wo sich alles versammelt, was in Paris Rang und Namen hat, einen Mann ganz allein für sich zu besitzen, ohne daß jemand darum weiß! O Renée, da habe ich das Pariser Leben, seine Bälle und seine Feste, begriffen. Alles hat in meinen Augen seine wahre Farbe angenommen. Man bedarf der andern, wenn man liebt, und sei es nur, um sie dem zu opfern, den man liebt. Ich habe in meinem Wesen ein anderes, glückliches Wesen verspürt. Alle meine Eitelkeiten, meine Selbstachtung, mein Stolz waren gestreichelt worden. Gott weiß, welchen Blick ich auf die Gesellschaft geworfen habe! »Ach, du Frauenzimmerchen!« hat die Herzogin mir ins Ohr gesagt. Ja, meine durchtriebene Mutter hat in meiner Haltung wohl etwas wie eine heimliche Freude

gewittert, und ich habe vor dieser klugen Frau die Flagge ge-
strichen. Jene drei Worte haben mir mehr Weltkenntnis beige-
bracht, als ich mir das ganze übrige Jahr hindurch zugelegt
hatte; denn wir schreiben März. Leider spielt die Italienische
Oper nur noch einen Monat lang. Was soll aus einem ohne diese
göttliche Musik werden, wenn einem das Herz voll von Liebe
ist?

Liebste, als ich wieder daheim war, habe ich mit der einer
Chaulieu würdigen Entschlossenheit mein Fenster aufgemacht,
um einen Platzregen anzustaunen. Ach, wenn die Männer um
die Macht der Verführung wüßten, die heroische Unternehmen
auf uns ausüben, so würden sie sich alle groß gebärden; die Feig-
sten würden zu Helden werden. Was ich über meinen Spanier
vernommen hatte, machte mich fiebern. Ich war sicher, daß er da
sei, bereit, mir einen neuen Brief zuzuwerfen. Diesmal habe ich
nichts verbrannt: ich habe gelesen. Hier, dies ist der erste Liebesbrief, den ich bekommen habe, Frau Vernünftlerin: jede von uns
hat also den ihrigen.

›Louise, ich liebe Sie nicht Ihrer himmlischen Schönheit wegen; ich liebe Sie nicht Ihres weitgespannten Geistes wegen, der
Noblesse Ihrer Gefühle, der unendlichen Anmut, die Sie allen
Dingen leihen; nicht Ihres Stolzes wegen, der königlichen Verachtung gegenüber allem, was nicht Ihrer Sphäre angehört, und
die bei Ihnen die Güte nicht ausschließt, denn Sie besitzen ein
engelhaftes Mitgefühl; Louise, ich liebe Sie, weil Sie alle diese
erhabenen Eigenschaften einem armen Verbannten zugewandt
haben; weil Sie durch eine Geste, einen Blick einen Mann darüber hinweg getröstet haben, der so tief unter Ihnen stand, daß
er lediglich auf Ihr Mitleid Anrecht hatte, freilich ein großher-
ziges Mitleid. Sie sind die einzige Frau auf Erden, die die
Strenge ihres Blicks um meinetwillen minderte, und da Sie diesen wohltuenden Blick auf mich haben fallen lassen, als ich nichts
als ein Staubkorn war, was mir nie widerfahren ist, als ich alles
besaß, was ein Untertan an Macht innehaben kann, lege ich
Wert darauf, Sie wissen zu lassen, Louise, daß Sie mir teuer geworden sind, daß ich Sie um Ihrer selbst willen und ohne einen
Hintergedanken liebe, und zwar weit über die Bedingungen
hinaus, die Sie der vollkommenen Liebe stellten. Vernehmen Sie

also, mein Götterbild, das ich in die höchsten Himmel erhob, daß in dieser Welt ein Sproß aus Sarazenengeschlecht lebt, dessen Dasein Ihnen gehört, von dem Sie alles fordern können wie von einem Sklaven und dem es zur Ehre gereicht, Ihre Befehle auszuführen. Ich habe mich Ihnen unwiderruflich anbefohlen, einzig aus der Freude, mich zu verschenken, um jener Hand willen, die Sie eines Morgens Ihrem Spanischlehrer hinstreckten. Sie haben an mir einen Diener, Louise, und nichts sonst. Nein, ich wage nicht zu denken, ich könne jemals geliebt werden; aber vielleicht werde ich geduldet, und einzig um meiner Ergebenheit willen. Seit jenem Morgen, da Sie mir zulächelten als ein adliges Mädchen, das das Elend meines einsamen, verratenen Herzens erriet, hab ich Sie auf den Thron erhoben: Sie sind die absolute Beherrscherin meines Lebens, die Königin meiner Gedanken, die Gottheit meines Herzens, das Licht, das mir schimmert, die Blume meiner Blumen, der Balsam der Luft, die ich atme, der Reichtum meines Blutes, das Leuchten, in dem ich schlummre. Ein einziger Gedanke trübte dieses Glück: Sie wußten nicht, daß Sie eine grenzenlose Ergebenheit Ihr eigen nannten, einen getreuen Arm, einen blinden Sklaven, einen stummen Helfer, einen Schatz; denn ich bin nur noch der Verwalter alles dessen, was ich besitze; kurzum, Sie ahnten nichts von einem Herzen, das wie das einer alten Ahnfrau ist, von der Sie alles erbitten können; das eines Vaters, von dem Sie jeden Schutz fordern können, eines Freundes, eines Bruders, alle diese Gefühle ermangeln denen, die um Sie sind, ich weiß es. Ich habe das Geheimnis Ihrer Einsamkeit erraten! Meine Kühnheit entstammt dem Wunsch, Ihnen die Ausdehnung dessen zu enthüllen, was Sie besitzen. Nehmen Sie alles entgegen, Louise, damit schenken Sie mir das einzige Leben, das es für mich in dieser Welt gibt: das, mich Ihnen zu weihen. Indem Sie mir das Halsband der Dienstbarkeit anlegen, verpflichten Sie sich zu nichts: ich werde nie etwas anderes verlangen als die Freude des Wissens, der Ihre zu sein. Sagen Sie mir ja nicht, Sie würden mich nie lieben: das muß so sein, ich weiß es; ich muß aus der Ferne lieben, ohne Hoffnung, für mich allein. Ich möchte wissen, ob Sie mich als Diener annehmen, und ich habe mir den Kopf zerbrochen, um ein Beweismittel zu entdecken, das Ihnen bescheinigt, daß Ihrer Würde kein Abbruch getan wird, und das mir Gewißheit bringt; denn schon seit vielen Tagen gehöre ich Ihnen, ohne Ihr Wissen. Also sagen Sie es mir, indem Sie eines Abends in der Italienischen Oper ein Sträußchen in der Hand tragen, das aus einer weißen und einer roten Kamelie besteht, Sinnbild alles Blutes eines Mannes im Dienst vergötterter weißer Reinheit. Dann wird alles gesagt sein: zu jeder Stunde, in zehn Jahren wie morgen, was immer an Menschenmöglichem Sie zu tun verlangen, es wird vollbracht werden, sobald Sie es fordern von Ihrem glücklichen Diener

Felipe Henarez.‹

P.S. Liebste, gesteh, daß die großen Herren zu lieben wissen! Welch afrikanischer Löwensprung! Welch verhaltene Glut! Welcher Glaube! Welche Aufrichtigkeit! Welche Seelengröße in der Selbsterniedrigung! Ich bin mir klein vorgekommen und habe mich verblüfft gefragt: Was tun . . .? Das Vorrecht eines Großen ist es, gewöhnliche Berechnungen umzustoßen. Er ist erhaben und rührend, naiv und gigantisch. Durch einen einzigen Brief erhebt er sich über Hunderte von Briefen eines Lovelace[32] und Saint-Preux[33]. Ach, dies ist die wahre Liebe ohne alle Haarspalterei: es gibt sie oder es gibt sie nicht; aber wenn es sie gibt, dann muß sie sich in ihrer Unermeßlichkeit entfalten. Nun bin ich aller Koketterie ledig. Ausschlagen oder annehmen! Zwischen diesen beiden Begriffen stehe ich ohne einen Vorwand, meine Unentschlossenheit zu bewahren. Jede Diskussion scheidet aus. Dies ist nicht mehr Paris, es ist Spanien oder der Orient; kurzum: hier spricht der Abencerrage[34], der vor der katholischen Eva auf den Knien liegt und ihr sein Krummschwert, sein Pferd und seinen Kopf darbietet. Soll ich diesen Maurensproß erhören? Lies diesen hispano-sarazenischen Brief mehrmals, liebe Renée, dann wirst Du daraus ersehen, daß die Liebe alle Judasklauseln Deiner Philosophie zunichte macht. Ach, Renée, Dein Brief liegt mir auf dem Herzen, Du hast mir das Leben verbürgerlicht. Bedarf ich solcher Kniffe und Pfiffe? Bin ich nicht auf ewig die Herrin dieses Löwen, der sein Gebrüll in demütige, fromme Seufzer verwandelt? Ach, wie hat er in seiner Höhle in der Rue Hillerin-Bertin grollen müssen! Ich weiß, wo er wohnt, ich habe seine Visitenkarte: ›F. Baron de Macumer.‹ Er hat mir jede Antwort unmöglich gemacht; mir bleibt nichts, als ihm zwei Kamelien ins Gesicht zu werfen. Über welch höllisches Wissen verfügt doch die reine, wahre, naive Liebe! Hier ist, was es an Großem für ein Frauenherz gibt, auf ein schlichtes, leichtes Tun zurückgeführt worden. O Asien! Ich habe ›Tausendundeine Nacht‹ gelesen, und die Essenz ist: zwei Blumen, und damit ist alles gesagt. Wir überspringen die vierzehn Bände ›Clarissa Harlowe‹ mit einem Blumensträußchen. Ich winde mich vor diesem Brief wie eine Saite im Feuer. Soll ich die beiden Kamelien tragen oder nicht? Ja oder nein, töte oder laß leben! Nun, in mir ruft eine Stimme: Prüfe ihn! Also werde ich ihn prüfen!

XVI

Dieselbe derselben

März

Ich bin weiß gekleidet: ich trage weiße Kamelien im Haar und eine weiße Kamelie in der Hand; meine Mutter trägt rote; ich werde ihr eine wegnehmen, wenn ich will. In mir ist ein unbestimmtes Verlangen, ihm seine rote Kamelie durch ein leichtes Zögern zu verkaufen und mich erst an Ort und Stelle zu entscheiden. Ich sehe sehr gut aus! Die Griffith hat mich gebeten, ich möge mich ein Weilchen anschauen lassen. Die Feierlichkeit dieses Abends und das Drama dieser geheimen Zustimmung haben mir Farbe gegeben; ich habe auf jeder Wange eine rote, über einer weißen erblühten Kamelie!

Ein Uhr

Alle haben mich bewundert, ein einziger hat sich darauf verstanden, mich anzubeten. Er hat den Kopf gesenkt, als er mich mit einer weißen Kamelie in der Hand erblickte, und ich habe ihn weiß werden sehen wie die Blume, als ich meiner Mutter eine rote fortnahm. Daß ich mit beiden Blumen kam, hätte auf Zufall beruhen können; aber was ich tat, bedeutete eine Antwort. Ich habe somit mein Geständnis noch ausgedehnt. Es gab ›Romeo und Julia‹[35], aber Du weißt nicht, wie herrlich das Duett des Liebespaars ist, Du kannst das Glück der beiden Neophyten der Liebe nur verstehen, wenn Du diesem göttlichen Ausdruck der Zärtlichkeit lauschst. Ich bin zu Bett gegangen und habe dabei Schritte auf dem hallenden Boden der Allee gehört. Oh, und jetzt, mein Engel, habe ich Feuer im Herzen, im Kopf. Was tut er? Was denkt er? Denkt er einen Gedanken, einen einzigen nur, der nicht mir gilt? Ist er der immer bereite Sklave, der zu sein er mir geschrieben hat? Wie kann ich mich dessen versichern? Hegt er in seinem Innern den leisesten Argwohn, daß meine Einwilligung einen Tadel in sich beschließt, irgendeine Rückzugsmöglichkeit, einen Dank? Ich bin allen raffinierten Spitzfindigkeiten der Frauen aus ›Cyrus‹[36] und ›Astrée‹[37] ausgeliefert. Weiß er, daß in der Liebe das geringste von den Frauen Getane das Ergebnis einer Welt von Überlegungen, inneren Kämpfen, verlorenen Siegen ist? An was denkt er in diesem Augenblick? Wie soll ich ihm befehlen, mir abends alle Einzelheiten seines Tagesablaufs aufzuschreiben? Er ist mein Sklave, ich muß ihn beschäftigen, ich werde ihn mit Arbeit erdrücken.

Sonntagmorgen

Ich habe nur sehr wenig geschlafen, erst gegen Morgen. Eben habe ich durch die Griffith nachstehenden Brief schreiben lassen.

›An den Herrn Baron de Macumer
Mademoiselle de Chaulieu beauftragt mich, Herr Baron, von Ihnen die Abschrift eines Briefes zurückzuerbitten, den eine ihrer Freundinnen ihr geschrieben und den sie mit eigener Hand abgeschrieben hat; Sie hatten sie mit sich genommen.
Gestatten Sie, usw.   Griffith.‹

Liebste, die Griffith ist fortgegangen, sie ist in die Rue Hillerin-Bertin gegangen und hat sich von meinem Sklaven jenen Liebesbrief aushändigen lassen; er hat mir mein Programm im Umschlag und von Tränen befeuchtet wiedererstattet. Er hat gehorcht. O Liebste, wie schwer muß ihm das gefallen sein! Ein anderer hätte sich geweigert und einen Brief voller Schmeicheleien geschrieben; aber der Sarazene ist geblieben, was zu sein er versprochen hatte: er hat gehorcht. Ich bin zu Tränen gerührt.

XVII

Dieselbe derselben

Gestern, das Wetter war herrlich, habe ich mich als geliebtes Mädchen, das gefallen möchte, gekleidet. Auf meine Bitte hin gab mein Vater mir das hübscheste Gespann, das in Paris zu sehen ist: zwei Apfelschimmel und eine Kalesche von letzter Eleganz. Ich habe den Wagen ausprobiert. Unter meinem mit weißer Seide gefütterten Sonnenschirm muß ich wie eine Blume gewirkt haben. Als ich die Avenue des Champs-Elysées hinauffuhr, sah ich meinen Abencerragen mir auf einem Pferd von wunderbarster Schönheit entgegenkommen. Die Männer, die heutzutage fast alle vollkommene Roßtäuscher sind, blieben stehen, um es zu sehen, um es zu prüfen. Er hat mich gegrüßt, und ich habe ihm einen Wink freundschaftlicher Ermutigung gegeben; da hat er den Schritt seines Pferdes gezügelt, und ich habe ihm sagen können: »Sie haben es mir wohl nicht übelgenommen, Baron, daß ich meinen Brief von Ihnen zurückerbeten habe; er war Ihnen zu nichts mehr nütze . . . Sie haben sein Programm bereits überholt«, habe ich leise hinzugefügt. »Sie reiten ein Pferd, durch das Sie auffallen«, sprach ich weiter. – »Mein Verwalter auf Sardinien hat es mir in seinem Stolz geschickt, dieses Pferd von arabischer Rasse entstammt meinen Macchien.«

Heute morgen, Liebstes, ritt Henarez einen englischen Fuchs, der ebenfalls sehr schön war, aber weiter kein Aufsehen erregte: die kleine, spöttische, in meinen Worten enthaltene Kritik hatte genügt. Er hat mich gegrüßt, und ich habe ihm durch ein leichtes Neigen des Kopfes geantwortet. Der Herzog von Angoulême hat Macumers Pferd kaufen lassen. Mein Sklave hat eingesehen, daß er gegen seine gewollte Schlichtheit verstieß, indem er die Aufmerksamkeit der Gaffer auf sich lenkte. Ein Mann muß um seiner selbst willen bemerkt werden und nicht um seines Pferdes oder anderer Dinge wegen. Ein zu schönes Pferd zu besitzen kommt mir ebenso lächerlich vor wie einen zu großen Diamanten auf der Hemdbrust zu tragen. Ich war entzückt, ihn bei einem Fehler ertappt zu haben, und dabei handelte es sich in seinem Fall vielleicht bloß um eine kleine Eitelkeit, wie sie bei einem armen Verbannten erlaubt ist. Diese Kindlichkeit gefällt mir. Ach, liebe, alte Vernünftlerin! Genießt Du meine Liebesgeschichte im gleichen Maß, wie Deine düstere Philosophie mich traurig stimmt? Lieber Philipp II. im Unterrock, bist Du in meiner Kalesche gut aufgehoben? Siehst Du den samtenen Blick, ergeben und inhaltsschwer, stolz auf den Stand der Knechtschaft, den dieser wahrhaft große Mann, der meine Farben trägt und im Knopfloch stets eine rote Kamelie, während ich stets eine weiße in der Hand habe, im Vorüberfahren mir zuwirft? Welch hellen Schein strahlt diese Liebe aus! Wie gut verstehe ich jetzt Paris! Jetzt kommt mir hier alles geistvoll vor. Ja, die Liebe ist hier hübscher, größer, zauberhafter als irgendwo anders Ganz entschieden habe ich erkannt, daß ich niemals einen Blödian quälen oder beunruhigen noch auch nur die leiseste Macht auf ihn ausüben könnte. Nur die überlegenen Männer verstehen uns voll und ganz, nur auf sie vermögen wir einzuwirken. Oh, arme Freundin, verzeih, ich habe unsern de l'Estorade vergessen; aber hattest Du mir nicht geschrieben, Du seiest drauf und dran, aus ihm einen Genius zu machen? Oh, ich kann mir denken, weswegen: Du verzärtelst ihn, um eines Tages verstanden zu werden. Leb wohl, ich bin ein bißchen allzu gut aufgelegt und will lieber nicht weiterschreiben.

XVIII

Madame de l'Estorade an Louise de Chaulieu

April

Lieber Engel, oder sollte ich nicht eher schreiben: lieber böser Geist? Du hast mich betrübt, ohne es zu wollen, und wenn wir nicht ein Herz und eine Seele wären, würde ich schreiben: verletzt; aber verletzt oder verwundet man nicht auch sich selber? Wie deutlich ist zu merken, daß Du in Gedanken noch immer bei dem Wort unauflöslich verweilst, mit dem das Bündnis bezeichnet wird, das eine Frau an einen Mann fesselt! Ich will weder den Philosophen noch den Gesetzgebern widersprechen, sie sind vollauf befähigt, sich selbst zu widersprechen; Liebste, indem man die Ehe zu etwas Unwiderruflichem machte und ihr eine für alle gleiche, unbarmherzige Formel aufzwang, hat man aus jeder Gemeinschaft einen Einzelfall geschaffen, der dem andern ebenso unähnlich ist, wie es die Individuen unter sich sind; jede dieser Gemeinschaften hat ihre inneren, andersgearteten Gesetze; die einer Ehe auf dem Lande, in der zwei Menschen unablässig beieinander hocken, sind nicht die einer Ehe in der Stadt, wo ein Mehr an Zerstreuungen das Leben nuanciert, und die einer Ehe in Paris, wo das Leben wie ein Gießbach vorüberströmt, sind schwerlich die einer Ehe in der Provence, wo das Leben weniger stürmisch verläuft. Wenn also die Bedingungen sich schon entsprechend den Örtlichkeiten wandeln, so wandeln sie sich noch weit mehr im Zusammenhang mit den Charakteren. Die Frau eines genialen Mannes braucht sich lediglich leiten zu lassen, und die Frau eines Dummen muß, weil sie sich sonst dem größten Unglück aussetzt, die Zügel des Ehefuhrwerks in die Hand nehmen, wenn sie fühlt, daß sie intelligenter ist als er. Vielleicht indessen führen Überlegungen und Vernunft bereits zu dem, was gemeinhin Verderbtheit genannt wird. Ist es für uns nicht schon Verderbtheit, wenn im Gefühlsleben Berechnung obwaltet? Eine Leidenschaft, die vernünftelt, ist verderbt; schön ist sie nur, wenn sie sich unwillkürlich vollzieht, und in jenen sublimen Aufschwüngen, die alle Selbstsucht ausschließen. Ach, früher oder später wirst Du sagen, Liebste: Ja! Die Verstellung, die Falschheit ist der Frau ebenso unentbehrlich wie das Korsett, wenn man unter Falschheit bereits das Schweigen derjenigen versteht, die den Mut hat, den Mund zu halten, wenn man unter Falschheit das unerläßliche Berechnen der Zukunft versteht. Jede verheiratete Frau lernt auf eigene Kosten die sozialen Gesetze kennen, die in vielen Punkten mit denen der Natur unvereinbar sind. Man kann in der Ehe ein Dutzend Kinder haben, wenn man in dem Alter heiratet, in dem wir stehen; und wenn wir sie hätten, so würden wir ein zwölffaches Verbrechen begehen, wir würden ein zwölffaches Unglück herbeiführen. Würden wir nicht liebenswerte Wesen der Not und der Verzweiflung preisgeben, während zwei Kinder zwei Glücksfälle, zwei Wohltaten, zwei Schöpfungen sind, die sich im Einklang mit den gegenwärtigen Sitten und Gesetzen befinden? Das Naturgesetz und das kodifizierte Gesetz sind Feinde, und wir selber sind das Gelände, auf dem sie einander bekämpfen. Nennst Du ›Verderbtheit‹ die Weisheit einer Gattin, die darüber wacht, daß die Familie sich nicht durch sich selber zugrunde richtet? Eine einzige Berechnung oder tausend, und schon ist alles im Herzen verloren. Diese abscheuliche Berechnung stellen Sie eines Tages an, schöne Baronin de Macumer, wenn Sie die glückliche, stolze Frau des Mannes sind, der Sie vergöttert; oder vielmehr: dieser überlegene Mann wird sie Ihnen ersparen, indem er selber sie anstellt. Du siehst, lieber Tollkopf, daß wir das Gesetzbuch in seinen Beziehungen zur ehelichen Liebe studiert haben. Du wirst die Erfahrung machen, daß wir nur uns selbst und Gott Rechenschaft über die Mittel schulden, deren wir uns bedienen, um das Glück in der Geborgenheit unserer Häuser für alle Zeit fortdauern zu lassen; und sehr viel besser ist die Berechnung, die dazu gelangt, als bedenkenlose Liebe, die zur Trauer führt, zu Streit oder Uneinigkeit. Ich habe selbstquälerisch die Rolle der Gattin und Familienmutter studiert. Ja, lieber Engel, wir müssen auf sublime Weise lügen, um das edle Geschöpf zu sein, das wir tatsächlich sind, indem wir unsere Pflichten erfüllen. Du schätzt mich als falsch ein, weil ich Louis nur Schritt für Schritt zur Erkenntnis meiner selbst führen will; aber verursacht nicht gerade allzu intime Kenntnis Uneinigkeit? Ich will ihn viel beschäftigen, um ihn viel von mir abzulenken, um seines eigenen Glückes willen; und so ist berechnende Leidenschaft nicht beschaffen. Wenn die Zärtlichkeit unerschöpflich ist, so ist es die Liebe durchaus nicht: daher ist es ein gebührendes Unterfangen für eine anständige Frau, sie weislich über ein ganzes Leben zu verteilen. Auf die Gefahr hin, Dir abscheulich vorzukommen, will ich Dir sagen, daß ich auf meinen Grundsätzen beharre und mir dabei sehr groß und sehr hochherzig vorkomme. Die Tugend, mein Herzlein, ist ein Prinzip, dessen Bekundungen je nach dem Milieu voneinander abweichen: die Tugend in der Provence, die in Konstantinopel, die in London und die in Paris haben vollauf unterschiedliche Wirkungen, ohne daß sie deswegen aufhörten, Tugenden zu sein. Jedes Menschenleben bietet in seinem Gewebe die unregelmäßigsten Kombinationen dar; aber aus einer gewissen Höhe betrachtet, wirken sie sämtlich gleichartig. Wollte ich Louis unglücklich sehen und eine körperliche Trennung herbeiführen, so brauchte ich mich ihm nur zu überlassen. Ich habe nicht, wie Du, das Glück gehabt, einem überlegenen Mann zu begegnen; aber vielleicht habe ich die Freude, aus ihm einen überlegenen Mann zu machen, und in fünf Jahren treffe ich mit Dir in Paris zusammen. Dort wirst Du selber dann von ihm eingenommen sein und mir sagen, ich hätte mich getäuscht, Monsieur de l'Estorade sei von Geburt an ein bemerkenswerter Mensch gewesen. Was nun das Schöne der Liebe betrifft, den Gefühlsüberschwang, den ich einzig durch Dich empfinde; was das nächtliche Warten auf dem Balkon betrifft, im Sternenschimmer; was die übertriebene Anbetung, die Vergötterung von uns Frauen betrifft, so habe ich erkannt, daß ich dem allen entsagen mußte. Dein Erblühen im Leben strahlt, wie es Dir gemäß ist; das meine ist eng umzäunt, es endet an den Grenzen von La Crampade, und Du wirfst mir die Vorsichtsmaßregeln vor, deren ein gefährdetes, heimliches, armes Glück bedarf, um dauerhaft, reich und geheimnisvoll zu werden! Ich glaubte, ich hätte die Anmut einer Herrin in meinem Stand als Frau gefunden, und Du hast mich fast über mich selber erröten gemacht. Ganz unter uns: wer hat unrecht, wer hat recht? Vielleicht haben wir alle beide zugleich recht und unrecht, und vielleicht verkauft uns die Gesellschaft unsere Spitzen, unsere Titel und Kinder sehr teuer! Auch ich habe meine roten Kamelien, sie sind auf meinen Lippen, als das Lächeln, das für die beiden Menschen, den Vater und den Sohn, erblüht, denen ich ergeben bin, gleichzeitig als Sklavin und Herrin. Ach, Liebste, Deine letzten Briefe haben mich alles gewahren lassen, was ich verloren habe! Du hast mich die Größe und Tragweite der Opfer gelehrt, die eine verheiratete Frau zu bringen hat. Ich hatte meine Blicke kaum auf die schönen, wilden Steppen geworfen, auf denen Du umherspringst, und ich will Dir nicht von den Tränen schreiben, die ich abwischte, als ich Deine Briefe las; aber Bedauern ist nicht Reue, obwohl ein wenig Verwandtschaft zwischen beiden besteht. Du hast mir geschrieben, die Ehe stimme philosophisch! Leider nein; das habe ich nur zu sehr gespürt, als ich weinte im Wissen, daß der Strom der Liebe Dich von dannen getragen habe. Aber mein

Vater hat mich einen der tiefsinnigsten Schriftsteller unserer Gegend lesen lassen, einen der Erben Bossuets, einen der grausamen Politiker, deren Worte die Überzeugung erzwingen. Während Du ›Corinne‹ lasest, las ich Bonald[38], und Folgendes ist das Geheimnis meiner Philosophie: mir hat sich die Familie in ihrer Heiligkeit und ihrer Stärke gezeigt. Was Bonald betrifft, so hatte Dein Vater bei seinen Ausführungen recht. Leb wohl, geliebte Phantasie, Freundin, die Du meine Torheit bist!

XIX

Louise de Chaulieu an Madame de l'Estorade

Ja, wirklich, Du bist eine herzige Frau, Renée, und ich stimme Dir jetzt völlig bei, daß es ehrenhaft ist, sich zu verstellen: bist Du zufrieden? Im übrigen gehört uns der Mann, den wir lieben; es ist unser Recht, aus ihm einen Dummkopf oder ein Genie zu machen; aber, ganz unter uns: wir machen aus den Männern meistens Dummköpfe. Aus dem Deinen wirst Du ein Genie entwickeln und Dein Geheimnis für Dich behalten: zwei prächtige Leistungen! Aber wenn es kein Paradies gäbe, wärst Du die Hineingefallene, da Du Dich freiwillig einem Martyrium weihst. Du willst ihn ehrgeizig machen und Dir gleichzeitig seine Verliebtheit erhalten! Aber, Kind, das Du bist, es genügte doch vollauf, daß er verliebt bliebe. Bis zu welchem Punkt ist Berechnung Tugend oder Tugend Berechnung? Wir wollen uns um dieser Frage willen nicht streiten, da es ja Bonald gibt. Wir sind tugendsam und wollen es sein; aber in diesem Augenblick glaube ich, trotz Deiner charmanten Spitzbübereien, daß Du mehr wert bist als ich. Ja, ich bin ein grauenhaft falsches Mädchen: ich liebe Felipe, und ich verberge es ihm mit infamer Verstellung. Nur zu gern möchte ich es erleben, daß er von seinem Baum auf die Mauerkrone spränge, und von der Mauerkrone auf meinen Balkon; und wenn er dann täte, was ich wünsche, würde ich ihn durch meine Verachtung niederdonnern. Du siehst, ich bin wahrhaft schrecklich. Wer hält mich zurück? Welche geheimnisvolle Macht hindert mich, dem lieben Felipe das ganze Glück einzugestehen, mit dem er mich wogenhaft durch seine reine, vollständige, große, heimliche, erfüllte Liebe überschüttet? Madame de Mirbel[39] malt mein Bildnis; ich rechne damit, daß ich es ihm schenke, Liebste. Was mich täglich in stärkerem Maß überrascht, ist die Tatkraft, die die Liebe dem Leben spendet. Wie wichtig werden die Stunden, das Tun, die geringsten Dinge! Und welch wunderbares Durcheinander von Vergangenheit und Zukunft in der Gegenwart! Man lebt in allen Zeitformen der Verben. Wird das auch so bleiben, wenn man glücklich gewesen ist? O antworte mir, sag mir, was das Glück ist, ob es beruhigt oder aufreizt. Ich bin von einer tödlichen Unruhe, ich weiß nicht mehr, wie ich mich verhalten soll: in meinem Herzen ist eine Kraft, die mich fortreißt, hin zu ihm, trotz der Vernunft und der Schicklichkeit. Kurzum: ich begreife die Neugier, die Dich zu Louis getrieben hat; bist Du nun zufrieden? Das Glück Felipes, mir zu gehören, seine Liebe auf Abstand und sein Gehorsam machen mich ebenso ungeduldig, wie sein tiefer Respekt mich reizte, als er bloß mein Spanischlehrer war. Ich fühle mich versucht, ihm zuzurufen, wenn er vorbeigeht: Du dummer Kerl, wenn du mich schon im Bilde liebst, was würde dann erst sein, wenn du mich kenntest?

Ach, Renée, Du verbrennst doch meine Briefe, nicht wahr? Ich werde auch die Deinen verbrennen. Wenn andere Augen als die unsern die Gedanken läsen, die von Herz zu Herz ergossen worden sind, müßte ich Felipe sagen, er solle hingehen und sie ausstechen und die betreffenden Leute aus Gründen der Sicherheit mir nichts dir nichts umbringen.

Montag

Ach, Renée, wie ein Männerherz ergründen? Mein Vater soll mich Deinem Monsieur Bonald vorstellen, und da er ja ein Gelehrter ist, werde ich ihn danach fragen. Gott ist gut dran, daß er in den Herzenstiefen zu lesen vermag. Bin ich für jenen Mann nach wie vor ein Engel? Das ist die Frage, und nichts sonst.

Gewahrte ich je aus einer Geste, einem Blick, dem Klang eines Wortes eine Abschwächung des Respekts, den er mir gegenüber empfand, als er mein Spanischlehrer war, so fühle ich die Kraft in mir, alles zu vergessen! Warum diese großen Worte, diese großen Entschlüsse? wirst Du sagen. Das ist es ja, Liebste! Mein reizender Vater, der sich mir gegenüber verhält wie ein alter Kavalier gegenüber einer Italienerin, hat, ich habe es Dir bereits geschrieben, durch Madame de Mirbel mein Bildnis anfertigen lassen. Ich habe Mittel und Wege gefunden, in den Besitz einer recht gut ausgeführten Kopie zu gelangen, damit ich sie dem Herzog schenken und das Original an Felipe schicken konnte. Jene Übersendung hat gestern stattgefunden und ist von ein paar Zeilen begleitet worden:

›Don Felipe, Ihre schrankenlose Ergebenheit wird mit blindem Vertrauen beantwortet: die Zeit wird lehren, ob nicht zuviel Gunst an einen Mann verschwendet wurde.‹

Die Belohnung ist groß; sie mutet an wie ein Versprechen, und, wie schrecklich, wie eine Aufforderung; und was Dir als noch schrecklicher erscheinen wird: ich habe gewollt, daß die Belohnung Versprechen und Aufforderung ausdrücken sollte, ohne bis zum Anerbieten zu gehen. Wenn in seiner Antwort ›meine geliebte Louise‹ steht, oder auch nur ›Louise‹, so ist es um ihn geschehen.

Dienstag

Nein, es ist nicht um ihn geschehen! Dieser konstitutionelle Minister ist ein anbetungswürdiger Liebhaber. Hier sein Brief:

›Alle Augenblicke, die ich hinbrachte, ohne Sie zu sehen, war ich mit Ihnen beschäftigt, meine Augen waren allem gegenüber geschlossen und durch tiefes Nachsinnen an Ihr Bild geheftet, das sich nie deutlich genug in dem dunklen Palast abzeichnete, in dem die Träume sich vollziehen und darin Sie Licht verbreiteten. Fortan wird mein Blick sich auf dem wunderbaren Elfenbein ausruhen, auf dem Talisman, so darf ich sagen; denn für mich beleben sich Ihre blauen Augen, und das Gemalte wird sogleich zur Wirklichkeit. Die Verzögerung dieses Briefes rührt von meinem Bestreben her, die Betrachtung voll auszukosten, während welcher ich Ihnen alles gesagt habe, was ich verschweigen muß. Ja, seit gestern, als ich allein mit Ihnen eingeschlossen war, habe ich mich zum erstenmal im Leben einem ungeteilten, unendlichen Glück hingegeben. Wenn Sie sich dort sehen könnten, wo ich Sie hingestellt habe, nämlich zwischen die heilige Jungfrau und Gott, so würden Sie verstehen, in welchen Ängsten ich

96

die Nacht hingebracht habe; aber ich möchte Sie dadurch, daß ich sie Ihnen schildere, nicht verletzen; denn ein Blick von Ihnen, der der engelhaften Güte entbehrte, die mich leben läßt, würde mir solche Qualen bereiten, daß ich Sie schon im voraus um Gnade bitte. Wenn Sie mir doch, Königin meines Lebens und meiner Seele, nur ein Tausendstel der Liebe zugeständen, die ich Ihnen entgegenbringe!

Das Wenn dieses beständigen Bittgebets hat mir die Seele verheert. Ich war hin- und hergerissen zwischen Glauben und Irrtum, zwischen Leben und Tod, zwischen den Finsternissen und dem Licht. Ein Verbrecher ist nicht erregter während der Befreiung aus seiner Haft, als ich es bin, indem ich mich vor Ihnen dieser Kühnheit anklage. Das Lächeln, das sich auf Ihren Lippen ausprägt und das ich gerade eben von Sekunde zu Sekunde habe wiederkehren sehen, beschwichtigte die Gewitterstürme, die die Angst, Ihnen zu mißfallen, entfachte. Seit ich existiere, hat niemand, nicht einmal meine Mutter, mir zugelächelt. Das schöne Mädchen, das mir bestimmt war, hat mein Herz verschmäht und ist für meinen Bruder entbrannt. Meine politischen Bemühungen haben in einer Niederlage geendet. In den Augen meines Königs habe ich nie etwas anderes erblickt als das Verlangen nach Rache; und wir sind seit unserer Jugend so verfeindet, daß er die Abstimmung, durch die die Cortes mir zur Macht verhalfen, als eine grausame Beleidigung angesehen hat. Mit welcher Stärke man auch seine Seele wappnen möge, der Zweifel schliche sich dennoch hinein. Übrigens sehe ich mich mit gerechten Augen an: ich weiß um die Ungefälligkeit meines Äußern, und ich weiß, wie schwierig es ist, durch eine solche Hülle hindurch mein Herz richtig einzuschätzen. Geliebt zu werden, das war lediglich ein Traum, als ich Sie erblickt hatte. Daher habe ich, als ich mich an Sie band, auch erkannt, daß einzig Ergebenheit meine zärtliche Neigung zu entschuldigen vermöge. Wenn ich jenes Bildnis betrachte, wenn ich jenem Lächeln lausche, das von göttlichen Verheißungen erfüllt ist, strahlt in meiner Seele eine Hoffnung auf, die ich mir von mir aus nicht gestattet hätte. Jene Frührothelle wird unablässig bekämpft von den Finsternissen des Zweifels, von der Furcht, Sie zu beleidigen, wenn ich sie anbrechen ließe. Nein, noch können Sie mich nicht lieben; das fühle ich; aber in dem

Maße, wie Sie die Macht, die Dauer, die Tragweite meines unerschöpflichen Gefühls erproben werden, räumen Sie ihm vielleicht ein Plätzchen in Ihrem Herzen ein. Wenn mein ehrgeiziges
Streben indessen eine Beleidigung darstellt, müssen Sie es mir
ohne Zorn sagen; dann werde ich wieder in meine alte Rolle
zurücktreten; aber wenn Sie versuchen wollen, mich zu lieben, so
lassen Sie es nicht ohne die genaueste Vorsicht denjenigen wissen, der das ganze Glück seines Lebens darein gelegt hat, einzig
Ihnen zu dienen.‹

Liebste, als ich jene letzten Worte las, ist mir gewesen, als sähe
ich ihn erbleichen wie an dem Abend, da ich ihm die Kamelie
gezeigt und ihm gesagt habe, daß ich die Schätze seiner Ergebenheit entgegennehmen wolle. Ich habe in jenen unterwürfigen
Sätzen alles andere als lediglich eine blumige rhetorische Wen-
dung, wie Liebhaber sie eben benutzen, erblickt, und ich habe in
mir ein großes Aufwallen verspürt . . . den Atem des Glücks.

Es war so schlechtes Wetter, daß es mir nicht möglich gewesen ist,
in den Bois zu fahren, ohne befremdlichen Argwohn zu erregen;
denn meine Mutter, die oft ungeachtet des Regens das Haus verläßt, ist ganz allein daheim geblieben.

Mittwochabend

Vorhin habe ich ihn in der Oper gesehen. Liebste, das ist nicht
mehr derselbe Mann: er ist in unsere Loge gekommen, der sardinische Gesandte hat ihn vorgestellt. Als er in meinen Augen gelesen hatte, daß seine Kühnheit durchaus nicht mißfiel, schien es
mir, als mache der eigene Körper ihn verlegen, und dann hat er
die Marquise d'Espard mit Mademoiselle angeredet. Seine Augen
strahlten Blicke aus, die ein lebhafteres Licht als das der Kron-
leuchter verbreiteten. Schließlich hat er sich zurückgezogen wie
einer, der etwas Unbesonnenes zu begehen fürchtet. »Der Baron
de Macumer ist verliebt«, hat Madame de Maufrigneuse zu meiner Mutter gesagt. »Das ist um so ungewöhnlicher, als er ja ein
gestürzter Minister ist«, hat meine Mutter geantwortet. Ich habe
die Kraft aufgebracht, Madame d'Espard, Madame de Maufrigneuse und meine Mutter mit der Neugier jemandes anzuschauen, der eine fremde Sprache nicht versteht und erraten
möchte, was gesprochen wird; aber innerlich war ich einer wol-

lüstigen Freude anheimgefallen, und mir war, als bade meine Seele darin. Es gibt nur ein Wort, das Dir zu erklären vermöchte, was ich empfinde, und dieses Wort lautet: Verzückung. Felipe liebt so sehr, daß ich ihn als würdig erachte, geliebt zu werden. Ich bin buchstäblich das Grundgesetz seines Lebens, und ich halte den Faden in der Hand, der sein Denken leitet. Kurzum, wenn wir uns schon alles sagen dürfen: in mir lebt das heftigste Verlangen, es zu erleben, daß er alle Hindernisse überspringt, daß er zu mir kommt, um mich von mir selbst zu erbitten, damit ich erfahre, ob diese wütende Liebe auf einen einzigen meiner Blicke hin wieder demütig und beschwichtigt wird.

Ach, Liebste, ich habe innegehalten und zittere von oben bis unten. Während ich Dir schrieb, habe ich draußen ein leises Geräusch vernommen und bin aufgestanden. Von meinem Fenster aus habe ich ihn auf der Mauerkrone einherwandeln sehen, auf die Gefahr hin, sich zu Tode zu stürzen. Ich bin an mein Schlafzimmerfenster getreten und habe nichts getan, als ihm einen Wink zu geben; er ist von der zehn Fuß hohen Mauer herabgesprungen; dann ist er auf den Fahrdamm gelaufen, bis zu einem Punkt, wo ich ihn sehen konnte, um mir darzutun, daß er keinen Schaden genommen habe. Diese Aufmerksamkeit in dem Augenblick, da er durch seinen Sprung betäubt sein mußte, hat mich so sehr gerührt, daß ich weine, ohne zu wissen, warum. Der arme Häßliche! Worauf ist er aus gewesen? Was hat er mir sagen wollen?

Ich wage nicht, meine Gedanken niederzuschreiben und will mich in meiner Freude schlafen legen und überdenken, was alles wir einander sagen würden, wenn wir beisammen wären. Leb wohl, schöne Stumme. Ich habe keine Zeit, Dir Deines Schweigens wegen zu grollen; aber es ist jetzt einen Monat her, seit ich nichts von Dir gehört habe. Solltest Du etwa glücklich geworden sein? Hättest Du etwa nicht mehr die Willensfreiheit, die Dich so stolz gemacht hat und die mich heute abend ums Haar verlassen hätte?

XX

Mai

Wenn die Liebe das Leben der Welt ist, warum scheiden die
strengen Philosophen sie dann aus dem Eheleben aus? Warum
fordert die Gesellschaft als höchstes Gesetz, daß die Frau sich der
Familie opfert, wodurch notwendigerweise ein dumpfer Kampf
im Schoß der Familie geschaffen wird? Ein Kampf, den sie vor-
aussah, und der so gefährlich ist, daß sie Machtvollkommenhei-
ten erfunden und den Mann damit gegen uns gerüstet hat; denn
sie erriet, daß wir alles zunichte machen können, sei es durch die
Macht der Zärtlichkeit, sei es durch die Beharrlichkeit eines verborgenen Hasses. Im Augenblick gewahre ich in der Ehe zwei
einander entgegengesetzte Kräfte, die der Gesetzgeber hätte vereinen sollen; wann werden sie sich vereinigen? Das frage ich mich
beim Lesen Deiner Briefe. Ach, Liebste, ein einziger von ihnen
bringt das Gebäude zum Einsturz, das der große Schriftsteller
aus dem Aveyron[40] errichtet hatte und in dem ich mit süßer Befriedigung heimisch geworden war. Die Gesetze sind von Greisen
gemacht worden, dessen sind die Frauen sich bewußt; jene Greise
haben weise verfügt, daß die eheliche Liebe, da von aller Leidenschaft entblößt, uns nicht erniedrige, und daß eine Frau sich
ohne Liebe hingeben muß, nachdem das Gesetz dem Mann erlaubt hat, sie zu seinem Eigentum zu machen. In ihrer Vorein-
genommenheit für die Familie haben sie die Natur nachgeahmt,
die einzig darauf bedacht ist, die Gattung bis in alle Ewigkeit
fortzupflanzen. Vorher war ich ein Wesen, und jetzt bin ich ein
Gegenstand! Mehr als eine Träne habe ich abseits und einsam
hinuntergeschluckt, und wie gern hätte ich dafür ein tröstliches
Lächeln eingetauscht. Woher rührt die Ungleichheit unserer
Schicksale? Die erlaubte Liebe macht Dir die Seele weiter. Für
Dich wird Tugend sich sogar in der Lust finden. Du wirst nur aus
eigenem Willen leiden. Wenn Du Deinen Felipe heiratest, wird
Deine Pflicht Dir zum lieblichsten, zum ausgiebigsten der Gefühle
werden. Unsere Zukunft ist trächtig von der Antwort, und ich
erwarte sie mit unruhiger Neugier.

Du liebst, Du wirst angebetet. O Liebste, gib Dich ganz und gar dem schönen Gedicht preis, das uns so sehr beschäftigt hat. Die Schönheit der Frau, die in Dir so fein und vergeistigt ist, Gott hat sie geschaffen, damit sie bezaubere und gefalle: er hat seine Pläne. Ja, mein Engel, bewahre sorglich das Geheimnis Deiner Zärtlichkeit und unterwirf Felipe den subtilen Prüfungen, die wir ausgeheckt haben, um herauszubekommen, ob der von uns erträumte Liebhaber unserer würdig sei. Vor allem ergründe weniger, ob er Dich liebt, als ob Du ihn liebst: nichts ist täuschender als das Spiegelbild, das in unserer Seele durch die Neugier, durch unser Begehren, durch den Aberglauben an das Glück erzeugt wird. Du, die Du als die einzige von uns beiden unberührt bleibst, Liebste, geh Du nicht ohne sicheres Unterpfand den gefährlichen Handel einer unwiderruflichen Ehe ein, ich flehe Dich an! Bisweilen erhellen eine Geste, ein Wort, ein Blick bei einem Gespräch ohne Zeugen, wenn die Seelen ihrer gesellschaftlichen Heuchelei entkleidet sind, alle Abgründe. Du bist edel genug, selbstsicher genug, um tollkühn Pfade betreten zu können, auf denen andere in die Irre gehen würden. Du kannst Dir nicht vorstellen, mit welchen Ängsten ich Dir folge. Trotz der Ferne sehe ich Dich vor mir und empfinde, was Dich bewegt. Daher versäume nicht, mir zu schreiben, und laß nichts aus! Deine Briefe erschaffen mir ein leidenschaftlich durchbebtes Leben inmitten meiner schlichten, ruhigen Ehe, die einförmig ist wie eine Landstraße an einem sonnelosen Tage. Was hier vor sich geht, mein Engel, ist eine Folge von Selbstquälereien, deren geheime Gründe ich heute für mich behalten möchte; ich werde Dir später davon berichten. Ich gebe mich hin und nehme mich mit düsterer Hartnäckigkeit wieder zurück und gleite von der Mutlosigkeit zur Hoffnung über. Vielleicht verlange ich vom Leben mehr an Glück, als es uns schuldig ist. In jungen Jahren neigen wir sehr dazu zu verlangen, daß Ideal und Wirklichkeit übereinstimmen möchten! Meine Betrachtungen, und jetzt stelle ich sie ganz für mich allein an, am Fuß eines Felsens in meinem Park, haben mich dahin gebracht, zu meinen, daß die Liebe in der Ehe etwas Zufälliges ist, auf das das Gesetz, das alles regieren soll, unmöglich bauen kann. Mein Philosoph aus dem Aveyron hat recht, wenn er die Familie als die einzige soziale Einheit hinstellt und ihr die Frau unterwirft, wie sie es zu allen Zeiten gewesen ist. Die Lösung dieser großen, für uns nahezu furchtbaren Frage liegt in unserm ersten Kinde. Daher möchte ich Mutter sein, und sei es nur, um dem verzehrenden Tätigkeitsdrang meiner Seele eine Weide zu geben.

Louis ist nach wie vor von anbetungswürdiger Güte; seine Liebe ist aktiv und meine Zärtlichkeit abstrakt; er ist glücklich, er pflückt die Blumen für sich allein, ohne sich Gedanken über die Mühen der Erde zu machen, die sie hervorbringt. Glückliche Selbstsucht! Was es mich auch kosten möge, ich leihe mich seinen Illusionen wie eine Mutter, entsprechend der Vorstellung, die ich mir von einer Mutter mache, die sich abrackert, um ihrem Kind eine Freude zu verschaffen. Seine Freude ist so tief, daß sie ihm die Augen schließt, und daß sie ihren Widerschein bis zu mir hin zurückwirft. Ich täusche ihn durch ein Lächeln oder durch einen Blick voller Befriedigung, die mir die Gewißheit verschafft, ihm das Glück zu schenken. Daher ist der Kosename, dessen ich mich für ihn in unserm häuslichen Beisammensein bediene: Mein Junge! Ich erwarte die Frucht so vieler Opfer, die immer ein Geheimnis zwischen Gott, Dir und mir bleiben sollen. Die Mutterschaft ist ein Unternehmen, dem ich einen riesigen Kredit eingeräumt habe, sie schuldet mir schon heute allzuviel, ich fürchte, ich werde nur ungenügend entschädigt: es liegt ihr ob, meine Energie zu entfalten und mir das Herz weit zu machen, mich durch grenzenlose Freuden zu entschädigen. O mein Gott, möge ich nicht getäuscht werden! In ihr beruht meine ganze Zukunft und, ein erschreckender Gedanke, die meiner Tugend.

XXI

Louise de Chaulieu an Renée de l'Estorade

Juni

Liebes, verheiratetes Rehlein, Dein Brief kam gerade zur rechten Zeit, um vor mir selbst eine Kühnheit zu rechtfertigen, an die ich Tag und Nacht gedacht habe. Ich weiß nicht, welcher Appetit nach unbekannten oder, wenn Du willst, verbotenen Dingen mich beunruhigt und mir in meinem Innern einen Kampf zwischen den Gesetzen der Gesellschaft und denen der Natur ankündigt. Ich weiß nicht, ob in mir die Natur stärker als die Gesellschaft ist, aber ich ertappe mich dabei, daß ich Transaktionen zwischen diesen beiden Mächten abschließe. Ja, um mich klarer auszudrücken: ich habe mit Felipe sprechen wollen, ganz allein mit ihm, in einer Nachtstunde, unter den Linden, am Ende unseres Parks. Ganz sicher ist dies Verlangen das eines Mädchens, das den Beinamen ›aufgewecktes Frauenzimmerchen‹ verdient, mit dem die Herzogin mich lachend bezeichnet und den mein Vater mir bestätigt. Nichtsdestoweniger halte ich jenen Fehler für klug und weise. Indem ich ihn für so viele Nächte belohne, die er am Fuß meiner Mauer hingebracht hat, will ich herausbekommen, was mein Felipe über meine Eskapade denkt, und ihn bei einer solchen Gelegenheit einschätzen; ihn zu meinem lieben Gatten zu machen, wenn er meine Fehler vergöttert: oder ihn nie mehr wiedersehen, wenn er nicht noch ehrerbietiger ist und noch mehr zittert, als wenn er auf den Champs-Elysées an mir vorüberreitet. Was nun aber die Gesellschaft betrifft, so riskiere ich weniger, mit meinem Geliebten auf diese Weise zusammenzukommen, als ihm bei Madame de Maufrigneuse oder der alten Marquise de Beauséant zuzulächeln, wo wir jetzt von Spionen umlagert sind, denn Gott weiß, mit welchen Blicken ein Mädchen verfolgt wird, das im Verdacht steht, einem Ungeheuer wie Macumer Beachtung zu schenken. Ach, wenn Du wüßtest, wie aufgewühlt mein Inneres bei dem bloßen Gedanken an jenen Plan ist, in welchem Maß es mich beschäftigt, schon im voraus zu überblicken, wie er verwirklicht werden könnte. Ich habe mich nach Dir gesehnt, wir hätten ein paar hübsche Stündchen geplaudert, uns in den Labyrinthen der Ungewißheit verirrt und schon im voraus alle guten oder schlimmen Dinge eines ersten Stelldicheins bei Nacht, in Dunkel und Stille ausgekostet, unter den schönen Linden des Stadtpalais Chaulieu, die der Mond mit tausend Lichtern durchsiebt. Ich bin allein gewesen, bin erbebt und habe vor mich hingeflüstert: Ach, Renée, wo bist Du? Somit also hat Dein Brief die Lunte an das Pulverfaß gelegt, und meine letzten Skrupel sind in die Luft geflogen. Ich habe meinem verdutzten Anbeter durchs Fenster die genaue

Zeichnung der Tür am Ende des Gartens zugeworfen, und dazu folgende Zeilen:

›Sie sollen daran gehindert werden, Unklugheiten zu begehen. Wenn Sie sich den Hals brechen, würden Sie der Ehre derer Schaden zufügen, von der Sie sagen, daß Sie sie lieben. Sind Sie einer neuen Achtungserprobung würdig und verdienen Sie, daß man mit Ihnen in der Stunde spricht, da der Mond die Linden am Ende des Parks im Schatten läßt?‹

Gestern um ein Uhr, in dem Augenblick, da die Griffith schlafen gehen wollte, habe ich zu ihr gesagt: »Nehmen Sie Ihren Schal und begleiten Sie mich, meine Liebe, ich will bis zum Ende des Parks gehen, ohne daß jemand es weiß!« Sie hat kein Wort erwidert und ist mir gefolgt. Wie aufregend, Renée! Dann, nachdem ich im Banne eines entzückenden kleinen Angstgefühls auf ihn gewartet hatte, habe ich ihn herangleiten sehen wie einen Schatten. Nachdem wir ohne Zwischenfall in den Park gelangt waren, habe ich zu der Griffith gesagt: »Wundern Sie sich bitte nicht, der Baron de Macumer ist dort, und um seinetwillen habe ich Sie mit mir genommen.« Sie hat nichts gesagt.

»Was wünschen Sie von mir?« hat Felipe mich mit einer Stimme gefragt, deren Bewegtheit verkündete, daß das Rascheln unserer Kleider in der Nachtstille und das Geräusch unserer Schritte auf dem Kies, so leicht es auch gewesen sein mochte, ihn außer sich gebracht hatten.

»Ich will Ihnen sagen, was zu schreiben ich nicht über mich bringe«, habe ich ihm geantwortet.

Die Griffith ist in einem Abstand von sechs Schritten hinter uns hergegangen. Es war eine jener lauen, balsamisch von Blumenduft erfüllten Nächte; ich habe in jenen Minuten ein berauschendes Lustgefühl verspürt, mich beinah allein mit ihm in der süßen Dunkelheit der Linden zu befinden, hinter denen der Park um so heller schimmerte, als die Fassade des Palais das Mondlicht weiß zurückwarf. Dieser Gegensatz bot ein vages Abbild des Mysteriums unserer Liebe, die in die strahlende Offenkundigkeit der Heirat einmünden muß. Nach einer beiderseitigen Freude an dieser für uns neuen Situation, die uns beide gleichermaßen erstaunte, habe ich die Sprache wiedergefunden.

»Obwohl ich die Verleumdung nicht fürchte, will ich nicht

mehr, daß Sie auf jenen Baum klettern«, habe ich zu ihm gesagt und auf die Ulme gedeutet, »und auch nicht auf die Mauer. Wir haben zur Genüge, Sie den Schuljungen und ich das Pensionsmädchen, gespielt: jetzt wollen wir unsere Gefühle zur Würde unseres Schicksals erheben. Wären Sie bei Ihrem Sturz zu Tode gekommen, so müßte ich entehrt sterben ...« Ich habe ihn angeschaut, er war bleich. »Und würden Sie bei Ihrem Tun überrascht, so gerieten meine Mutter oder ich in Verdacht.«

»Verzeihen Sie mir«, hat er mit schwacher Stimme gesagt.

»Gehen Sie über den Boulevard, ich werde Ihren Schritt hören, und wenn ich Sie sehen möchte, werde ich mein Fenster öffnen; aber ich werde Sie dieser Gefahr nur aussetzen und sie auf mich nehmen, wenn ein ernster Umstand es erheischt. Warum haben Sie mich durch Ihre Unklugheit gezwungen, eine weitere zu begehen und Ihnen dadurch eine schlechte Meinung von mir zu geben?« Ich habe in seinen Augen Tränen gesehen, und die sind für mich die schönste Antwort der Welt gewesen. »Sie können mir glauben«, sagte ich ihm lächelnd, »mein Schritt ist über die Maßen gewagt ...«

Nach ein paar schweigenden Gängen unter den Bäumen hat er das Wort genommen: »Sie müssen mich für blöde halten; ich bin so trunken vor Glück, daß ich ohne Kraft und ohne Geist bin; aber Sie sollen wenigstens wissen, daß in meinen Augen alles, was Sie tun, allein schon dadurch seine Weihe erhält, daß Sie es sich gestatten. Die Achtung, die ich für Sie empfinde, läßt sich nur mit derjenigen vergleichen, die ich Gott bezeige. Überdies ist Miss Griffith ja da.«

»Sie ist für die andern da, nicht für uns, Felipe«, habe ich lebhaft gesagt. Er hat mich verstanden, Liebste, dieser Mann!

»Ich weiß«, fuhr er fort und warf mir den demütigsten aller Blicke zu, »daß, auch wenn sie nicht hier wäre, alles zwischen uns sich vollzöge, als wenn sie uns sähe: wenn wir nicht vor den Augen der Menschen sind, so sind wir doch immer vor denjenigen Gottes, und wir bedürfen der Selbstachtung ebensosehr wie der der Welt.«

»Danke, Felipe«, habe ich zu ihm gesagt und ihm die Hand mit einer Geste gereicht, die Du vor Dir sehen dürftest. »Eine Frau, und betrachten Sie mich getrost als eine Frau, ist nur zu geneigt, einen Mann zu lieben, der sie versteht. Oh, nur geneigt«, habe ich wiederholt und den Finger an meine Lippen gelegt. »Ich will nicht, daß Sie sich mehr Hoffnungen machen, als ich geben kann. Mein Herz wird nur dem gehören, der darin zu lesen und es gut zu kennen versteht. Unsere Gefühle, ohne daß sie einander völlig gleich wären, müssen dieselbe Weite haben, sich auf gleicher Höhe bewegen. Ich will mich nicht überheben, denn das, was ich an guten Eigenschaften zu besitzen glaube, birgt sicherlich auch Fehler; aber wenn ich sie nicht besäße, würde ich recht unglücklich sein.«

»Nachdem Sie mich als Ihren Diener angenommen hatten, haben Sie mir erlaubt, Sie zu lieben«, sagte er bebend und schaute mich bei jedem Worte an. »Ich besitze bereits mehr, als ich ursprünglich gewünscht hatte.«

Lebhaft habe ich ihm geantwortet: »Aber dann finde ich, daß Ihr Los besser ist als das meine; nicht ungern würde ich mit Ihnen tauschen, und dieser Tausch käme Ihnen zustatten.«

»Jetzt ist es an mir, Ihnen zu danken«, hat er mir geantwortet, »ich weiß um die Pflichten eines verläßlichen Liebhabers. Ich muß Ihnen beweisen, daß ich Ihrer würdig bin, und Sie haben das Recht, mich so lange zu prüfen, wie es Ihnen gefällt. Sie können mich, mein Gott! verwerfen, wenn ich Ihre Hoffnung enttäusche.«

»Ich weiß, daß Sie mich lieben«, habe ich ihm geantwortet. »Bis jetzt (ich habe das letzte Wort grausam betont) sind Sie der Bevorzugte, und eben deshalb sind Sie hier.«

Wir haben noch ein paar Rundgänge gemacht und dabei geplaudert, und ich muß gestehen, daß mein Spanier, nun er sich sicher fühlte, die echte Beredsamkeit des Herzens entfaltet hat, als er nicht seiner Leidenschaft, sondern seiner Zärtlichkeit Ausdruck gab; denn er hat es verstanden, mir seine Gefühle durch einen wunderbaren Vergleich mit der göttlichen Liebe darzulegen. Seine klingende Stimme, die seinen an sich schon zarten Gedanken einen besonderen Reiz lieh, ähnelte dem Gesang der Nachtigall. Er sprach leise, in der Mittellage seines köstlichen Organs, und seine Sätze folgten einander in der Überstürzung eines kochenden Wirbels: sein Herz quoll darin über. »Genug jetzt«, bat ich, »ich müßte sonst länger hier bleiben, als ich darf.«

Und mit einer Geste habe ich ihn verabschiedet. »Jetzt sind Sie verlobt«, hat die Griffith gesagt. »In England vielleicht, aber nicht in Frankreich«, habe ich lässig geantwortet. Ich will eine Liebesheirat machen und nicht hinters Licht geführt werden: darum geht es mir. Du siehst, Liebste, da die Liebe nicht zu mir gekommen ist, habe ich getan wie Mohammed mit seinem Berg.

Freitag

Ich habe meinen Sklaven wiedergesehen: er ist schüchtern geworden, er hat eine geheimnisvolle, unterwürfige Miene aufgesetzt, die mir gefällt; er scheint von meinem Glanz und meiner Macht durchdrungen. Aber nichts, weder in seinen Blicken noch in seinem Benehmen, gibt den ›Seherinnen der Gesellschaft‹ Anlaß, die unendliche Liebe zu vermuten, die ich wahrnehme. Indessen, Liebste, bin ich nicht überwältigt, beherrscht, gezähmt; im Gegenteil: ich zähme, beherrsche und überwältige ... Kurzum: ich denke nach. Ach, ich möchte so gern noch einmal die Angst erleben, die mir das Faszinierende des Sprachlehrers, des Bürgerlichen einflößte, dem ich mich versagte. Es gibt zwei Lieben: die, die gebietet, und die, die gehorcht; sie sind verschieden geartet und erzeugen zweierlei Leidenschaften, und die eine ist nicht die andere; um im Leben auf ihre Kosten zu kommen, müßte eine Frau sie vielleicht alle beide kennenlernen. Können jene beiden Leidenschaften miteinander verschmelzen? Flößt ein Mann, dem wir Liebe einflößen, auch uns Liebe ein? Wird Felipe eines Tages mein Herr und Meister sein? Werde ich erbeben, wie er erbebt? Diese Fragen lassen mich erschauern. Wie blind er ist! An seiner Stelle wäre mir Mademoiselle de Chaulieu unter den Linden auf eine kokette Weise kalt, steif und berechnend erschienen. Nein, das heißt nicht lieben, das heißt: mit dem Feuer spielen! Felipe gefällt mir nach wie vor, ich jedoch fühle mich jetzt ruhig und behaglich. Es gibt keine Hindernisse mehr! Welch schrecklicher Gedanke. Alles in mir beschwichtigt sich, beruhigt sich, und ich habe Angst, fragend in mich zu dringen. Er hat unrecht getan, die Heftigkeit seiner Liebe vor mir zu verbergen, er hat mich die Herrin meiner selbst bleiben lassen. Kurzum: mir ist nicht das Wohltätige dieser Art von Fehltritten widerfahren. Ja, Liebste, so himmlisch auch die Erinnerung an jene halbe Stunde unter den Bäumen sein mag: mir ist, als bleibe die Lust, die sie mir spendete, weit hinter der Erregung zurück, die ich empfand, als ich mir sagte: Soll ich hingehen? Soll ich nicht hingehen? Soll ich ihm schreiben? Soll ich ihm nicht schreiben? Ob es so mit allen unsern Freuden sein wird? Sollte es besser sein, sie aufzuschieben, anstatt sie auszukosten? Ist Hoffnung mehr als Besitz? Sind die Reichen die Armen? Haben wir beide unsere Gefühle zu weit ausgedehnt, indem wir über alles Maß hinaus die Kräfte unserer Phantasie walten ließen? In manchen Augenblicken läßt dieser Gedanke mich zu Eis erstarren. Weißt Du, warum? Ich erwäge, nochmals, aber ohne die Griffith, in den Park zu gehen. Wie weit werde ich dann gehen? Die Phantasie hat keine Grenzen, wohl aber die Lust. Sag mir, lieber Gelehrter im Korsett, wie kann man diese beiden Begriffe des Frauendaseins versöhnen?

XXII

Louise an Felipe

Ich bin mit Ihnen nicht zufrieden. Wenn Sie nicht geweint haben, als Sie Racines ›Bérénice‹ lasen, wenn Sie darin nicht die schrecklichste aller Tragödien erblickt haben, dann begreifen Sie mich nicht, dann werden wir einander nie verstehen: machen wir also Schluß, sehen wir einander nie wieder; vergessen Sie mich; denn wenn Sie mir jetzt nicht auf befriedigende Weise antworten, dann vergesse ich Sie, dann werden Sie für mich wieder der Baron de Macumer, oder vielmehr: Sie werden nichts, Sie werden für mich sein, als hätten Sie nie existiert. Gestern, bei Madame d'Espard, haben Sie ich weiß nicht welch zufriedene Miene zur Schau getragen, die mir höchlichst mißfallen hat. Sie schienen sicher, geliebt zu werden. Kurzum, die Freiheit, die Ihr Geist sich herausnahm, hat mich erschreckt, und ich habe in jenem Augenblick nicht den Diener wiedererkannt, der zu sein Sie in Ihrem ersten Brief versprachen. Weit davon entfernt, befangen zu sein, wie ein liebender Mann es sein muß, ergingen Sie sich in geistreichen Ausdrücken. So benimmt sich keiner, der wahrhaft gläubig ist: der liegt stets vor der Gottheit im Staube. Wenn ich kein den anderen Frauen überlegenes Wesen bin, wenn Sie in mir nicht die Quelle Ihres Daseins erblicken, dann bin ich weniger als eine Frau, weil ich dann bloß eine Frau schlechthin bin. Sie haben mein Mißtrauen erweckt, Felipe: es hat so sehr gegrollt, daß es die Stimme der Zärtlichkeit übertönt hat, und wenn ich unsere Vergangenheit betrachte, so meine ich ein Recht zum Mißtrauen zu haben. Sie sollen wissen, Herr konstitutioneller Minister des gesamten Spaniens, daß ich tief über die armselige Bedingtheit meines Geschlechts nachgedacht habe. Meine Unschuld hat Fackeln in den Händen gehabt, ohne sich zu verbrennen. Geben Sie genau auf das acht, was meine junge Erfahrung mir gesagt hat und was ich Ihnen hier wiederhole. Überall in der Welt finden Doppelzüngigkeit, Mangel an Glauben, unerfüllte Versprechen Richter, und die Richter verhängen Strafen; aber dem ist nicht so in der Liebe, die gleichzeitig Opfer, Ankläger, Advokat, Tribunal und Henker sein muß; denn die ruchlosesten Perfidien, die grausigsten Verbrechen bleiben unbekannt, werden von Seele zu Seele ohne Zeugen begangen, und es liegt selbstverständlich im Interesse des Ermordeten, zu schweigen. Die Liebe hat somit ihr eigenes Gesetzbuch, ihre eigene Rache: die Gesellschaft hat damit nichts zu schaffen. Nun aber habe ich beschlossen, niemals ein Verbrechen zu verzeihen, und wenn es um das Herz geht, wiegt nichts leicht. Gestern muteten Sie an wie einer, der sicher ist, geliebt zu werden. Sie hätten unrecht, sich dessen nicht gewiß zu fühlen, aber Sie wären in meinen Augen ein Verbrecher, wenn jene Gewißheit Ihnen die unschuldige Anmut nähme, die die Ängste der Hoffnung Ihnen ehedem liehen. Ich will Sie weder schüchtern noch geckenhaft sehen, ich will nicht, daß Sie vor dem Verlust meiner Zuneigung erzittern, da das eine Beleidigung wäre; aber ich will auch nicht, daß die Sicherheit Sie dazu verleitet, Ihre Liebe leichtzunehmen. Sie dürfen niemals freier sein, als ich es bin. Wenn Sie die Marter nicht kennen, die ein einziger zweifelnder Gedanke der Seele auferlegt, dann zittern Sie davor, daß ich es Sie lehre. Mit einem einzigen Blick habe ich Ihnen meine Seele ausgeliefert, und Sie haben darin gelesen. Ihnen gehören die reinsten Gefühle, die je in der Seele eines jungen Mädchens aufgewallt sind. Das Nachdenken, das Meditieren, davon ich Ihnen schrieb, haben nur den Kopf bereichert; aber wenn das bedrängte Herz beim Intellekt um Rat nachsucht, dann, glauben Sie es mir, hat das junge Mädchen etwas von dem Engel, der alles weiß und alles kann. Ich schwöre Ihnen, Felipe, wenn Sie mich lieben, wie ich es glaube, und wenn Sie mich das geringste Schwächerwerden der Gefühle der Furcht, des Gehorsams, des achtungsvollen Abwartens, des unterwürfigen Wünschens argwöhnen lassen; wenn ich eines Tages die geringste Verminderung dieser ersten, schönen Liebe gewahre, die von Ihrer Seele in die meine übergegangen ist, dann würde ich Ihnen nichts sagen, ich würde Sie nicht durch einen mehr oder weniger würdigen, mehr oder weniger stolzen oder aufgebrachten oder auch nur grollenden Brief wie diesen langweilen; ich würde überhaupt nichts sagen, Felipe; Sie würden mich bekümmert sehen wie Menschen, die den Tod nahen fühlen; aber ich würde nicht sterben, ohne Ihnen zuvor das grausigste Brandmal aufgeprägt, ohne auf die schändlichste Art die entehrt zu haben, die Sie liebten, ohne Ihnen ewige Reue ins Herz gepflanzt zu haben; denn Sie würden mich hienieden in den Augen der Menschen verurteilt und im jenseitigen Leben auf ewig verdammt sehen.

Also machen Sie mich nicht eifersüchtig auf eine andere, glückliche Louise, eine fromm geliebte, eine Louise, deren Seele sich in einer Liebe ohne Trübungen entfaltete und die besaß, was Dante in die wundervollen Verse kleidete:

> Senza brama, sicura ricchezza!
> (Ohne heftiges Begehren, sicherer Reichtum!)

Sie sollen wissen, daß auch ich seine Hölle durchforscht habe, um ihr die schmerzlichste aller Qualen zu entnehmen, eine furchtbare seelische Züchtigung, der ich die ewige Rache Gottes hinzugesellen werde.

Sie haben also gestern durch Ihr Verhalten mir die kalte, grausame Klinge des Argwohns ins Herz gestoßen. Verstehen Sie? Ich habe an Ihnen gezweifelt, und ich habe darunter so sehr gelitten, daß ich nicht mehr zweifeln will. Erscheint der Dienst bei mir Ihnen als zu hart, so verlassen Sie ihn, ich werde es Ihnen nicht verübeln. Weiß ich denn nicht, daß Sie ein geistvoller Mann sind? Bewahren Sie alle Blüten Ihrer Seele für mich auf, halten Sie Ihre Augen gegenüber der Gesellschaft glanzlos, setzen Sie sich nie der Gelegenheit aus, eine Schmeichelei, ein Lob, ein Kompliment zu empfangen, von wem auch immer es sei. Suchen Sie mich auf, beladen mit Haß, als einer, der tausend Verleumdungen entfacht hat, oder überhäuft von Verachtung; kommen Sie und erzählen Sie mir, die Frauen verständen Sie nicht, sie gingen an Ihnen vorüber, ohne Sie anzuschauen, und keine von ihnen wisse Sie zu lieben; dann nämlich sollen sie erfahren, was im Herzen, in der Liebe Louises Ihrer wartet. Unsere Schätze müssen so gut vergraben sein, daß die ganze Welt sie mit Füßen tritt, ohne sie zu ahnen. Wenn Sie schön wären, hätte ich Ihnen sicherlich nicht die geringste Aufmerksamkeit geschenkt, hätte ich in Ihnen nicht die Welt von Gründen wahrgenommen, die die Liebe erblühen läßt; und obwohl wir sie genauso wenig kennen, wie wir wissen, auf welche Weise die Sonne die Blumen erblühen oder die Früchte reifen läßt, findet sich unter jenen Gründen einer, um den ich weiß und der mich bezaubert. Ihre sublimen Züge haben ihren Charakter, ihre Sprache, ihr besonderes Aussehen nur für mich. Ich allein besitze die Macht, Sie zu verwandeln, Sie zum anbetungswürdigsten aller Männer zu machen; ich will also keinesfalls, daß Ihr Geist sich meiner Herrschaft entzieht: er darf sich den andern so wenig offenbaren, wie Ihre Augen, Ihr bezaubernder Mund und Ihre Züge zu ihnen sprechen dürfen. Mir allein kommt es zu, das Leuchten Ihrer Intelligenz zu entzünden, wie ich Ihre Blicke entflamme. Bleiben Sie der düstere und kalte, der mürrische und verachtende spanische Grande, der Sie zuvor gewesen sind. Sie waren eine wüste, zerstörte Wohnstatt, in deren Ruinen sich niemand hineinwagte; Sie wurden aus der Ferne betrachtet, und jetzt bahnen Sie mit einemmall angenehme Wege, damit jedermann hineingehen könne, und sind drauf und dran, ein liebenswürdiger Pariser zu werden. Erinnern Sie sich nicht mehr meines Programms? Ihre Heiterkeit verkündete ein wenig gar zu deutlich, daß Sie liebten. Es hat meines Blickes bedurft, um Sie daran zu hindern, in dem scharfsichtigsten, dem spöttischsten, dem geistreichsten Salon von ganz Paris zu bekunden, daß Armande-Louise-Marie de Chaulieu Sie mit Geist erfüllte. Ich halte Sie für zu groß, als daß Sie der geringsten politischen List Eingang in Ihre Liebe gewährten; aber wenn Sie mir gegenüber nicht die Einfachheit eines Kindes an den Tag legten, müßte ich Sie bedauern; und trotz dieses ersten Fehlers sind Sie nach wie vor ein Gegenstand tiefer Bewunderung für

Louise de Chaulieu.

XXIII

Felipe an Louise

Wenn Gott unsere Fehler sieht, dann sieht er auch unsere Reue; Sie haben recht, geliebte Herrin. Ich habe gespürt, daß ich Ihnen mißfallen hatte, ohne indessen die Ursache Ihrer Sorge ergründen zu können; aber Sie haben sie mir erklärt und mir damit neuen Anlaß gegeben, Sie anzubeten. Ihre Eifersucht nach der Art des Gottes Israels hat mich mit Glück erfüllt. Nichts ist heiliger und verdammenswerter als Eifersucht. O mein schöner Schutzengel, die Eifersucht ist eine Schildwache, die niemals schläft; sie ist für die Liebe das, was die Krankheit für den Menschen ist, eine die Wahrheit enthüllende Vorankündigung. Seien Sie eifersüchtig auf Ihren Diener, Louise: je mehr Sie ihn prügeln, desto mehr wird er, unterwürfig, demütig und unglücklich, den Stock lecken, der, indem er ihn trifft, ihm sagt, wie wert er Ihnen ist. Aber ach, Liebste, wenn Sie sie nicht bemerkt haben, wird Gott mir dann die Mühen anrechnen, meine Schüchternheit niederzuringen, die Gefühle zu überwinden, von denen Sie bei mir glaubten, sie seien Schwäche? Ja, ich hatte es auf mich genommen, mich Ihnen so zu zeigen, wie ich gewesen bin, ehe ich liebte. In Madrid genoß man einiges Vergnügen an meiner Konversation, und so habe ich Sie kennen lehren wollen, was ich wert sei. Ist das Eitelkeit? Nun, Sie haben sie recht hart bestraft. Ihr letzter Blick hat mich in einem Erbeben zurückgelassen, wie ich es nie zuvor empfunden habe, nicht einmal, als ich die Streitkräfte Frankreichs vor Cadiz erblickte und als mein Leben durch eine heuchlerische Phrase meines Herrn in Frage stand. Ich suchte nach der Ursache Ihres Mißfallens, ohne sie finden zu können, und ich geriet in Verzweiflung ob dieser Verstimmung unserer Seelen, denn ich muß Ihrem Willen gemäß handeln, mittels Ihrer Gedanken denken, mittels Ihrer Augen sehen, mittels Ihrer Freude genießen, Ihren Schmerz mitempfinden, wie ich Kälte und Hitze verspüre. Für mich lagen das Vergehen und die Angst in dem Mangel an Übereinstimmung im Leben unserer Herzen, das Sie zu etwas so Schönem gestaltet haben. Ihr mißfallen ...! habe ich mir seither tausendmal wiederholt wie ein Irrer. Meine noble, schöne Louise, wenn irgend etwas meine absolute Ergebenheit für Sie und meinen unerschütterlichen Glauben an Ihr heiliges Gewissen steigern könnte, so wäre es Ihre Lehre, die in mein Herz eingegangen ist wie ein neues Licht. Sie haben mir geschrieben, was ich selber fühle, Sie haben mir Dinge erklärt, die sich verworren in meinem Geiste befanden. Oh, wenn Sie auf solcherlei Weise zu bestrafen gedenken, wie werden dann erst Ihre Belohnungen sein? Aber daß Sie mich als Diener angenommen haben, das tut ja schon allem, was ich will, Genüge. Ich danke Ihnen ein unerhofftes Leben; ich bin geweiht, mein Atem ist nicht mehr unnütz, meine Kraft findet Verwendung, und sei es nur, um für Sie zu leiden. Ich habe es Ihnen gesagt, und ich wiederhole es Ihnen: Sie werden mich stets als den gleichen finden, der ich war, als ich mich als demutvollen, bescheidenen Diener anbot! Ja, wären Sie entehrt und verloren, wie Sie schrieben, daß Sie es sein könnten, so würde meine Zärtlichkeit an Ihrem freiwillig auf sich genommenen Unglück wachsen! Ich würde die Wunden abtupfen, ich würde sie zum Vernarben bringen, ich würde Gott durch meine Gebete überzeugen, daß Sie unschuldig und daß Ihre Sünden das Verbrechen anderer sind ... Habe ich Ihnen nicht gesagt, daß ich für Sie in meinem Herzen die so unterschiedlichen Gefühle trage, wie sie in einem Vater, einer Mutter, einer Schwester und einem Bruder leben müssen? Daß ich, vor allem, eine Familie für Sie bin, alles und nichts, je nach Ihrem Willen? Aber haben nicht Sie selber so viele Herzen in das Herz eines Geliebten eingeschlossen? Verzeihen Sie mir also, wenn ich dann und wann mehr Liebhaber bin als Vater und Bruder, und vernehmen Sie, daß hinter dem Liebhaber stets ein Bruder, ein Vater steht. Könnten Sie in meinem Herzen lesen, wenn ich Sie schön und strahlend, gelassen und bewundert zurückgelehnt in Ihrem Wagen auf den Champs-Elysées oder in Ihrer Theaterloge erblicke . . .! Ach, wenn Sie wüßten, wie unpersönlich mein Stolz ist, wenn ich ein Lob vernehme, das Ihre Schönheit, Ihre Haltung auslöst, und wie ich die Unbekannten liebe, von denen Sie bewundert werden! Wenn Sie zufällig meine Seele durch ein Nicken haben aufblühen lassen, bin ich gleichzeitig demütig und stolz, ich gehe von dannen, als habe Gott mich gesegnet, und kehre fröhlich zurück, und meine Freude hinterläßt in meinem Innern eine lange Lichtspur: sie schimmert in den Rauchwolken meiner Zigarette, und ich spüre dadurch deutlicher, daß das Blut, das in meinen Adern brodelt, gänzlich Ihnen gehört. Wissen Sie denn nicht, wie sehr Sie geliebt werden? Nachdem ich Sie gesehen habe, kehre ich wieder in das Kabinett zurück, in dem der sarazenische Glanz funkelt, aber worin Ihr Bildnis alles verdunkelt, wenn ich die Feder spielen lasse, die es für alle anderen Blicke unsichtbar macht; und dann stürze ich mich in die Unendlichkeit des Anschauens: ich mache dort Gedichte, die eitel Glück sind. Aus der Höhe meiner Himmel gewahre ich den Verlauf eines Lebensgesamts, den ich zu erhoffen wage! Haben Sie bisweilen in der Stille der Nächte oder, trotz des Lärms der Welt, in Ihrem lieben, kleinen, angebeteten Ohr eine Stimme erklingen hören? Wissen Sie nicht um die tausend Gebete, die an Sie gerichtet werden? Da ich Sie stumm betrachte, habe ich schließlich den Sinn aller Ihrer Züge entdeckt, ihre Übereinstimmung mit den Vollkommenheiten Ihrer Seele; und dann fertige ich in spanischer Sprache auf die Harmonie Ihrer beiden schönen Naturen Sonette, die Ihnen unbekannt bleiben, denn meine Dichtung steht zu tief unter ihrem Gegenstand, und ich wage nicht, sie Ihnen zu schikken. Mein Herz wird so völlig von dem Ihrigen beansprucht, daß kein Augenblick ohne Gedanken an Sie vergeht; und wenn Sie aufhörten, mein Dasein auf diese Weise zu beleben, so würde in mir nichts als Leid sein. Verstehen Sie jetzt, Louise, welche Qual es für mich bedeutet, wider meinen Willen die Ursache Ihrer Unzufriedenheit geworden zu sein und deren Grund nicht erraten zu haben? Das schöne Doppelleben hatte gestockt, mein Herz verspürte Eiseskälte. Kurzum: in der Unmöglichkeit, mir die Ursache dieses Mißklangs zu erklären, vermeinte ich, nicht mehr geliebt zu werden; ich ging bekümmert heim, aber noch immer glücklich, da ich ja doch Ihr Diener war; da kam Ihr Brief, und er hat mich mit Freude erfüllt. Oh, schelten Sie mich stets auf solcherlei Weise.

Ein kleiner Junge, der hingefallen war, sagte zu seiner Mutter: ›Entschuldige‹, stand auf und verbarg ihr, daß er sich wehgetan hatte. Ja, er bat um Verzeihung dafür, ihr einen Schmerz verursacht zu haben. Nun, dieser kleine Junge bin ich: ich habe mich nicht geändert, ich liefere Ihnen den Schlüssel zu meinem Charakter aus mit der Unterwürfigkeit eines Sklaven; aber, liebe Louise, ich werde nichts wieder falsch machen. Sorgen Sie dafür, daß die Kette, die mich an Sie bindet, immer zur Genüge angespannt bleibt, damit eine einzige Bewegung Ihre leisesten Wünsche andeute dem, der immer sein wird

Ihr Sklave Felipe.

XXIV

Louise de Chaulieu an Renée de l'Estorade

Oktober 1824

Liebe Freundin, die Du innerhalb zweier Monate einen armen Kränkelnden geheiratet, zu dessen Mutter Du Dich gemacht hast, Du weißt nichts von den erschreckenden Umschwüngen des Dramas, das sich in der Tiefe der Herzen abspielt und Liebe genannt wird, wo innerhalb eines Augenblicks alles tragisch wird, wo der Tod in einem Blick liegt, in einer obenhin gegebenen Antwort. Ich habe mir als letzte Probe für Felipe eine furchtbare, aber entscheidende Prüfung vorbehalten. Ich wollte wissen, ob ich dennoch geliebt würde. Quand même! Also nach dem großen, erhabenen Wort der Royalisten, und warum nicht auch der Katholiken? Er ist mit mir eine ganze Nacht hindurch unter den Linden hinten in unserm Park auf und ab gegangen, und seine Seele ist nicht einmal mehr von dem Schatten eines Zweifels angerührt worden. Am andern Morgen bin ich noch mehr geliebt worden, und für ihn war ich noch genauso keusch, genauso groß, genauso rein wie am Vorabend; er hat nicht den leisesten Vorteil daraus gezogen. Ach ja, er ist ein echter Spanier, ein echter Abencerrage. Er hat meine Mauer erstiegen, um mir die Hand zu küssen, die

ich ihm im Dunkel von der Höhe meines Balkons herab ent-
gegenstreckte; fast wäre er dabei gestürzt; aber wie viele junge
Leute würden das gleiche wagen? Das alles ist nichts, die Christen erdulden die entsetzlichsten Martern, um in den Himmel zu
gelangen. Vorgestern abend habe ich den künftigen Gesandten
am spanischen Königshof, meinen hochverehrten Vater, beiseite
genommen und lächelnd zu ihm gesagt: »Für eine kleine Zahl
von Freunden wirst du deine geliebte Armande mit dem Neffen eines Gesandten verheiraten; ebenjener Gesandte, der diesen
Bund seit langem wünscht und darum gebeten hat, sichert ihr im
Ehekontrakt sein ungeheures Vermögen und seine Titel nach seinem Tod und überschreibt dem jungen Paar schon jetzt eine
Rente von hunderttausend Francs und gesteht der Braut eine
Mitgift von achthunderttausend Francs zu. Deine Tochter weint,
gibt aber dem unerschütterlichen Willen deiner majestätischen
Vaterautorität nach. Ein paar Lästerzungen behaupten, deine
Tochter verberge unter ihren Tränen ein eigennütziges, ehrgeiziges Herz. Wir gehen heute abend in die Oper, in die Adelsloge,
und der Herr Baron de Macumer wird ebenfalls dort hinkom-
men.« – »Er geht also nicht?« antwortete mein Vater lächelnd,
wie zu einer Gesandtengattin. »Du verwechselst Clarissa Harlowe mit Figaro!« habe ich ihm gesagt und ihm einen Blick voller Verachtung und Spott zugeworfen. »Wenn du meine rechte
Hand ohne Handschuh gesehen hast, wirst du das impertinente
Gerücht Lügen strafen und den Beleidigten spielen.« – »Über
deine Zukunft kann ich unbesorgt sein: du hast so wenig den
Verstand eines Mädchens, wie Jeanne d'Arc das Herz einer Frau
besaß. Du wirst glücklich sein, niemanden lieben und dich lieben
lassen!« Diesmal brach ich in Lachen aus. »Was hast du, du kleine
Kokette?« hat er mich gefragt. – »Ich zittere für das Wohl meines Vaterlands . . .« Und als ich merkte, daß er mich nicht verstand, fügte ich hinzu: »In Madrid!« – »Unglaublich, wie diese
Nonne sich schon nach einem Jahr über ihren Vater lustig macht«,
hat er zur Herzogin gesagt. – »Armande macht sich über alles
lustig«, entgegnete meine Mutter und sah mich an. – »Was willst
du damit sagen?« fragte ich sie. – »Daß du nicht einmal die
Nachtfeuchtigkeit scheust, in der du dir Rheuma holen könntest«, sagte sie und warf mir abermals einen Blick zu. – »Die

Morgenstunden sind doch so warm!« antwortete ich. – »Es wird Zeit, sie zu verheiraten«, sagte mein Vater, »und ich hoffe, das wird noch vor meiner Abreise geschehen.« – »Ja, wenn du es so willst«, habe ich einfach geantwortet.

Zwei Stunden danach wirkten meine Mutter und ich, die Herzogin von Maufrigneuse und Madame d'Espard wie vier Rosen an der Brüstung der Loge. Ich hatte mich seitlich gesetzt, bot dem Publikum nur eine Schulter dar und konnte alles sehen, ohne gesehen zu werden; die Loge ist geräumig und nimmt einen der beiden Winkel an der Rückseite des Zuschauerraums zwischen den Säulen ein. Macumer ist gekommen, hat sich hingestellt und sein Opernglas ans Auge gedrückt, um mich ausgiebig anschauen zu können. In der ersten Pause ist der hereingekommen, den ich den Hurenkönig nenne, ein junger Herr von weibischer Schönheit. Graf Henri de Marsay hat sich in der Loge eingefunden, ein Epigramm in den Augen, ein Lächeln auf den Lippen, übers ganze Gesicht vor Fröhlichkeit strahlend. Er begrüßte zuerst meine Mutter, Madame d'Espard, die Herzogin von Maufrigneuse, den Grafen d'Esgrignon und Monsieur de Canalis; dann sagte er zu mir: »Ich weiß nicht, ob ich der erste bin, der Sie zu einem Ereignis beglückwünscht, das Sie zum Gegenstand des Neides machen dürfte.« – »Ach so, eine Heirat«, habe ich zu ihm gesagt. »Muß ein junges, vor kurzem erst aus dem Kloster gekommenes Mädchen Ihnen klarmachen, daß aus Heiraten, von denen man spricht, nie etwas wird?« Monsieur de Marsay hat sich zu Macumers Ohr niedergebeugt, und ich habe einzig der Bewegung seiner Lippen entnommen, daß er zu ihm sagte: »Baron, vielleicht lieben Sie diese kleine Kokette; aber sie hat sich Ihrer bloß bedient; doch da es sich um eine Heirat und nicht um eine Leidenschaft handelt, muß man immer wissen, was gespielt wird.« Macumer hat dem geflissentlichen Lästerer einen der Blicke zugeworfen, die für mich Gedichte sind, und hat etwas wie: »Ich liebe keine kleine Kokette« geantwortet, und zwar mit einer Miene, die mich so entzückt hat, daß ich meinen Handschuh auszog und dabei meinen Vater ansah. Felipe hatte nicht die mindeste Furcht, nicht den mindesten Argwohn empfunden. Er hat alles verwirklicht, was ich von seinem Charakter erwartet hatte: nur an mich glaubt er, die Gesellschaft und ihre Lügen reichen nicht an ihn heran. Der Abencerrage hat nicht mit der Wimper gezuckt, die Farbe seines blauen Bluts hat sein oliven-farbenes Gesicht nicht dunkler getönt. Die beiden jungen Gra-fen sind gegangen. Da habe ich lachend zu Macumer gesagt: »Monsieur de Marsay hat Ihnen ein Epigramm auf mich zuge-flüstert.« – »Weit mehr als ein Epigramm«, hat er geantwortet, »ein Epithalamium[41].« – »Sie sprechen in Rätseln«, habe ich ihm lächelnd erwidert und ihn mit einem gewissen Blick belohnt, der ihn stets aus der Fassung bringt. – »Das will ich hoffen!« hat mein Vater gerufen und sich Madame de Maufrigneuse zuge-wandt. »Es ist infames Geschwätz im Umlauf. Sobald eine junge Dame in die Gesellschaft eingeführt worden ist, überkommt alle eine wahre Wut, sie zu verheiraten, und es werden alle möglichen Absurditäten ausgeheckt! Ich verheirate Armande nie gegen ihren Willen. Ich will einen Gang durchs Foyer machen; denn sonst könnte geglaubt werden, ich ließe dem Gerücht freien Lauf, um dem Gesandten den Gedanken an diese Heirat nahezulegen; und Cäsars Tochter darf noch weniger verdächtigt werden als Cäsars Gattin, welche über alle Zweifel erhaben ist.«

Die Herzogin von Maufrigneuse und Madame d'Espard schau-ten zuerst meine Mutter, dann den Baron an, und zwar mit einem funkelnden, neckischen, abgefeimten Blick voll verhalte-ner Fragen. Diese listigen Ringelnattern haben schließlich etwas gemerkt. Von allen geheimen Dingen ist die Liebe das öffentlich-ste; die Frauen hauchen sie aus, glaube ich. Daher muß die Frau, die sie geheimhalten will, ein Ungeheuer sein! Unsere Augen sind noch geschwätziger als unsere Zunge. Nachdem ich die köstliche Freude genossen hatte, Felipe so groß zu sehen, wie ich es wünschte, habe ich natürlich noch mehr gewollt. Also habe ich ihm ein verabredetes Zeichen gegeben, um ihm zu sagen, er solle auf dem Dir bekannten Wege an mein Fenster kommen. Ein paar Stunden danach habe ich ihn, starr wie eine Statue, an die Mauer gepreßt erblickt; die Hand auf den Winkel des Balkons vor mei-nem Fenster gestützt, beobachtete er die Reflexe des Lichts in meiner Wohnung. »Mein lieber Felipe«, habe ich zu ihm gesagt, »Sie sind heute abend prachtvoll gewesen: Sie haben sich ver-halten, wie ich selber es getan haben würde, wenn man mir ge-sagt hätte, Sie gingen eine Ehe ein.« – »Ich war der Meinung,

Sie hätten mich vor allen andern unterrichtet«, hat er geantwortet. – »Und welches ist Ihr Recht auf eine solche Bevorzugung?« – »Das eines ergebenen Dieners.« – »Sind Sie das tatsächlich?« – »Ja«, sagte er, »und das wird sich nie ändern.« – »Wenn nun aber jene Heirat notwendig gewesen wäre, wenn ich mich darein geschickt hätte ...?« Das sanfte Mondlicht war, als werde es von den beiden Blicken heller, die er erst auf mich und dann auf die Art Abgrund warf, den die Mauer zwischen uns bildete. Es sah aus, als frage er sich, ob wir zusammen zerschmettert sterben könnten; aber nachdem diese Regung wie ein Blitz seinen Augen entsprungen und über sein Gesicht geleuchtet war, wurde sie durch eine höhere Kraft als die der Leidenschaft zusammengedrängt. »Der Araber hat nur ein Wort«, sagte er mit zusammengeschnürter Kehle. »Ich bin Ihr Diener und gehöre Ihnen: mein ganzes Leben lang will ich einzig für Sie da sein.« Die Hand, mit der er sich am Balkon festhielt, schien mir zu erschlaffen, ich habe die meine darauf gelegt und zu ihm gesagt: »Felipe, mein Freund, ich bin aus freiem Willen von diesem Augenblick an Ihre Frau. Halten Sie morgen vormittag bei meinem Vater um mich an. Er will mein Vermögen behalten; also werden Sie sich verpflichten, es im Ehekontrakt mir zuzuerkennen, ohne es erhalten zu haben; dann ist die Zusage Ihnen sicherlich gewiß. Ich bin nicht mehr Armande de Chaulieu; steigen Sie jetzt sofort hinab, Louise de Macumer möchte nicht die leiseste Unklugheit begehen.« Er ist erblaßt, seine Beine schienen nachzugeben, er hat sich aus einer Höhe von etwa zehn Fuß auf die Erde hinabgeschwungen, ohne sich auch nur im mindesten zu verletzen, er hat mir einen Gruß zugewinkt und ist verschwunden. Ich werde also geliebt wie keine andere Frau zuvor!, habe ich mir gesagt. Und ich bin mit kindlicher Zufriedenheit eingeschlafen; mein Schicksal war für immer festgelegt. Gegen zwei Uhr hat mich mein Vater in sein Arbeitskabinett rufen lassen, wo ich die Herzogin und Macumer vorfand. Es wurden liebenswürdige Worte getauscht. Ich habe lediglich geantwortet, wenn Monsieur mit meinem Vater zu einer Einigung gelangt sei, bestehe für mich kein Grund, mich beider Wünschen zu widersetzen. Daraufhin hat meine Mutter den Baron zum Essen dabehalten; danach sind wir alle vier im Bois de Boulogne spazierengefahren. Ich habe Monsieur de Marsay mit einem überaus spöttischen Blick bedacht, als er vorüberritt, denn er hatte Macumer und meinen Vater auf dem Vordersitz der Kalesche bemerkt.

Mein anbetungswürdiger Felipe hat sich neue Visitenkarten drucken lassen:

Henarez
aus dem Hause der Herzöge von Soria
Baron de Macumer

Allmorgendlich bringt er mir persönlich einen ebenso köstlichen wie prächtigen Strauß; darin finde ich stets einen Brief mit einem Sonett in spanischer Sprache, das mich lobpreist und das er während der Nacht gedichtet hat.

Um diese Sendung nicht gar zu dick werden zu lassen, schicke ich Dir als Probe nur das erste und das letzte dieser Sonette, die ich für Dich wortwörtlich übersetzt habe und die ich Dir, Vers für Vers, abschreibe.

Erstes Sonett

Mehr als einmal, in eine leichte Seidenjacke gekleidet – den Degen gereckt, ohne daß mein Herz einen einzigen Pulsschlag mehr getan hätte –, habe ich den Angriff des wütenden Stiers erwartet – und sein Horn, das spitzer ist als Phoebes Mondsichel.

Ich habe, eine andalusische Seguidilla vor mich hinträllernd –, die Böschung einer Schanze im Eisenregen erklommen; – ich habe mein Leben auf den grünen Teppich des Zufalls geworfen – ohne mich mehr darum zu kümmern als um eine goldene Quadrupel.

Ich hätte mit der Hand die Kugeln aus dem Rachen der Kanonen gerissen; – aber ich glaube, ich werde scheuer als ein spähender Hase; – als ein Kind, das einen Geist in den Vorhangfalten seines Fensters erblickt.

Denn wenn Du mich anschaust mit Deinen sanften Augen - bedeckt mir eisiger Schweiß die Stirn, meine Knie versagen unter mir –, ich zittere, ich weiche zurück, es mangelt mir an Mut.

Diese Nacht hatte ich schlafen wollen, um von Dir zu träumen; – doch der eifersüchtige Schlummer floh meine Lider; – ich näherte mich dem Balkon und schaute zum Himmel auf: – wenn ich Deiner gedenke, wenden meine Blicke sich stets nach oben.

Seltsames Geschehen, das einzig die Liebe zu erklären vermag – das Firmament hatte seine Saphirfarbe eingebüßt; – die Sterne, erloschene Diamanten in ihrer goldenen Fassung – warfen nur noch ein totes Blinzeln, erkaltete Strahlen.

Der von seiner Schminke aus Silber und Lilien gereinigte Mond – rollte traurig über den düstern Horizont – denn Du hast dem Himmel allen seinen Glanz geraubt.

Die Weiße des Mondes leuchtet auf Deiner bezaubernden Stirn – aller Azur des Himmels hat sich in Deinen Augen zusammengetan –, und Deine Wimpern sind aus Sternenstrahlen gebildet.

Kann man einem jungen Mädchen auf anmutigere Weise dartun, daß man sich einzig und allein mit ihr beschäftigt? Was sagst Du zu dieser Liebe, die ihren Ausdruck in der Verschwendung der Blumen des Geistes und der Blumen der Erde findet? Seit rund zehn Tagen weiß ich, was es mit der ehedem so berühmten spanischen Galanterie auf sich hat.

Ja, aber, Liebste, was geschieht auf La Crampade, wo ich mich so oft ergehe und die Fortschritte unserer Landwirtschaft überprüfe? Hast Du mir nichts über unsere Maulbeerbäume zu sagen, über unsere Pflanzungen vom letzten Winter? Gedeiht alles nach Wunsch? Haben die Blüten in Deinem Gattinnenherzen sich zu gleicher Zeit entfaltet wie die unserer Sträucher – wie die unserer Beete wage ich nicht zu sagen. Fährt Louis mit seinem Madrigal-System fort? Versteht Ihr Euch gut? Ist das sanfte Murmeln des Bachs Deiner ehelichen Zärtlichkeit besser als das wilde Brausen der Bergströme meiner Liebe? Ist mein niedlicher Gelehrter im Unterrock böse? Ich kann es nicht glauben, und ich möchte Felipe als Boten entsenden, damit er sich Dir zu Füßen wirft und mir Deinen Kopf oder Deine Verzeihung heimbringt, je nachdem. Ich führe hier ein schönes Leben, liebe Liebste, und ich wüßte gern, wie es sich in der Provence lebt. Unlängst hat

unsere Familie sich um einen Spanier vermehrt, der gefärbt ist
wie eine Havannazigarre, und ich warte noch auf Deine Glück-
wünsche.

Wirklich, meine schöne Renée, ich bin beunruhigt, ich fürchte,
daß Du einige Leiden hinunterschluckst, um meine Freuden nicht
zu stören, Du Böse! Schreib mir auf der Stelle ein paar Seiten,
in denen Du mir Dein Leben bis in die winzigsten Einzelheiten
ausmalst, und sag mir, ob Du noch immer widerstrebst, ob Dein
freier Wille auf den Füßen steht oder auf den Knien liegt, oder
ob er gar sitzt, was schlimm wäre. Glaubst Du, alles, was in
Deiner Ehe geschieht, beschäftige mich nicht? Was Du mir
schreibst, macht mich manchmal träumerisch. Oft, wenn ich in
der Oper den Pirouetten der Tänzerinnen zuzuschauen scheine,
sage ich mir: Es ist halb zehn, jetzt geht sie vielleicht zu Bett,
was mag sie tun? Ist sie glücklich? Ist sie allein mit ihrem freien
Willen? Oder ist ihr freier Wille dort, wohin der freie Wille gerät, um den man sich nicht mehr kümmert . . .? Tausend Grüße.

XXV

Renée de l'Estorade an Louise de Chaulieu

Oktober

Warum hätte ich Dir schreiben sollen, Du Impertinente? Was
Dir erzählen? Während Dein Dasein von Festen belebt wird,
von den Ängsten der Liebe, von ihren Aufwallungen und ihren
Blüten, wie Du es mir schilderst, so daß ich daran teilnehme wie
an einem gut gespielten Theaterstück, führe ich ein monotones,
geregeltes Leben wie das im Kloster. Wir legen uns immer um
neun schlafen und stehen bei Tagesanbruch auf. Unsere Mahlzeiten werden stets mit Verzweiflung erregender Pünktlichkeit
serviert. Nicht der leichteste Zwischenfall. Ich habe mich an diese
Zeiteinteilung gewöhnt, und zwar ohne große Mühe. Vielleicht
ist das etwas ganz Natürliches; was wäre das Leben ohne diese
Unterwerfung unter feste Regeln, die gemäß den Astronomen
und nach dem, was Louis sagt, die Welt regieren? Ordnung ermüdet nie. Übrigens habe ich mir eine Körperpflege auferlegt,

die meine Zeit zwischen dem Aufstehen und dem Mittagessen beansprucht: ich lege Wert darauf, dazu wunderhübsch zu erscheinen, aus Gehorsam gegen meine Pflichten als Frau; es stimmt mich froh und zufrieden, und ich tue damit dem guten alten Herrn und Louis etwas sehr Wohltuendes an. Nach dem Essen gehen wir spazieren. Wenn die Zeitungen eintreffen, verschwinde ich und entledige mich der häuslichen Arbeiten oder lese; ich lese nämlich viel, oder schreibe an Dich. Eine Stunde vor dem Abendessen erscheine ich wieder, und danach wird dann gespielt, es kommen Gäste, oder wir machen Besuche. So verbringe ich meine Tage zwischen einem glücklichen alten Mann, der wunschlos ist, und einem Mann, für den ich das Glück bedeute. Louis ist so zufrieden, daß seine Freude schließlich auch mir die Seele erwärmt hat. Für uns darf das Glück wohl nicht gleichbedeutend mit Lust sein. Manchmal, abends, wenn ich nicht beim Kartenspielen gebraucht werde, und wenn ich dann tief in einem Lehnsessel sitze, werden meine Gedanken so mächtig, daß ich in Dich hineinschlüpfe; dann nehme ich also an Deinem fruchtbaren, nuancenreichen, heftig bewegten Leben teil und überlege, wohin diese turbulenten Einleitungen Dich führen werden; ob sie nicht etwa das Buch umbringen? Du, liebes Herzlein, kannst Illusionen über die Liebe haben; ich jedoch habe nur noch die Tatsächlichkeiten des Haushalts. Ja, Deine Liebschaft kommt mir vor wie ein Traum! Auch kostet es mich Mühe, zu verstehen, warum Du sie so romantisch ausgestaltest. Du willst einen Mann, der mehr Seele als Sinne haben soll, mehr Größe und Tugend als Liebe; Du willst, daß der Traum der jungen Mädchen bei ihrem Eintritt ins Leben einen Körper annehme; Du verlangst Opfer, um sie zu belohnen; Du unterwirfst Deinen Felipe Prüfungen, um zu wissen, ob sein Verlangen, ob seine Hoffnung, ob seine Begierde von Dauer sind. Aber, Kind, hinter Deinen phantastischen Kulissen erhebt sich ein Altar, und dort bereitet sich ein ewiges Band vor. Der Tag nach der Hochzeit, das schreckliche Geschehen, das das Mädchen zur Frau und den Liebhaber zum Ehemann wandelt, kann das elegante Gerüst Deiner subtilen Vorkehrungen umstürzen. Lerne doch endlich begreifen, daß zwei Liebende ganz genauso wie zwei verheiratete Leute gleich Louis und mir unter den Freuden einer Hochzeit, nach Rabelais' Wort, ein großes ›Vielleicht‹ herausholen!

Ich tadle Dich nicht, obwohl es ein bißchen leichtsinnig war, mit Don Felipe hinten im Park zu plaudern, ihn auszufragen und eine Nacht auf Deinem Balkon zu verbringen, wobei er auf der Mauer stand; aber Du spielst mit dem Leben, Kind, und ich habe Angst, daß das Leben eines Tages mit dir spielen könnte. Ich wage nicht, Dir zu raten, was die Erfahrung mir für Dein Glück zuflüstert; aber laß mich Dir abermals aus der Tiefe meines Tals heraus wiederholen, daß das Viatikum[42] der Ehe in den beiden Worten Resignation und Hingabe beschlossen liegt! Denn, ich sehe es, Deinen Prüfungen, Deinen Koketterien und Deinen Beobachtungen zum Trotz wirst Du Dich ganz genauso wie ich verheiraten. Indem man das Verlangen weiter ausdehnt, höhlt man den Abgrund ein wenig tiefer, weiter läßt sich darüber nichts sagen.

Ach, wie gern möchte ich den Baron de Macumer sehen und ein paar Stunden mit ihm sprechen, so sehr wünsche ich Dir Glück!

XXVI

Louise de Macumer an Renée de l'Estorade

März 1825

Da Felipe mit sarazenischer Großherzigkeit die Pläne meiner Eltern verwirklicht, indem er mir ein Vermögen zuerkennt, ohne es erhalten zu haben, ist die Herzogin mir gegenüber noch umgänglicher als zuvor geworden. Sie nennt mich ›kleine Durchtriebene‹, ›Frauenzimmerchen‹; sie findet, ich hätte einen gewetzten Schnabel. »Aber, liebe Mama«, habe ich ihr am Vorabend der Unterzeichnung des Ehekontrakts gesagt, »du schreibst der Politik, der List, der Geschicklichkeit das zu, was die wahrste, naivste, selbstloseste, umfassendste Liebe, die je existierte, zuwege gebracht hat! Sieh doch ein, daß ich nicht das ›Frauenzimmerchen‹ bin, für das zu halten du mir die Ehre erweist.« – »Aber, aber, Armande«, hat sie gesagt, mich beim Hals genommen, mich an sich gezogen und auf die Stirn geküßt, »du hast nicht ins Kloster zurück, hast nicht Mädchen bleiben wollen, und als die große, als die schöne Chaulieu, die du bist, hast du die Notwendigkeit verspürt, das Haus deines Vaters wieder emporzubringen.« (Wenn Du wüßtest, Renée, wieviel Schmeichelhaftes in diesem Ausspruch für den Herzog lag, der uns zuhörte!) »Ich habe dich einen ganzen Winter hindurch beobachtet, wie du dein Schnäuzchen in alle Quadrillen stecktest und dabei die Männer vortrefflich beurteiltest und die gegenwärtige Gesellschaft Frankreichs durchschautest. Daher hast du den einzigen Spanier herausgefunden, der imstande ist, dir das schöne Leben einer Frau zu verschaffen, die Herrin im eigenen Hause ist. Liebe Kleine, du hast ihn behandelt, wie Tullia deinen Bruder behandelt.« – »Was für eine gute Schule doch das Kloster meiner Schwester ist!« hat mein Vater ausgerufen. Ich hab' ihm einen Blick zugeworfen, der ihm die Sprache verschlug; dann habe ich mich der Herzogin zugewandt und ihr gesagt: »Ich liebe meinen Verlobten Felipe de Soria mit allen Kräften meiner Seele. Obwohl diese Liebe sich ganz unwillkürlich erhob und heftig bekämpft wurde, als sie in meinem Herzen erstand, schwöre ich dir, daß ich mich ihr erst in dem Augenblick überlassen habe, da ich in Baron de Macumer eine Seele erkannte, die der meinen würdig ist, ein Herz, in dem Zartgefühl, Großzügigkeit, Hingabe, Charakter und Gefühle vollkommen mit den meinen übereinstimmen.« – »Aber, liebes Kind«, ist sie mir ins Wort gefallen, »er ist doch häßlich wie ...« – »Dem sei, wie ihm wolle«, habe ich lebhaft entgegnet; »ich liebe nun mal diese Häßlichkeit.« – »Hör mal, Armande«, hat mein Vater gesagt, »wenn du ihn liebst, und wenn du die Kraft aufgebracht hast, deine Liebe zu zügeln, so darfst du nicht dein Glück aufs Spiel setzen. Nun aber hängt das Glück in hohem Maß von den ersten Tagen der Ehe ab ...« – »Warum sagst du ihr nicht gleich: von den ersten Nächten?« rief meine Mutter. »Laß uns allein«, fügte die Herzogin hinzu und warf meinem Vater einen Blick zu.

»In drei Tagen heiratest du, liebe Kleine«, sagte meine Mutter mir ins Ohr, »also muß ich dir ohne bourgeoises Gewinsel die ersten Empfehlungen geben, die alle Mütter ihren Töchtern machen. Du heiratest einen Mann, den du liebst. Also brauche ich weder dich noch mich zu bedauern. Ich kenne dich erst seit einem

Jahr; wenn das auch ausgereicht hat, dich liebzugewinnen, so war die Zeit doch zu kurz, als daß ich jetzt bei dem Gedanken an den Verlust deiner Nähe in Tränen zerschmelzen müßte. Dein Geist hat deine Schönheit überholt; du hast meinem mütterlichen Stolz geschmeichelt und dich stets als eine gute, liebenswürdige Tochter betragen. Deshalb wirst du in mir stets eine vortreffliche Mutter finden. Du lächelst ...? Leider! Oft sind Mutter und Tochter gut miteinander ausgekommen, und sobald sie beide Frauen waren, haben sie sich verzankt. Ich will, daß du glücklich wirst. Hör mir also zu. Die Liebe, die du empfindest, ist eine Kleinmädchenliebe, die natürliche Liebe aller Frauen, die dazu geboren sind, sich an einen Mann zu fesseln; aber ach, mein Kind, es gibt auf Erden nur einen Mann für uns, nicht zwei! Und der, den zu lieben wir berufen sind, ist nicht immer der, den wir uns zum Gatten erwählt haben, im Glauben, wir liebten ihn. So seltsam meine Worte dir erscheinen könnten: denk darüber nach. Wenn wir den nicht lieben, den wir uns erwählt haben, dann liegt der Fehler an uns und an ihm, und manchmal an den Umständen, die weder von uns noch von ihm abhängen; und dennoch spräche nichts dagegen, daß der Mann, den unsere Familie uns gibt, der Mann wäre, dem unser Herz entgegenschlägt, der der wäre, den wir lieben. Die Schranke, die sich später zwischen uns und ihm einstellt, erhebt sich oft nur aus Mangel an Beharrlichkeit auf unserer Seite und der unseres Gatten. Aus seinem Gatten seinen Liebhaber zu machen, ist ein ebenso heikles Unterfangen, wie aus seinem Liebhaber seinen Gatten zu machen, und dieses Unterfangens hast du dich wunderbar entledigt. Nun, ich sage es noch einmal: ich will dein Glück. Denk also von jetzt ab daran, daß du im ersten Vierteljahr deiner Ehe unglücklich werden kannst, wenn du deinerseits dich der Ehe nicht mit der Willfährigkeit, der Zärtlichkeit und Klugheit unterwirfst, die du während deiner Liebschaft entfaltet hast. Denn, mein Frauenzimmerchen, du hast dich in allen unschuldigen Beglückungen einer heimlichen Liebe ergangen. Wenn das Liebesglück für dich mit Ernüchterungen begänne, mit Unlust oder gar mit Schmerzen, ja, dann komm zu mir. Erhoffe dir zunächst nicht allzuviel von der Ehe; vielleicht trägt sie dir mehr Pein als Freuden ein. Dein Glück verlangt ebensoviel an Pflege, wie die Liebe sie verlangte. Kurzum: wenn du zufällig den Liebhaber verlieren solltest, so würdest du den Vater deiner Kinder wiederfinden. Darauf, liebes Kind, gründet sich das ganze soziale Leben. Opfere alles dem Mann, dessen Name der deine ist, dessen Ehre, dessen Ansehen nicht die geringste Beeinträchtigung empfangen dürfen, ohne daß zugleich in deine Stellung die furchtbarste Bresche geschlagen würde. Seinem Gatten alles zu opfern, ist für Frauen unseres Ranges nicht nur eine absolute Pflicht, sondern überdies die klügste Berechnung. Das schönste Kennzeichen der großen Prinzipien der Moral ist, daß sie wahr und nutzbringend sind, von welcher Seite aus man sie auch betrachten möge. Damit mag es für dich genug sein. Jetzt noch etwas: ich glaube, du neigst zur Eifersucht; und ich, mein Kind, bin ebenfalls eifersüchtig; aber ich möchte nicht, daß du auf dumme Weise eifersüchtig bist. Höre, Eifersucht, die sich zeigt, ähnelt einer Politik mit offenen Karten. Sagen, man sei eifersüchtig, es durchblicken lassen, heißt das nicht: sein Spiel zeigen? Dann wissen wir nichts vom Spiel des andern. Auf alle Fälle müssen wir uns darauf verstehen, schweigend zu leiden. Ich werde mich übrigens deinetwegen am Tag vor deiner Hochzeit ernsthaft mit Macumer unterhalten.«

Ich habe den schönen Arm meiner Mutter genommen, ihr die Hand geküßt und eine Träne darauf fallen lassen, die ihre Sprechweise meinen Augen entlockt hatte. Ich habe hinter dieser hohen, ihrer und meiner würdigen Moral die tiefste Weisheit geahnt, eine Zärtlichkeit ohne soziale Bigotterie, und vor allem eine echte Achtung meines Charakters. Sie hat in ihre schlichten Worte die Zusammenfassung der Lehren gelegt, die ihr Leben und ihre Erfahrung ihr vielleicht teuer verkauft haben. Sie war gerührt, blickte mich an und sagte: »Liebes Töchterchen, dir steht eine abscheuliche Überfahrt bevor. Und die meisten ahnungslosen oder enttäuschten Frauen neigen dazu, zu tun wie der Graf von Westmoreland.«

Wir mußten beide lachen. Um Dir diesen Scherz zu erklären, muß ich Dir schreiben, daß am Abend zuvor eine russische Prinzessin uns bei Tisch erzählt hatte, der Graf von Westmoreland, der bei der Überfahrt über den Kanal aufs heftigste unter Seekrankheit gelitten habe und der nach Italien reisen wollte, habe, als er auf die Überfahrt über die Alpen hingewiesen worden sei,

kehrtgemacht und sei zurückgekehrt, mit den Worten: ›Ich habe
genug von dergleichen Überfahrten!‹ Du verstehst, Renée, daß
Deine düstere Philosophie und die moralische Haltung meiner
Mutter dazu angetan waren, aufs neue die Ängste zu erwecken,
die uns schon in Blois zu schaffen machten. Je näher die Hochzeit
rückte, um so mehr raffte ich Kräfte, Willen und Gefühl zusammen, um der schrecklichen Überfahrt vom Mädchen zur Frau
gewachsen zu sein. Alle unsere Gespräche fielen mir wieder ein,
ich las Deine Briefe nochmals durch und gewahrte darin etwas
wie eine verborgene Melancholie. Diese bangenden Vorstellungen
haben es fertiggebracht, aus mir die vulgäre Braut der Kupfer-
stiche und der Allgemeinheit zu machen. Daher fanden alle mich
reizend und ganz wie es sein soll am Tag der Unterzeichnung
des Kontrakts. Heute morgen in der Mairie, wohin wir ganz un-
feierlich gegangen sind, waren nur die Trauzeugen zugegen. Ich
schreibe diesen Brief zu Ende, während meine Toilette für das
Essen bereitgelegt wird. Wir werden in der Kirche Sainte-
Valère[43] getraut, heute um Mitternacht, nach einem glänzenden
abendlichen Festessen. Ich gestehe, daß meine Ängste mir das
Aussehen eines Opfers und eine falsche Schamhaftigkeit leihen;
das wird mir eine Bewunderung eintragen, von der ich nichts
verstehe. Ich bin entzückt, daß mein Felipe sich genauso jung-
mädchenhaft verhält wie ich; die vielen Menschen sind ihm unerträglich, er wirkt wie eine Fledermaus in einem Kristallge-
schäft. »Ein Glück, daß dieser Tag ein ›Morgen‹ hat«, hat er mir
ins Ohr geflüstert, ohne damit etwas Anzügliches sagen zu wollen. Am liebsten hätte er auf alle Gäste verzichtet, so scham-
haft und schüchtern ist er. Als der sardinische Gesandte den
Kontrakt unterzeichnet hatte, nahm er mich beiseite und überreichte mir ein Perlenkollier mit einer Schließe von sechs wundervollen Diamanten. Das ist das Geschenk meiner Schwägerin,
der Herzogin von Soria. Das Kollier ist begleitet von einem
Armring mit Saphiren; auf der Innenseite ist eingraviert: ›Ich
liebe dich, ohne dich zu kennen!‹ Zwei reizende Briefe umhüll-
ten diese Geschenke, die ich nicht annehmen wollte, da ich nicht
wußte, ob Felipe es mir erlaubte. »Denn auch ich möchte nichts
an dir sehen, was nicht von mir stammt«, habe ich zu ihm gesagt.
Er hat mir gerührt die Hand geküßt und mir geantwortet:

»Trag es um der Inschrift und der dir entgegengebrachten Zärtlichkeit willen; beides ist echt ...«

Samstagabend

Dies hier, meine liebe Renée, sind die letzten Zeilen des jungen Mädchens. Nach der Mitternachtsmesse fahren wir auf ein Besitztum, das Felipe aus zartfühlender Aufmerksamkeit im Nivernais gekauft hat, an der Straße nach der Provence. Ich heiße bereits Louise de Macumer, aber ich verlasse Paris in einigen Stunden als Louise de Chaulieu. Wie immer ich mich auch nenne, für Dich bleibe ich für immer nur

Louise.

XXVII

Louise de Macumer an Renée de l'Estorade

Oktober 1825

Ich habe Dir nicht mehr geschrieben seit der Trauung in der Mairie, Liebste, und die liegt nun bald acht Monate zurück. Auch von Dir keine Zeile! Das ist schlimm, Madame!

Also: wir sind mit der Post nach Schloß Chantepleurs gereist, dem Besitztum, das Macumer im Nivernais gekauft hat, am Loire-Ufer, etwa sechzig Meilen von Paris entfernt. Unsere Bedienung, bis auf meine Zofe, war schon dort und erwartete uns, und wir sind nach einer äußerst schnellen Fahrt bereits am nächsten Abend angelangt. Ich habe von Paris bis über Monargis hinaus geschlafen. Die einzige Freiheit, die mein Herr und Gebieter sich herausgenommen hat, bestand darin, mich um die Taille zu fassen und zu stützen und meinen Kopf an seiner Schulter lehnen zu lassen, über die er mehrere Taschentücher gebreitet hatte. Diese quasi mütterliche Aufmerksamkeit, die ihn den Schlaf kostete, hat mich tief gerührt. Unter dem Lodern seiner schwarzen Augen schlief ich ein und wachte unter ihrem Flammen auf: die gleiche Glut, die gleiche Liebe; aber Tausende von Gedanken waren durch sie hindurch geglitten! Zweimal hatte er meine Stirn geküßt.

In Briare haben wir in unserm Wagen zu Mittag gegessen. Am nächsten Abend um halb acht, nachdem wir geplaudert, wie Du und ich in Blois geplaudert hatten, wobei wir unsere Freude an der Loire hatten wie damals Du und ich, bogen wir in die schöne, lange, mit Linden, Akazien, Platanen und Lärchen bestandene Allee ein, die nach Chantepleurs führt. Um acht aßen wir zu Abend, um zehn waren wir in einem reizenden gotischen Zimmer, das durch alle Errungenschaften des modernen Luxus verschönt war. Mein Felipe, den alle Welt so häßlich findet, ist mir sehr schön erschienen, schön durch Güte, Anmut, Zärtlichkeit, erlesenen Takt. Von der Begehrlichkeit der Liebe gewahrte ich keine Spur. Während der Fahrt hatte er sich verhalten wie ein Freund, den ich schon seit fünfzehn Jahren kannte. Er hat mir ausgemalt, wie nur er auszumalen versteht (er ist nach wie vor der Mann seines ersten Briefes), welch furchtbare Stürme er innerlich bezwungen hatte; sie waren gerade auf seinem Gesicht erstorben. »Bis jetzt war eigentlich an der Ehe nichts Erschreckendes«, habe ich zu ihm gesagt, bin ans Fenster getreten und habe im herrlichsten Mondschein einen entzückenden Park erblickt, aus dem starke Düfte aufstiegen. Er ist zu mir getreten, hat mir abermals den Arm um die Taille gelegt und gesagt: »Warum denn erschrecken? Habe ich durch eine Geste, durch einen Blick meine Versprechungen gebrochen? Werde ich sie eines Tages brechen?« Niemals wieder werden eine Stimme, ein Blick eine solche Macht auf mich ausüben: die Stimme ließ die winzigsten Fibern meines Körpers schwingen und weckte alle Gefühle; der Blick hatte Sonnenkraft. »Oh!« habe ich zu ihm gesagt, »wieviel maurische Hinterhältigkeit lauert hinter deinem steten Sklaventum!« Liebste, er hat mich verstanden.

Und so ist es gekommen, schönes Rehlein, daß ich Dir ein paar Monate lang nicht geschrieben habe; jetzt wirst Du den Grund erraten. Ich bin genötigt, mich der seltsamen Vergangenheit des jungen Mädchens zu erinnern, um Dir die Frau klarzumachen. Renée, heute verstehe ich Dich. Weder zu einer sehr guten Freundin noch zur Mutter noch vielleicht zu sich selbst kann eine glückliche Jungvermählte vom Glück ihrer Ehe sprechen. Wir müssen diese Erinnerung in unserer Seele belassen wie ein Gefühl mehr, das ganz unser Eigentum ist und für das es keinen Namen gibt. Wie? Man hat die anmutigen Tollheiten des Herzens und den unwiderstehlichen Drang des Begehrens als Pflicht bezeichnet? Und warum? Welche schreckliche Macht ist auf den Einfall gekommen, die zarten Regungen des Geschmacks, die tausenderlei Schamhaftigkeiten der Frau mit Füßen zu treten, indem sie die Wollust zur Pflicht umwandelte? Wie kann man diese Blumen der Seele, diese Rosen des Lebens, diese Gedichte einer übersteigerten Sensibilität einem Wesen verdanken, das man nicht liebt? Wie von Rechten sprechen bei solchen Empfindungen! Aber sie sprossen und entfalten sich doch in der Sonne der Liebe, während sie schon im Keim durch den Frost des Widerstrebens und der Abneigung getötet werden. Der Liebe kommt es zu, diese Vorrechte zu unterhalten! O meine sublime Renée, jetzt kommst Du mir groß vor! Ich beuge das Knie vor Dir, ich staune ob Deiner Tiefe und Deines Scharfblicks. Ja, die Frau, die nicht, wie ich, eine heimliche Liebesheirat unter dem Deckmantel der legalen und öffentlichen Eheschließung geschlossen hat, muß sich in die Mutterschaft stürzen, wie eine Seele, der die Erde mangelt, sich in den Himmel stürzt! Aus allem, was Du mir geschrieben hast, geht ein grausames Gesetz hervor: nur überlegene, höhergeartete Männer verstehen zu lieben. Heute weiß ich, warum. Der Mann gehorcht zwei Prinzipien. In ihm begegnen sich Trieb und Gefühl. Inferiore oder schwache Wesen halten den Trieb für das Gefühl; während höhergeartete Wesen den Trieb mit den wunderbaren Wirkungen des Gefühls umhüllen: das Gefühl vermittelt ihnen durch seine Heftigkeit äußerste Zurückhaltung und flößt ihnen Anbetung für die Frau ein. Offenbar steht die Sensibilität in einem Verhältnis zur Macht der inneren Anlagen, und also ist der Mann von Genie der einzige, der sich unserer Zartheit nähert: er vernimmt, errät, versteht die Frau; er erhebt sie auf den Flügeln seines Verlangens, das durch die Schüchternheit seines Gefühls gezügelt wird. Wenn nun also Intelligenz, Herz und Sinne in gleicher Weise berauscht sind und uns fortreißen, dann fallen wir nicht auf die Erde nieder; wir erheben uns dann in himmlische Sphären, doch leider verweilen wir dort nicht allzu lange. Das, liebe Seele, ist die Philosophie der drei ersten Monate meiner Ehe. Felipe ist

ein Engel. Ich kann mit ihm laut denken. Ganz ohne redne-
rische Übertreibung: er ist mein zweites Ich. Seine innere Größe
ist unerklärlich: durch den Besitz verbindet er sich mir noch
enger und entdeckt im Glück neue Gründe zur Liebe. Ich bin für
ihn der schönste Teil seiner selbst. Ich sehe es: Jahre der Ehe
werden den Gegenstand seiner Entzückungen nicht verändern,
sondern sein Zutrauen stärken, neue Empfindungen entstehen
lassen und unsere Gemeinschaft festigen. Welch glücklicher Wahnrausch! Meine Seele ist so beschaffen, daß die Lust in mir ein
starkes Leuchten hinterläßt; sie erwärmt mich, sie prägt sich meinem Innern ein: der Abstand, der eine Lust von der andern
trennt, ist wie die kurzen Nächte zwischen Sommertagen. Die
Sonne, die im Sinken die Gipfel übergoldet hat, findet sie fast
noch warm vor, wenn sie wieder aufgeht. Durch welch glückliche Fügung ist das alles für mich auf der Stelle so gewesen?
Meine Mutter hatte tausend Ängste in mir geweckt; ihre Vor-
aussagen, die mir von Eifersucht erfüllt zu sein schienen, wenngleich ohne die mindeste bourgeoise Engherzigkeit, sind an dem
Geschehnis zuschanden geworden; denn Deine Befürchtungen,
die ihren und die meinen haben sich sämtlich verflüchtigt! Wir
sind siebeneinhalb Monate auf Chantepleurs geblieben, wie
zwei Liebende, deren einer den andern entführt hat und die
vor den erzürnten Eltern geflohen sind. Die Rosen der Lust
haben unsere Liebe gekrönt, sie umblühen unser zweisames Leben. Durch eine jähe Rückkehr zu mir selbst habe ich eines Morgens, als ich am üppigsten glücklich war, an meine Renée und
deren Vernunftehe gedacht, und ich habe Dein Leben erraten,
ich habe es durchschaut! O mein Engel, warum sprechen Du und
ich verschiedene Sprachen? Deine rein konventionelle Ehe und
die meine, die nichts ist als ein glücklicher Liebesbund, sind zwei
Welten, die einander so wenig zu begreifen vermögen wie das
Endliche und die Unendlichkeit. Du bleibst auf Erden, ich bin
im Himmel! Du bist in der menschlichen Sphäre, und ich bin in
der Sphäre der Götter. Ich herrsche durch Liebe, Du herrschst
durch Berechnung und Pflicht. Ich bin so hoch, daß ich, gäbe es
einen Absturz, in tausend Scherben zerschellen müßte. Kurzum:
laß mich schweigen, denn ich schäme mich, Dir den Glanz, den

Reichtum, die prangenden Freuden eines solchen Liebesfrühlings auszumalen.

Seit zehn Tagen sind wir in Paris, in einem reizenden Stadthaus in der Rue du Bac, das von dem Architekten eingerichtet
worden ist, den Felipe mit der Umgestaltung von Chantepleurs
beauftragt hatte. Vorhin habe ich mit durch die erlaubten Freuden einer glücklichen Ehe voll erblühter Seele Rossinis himmlische Musik gehört; ich hatte ihr früher immer mit beunruhig-
tem Innern gelauscht, ohne mein Wissen gequält vom Begehren
nach Liebe. Alle haben gemeint, ich sei schöner geworden, und
ich freue mich wie ein Kind, wenn ich vernehme, daß ich mit
»Madame« angeredet werde.

Freitagmorgen

Renée, Du schöne Heilige, mein Glück führt mich unablässig
zu Dir zurück. Um Deinetwillen empfinde ich mich als einen besseren Menschen denn je zuvor: ich bin Dir so ergeben! Ich habe
Dein Eheleben durch den Beginn des meinen so tief durchdrungen, und ich sehe Dich so groß, so nobel, so wundervoll tugendsam, daß ich mir hier als Deine Dir unterlegene, aufrichtige Be-
wunderin vorkomme, und gleichzeitig als Deine Freundin. Wenn
ich bedenke, was meine Ehe ist, wird mir nahezu der Beweis, daß
ich längst tot wäre, wenn alles sich anders gefügt hätte. Und
Du, Du lebst? Sag mir: durch welches Gefühl? Daher werde ich
mir Dir gegenüber nie wieder den leisesten Scherz erlauben. Ach,
der spöttische Scherz, mein Engel, ist das Kind der Ahnungs-
losigkeit, man macht sich über das lustig, was man nicht kennt.
›Dort, wo die Rekruten zu lachen anfangen, werden die erprob-
ten Soldaten ernst‹, hat mir der Graf de Chaulieu gesagt, ein
armer Kavallerierittmeister, der noch nicht weiter herumge-
kommen ist als von Paris nach Fontainebleau und von Fontainebleau nach Paris. Deswegen, liebe Liebste, ahne ich, daß
Du mir nicht alles gesagt hast. Ja, Du hast mir einige Wunden
verheimlicht. Du leidest, ich fühle es. Ich habe mir um Deinetwillen ganze Romane ausgesonnen, um aus der Ferne und in
dem wenigen, das Du mir von Dir schriebst, die Gründe Deines
Verhaltens zu entdecken. Sie hat sich in der Ehe bloß versucht,
habe ich eines Abends gedacht, und was die Ehe für mich an

Glück birgt, ist für sie nichts als Leid gewesen. Sie ist mit ihren Opfern am Ende und will deren Zahl einschränken. Sie hat ihren Kummer mit den pompösen Axiomen der gesellschaftlichen Moral getarnt. Ach, Renée, es liegt etwas Wunderbares darin, daß die Lust nicht der Religion bedarf, keines Aufputzes, keiner großen Worte, daß sie alles durch sich selber ist; während zur Rechtfertigung der abscheulichen Umstände unserer Sklaverei und unseres Vasallentums die Männer Theorien und Maximen zusammengehäuft haben. Wenn Deine Opfer schön sind, erhaben sind, wäre dann nicht mein Glück, das vom weißgoldenen Baldachin der Kirche geschützt und vom mürrischsten aller Bürgermeister unterzeichnet worden ist, eine Ungeheuerlichkeit? Um der Ehre der Gesetze willen, um Deinetwillen, vor allem aber, um mein Glück voll genießen zu können, möchte ich Dich glücklich wissen, Renée. Ach, sag mir doch, daß Du in Deinem Herzen ein wenig Liebe für jenen Louis erstehen fühlst, der Dich anbetet! Sag mir, ob nicht Hymens symbolische, feierliche Fackel Dir dazu gedient hat, Finsternisse zu erhellen? Denn die Liebe, mein Engel, ist für das Seelenleben ganz das gleiche, was die Sonne für die Erde ist. Ich komme immer wieder darauf zurück, Dir von dem Licht zu erzählen, das mir strahlt und das, wie ich fürchte, mich verzehren wird. Liebe Renée, Du, die Du mir in den Überschwängen der Freundschaft in der Reblaube hinter dem Kloster gesagt hast: »Ich habe dich so lieb, Louise, daß, wenn Gott sich mir offenbarte, ich ihn um alle Peinen für mich und um alle Freuden des Daseins für dich bitten würde. Ja, ich besitze die Passion zum Leiden!« Nun, mein Liebstes, heute zahle ich Dir mit gleicher Münze heim und bitte mit lauten Rufen Gott, er möge meine Freuden unter uns teilen.

Hör: ich habe erraten, daß Du unter dem Namen Louis de l'Estorade ehrgeizig geworden bist; also gut, sorg dafür, daß er sich bei den nächsten Wahlen als Abgeordneter aufstellen läßt; er ist beinahe vierzig, und da die Kammer erst ein halbes Jahr nach den Wahlen zusammentritt, wird er sich in genau dem Alter befinden, das für einen Politiker erforderlich ist. Dann kommst Du nach Paris, ich schreibe Dir nur das. Mein Vater und die Freunde, die ich mir machen will, werden Euch schätzen, und wenn Dein alter Schwiegervater ein Majorat einzurichten gewillt ist, werden wir für Louis den Grafentitel durchsetzen. Das wäre immerhin etwas! Endlich sind wir dann wieder beisammen.

XXVIII

Renée de l'Estorade an Louise de Macumer

Dezember 1825

Meine überglückliche Louise, Du hast mich geblendet. Ein paar Augenblicke lang habe ich Deinen Brief in der Hand gehalten, auf dem in der untergehenden Sonne eine meiner Tränen glitzerte, mit ermatteten Armen, ganz allein unter dem kleinen, schroffen Felsen, an dessen Fuß ich eine Bank habe aufstellen lassen. In sehr weiter Ferne schimmerte das Mittelmeer wie eine Stahlklinge. Ein paar duftende Bäume beschatteten die Bank, neben die ich einen riesigen Jasmin habe pflanzen lassen, ferner Geißblatt und spanischen Ginster. Eines Tages wird der ganze Felsen mit Kletterpflanzen übersponnen sein. Wilder Wein ist schon gepflanzt worden. Aber der Winter naht, und all das Grün gleicht jetzt einem alten Wandteppich. Wenn ich dort sitze, wagt niemand, mich zu stören; man weiß, daß ich dort allein zu bleiben wünsche. Die Bank heißt ›die Louisenbank‹. Also brauche ich Dir nicht zu sagen, daß ich dort keineswegs einsam bin, wenngleich allein.

Wenn ich Dir alle diese Einzelheiten berichte, die Dir nichtig vorkommen müssen, wenn ich Dir meine grünende Hoffnung ausmale, die schon im voraus den nackten, steilen Felsen bekleidet, auf dessen Höhe der Zufall pflanzlichen Wachsens eine der schönsten Schirmpinien gestellt hat, so geschieht es, weil ich dort Bildvorstellungen gefunden habe, an die ich mich jetzt klammere.

Indem ich Deine glückliche Ehe mitgenoß (und warum sollte ich Dir nicht alles eingestehen?) und sie mit allen meinen Kräften für mich herbeisehnte, habe ich das erste Sichregen meines Kindes verspürt, und das hat in den Tiefen meines Lebens auf die Tiefen meiner Seele gewirkt. Dieses dumpfe Gefühl, das zugleich eine Nachricht, eine Lust, ein Schmerz, eine Verheißung, eine Wirklichkeit ist; dieses Glück, das auf der ganzen Welt einzig und allein mir gehört und ein Geheimnis zwischen mir und Gott bleibt; dieses Mysterium hat mir gesagt, daß der Felsen eines Tages überblüht sein wird, daß das frohe Lachen einer Familie dort widerhallt, daß mein Schoß endlich gesegnet ist und Leben im Überfluß spenden wird. Ich bin mir bewußt geworden, daß ich geboren bin, um Mutter zu sein! Daher hat mir die erste Bestätigung, daß ich ein anderes Leben in mir zu tragen hätte, eine wohltuende Tröstung bedeutet. Unendliche Freude hat die langen Tage der Hingabe gekrönt, die bereits Louis' Freude bildeten.

Hingabe, habe ich mir gesagt, bist du nicht mehr als die Liebe? Bist du nicht die tiefere Wollust, weil du eine abstrakte Wollust, die schöpferische Wollust bist? Bist du nicht, o Hingabe, die über den Zweck hinausreichende Fähigkeit? Bist du nicht die geheimnisvolle, unermüdliche Gottheit, die verborgen ist unter den unzähligen Sphären in einer unbekannten Mitte, aus der eine nach der andern alle Welten hervorgehen? Die Hingabe ist einsam in ihrem Geheimnis, erfüllt von würzigen Erinnerungen, die stumm sind und auf die niemand einen profanen Blick wirft und die niemand vermutet; die Hingabe, eine eifersüchtige, niederdrückende, sieghafte und starke Gottheit, ist unerschöpflich, weil sie sich an die Natur der Dinge hält und weil sie auf diese Weise immer sich selbst gleich bleibt, trotz des Verströmens ihrer Kräfte: die Hingabe ist also jetzt die Signatur meines Lebens.

Die Liebe, Louise, ist eine Kraft, die Felipe auf Dich ausübt; aber das Ausstrahlen meines Lebens auf die Familie wird eine unaufhörliche Reaktion dieser kleinen Welt auf mich ausüben! Deine schöne, goldene Ernte ist vergänglich; aber wird nicht die meine, eben weil verspätet, dauerhafter sein? Sie wird sich immerfort erneuern. Die Liebe ist der köstlichste Raub, den die menschliche Gesellschaft der Natur angetan hat; aber ist die Mutterschaft nicht die Natur in ihrer Freude? Ein Lächeln hat meine Tränen getrocknet. Die Liebe macht meinen Louis glücklich; aber die Ehe hat mich zur Mutter gemacht, und auch ich will glücklich sein! So bin ich denn langsamen Schrittes nach meiner weißen Bastide mit den grünen Laden zurückgegangen, um Dir dieses zu schreiben.

So ist nun also, Liebste, das für uns Natürlichste und Überraschendste bei mir seit fünf Monaten am Werk; aber ich kann Dir ganz leise sagen, daß es in nichts mein Herz und meinen Verstand verwirrt. Ich sehe sie alle glücklich: der künftige Großvater greift in die Rechte seines Enkels ein, er ist wie ein Kind geworden; der Vater trägt eine ernste, besorgte Miene zur Schau; alle sind auf kleine Fürsorglichkeiten für mich bedacht, alle sprechen vom Glück, Mutter zu sein. Ach, nur ich allein empfinde nichts und wage nicht, etwas von der völligen Fühllosigkeit durchblicken zu lassen, in der ich mich befinde. Ich verstelle mich ein wenig, um die Freude der andern nicht zu trüben. Da es mir gestattet ist, Dir gegenüber offen zu sein, gestehe ich Dir, daß in der Krise, darin ich mich befinde, die Mutterschaft nur in der Imagination beginnt. Louis ist ebenso überrascht wie ich selber gewesen, als er von meiner Schwangerschaft erfuhr. Ist es nicht, als sei dieses Kind von sich aus gekommen, ohne anders herbeigerufen worden zu sein als durch die Wünsche, denen sein Vater ungeduldig Ausdruck gab? Der Zufall, Liebste, ist der Gott der Mutterschaft. Obwohl, wie unser Arzt sagt, dergleichen Zufälle mit den Forderungen der Natur harmonieren, hat er nicht abgeleugnet, daß die Kinder, die so anmutig als Kinder der Liebe bezeichnet werden, schön und geistvoll würden; daß ihr Leben oft anmute, als werde es von dem Glück geschützt, das als leuchtender Stern über ihrer Empfängnis strahlte. Vielleicht, Louise, wirst Du in Deiner Mutterschaft Freuden erleben, die ich in der meinen nicht kennenlernen darf. Vielleicht liebt man das Kind eines Mannes, der so angebetet wird, wie Du Felipe anbetest, weit mehr als das eines Mannes, den man aus Vernunftsgründen geheiratet und dem man sich aus Pflichtgefühl geschenkt hat, und um endlich Frau zu werden. Diese Gedanken, die ich in der Tiefe meines Herzens bewahre, steigern noch meinen Ernst als werdende Mutter. Aber da es ohne Kind keine Familie gibt, möchte mein Wünschen den Zeitpunkt beschleunigen können, da für mich die Freuden des Familienlebens beginnen, die einzig und allein mein Dasein bilden sollen. Gegenwärtig besteht mein Leben aus Warten und aus Geheimnissen, es ist ein Leben, darin das Leiden, das am meisten Übelkeit erregt, sicherlich die Frauen an andere Leiden gewöhnen soll. Ich beobachte mich. Trotz der Bemühungen Louis', dessen Liebe mich mit Fürsorge überhäuft, mit kleinen Geschenken, mit Zärtlichkeiten, empfinde ich vage Unruhe, in die sich Ekelgefühle mischen, die Verwirrungen, die seltsamen Gelüste der Schwangerschaft. Wenn ich Dir die Dinge schildern soll, wie sie sind, auch auf die Gefahr hin, in Dir Mißfallen an diesem Zustand zu erregen, so gestehe ich Dir, daß mir das Verlangen unbegreiflich ist, das ich nach gewissen Orangen empfinde, ein bizarrer Hang, der mir vollauf natürlich vorkommt. Mein Mann läßt mir aus Marseille die schönsten Orangen der Welt kommen; er hat auf Malta, in Portugal, auf Korsika welche bestellt; aber diese Orangen lasse ich unberührt. Ich eile nach Marseille, manchmal zu Fuß, und verschlinge dort schlechte, fast faulige Orangen zu einem Liard in einer engen Gasse, die zum Hafen hinabführt, zwei Schritt vom Hôtel-de-Ville entfernt; und ihr bläulicher oder grünlicher Schimmel schimmert für meine Augen wie Diamanten: ich erblicke darin Blumen, ich bin mir ihres Kadavergeruchs nicht bewußt und finde ihren Saft aufreizend; er ist von einer weinigen Wärme, ein köstlicher Geschmack. Ja, mein Engel, das sind die ersten verliebten Regungen meines Lebens. Auf diese abscheulichen Orangen bin ich versessen. Du begehrst Deinen Felipe nicht so sehr, wie mich nach einer dieser in Verwesung begriffenen Früchte verlangt. Kurzum: manchmal flüchte ich mich weg, ich eile behenden Fußes nach Marseille, und es überrieseln mich wollüstige Schauer, wenn ich mich der Straße nähere: ich fürchte, die Händlerin habe keine verfaulten Orangen mehr, ich stürze mich darauf, ich esse, ich verschlinge sie unter freiem Himmel. Mir ist, als kämen diese Früchte aus dem Paradies und enthielten die köstlichsten Nährstoffe. Ich habe es erlebt, daß Louis sich abwandte, um ihren Gestank nicht riechen zu müssen. Ich habe an die grausige Zeile in ›Obermann‹[44] gedacht, dieser düsteren Elegie, die gelesen zu haben ich bereue: ›Die Wurzeln trinken aus stinkenden Wassern!‹ Seit ich diese Früchte esse, verspüre ich keinerlei Übelkeit mehr und fühle mich wieder völlig gesund. Dieser perverse Hang hat einen

Sinn, da er der Natur entspringt und da die Hälfte aller Frauen bisweilen solche ungeheuerlichen Gelüste verspürt. Wenn meine Schwangerschaft deutlich sichtbar wird, gehe ich nicht mehr von La Crampade fort: ich möchte in diesem Zustand nicht gesehen werden.

Ich bin überaus begierig, zu erfahren, in welchem Augenblick des Lebens das Muttergefühl beginnt. Es kann doch nicht inmitten der furchtbaren Schmerzen sein, vor denen ich mich so sehr fürchte.

Leb wohl, Du Glückliche, leb wohl, Du, in der ich neu erstehe und durch die ich mir das Schöne der Liebe vorstelle, die Eifersüchteleien um eines Blickes willen, die ins Ohr geflüsterten Worte und die Wonnen, die uns einhüllen wie eine neue Atmosphäre, ein neues Blut, ein neues Licht, ein neues Leben! Ach, Herzlein, auch ich weiß um die Liebe. Laß nicht davon ab, mir alles zu schreiben. Wir wollen unsere Vereinbarungen halten. Ich selber werde Dir nichts ersparen. Daher will ich Dir noch sagen, um diesen Brief ernsthaft zu beenden, daß mich beim Wiederlesen Deines Briefs ein unbesieglicher, tiefer Schrecken gepackt hat. Mir war, als fordere diese strahlende Liebe Gott heraus. Wird nicht der höchste Herrscher dieser Welt, das Unglück, sich erbosen, daß es keinen Teil an Eurer Festlichkeit hat? Welch strahlendes Glück hat es nicht schon zugrunde gerichtet! Ach, Louise, vergiß inmitten Deines Glücks nicht, zu Gott zu beten. Tu Gutes, sei mildtätig und gütig; ja, beschwöre die dunklen Mächte durch Deine Bescheidenheit. Ich bin seit meiner Heirat noch frommer geworden, als ich es im Kloster war. Du schreibst mir nie etwas vom religiösen Leben in Paris. Indem Du Felipe anbetest, scheinst Du mir das Sprichwort umzukehren und Dich mehr an den Heiligen als an Gott zu wenden. Meine Angst entspringt einem Übermaß an Freundschaft. Ihr geht doch zusammen zur Kirche und tut im stillen Gutes, nicht wahr? Vielleicht komme ich Dir durch diesen Briefschluß recht provinziell vor; aber bedenke, daß sich hinter meinen Befürchtungen die überschwengliche Freundschaft birgt, eine Freundschaft, wie La Fontaine sie auffaßte, eine Freundschaft, die ein Traum, ein Gedanke, der wolkenleicht ist, zu beunruhigen und zu alarmieren vermag. Du verdienst, glücklich zu sein, da Du in Deinem Glück meiner gedenkst, wie ich Deiner in meinem einförmigen, ein wenig grauen, aber erfüllten Leben gedenke; meinem Leben, das nüchtern, aber fruchtbar ist: sei also gesegnet!

XXIX

Monsieur de l'Estorade an die Baronin de Macumer

Dezember 1825

Madame,

Meine Frau hat nicht gewollt, daß Ihnen durch eine banale Anzeige das Ereignis mitgeteilt würde, das uns mit Freude erfüllt. Sie ist soeben mit einem gesunden Knaben niedergekommen, und wir werden seine Taufe bis zu dem Augenblick verschieben, da Sie nach Ihrem Besitz Chantepleurs zurückgekehrt sind. Renée und ich hoffen nämlich, daß Sie bis La Crampade weiterreisen und die Patin unseres Erstgeborenen werden. In dieser Hoffnung habe ich das Kind unter dem Namen Armand-Louis de l'Estorade in das Zivilstandsregister eintragen lassen. Unsere liebe Renée hat viel ausgestanden, aber mit engelhafter Geduld. Sie kennen sie, in dieser ersten Prüfung der Mutterschaft ist sie durch die Gewißheit des Glücks gestützt worden, das sie uns allen schenkte. Ohne in die ein wenig lächerlichen Übertreibungen derer zu verfallen, die zum erstenmal Vater werden, kann ich Ihnen versichern, daß der kleine Armand sehr hübsch ist; aber Sie werden es schwerlich glauben, wenn ich Ihnen sage, daß er die Züge und die Augen Renées hat. Das zeugt bereits dafür, daß er verständig ist. Jetzt, nun Arzt und Geburtshelfer versichert haben, es bestehe für Renée nicht die mindeste Gefahr mehr – denn sie nährt, das Kind hat ohne weiteres die Brust genommen, Milch ist im Überfluß vorhanden, die Natur hat sie reich begabt! –, können mein Vater und ich uns unserer Freude überlassen. Jene Freude, Madame, ist so groß, so stark, so erfüllt; sie belebt so sehr das ganze Haus, sie hat das Dasein meiner geliebten Frau so sehr verwandelt, daß ich um Ihres Glückes willen wünsche, es geschehe schnellstens auch bei Ihnen. Renée hat ein Appartement vorbereiten lassen, das ich nur zu gern unserer Gäste würdig herrichten möchte, jedenfalls aber werden Sie dort zumindest, wenn auch nicht mit Luxus, so doch mit brüderlicher Herzlichkeit empfangen werden.

Renée hat mir von Ihren uns betreffenden Plänen erzählt, und ich ergreife um so freudiger diese Gelegenheit, Ihnen zu danken, als nichts dazu geeigneter sein könnte. Die Geburt meines Sohnes bestimmt meinen Vater, Opfer zu bringen, zu denen alte Leute sich nur schwer entschließen: er hat unlängst zwei Güter erworben. La Crampade ist jetzt ein Besitz, der dreißigtausend Francs Einkünfte bringt. Mein Vater will beim König um die Erlaubnis zur Errichtung eines Majorats[45] nachsuchen; bitte verhelfen Sie ihm zu dem Titel, von dem Sie in Ihrem letzten Brief schrieben; dann hätten Sie bereits etwas für Ihr Patenkind getan.

Was mich betrifft, so werde ich Ihren Ratschlägen einzig und allein folgen, damit Sie und Renée während der Kammersitzungen beisammen sein können. Ich unterrichte mich eifrig und versuche das zu werden, was man als einen Fachmann bezeichnet. Aber nichts vermag meinen Mut stärker anzufachen als das Wissen, in Ihnen die Gönnerin meines kleinen Armand zu erblicken. Versprechen Sie uns also, Sie, die Sie so schön und anmutsvoll, so großherzig und geistreich sind, nach hier zu kommen und für meinen ältesten Sohn die Rolle einer Fee zu spielen. Sie hätten, Madame, auf diese Weise durch die Erweckung einer ewigen Dankbarkeit die Gefühle ergebenster Zuneigung noch gesteigert, mit denen ich die Ehre habe, Ihr untertänigster und gehorsamster Diener zu sein.

Louis de l'Estorade

XXX

Louise de Macumer an Renée de l'Estorade

Januar 1826

Eben hat Macumer mich mit dem Brief Deines Mannes geweckt, mein Engel. Ich fange an mit einem Ja. Wir siedeln Ende April nach Chanteplours über. Das wird für mich eine Anhäufung von Freuden: zu reisen, Dich zu sehen und die Patin Deines ersten

Kindes zu werden; aber ich wünsche mir Macumer als Paten. Eine katholische Verwandtschaft mit einem andern Gevatter wäre mir unangenehm. Ach, wenn Du den Ausdruck seines Gesichts in dem Augenblick hättest sehen können, als ich ihm das sagte: dann wüßtest Du, wie dieser Engel mich liebt.

»Ich will um so mehr, daß wir zusammen nach La Crampade fahren, Felipe«, habe ich zu ihm gesagt, »als wir dort vielleicht zu einem Kind kommen. Auch ich möchte Mutter sein ... obgleich ich mich dann zwischen einem Kind und dir teilen müßte. Wenn ich es erlebte, daß du ein Menschenwesen, und sei es mein Sohn, mir vorzögest, so weiß ich nicht, was geschähe. Medea könnte recht gehabt haben: in der Antike findet sich stets Gutes!«

Er hat zu lachen angefangen. So ist Dir denn also die Frucht zuteil geworden, ohne daß Du die Blüten gehabt hättest, liebes Rehlein, und ich habe die Blüten ohne die Frucht. Der Gegensatz unserer Schicksale dauert an. Wir sind gute Philosophinnen und werden eines Tages nach dem Sinn und der Moral von alledem suchen. Pah! Ich bin erst zehn Monate verheiratet; wir wollen uns einig sein: es war keine verlorene Zeit.

Wir führen das vergeudende und dennoch erfüllte Leben glücklicher Menschen. Stets kommen die Tage uns allzu kurz vor. Die Gesellschaft, die mich als Frau kostümiert wiedergesehen, hat die Baronin de Macumer sehr viel hübscher als Louise de Chaulieu gefunden: glückliche Liebe wirkt wie ein Schönheitsmittel. Wenn wir, Felipe und ich, in der schönen Sonne eines Januarfrosttages, wenn die Bäume der Champs-Elysées mit weißen Sterntrauben blühen, in unserm Coupé an ganz Paris vorüberfahren, dort vereint, wo wir letztes Jahr noch getrennt waren, kommen mir Gedanken zu Tausenden, und ich fürchte, ein wenig allzu übermütig zu sein, wie Du es in Deinem letzten Brief vorausgefühlt hast.

Solange die Freuden der Mutterschaft mir unbekannt bleiben, mußt Du sie mir ausmalen, dann bin ich Mutter durch Dich; aber meiner Meinung nach gibt es nichts, das sich den Wollüsten der Liebe vergleichen ließe. Ich werde Dir ziemlich bizarr vorkommen; aber jetzt habe ich mich bereits zehnmal innerhalb von zehn Monaten bei dem Wunsch ertappt, mit dreißig Jahren zu sterben, in allem Glanz des Lebens, in den Rosen der Liebe, an den Brüsten der Wollust, von ihnen gesättigt von hinnen zu gehen, ohne Enttäuschung, da ich ja doch in dieser Sonne gelebt habe, in der Fülle des Äthers, und sogar beinahe durch die Liebe getötet; ich habe nichts aus meinem Kranz verloren, kein einziges Blatt, und mir alle meine Illusionen bewahrt. Bedenke doch, was es heißt, ein junges Herz in einem alten Körper zu tragen, auf stumme kalte Gesichter dort zu stoßen, wo alle Welt, selbst die Gleichgültigen, uns zugelächelt hatte, mit einem Wort: eine würdige Matrone zu werden . . . Das ist eine vorweggenommene Hölle.

Über dieses Thema haben Felipe und ich unsern ersten Streit gehabt. Ich wollte, er solle die Kraft aufbringen, mich als Dreißigjährige zu töten, im Schlummer, ohne daß ich etwas davon ahnte, damit ich von einem Traum in den andern glitte. Der böse Mann hat es nicht gewollt. Ich habe ihm gedroht, ich würde ihn im Leben allein lassen, und er ist erbleicht, der arme Junge! Der große Minister, Liebste, ist tatsächlich zum Baby geworden. Unglaublich, wieviel Jugend und Schlichtheit er in sich verborgen hielt. Nun ich laut mit ihm denke wie mit Dir, nun ich ihm als erstes Gebot Offenheit auferlegt habe, verwundern wir uns aufs höchste übereinander.

Liebste, die beiden Liebesleute Felipe und Louise möchten der Wöchnerin ein Geschenk übersenden. Wir möchten etwas für Dich anfertigen lassen, das Dir gefällt. Also sag mir offen, was Du Dir wünschst; denn wir halten nichts· von Überraschungen nach Art der Bourgeois. Wir wollen uns also bei Dir in stete Erinnerung bringen durch ein liebenswürdiges Andenken, durch etwas, dessen Du Dich tagtäglich bedienst und das durch den Gebrauch nicht verliert. Unsere heiterste, intimste, angeregteste Mahlzeit, weil wir dann immer allein sind, ist das Mittagessen; ich habe mir also ausgedacht, Dir ein besonderes Service zu schicken, ein mit kleinen Kindern bemaltes. Wenn Du damit einverstanden bist, dann antworte mir rasch. Wenn ich es Dir mitbringen will, muß es bestellt werden, und die Pariser Künstler sind königliche Faulenzer. Das ist dann meine Weihegabe an Lucina[46].

Leb wohl, liebe Amme, ich wünsche Dir alle Mutterfreuden, und ich erwarte voller Ungeduld den ersten Brief, in dem Du mir alles berichten wirst, nicht wahr? Der ›Geburtshelfer‹ hat

mich erschauern lassen. Jenes Wort im Brief Deines Mannes ist
mir nicht in die Augen, sondern ins Herz gesprungen. Arme
Renée, ein Kind kommt uns teuer zu stehen, nicht wahr? Ich
will ihm sagen, wie lieb es Dich haben muß, das Patenkind.
Tausendfach Liebes, mein Engel.

XXXI

Renée de l'Estorade an Louise de Macumer

Nun sind bald fünf Monate seit meiner Niederkunft vergan-
gen, liebe Seele, und ich habe kein einziges Augenblickchen gefunden, um Dir zu schreiben. Wenn Du einmal Mutter bist, wirst
Du mich rückhaltloser freisprechen, als Du es jetzt tust, denn Du
hast mich ein wenig gestraft, indem Deine Briefe immer seltener
wurden. Schreib mir, mein Herzlein! Schildere mir alle Deine
Freuden, male mir Dein Glück in allen Farben, füge ihnen Ul-
tramarin hinzu ohne Scheu, mir Kummer zu machen, denn ich
bin glücklich, und glücklicher, als Du Dir je vorstellen könntest.

Ich bin in die Pfarrkirche gegangen und hab' eine Messe angehört, wie sie beim ersten Kirchgang einer Wöchnerin gelesen
wird, mit großem Pomp, so ist es Brauch bei unsern alten Familien in der Provence. Die beiden Großväter, Louis' Vater und
der meine, haben mir den Arm gereicht. Ach, nie zuvor habe ich
in einem solchen Überschwang an Dankbarkeit vor Gott gekniet. So viele Dinge habe ich Dir zu sagen, Dir so viele Empfindungen auszumalen, daß ich nicht weiß, wo ich beginnen soll;
aber aus der Tiefe dieser Wirrnis erhebt sich eine strahlende Erinnerung, die an mein Gebet in der Kirche!

Als ich an jener Stätte, wo ich als junges Mädchen am Leben
und an meiner Zukunft gezweifelt hatte, mich in eine frohe
Mutter verwandelt wiederfand, habe ich zu sehen geglaubt, daß
die Madonna auf dem Altar sich neige und mir das göttliche
Kind zeige, das mir zuzulächeln schien! Mit welch heiligem
Überströmen himmlischer Liebe habe ich unsern kleinen Armand
dem Segen des Priesters dargeboten, der ihm, bis zur richtigen

Taufe, die Nottaufe gegeben hat. Aber du wirst uns ja sehen, Armand und mich.

Mein Kind – jetzt nenne ich auch Dich schon mein Kind!, aber es gibt wirklich keinen lieblicheren Ausdruck im Herzen, in den Gedanken und auf den Lippen, wenn man Mutter ist. Also, liebes Kind, während der beiden letzten Monate habe ich mich ziemlich melancholisch in unsern Gartenanlagen umhergeschleppt, müde und niedergedrückt vom Lästigen der Bürde, von der ich noch nicht wußte, wie lieb und süß sie sei, trotz der Beschwernisse jener beiden Monate. Ich litt unter so trüben Ahnungen, so todestraurig düsteren Befürchtungen, daß die Neugier zurücktrat: ich redete mir Vernunft ein, ich sagte mir, daß nichts, was die Natur wolle, zu fürchten sei, ich gelobte mir, Mutter sein zu wollen. Ach, ich spürte, daß mein Herz leer sei, auch wenn ich an das Kind dachte, das mir ziemlich heftige Fußtritte versetzte; und, Liebste, man kann sie gern entgegennehmen, wenn man schon Kinder gehabt hat; aber beim erstenmal verursacht dies Sichregen eines unbekannten Lebens mehr Verwunderung als Lustgefühle. Ich schreibe Dir von mir, die ich weder falsch noch theatralisch bin und deren Frucht weit eher eine Gottesgabe war, da mehr Gott die Kinder schenkt, als daß sie von einem geliebten Mann herrührten. Aber wir wollen diese überstandenen Kümmernisse auf sich beruhen lassen; ich glaube, sie kehren nicht wieder.

Als die Stunde herankam, habe ich in mir so sehr alle Widerstandskräfte angespannt, war ich so heftiger Schmerzen gewärtig, daß ich, wie mir gesagt worden ist, jene entsetzliche Tortur wunderbar ertragen habe. Etwa eine Stunde lang, mein Herzlein, habe ich mich einer Auflösung hingegeben, deren Wirkungen die eines Traums waren. Ich habe mich als in zwei Bestandteile zerlegt gefühlt: eine mit Zangen gepeinigte, zerrissene, gefolterte Hülle und eine willfährige Seele. In diesem absonderlichen Zustand hat der Schmerz über meinem Kopf geblüht wie ein Kranz. Mir war, als entwachse meinem Schädel eine riesige Rose, werde immer größer und hülle mich ein. Der rote Farbton dieser blutigen Blume war in der Luft. Ich sah alles rot. So gelangte ich zu dem Punkt, wo die Trennung zwischen Leib und Seele sich vollziehen zu wollen schien, und da brach ein Schmerz aus, der mich an den unmittelbar bevorstehenden Tod glauben ließ. Ich habe grausige Schreie ausgestoßen und habe neue Kräfte gegen neue Schmerzen aufgebracht. Dieses furchtbare Konzert von Klagerufen ist in meinem Innern plötzlich von dem köstlichen Gesang silbrigen Wimmerns des kleinen Wesens überdeckt worden. Nein, nichts vermag Dir diesen Augenblick zu schildern: mir war, als schreie die ganze Welt mit mir, als sei alles Schmerz und Klageruf, und als sei das alles dann ausgelöscht worden durch den schwachen Schrei des Kindes. Ich bin wieder in mein großes Bett zurückgebracht worden, in dem ich mich gefühlt habe wie in einem Paradies, obwohl eine außerordentliche Schwäche mich überkommen hatte. Drei oder vier fröhliche Menschen, Tränen in den Augen, haben mir dann das Kind gezeigt. Liebste, ich habe vor Schrecken aufgeschrien. – »Was für ein Äffchen!« habe ich gesagt. »Seid Ihr sicher, daß es ein Kind ist?« habe ich gefragt. Ich habe mich auf die Seite gelegt, ganz verzweifelt, daß ich nicht stärkere Muttergefühle empfand als diese. – »Quäl dich nicht, Liebe«, hat da meine Mutter gesagt, die sich zu meiner Pflegerin gemacht hat, »du hast das schönste Kind der Welt geboren. Laß dir jetzt nicht die Phantasie verwirren, richte alle Gedanken darauf, dumm zu werden, dich zu nichts als einer Kuh zu machen, die grast, um Milch zu bekommen.« Da bin ich denn mit dem festen Entschluß eingeschlafen, der Natur ihren Lauf zu lassen. Ach, mein Engel, das Erwachen aus all den Schmerzen, den wirren Empfindungen, den ersten Tagen, in denen alles dunkel, peinvoll und unentschieden anmutet, ist göttlich gewesen. Die Finsternisse sind durch ein Gefühl belebt worden, dessen Köstlichkeit noch die des ersten Schreis meines Kindes übertroffen hat. Mein Herz, meine Seele, mein Wesen, ein unbekanntes Ich ist in seiner bislang leidenden, grauen Hülle erwacht, wie eine Blume beim strahlenden Ruf der Sonne aus ihrem Samenkorn aufschießt. Das häßliche kleine Wesen hat meine Brust genommen und gesogen: da ward Licht, fiat lux! Plötzlich war ich Mutter geworden. Das war das Glück, war die Freude, eine unaussprechliche Freude, obwohl sie von einigen Schmerzen noch nicht frei war. Ach, Du schöne Eifersüchtige, wie könntest gerade Du eine Lust richtig werten, die nur zwischen uns, dem Kind und Gott besteht. Das kleine Wesen kennt absolut nichts als unsere Brust; es liebt sie mit allen seinen Kräften, es denkt an nichts als diesen Lebensquell, es kommt zu ihm und läßt ihn nur, um zu schlafen, es erwacht, um zu ihm zurückzukehren. Seine Lippen sind von unbeschreiblicher Liebe, und wenn sie sich an die Brust heften, erregen sie darin gleichzeitig Schmerz und Lust, eine Lust, die sich bis zum Schmerz steigert, oder einen Schmerz, der in ein Lustgefühl mündet; ich kann Dir ein solches Gefühl nicht schildern; es strahlt von der Brust in mir aus bis in die Quellen des Lebens hinein, denn anscheinend ist es ein Zentrum, von dem tausend Herz und Seele erquickende Strahlen ausgehen. Zeugung ist nichts; aber Nähren ist stündliche Zeugung. Ach, Louise, es gibt keine Liebesbezeigung durch den Geliebten, die derjenigen der rosa Händchen gleichkäme, wenn sie zart umhertasten und sich an das Leben anzuklammern suchen. Was für Blicke wirft ein Kind abwechselnd von unserer Brust in unsere Augen! In was für Träumen ergeht man sich, wenn man sieht, wie es mit den Lippen an seinem Schatz hängt? Es stellt nicht mindere Ansprüche an die geistigen Kräfte wie an die körperlichen; es nutzt Blut und Intelligenz aus, es befriedigt über alles Begehren hinaus. Das göttliche Gefühl bei seinem ersten Schrei, der für mich dasselbe war, was der erste Sonnenstrahl für die Erde gewesen ist: ich habe es nochmals erlebt, als ich spürte, wie meine Milch ihm den Mund füllte; ich habe es nochmals erlebt, als sein erster Blick mir galt, jetzt eben habe ich es nochmals erlebt, als ich in seinem ersten Lächeln seinen ersten Gedanken genoß. Er hat gelächelt, Liebste. Dieses Lächeln, dieser Blick, dieser Biß, dieser Schrei, diesen vier Genüssen wohnt etwas Unendliches inne: sie dringen bis in die Herzenstiefen, sie rühren dort an Saiten, die einzig sie in Schwingung versetzen können! Die Welten müssen sich an Gott klammern, wie ein Kind sich mit allen Fibern an seine Mutter klammert: Gott ist ein großes Mutterherz. Bei der Empfängnis vollzieht sich nichts Sichtbares noch Wahrnehmbares, auch in der Schwangerschaft nicht; aber Nährerin sein, Louise, ist Glück in jedem Augenblick. Man erlebt es, was aus der Milch wird, sie bildet sich um in Fleisch, sie erblüht an den Spitzen der herzigen Finger, die ihrerseits wie Blumen sind und deren Zartheit besitzen; sie gedeiht in feinen, durchsichtigen Fingernägeln, sie zerfasert sich in Härchen, sie regt sich mit den Füßchen. Ach, Kinderfüße, die sprechen eine ganze Sprache. Mit ihnen beginnt das Kind sich auszudrücken. Nähren, Louise, ist eine Verwandlung, die man von Stunde zu Stunde mit verdutzten Augen verfolgt. Das Schreien nimmt man nicht mit den Ohren wahr, sondern mit dem Herzen; das Lächeln der Augen oder der Lippen oder das Sichregen der Füße versteht man, als wenn Gott für einen feurige Lettern in den Weltenraum schriebe! Es gibt nichts mehr auf Erden, was einen interessierte: der Vater . . .? Den würde man umbringen, wenn er sich einfallen ließe, das Kind zu wecken. Ganz allein und für sich ist man die Welt für dieses Kind, gerade wie das Kind die Welt für uns ist! Man ist sich so sicher, daß unser Leben geteilt ist, man fühlt sich so über die Maßen für die Schmerzen belohnt, die man erduldet, für die Leiden, die man erträgt, denn es gibt dabei auch Schmerzen, Gott bewahre Dich vor einer Brustentzündung! Jene Wunde, die sich unter den rosigen Lippen immer von neuem öffnet, die so schwer heilt und die Qualen zum Wahnsinnigwerden verursachen könnte, hätte man nicht die Freude, den kleinen, milchbeschmutzten Kindermund zu sehen, jene Wunde ist eine der schrecklichsten Bestrafungen, die die Schönheit erleidet. Bedenke, Louise, daß sie nur auf einer sehr zarten, feinen Haut entsteht.

Mein Äfflein ist innerhalb von fünf Monaten zum hübschesten Geschöpf geworden, das eine Mutter je unter Freudentränen gebadet, gebürstet, gekämmt, herausgeputzt hat; denn, weiß Gott, mit welch unermüdlichem Eifer putzt man diese Blumenwesen, zieht sie an, bürstet sie, wäscht sie, kleidet sie um, küßt sie. Mein Affe ist also kein Affe mehr, sondern ein ›Baby‹, wie meine englische Bonne sagt, ein weiß und rosa Baby; und da es sich geliebt fühlt, schreit es nur selten; aber ich lasse es ja auch tatsächlich kaum allein und bemühe mich, es mit meiner Seele zu durchdringen.

Liebste, für Louis lebt in meinem Herzen jetzt ein Gefühl, das nicht Liebe ist, das jedoch bei einer liebenden Frau die Liebe vervollständigen müßte. Ich weiß nicht, ob diese Zärtlichkeit, diese von allem Eigennutz freie Dankbarkeit nicht über die Liebe hinausgeht. Nach allem, was Du mir darüber geschrieben hast, liebes Herzlein, wohnt der Liebe etwas abscheulich Irdisches inne, wogegen irgend etwas Frommes und Göttliches in der Zuneigung ist, die eine glückliche Mutter dem entgegenbringt, von dem diese langen, diese ewigen Freuden ausgehen. Die Freude einer Mutter ist ein Licht, das bis in die Zukunft hineinstrahlt und sie ihr erhellt, aber das sich auch auf der Vergangenheit spiegelt, um ihr den Zauber der Erinnerungen zu leihen.

Übrigens haben der alte l'Estorade und sein Sohn ihre Güte mir gegenüber verdoppelt, ich bin für sie ein ganz neuer Mensch geworden: ihre Worte, ihre Blicke gehen mir zu Herzen, denn sie feiern mich jedesmal von neuem, wenn sie mich erblicken und zu mir sprechen. Der alte Großvater wird zum Kinde, glaube ich; er schaut mich bewundernd an. Als ich das erstemal zum Frühstück hinunterkam und er mich essen sah, während ich gleichzeitig seinem Enkel die Brust gab, hat er geweint. Diese Tränen in seinen trockenen Augen, in denen kaum etwas anderes aufglänzt als Gedanken an Geld, haben mir unaussprechlich wohlgetan; mir war, als verstehe der alte Herr meine Freuden. Was nun Louis betrifft, so erzählte er am liebsten den Bäumen und den Steinen der Landstraße, er habe einen Sohn. Er bringt ganze Stunden damit hin, Dein schlafendes Patenkind anzuschauen. Er wisse nicht, sagt er, wann er sich daran gewöhnt habe. Diese übermäßigen Freudenbezeigungen haben mir enthüllt, in welchem Maße sie sich geängstigt und gefürchtet haben. Louis hat mir schließlich gestanden, er habe an sich selbst gezweifelt und sich dazu verurteilt geglaubt, nie Kinder zu haben. Mein guter Louis hat sich plötzlich zum Besseren verändert, er studiert noch eifriger als zuvor. Das Kind hat den Ehrgeiz des Vaters verdoppelt. Und ich, liebe Seele, ich werde von Minute zu Minute glücklicher. Jede Stunde schafft ein neues Band zwischen einer Mutter und ihrem Kinde. Was ich in mir verspüre, beweist, daß dieses Gefühl unvergänglich, natürlich, immer gegenwärtig ist, während ich beispielsweise von der Liebe vermute, daß es in ihr Unterbrechungen gibt. Man liebt nicht in einem fort auf dieselbe Weise, man stickt auf diesen Lebensstoff nicht Blumen, die immerfort leuchten, kurzum: die Liebe kann und muß enden; das Muttergefühl hingegen hat keine Minderung zu befürchten, es wächst mit den Bedürfnissen des Kindes, es entwickelt sich mit ihm. Ist es nicht gleichzeitig eine Leidenschaft, ein Verlangen, ein Gefühl, eine Pflicht, eine Notwendigkeit, dieses Glück? Ja, Herzlein, darin beruht das besondere Leben der Frau. Unser Durst nach Hingabe findet darin Stillung, und wir stoßen darin nicht auf die Wirrnisse der Eifersucht. Daher liegt vielleicht für uns hier der einzige Punkt, wo Natur und Gesellschaft miteinander einig sind. Hier ergibt es sich, daß die Gesellschaft die Natur bereichert hat, sie hat das Muttergefühl gesteigert durch den Familiensinn, durch die Fortdauer des Namens, des Bluts, des Vermögens. Mit welcher Liebe muß eine Frau nicht das geliebte Wesen umgeben, das ihr als erstes solcherlei Freuden bekannt machte, das ihr die Kräfte ihrer Seele zu entfalten half und sie die große Kunst der Mutterschaft lehrte? Das Recht der Erstgeburt, das im Altertum mit dem Daseinsrecht der Welt verbunden war und mit dem Ursprung der Gesellschaft zu tun hat, sollte, so scheint es mir, unangetastet bleiben. Ach, wie vielerlei Dinge lehrt ein Kind seine Mutter. Es gibt so viele Gelübde zwischen uns und der Tugend in diesem beständigen Schutz, den man einem schwachen Wesen schuldet, so daß die Frau sich nur dann in ihrem wahren Element befindet, wenn sie Mutter ist; nur dann entfaltet sie ihre Kräfte, erfüllt sie die Pflichten ihres Lebens und schöpft daraus alles Glück und alle Freuden. Eine Frau, die nicht Mutter ist, ist ein unvollkommenes und verfehltes Wesen. Beeil Dich, Mutter zu werden, mein Engel! Dann vervielfachst Du Dein gegenwärtiges Glück durch alle Lust, wie ich sie jetzt erlebe.

23.

Ich habe Dich verlassen, weil ich Deinen Herrn Patensohn schreien hörte; ich höre dieses Schreien, auch wenn ich ganz hinten im Park bin. Ich will diesen Brief nicht ohne ein Abschiedswort für Dich hinausgehen lassen; ich habe ihn eben nochmals durchgelesen und bin erschrocken über die sentimentalen Banalitäten, die er enthält. Was ich fühle, ach, das haben, so scheint es mir, alle Mütter gleich mir empfunden und wohl auch auf die gleiche Weise ausgedrückt; Du wirst Dich über mich lustig machen, wie man sich über die Naivität aller Väter lustig macht, die einem etwas von der Klugheit und Schönheit ihrer Kinder vor-

reden, weil sie immer etwas Besonderes an ihnen finden. Kurz und
gut, liebes Herzlein, das Wichtigste dieses Briefes ist das Folgende,
ich sage es Dir noch einmal: ich bin jetzt so glücklich, wie ich zuvor unglücklich war. Die Bastide hier, aus der übrigens ein Land-
sitz, ein Majorat werden wird, ist für mich das gelobte Land. Ich
habe endlich meine Wüste durchquert. Tausenderlei Liebes, Herzlein. Schreib mir, jetzt kann ich, ohne zu schluchzen, die Schilde-
rungen Deines Glücks und Deiner Liebe lesen. Leb wohl.

XXXII

Madame de Macumer an Madame de l'Estorade

März 1826

Wie, Liebste? Jetzt ist es drei Monate her, seit ich Dir nicht
geschrieben und keinen Brief von Dir bekommen habe . . . Ich
bin die schuldigere von uns beiden, ich habe Dir nicht geantwortet; aber ich weiß ja: Du bist nicht empfindlich. Dein
Stillschweigen ist von Macumer und mir als Zustimmung für
das Service mit dem Amorettenschmuck aufgefaßt worden, und
diese hübschen Dinge gehen heute vormittag nach Marseille ab;
die Künstler haben für die Ausführung ein halbes Jahr gebraucht. Daher bin ich schleunigst aus dem Bett gehüpft, als Felipe mir vorschlug, mir das Service anzuschauen, ehe der Juwe-
lier es einpackte. Da habe ich denn plötzlich daran denken müssen, daß wir seit dem Brief, durch den ich mich mit Dir Mutter
fühlte, einander nicht geschrieben haben.

Mein Engel, das schreckliche Paris, das ist meine Entschuldigung; ich erwarte nun die Deine. Ach, die Gesellschaft, welch ein
Schlund ist die! Habe ich Dir nicht schon geschrieben, daß einem
in Paris nichts übrigbleibt, als Pariserin zu werden? Hier zerbricht die Gesellschaft alle Gefühle, sie nimmt einem alle Stunden, sie würde einem das Herz verschlingen, wenn man nicht
Obacht gäbe. Welch ein erstaunliches Meisterwerk ist doch die
Gestalt der Célimène in Molières ›Misanthrope‹! Das ist die
Weltdame aus dem Zeitalter Ludwigs XIV. wie aus unserer Zeit,
mit einem Wort: die Weltdame aller Zeiten. Wohin käme ich

ohne meine Ägide, meinen Schutzschild, ohne meine Liebe zu Felipe? Deshalb habe ich heute morgen, als dies alles mir durch den Kopf ging, zu ihm gesagt, er sei mein Retter. Zwar sind meine Abende ausgefüllt mit Festen, mit Bällen, mit Konzerten und Theaterbesuchen; aber nach der Heimkehr verfalle ich wieder den Freuden der Liebe und ihren Tollheiten, die mir das Herz weit machen, die ihm die Wunden auslöschen, die Welt und Gesellschaft ihm gebissen haben. Ich habe immer nur an den Tagen daheim zu Abend gegessen, an denen wir Leute bei uns hatten, die man als Freunde bezeichnet, und nur an meinen Empfangstagen bin ich zu Hause geblieben. Mein Empfangstag ist der Mittwoch. Ich wetteifere mit Madame d'Espard und Madame de Maufrigneuse, mit der alten Herzogin von Lenoncourt. Mein Haus gilt als amüsant. Ich habe mich in Mode gebracht, als ich merkte, daß meine Erfolge meinen Felipe beglücken. Ihm gehören die Vormittage; denn von vier Uhr nachmittags bis zwei Uhr morgens gehöre ich Paris an. Macumer ist ein wunderbarer Hausherr; er ist so geistreich und so ernsthaft, so wahrhaft groß und von einer so vollkommenen Liebenswürdigkeit, daß er auch die Liebe einer Frau gewänne, die ihn zunächst nur aus Vernunft geheiratet hätte. Meine Eltern sind nach Madrid gereist; nach dem Tode Ludwigs XVIII. hat die Herzogin mit Leichtigkeit von unserem guten Karl X. die Ernennung ihres charmanten Dichters erlangt, den sie in seiner Eigenschaft als Attaché mitgenommen hat. Mein Bruder, der Herzog de Rhétoré, geruht, mich als eine Art Superiorin zu betrachten. Was nun den Grafen de Chaulieu betrifft, diesen Offizier aus Liebhaberei, so schuldet er mir ewige Dankbarkeit: vor der Abreise meines Vaters ist mein Vermögen dazu verwandt worden, ihm ein aus Grundbesitz bestehendes Majorat mit vierzigtausend Francs Einkünften zu verschaffen, und seine Eheschließung mit Mademoiselle de Mortsauf, einer Erbin aus der Touraine, ist glücklich in die Wege geleitet worden. Um Namen und Titel der Häuser Lenoncourt und Givry nicht erlöschen zu lassen, will der König durch einen Erlaß Namen, Titel und Wappen der Lenoncourt-Givry auf meinen Bruder übertragen. Wie hätte man auch die beiden schönen Wappen und die herrliche Devise ›Faciem semper monstramus!‹[47] untergehen lassen können! Mademoiselle de Mortsauf, Enkelin und einzige Erbin des Herzogs von Lenoncourt-Givry, verfügt, wie es heißt, über mehr als hunderttausend Francs Einkünfte. Mein Vater hat lediglich darum gebeten, daß das Wappen der Chaulieu über dem der Lenoncourt zu stehen kommt. So wird denn also mein Bruder Herzog von Lenoncourt. Der junge Mortsauf, an den dies alles hätte fallen müssen, liegt im letzten Stadium der Schwindsucht darnieder; sein Tod steht stündlich zu erwarten. Nächsten Winter, nach Ablauf der Trauerzeit, soll die Hochzeit stattfinden. Ich bekomme, so heißt es, in Madeleine de Mortsauf eine ganz reizende Schwägerin. So hat denn also, wie Du siehst, mein Vater mit seinen Überlegungen recht gehabt. Dieses Ergebnis hat mir die Bewunderung vieler Leute eingetragen, und meine Heirat wird begreiflich gefunden. Aus Anhänglichkeit an meine Großmutter singt der Fürst von Talleyrand überall Macumers Lob, und so ist unser Erfolg vollkommen. Nachdem die Gesellschaft anfangs mancherlei an mir zu tadeln hatte, finde ich jetzt viel Billigung. Endlich spiele ich eine Herrscherinnenrolle in Paris, wo ich vor bald zwei Jahren so wenig bedeutete. Macumer sieht sich von jedermann um sein Glück beneidet; denn ich gelte als ›die geistreichste Frau von Paris‹. Du mußt aber wissen, daß es in Paris an die zwanzig ›geistreichste Frauen von Paris‹ gibt. Die Männer umgurren mich mit Liebesphrasen oder begnügen sich damit, ihren Gefühlen durch begehrliche Blicke Ausdruck zu geben. Wirklich, dieses Zusammenwirken von Begierde und Bewunderung vermittelt einem eine so beständige Befriedigung der Eitelkeit, daß ich jetzt den übertriebenen Aufwand verstehe, den die Frauen betreiben, um in den Genuß dieser armseligen, vergänglichen Vorteile zu gelangen. Solcherlei Triumphe berauschen den Hochmut, die Eitelkeit, das Selbstgefühl, kurzum: sämtliche Ich-Gefühle. Dieses unaufhörliche Vergöttertwerden macht so heftig trunken, daß ich mich nicht mehr wundere, zu erleben, wie die Frauen egoistisch, vergeßlich und leichtfertig werden inmitten dieses festlichen Getriebes. Das Gesellschaftsleben steigt uns zu Kopfe. Man vergeudet die Blüten seines Geistes und seiner Seele, seine kostbarste Zeit, seine großherzigsten Bemühungen an Leute, die uns mit Eifersucht und Lächeln bezahlen, die uns das Falschgeld ihrer Phrasen, ihrer Komplimente und Schmeicheleien gegen das

Gold unseres Muts, unserer Opfer eintauschen, unserer Bemühungen, schön, gut gekleidet, geistvoll und allen angenehm zu sein. Man weiß, wie teuer einen solch ein Handel zu stehen kommt, man weiß, daß man übers Ohr gehauen wird; und dennoch läßt man allem seinen Lauf. Ach, mein schönes Rehlein, wie dürstet einen da nach einem Freundesherzen, wie kostbar werden einem da Felipes Liebe und Ergebenheit! Wie lieb habe ich Dich! Mit welchem Glücksgefühl trifft man seine Reisevorbereitungen, um sich auf Chantepleurs von den Komödien der Rue du Bac und aller Pariser Salons auszuruhen! Mit einem Wort: ich, die ich soeben Deinen letzten Brief nochmals gelesen, habe Dir dieses höllische Paradies Paris geschildert und Dir damit gesagt, daß es für eine Weltdame etwas Unmögliches ist, Mutter zu sein.

Auf bald, Liebste; wir werden höchstens eine Woche auf Chantepleurs bleiben und um den 10. Mai bei Dir eintreffen. Jetzt werden wir einander also nach länger denn zwei Jahren wiedersehen. Wie anders ist alles geworden! Nun sind wir zwei Frauen: ich die glücklichste aller Geliebten, Du die glücklichste aller Mütter. Wenn ich Dir auch nicht geschrieben habe, mein Liebstes, so habe ich Dich doch nicht vergessen. Und mein Patenkind, dies Äffchen, ist doch sicherlich noch immer hübsch? Macht es mir Ehre? Es muß jetzt schon gut und gern über neun Monate alt sein. Wie gern wäre ich dabei, wenn es die ersten Schritte in Welt und Leben tut; aber Macumer hat mir gesagt, daß sogar frühreife Kinder kaum mit zehn Monaten zu laufen anfangen. Wir werden also wie in Blois Sabberlätzchen anfertigen. Ich werde sehen, ob, wie es heißt, ein Kind einem die Figur verdirbt.

P. S. Wenn Du mir antwortest, Du reizendste aller Mütter, so adressiere Deinen Brief nach Chantepleurs, ich reise ab.

XXXIII

Madame de l'Estorade an Madame de Macumer

Ja, mein Kind, wenn Du jemals Mutter wirst, dann wirst Du wissen, ob man während der beiden ersten Monate des Stillens schreiben kann. Mary, meine englische Bonne, und ich sind immerfort auf dem Posten. Freilich, ich habe Dir nicht geschrieben, daß ich Wert darauf lege, alles selber zu erledigen. Schon vor der Niederkunft habe ich mit eigener Hand die Babywäsche genäht und gestickt und selber die Häubchen garniert. Ich bin Sklavin, mein Herzlein, Sklavin bei Tag und bei Nacht. Und zudem trinkt Armand-Louis, wann er will, und er will immer; alsdann muß er so oft umgebettet, gewaschen, umgezogen werden; seine Mutter mag ihn so gern schlafen sehen, ihm Liedchen vorsingen, ihn bei gutem Wetter auf dem Arm spazierentragen, daß ihr keine Zeit bleibt, an sich selber zu denken. Kurzum: Du hattest das Leben in der Gesellschaft, ich hatte mein Kind, unser Kind! Welch ein reiches, volles Leben ist das! Ach, Liebste, ich erwarte Dich, Du wirst schon sehen! Aber ich fürchte, daß das Zahnen einsetzt und daß Du ihn zum Schreien aufgelegt und weinerlich vorfindest. Bis jetzt hat er nur selten geschrien, denn ich bin ja immer da. Kinder schreien lediglich, wenn sie etwas brauchen, das man nicht zu erraten vermag, und ich bin stets auf der Fährte seiner Wünsche. O mein Engel, um wieviel größer ist mein Herz geworden, während Du das Deine zusammenschnüren mußtest im Dienst der Gesellschaft! Ich erwarte Dich mit der Ungeduld einer einsam Lebenden. Ich will wissen, was Du von l'Estorade denkst, wie Du sicherlich wissen möchtest, was ich von Macumer halte. Schreib mir von Deiner letzten Übernachtungsstation aus. Meine Männer möchten unseren erlauchten Gästen entgegenfahren. Komm, Königin von Paris, komm in unsere arme Bastide, wo Du geliebt werden wirst!

XXXIV

Madame de Macumer an die Vicomtesse de l'Estorade.

April 1826

Die Art, wie ich meinen Brief adressierte, wird Dir bereits den Erfolg meiner Gesuche verkündet haben. Jetzt ist Dein Schwiegervater Graf de l'Estorade. Ich habe Paris nicht verlassen wollen, ohne daß Du erfahren hättest, daß Dir zuteil geworden ist,

was Du wünschtest, und ich schreibe Dir im Dabeisein des Siegel-
bewahrers, der gekommen ist und mir gesagt hat, der Erlaß sei
unterzeichnet.

Auf bald!

XXXV

Madame de Macumer an die Vicomtesse de l'Estorade

Marseille, Juli

Meine jähe Abreise muß Dich verblüfft haben, ich schäme mich
ihrer; aber ich bin vor allen Dingen wahrhaftig und habe Dich
genauso lieb wie zuvor, und so will ich Dir ohne Umschweif in
vier Worten alles sagen: ich bin entsetzlich eifersüchtig. Felipe
hat Dich zuviel angesehen. Ihr beiden hattet am Fuß Deines
Felsens kleine Gespräche, die für mich eine Folterqual waren,
mich schlecht machten und meinen Charakter veränderten. Deine
wirklich spanische Schönheit mußte ihn an seine Heimat und
jene Maria Heredia erinnern, auf die ich eifersüchtig bin, denn
in mir ist auch Eifersucht auf das Vergangene. Dein wundervol-
les schwarzes Haar, Deine schönen braunen Augen, die Stirn,
darauf die Freuden der Mutterschaft die beredten Schmerzen
überstandener Leiden noch deutlicher hervorhoben, Leiden, die
wie die Schatten eines strahlenden Lichtes sind; die Frische Deiner südlichen Haut, die weißer ist als meine blonde Blässe; die
Üppigkeit der Formen, die Brüste, die in den Spitzen schimmern wie köstliche Früchte, über die mein Patenkind sich beugt,
all das hat mir Auge und Herz verwundet. Ich mochte mir Korn-
blumen in mein volles Haar stecken, soviel ich wollte, ich mochte
die Fadheit meiner blonden Flechten durch kirschrote Bänder
beleben: all das verblaßte vor einer Renée, die so in der Oase
La Crampade vorzufinden ich nicht gewärtig war.

Felipe beneidete Dich allzusehr um das Kind, so daß ich begann, es zu hassen. Ja, das herausfordernde Leben, das Dein
Haus erfüllt, das es belebt, das darin schreit, darin lacht, das
hatte ich für mich haben wollen. Ich habe in Macumers Augen
Bedauern gelesen, ich habe deswegen zwei Nächte lang geweint

156

ohne sein Wissen. Ich durchlitt in Deinem Haus Qualen. Du bist eine zu schöne Frau und eine zu glückliche Mutter, als daß ich bei Dir hätte bleiben können. O Du Heuchlerin, und Du hast geklagt und gejammert! Zudem ist Dein l'Estorade tadellos, er plaudert angenehm; sein meliertes Haar wirkt hübsch; er hat schöne Augen, und seine südliche Art hat jenes gewisse Etwas, das gefällt. Nach allem, was ich in Erfahrung gebracht habe, wird er früher oder später Abgeordneter des Départements Bouches-du-Rhône werden; er kann seines Weges in der Kammer gewiß sein, denn in allem, was Ihr anstrebt, stehe ich Euch nach wie vor zur Verfügung. Die Nöte des Exils haben ihm den ruhigen, gesetzten Ausdruck verliehen, der mir der halbe Erfolg im politischen Leben zu sein scheint. Für mich, Liebste, besteht die Politik darin, ernst und verläßlich zu wirken. Deswegen habe ich auch bereits zu Macumer gesagt, er müsse das Zeug zu einem großen Staatsmann haben.

Kurz und gut, nachdem mir die Gewißheit Deines Glücks geworden ist, fahre ich mit vollen Segeln und zufrieden zurück nach meinem lieben Chantepleurs, wo Felipe es in die Wege leiten muß, Vater zu werden; ich will Dich nämlich dort erst empfangen, wenn ich ein schönes Kind an der Brust habe, ein dem Deinen ähnliches. Ich verdiene alle Bezeichnungen, die Du mir geben könntest: ich bin albern, gemein, hirnlos. Ach ja, das alles ist man, wenn man eifersüchtig ist. Ich bin Dir nicht böse, aber ich habe gelitten, und Du wirst mir verzeihen, daß ich mich solcherlei Leiden entzogen habe. Noch zwei Tage länger, und ich hätte etwas Dummes begangen. Ja, eine Geschmacklosigkeit. Trotz den Wutanfällen, die mir das Herz zerbissen, bin ich glücklich, zu Dir gekommen zu sein, glücklich, Dich als eine so schöne, fruchtbare Mutter gesehen zu haben, und dabei inmitten Deiner Mutterfreuden nach wie vor als meine Freundin, wie ich inmitten meiner Liebesfreuden immer die Deine bleibe. Sieh, hier in Marseille, nur ein paar Schritte von Euch entfernt, bin ich schon wieder stolz auf Dich, stolz auf die Stammutter einer großen Familie, die Du einmal sein wirst. Wie instinktsicher hast Du Deine Berufung erraten! Denn Du scheinst mir dazu geboren, mehr Mutter als Geliebte zu sein, gerade wie ich mehr für die Liebe als für die Mutterschaft geboren bin. Gewisse Frauen können weder Mutter noch Geliebte sein; sie sind entweder zu häßlich oder zu dumm. Eine gute Mutter und eine gute Gattin, die zugleich Geliebte ist, muß in jedem Augenblick Geist und Urteilsfähigkeit haben und sich bei jeder Gelegenheit darauf verstehen, die erlesensten Eigenschaften der Frau zu entfalten. Oh, ich habe Dich gut beobachtet, und heißt das nicht, Liebste, daß ich Dich bewundert habe? Ja, Deine Kinder werden glücklich und wohlerzogen sein, die Ausstrahlungen Deiner Zärtlichkeit werden sie umgeben, das Leuchten Deiner Seele wird sie umschmeicheln.

Sag Deinem Louis die Wahrheit über meine Abreise, aber färbe sie mit würdigen Vorwänden für Deinen Schwiegervater, der Euer Oberaufseher zu sein scheint, und vor allem für Deine Familie, eine wahre Familie Harlowe[48], freilich eine von provenzalischem Geist durchtränkte. Felipe weiß nicht, warum ich abgereist bin; er soll es nie erfahren. Wenn er danach fragt, werde ich ihm schon irgendeinen Vorwand zu erfinden wissen. Wahrscheinlich sage ich ihm, Du seist eifersüchtig auf mich gewesen. Räume mir für diese kleine offiziöse Lüge Kredit ein. Leb wohl, ich schreibe Dir in aller Hast, damit Du diesen Brief zur Stunde des Mittagessens bekommst; der Postillion, der es übernommen hat, ihn Dir zu bringen, ist schon da, trinkt und wartet. Gib meinem lieben Patenkindchen einen Kuß von mir. Komm im Oktober nach Chantepleurs, ich bin dort allein während der ganzen Zeit, die Macumer auf Sardinien verbringen wird; er will auf seinen Besitzungen große Veränderungen vornehmen. Das plant er wenigstens für den Augenblick, und er ist sehr stolz darauf, eigene Pläne zu hegen; er glaubt sich unabhängig; daher ist er stets ein wenig ängstlich, wenn er sie mir mitteilt. Leb wohl!

XXXVI

Die Vicomtesse de l'Estorade an die Baronin de Macumer

Liebste, unser aller Erstaunen war unaussprechlich, als uns beim Frühstück gesagt wurde, Ihr seiet abgereist, zumal als der Postillion, der Euch nach Marseille gefahren, mir Deinen tollen

Brief überbracht hatte. Dabei, Du Böse, handelte es sich bei jenen Gesprächen am Fuß des Felsens auf der Louisenbank einzig und allein um Dein Glück, und es war sehr unrecht von Dir, deswegen eifersüchtig zu sein. Ingrata[49]! Ich verurteile Dich dazu, auf meinen ersten Ruf hin nach hier zurückzukehren. In jenem abscheulichen, auf Gasthauspapier gekritzelten Brief hast Du mir nicht mal geschrieben, wo Du Station machst; also bleibt mir nichts anderes übrig, als meine Antwort nach Chantepleurs zu schicken.

Hör mich an, liebe Wahlschwester, und vernimm vor allem, daß ich Dich glücklich wissen will. Dein Mann, Louise, besitzt eine Seelen- und Gedankentiefe, die gleich eindrucksvoll sind wie sein angeborener Ernst und seine noble Haltung; überdies spricht aus seiner so geistvollen Häßlichkeit, aus seinem samtigen Blick eine wahrhaft majestätische Macht; ich habe somit einiger Zeit bedurft, bis ich zu jener Vertrautheit gelangte, ohne die ein tieferes Eingehen schwierig zu bewerkstelligen ist. Kurzum: jener Mann ist Premierminister gewesen, und er betet Dich an, wie er Gott anbetet: also bedurfte es einer tiefen Verstellung; um Geheimnisse aus den Tiefen dieses Diplomaten zu fischen, unter den Klippen seines Herzens, mußte ich ebensoviel Geschicklichkeit wie List bezeigen; indessen ist es mir gelungen, ohne daß unser Mann es geahnt hat, vielerlei Dinge zu entdecken, von denen Du, mein Herzlein, nichts ahnst. Von uns beiden verkörpere ich ein wenig die Vernunft wie Du die Phantasie; ich bin die ernste Pflicht wie Du die tollköpfige Liebesgottheit. Diesen Wesensgegensatz, der zunächst nur für uns beide bestand, den hat das launische Schicksal in unser beider Ergehen weitergeführt. Ich bin eine schlichte, ländliche Vicomtesse mit außerordentlichem Ehrgeiz, die ihre Familie zu gedeihlichem Wohlstand führen muß; während alle Welt weiß, daß Macumer Exherzog von Soria ist, und daß Du, rechtmäßige Herzogin, in Paris eine Herrscherinnenrolle spielst, in Paris, wo für jeden, wer es auch sein möge, sogar für die Könige, das Regieren etwas Schwieriges ist. Du besitzt ein schönes Vermögen, das Macumer verdoppeln wird, wenn er seine Nutzungspläne für seine riesigen Besitzungen auf Sardinien durchführt, deren Ertragsmöglichkeiten in Marseille wohlbekannt sind. Gestehe also, daß, wenn eine von uns Grund zu Neid und Eifersucht gehabt hätte, ich es gewesen wäre. Aber wir wollen Gott dankbar sein dafür, daß wir beide ein hochgemutes Herz haben, so daß unsere Freundschaft über vulgäre Kleinlichkeiten erhaben ist. Ich kenne Dich: Du schämst Dich bereits, daß Du von mir weggefahren bist. Trotz Deiner Flucht soll Dir kein einziges der Worte erspart bleiben, die ich Dir heute unter dem Felsen hatte sagen wollen. Lies diesen Brief also aufmerksam, ich bitte Dich inständig darum, denn es handelt sich weit mehr um Dich als um Macumer, obwohl auch er in dem, was ich zu sagen habe, sein Teil abbekommt. Zunächst, mein Herzlein: Du liebst ihn nicht wahrhaft. Ehe zwei Jahre um sind, wirst Du dieser Anbetung müde sein. Du wirst in Felipe nie einen Ehemann sehen, sondern einen Liebhaber, mit dem Du unbesorgt spielen kannst, wie alle Frauen es mit ihren Liebhabern tun. Nein, er imponiert Dir nicht, Du empfindest für ihn nicht die tiefe Achtung, die von Furcht durchdrungene Zärtlichkeit, wie eine wahrhaft Liebende sie für den empfindet, in dem sie einen Gott erblickt. Oh, ich habe mich gründlich mit der Liebe befaßt, mein Engel, und ich habe mehr als einmal die Sonde in die Abgründe meines Herzens gesenkt. Nachdem ich Dich genau geprüft habe, kann ich es Dir sagen: Du liebst nicht wahrhaft. Ja, liebe Königin von Paris, wie alle Königinnen möchtest Du als Grisette behandelt, möchtest Du von einem starken Mann beherrscht und hingerissen werden, der, anstatt Dich zu vergöttern, sich darauf versteht, Dir den Arm zu verletzen, wenn er ihn bei einer Eifersuchtsszene packt. Macumer liebt Dich viel zu sehr, um Dir jemals irgend etwas vorzuwerfen oder Dir zu widerstreben. Ein einziger Blick von Dir, ein einziges Deiner betörenden Worte bringt die stärkste seiner Willensäußerungen zum Schmelzen. Früher oder später wirst Du ihn verachten, eben weil er Dich zu sehr liebt. Ach, er verwöhnt Dich, wie ich Dich verwöhnt habe, als wir noch im Kloster waren, denn Du bist eine der verführerischsten Frauen und eins der bezauberndsten Wesen, die sich denken lassen. Vor allem bist Du wahrhaftig, und häufig verlangen Welt und Gesellschaft zu unserm Besten Lügen, zu denen Du Dich nie herablassen wirst. So fordert die Gesellschaft, daß eine Frau die Herrschaft, die sie über ihren Mann ausübt, niemals offen zeigt. Konventionell gesprochen: ein

Ehemann darf ebensowenig als der Liebhaber seiner Frau erscheinen, wenn er sie als Liebhaber liebt, wie eine Gattin die Rolle einer Geliebten spielen darf. Nun aber verstoßt Ihr alle beide gegen dieses Gesetz. Mein Kind, was die Welt am wenigsten verzeiht, wenn ich sie nach dem beurteile, was Du mir über sie geschrieben hast, das ist das Glück; das muß man vor ihr verbergen; aber das ist noch das geringste. Es waltet zwischen Liebenden eine Gleichheit, wie sie meines Erachtens zwischen einer Frau und ihrem Mann nicht auftreten darf, ohne daß die gesellschaftliche Ordnung auf den Kopf gestellt wird und ohne daß nicht wieder gutzumachendes Unheil entsteht. Ein nichtiger Mann ist etwas Schreckliches; aber es gibt etwas noch Schlimmeres, und das ist ein in die Nichtigkeit hineingedrängter Mann. Binnen kurzem wirst Du Macumer zu nichts als einem Schatten seiner selbst herabgewürdigt haben: dann hat er keinen Willen mehr, ist nicht mehr er selber, sondern etwas Deinen Zwecken Angepaßtes; dann hast Du ihn Dir so gut angeglichen, daß, anstatt zweien, in Eurer Ehe nur noch ein Menschenwesen existiert, und dieses Wesen muß notwendigerweise unvollkommen sein; darunter wirst Du leiden, und wenn Du geruhst, die Dinge mit offenen Augen zu betrachten, gibt es für das Übel kein Heilmittel mehr. Wir mögen tun, was wir wollen, unser Geschlecht wird nie mit den Eigenschaften begabt sein, die den Mann auszeichnen; und jene Eigenschaften sind für die Familie mehr als notwendig, sie sind unentbehrlich. Trotz seiner Verblendung ist sich Macumer gegenwärtig der Zukunft halbwegs bewußt und fühlt sich durch seine Liebe verkleinert. Seine Reise nach Sardinien beweist mir, daß er durch diese kurzfristige Trennung versuchen will, sich wiederzufinden. Du zögerst nicht, die Macht auszuüben, die die Liebe Dir verleiht. Deine Oberherrschaft bekundet sich in einer Geste, einem Blick, in der Betonung eines Worts. Ach, Liebste, Du bist, wie Deine Mutter von Dir gesagt hat, eine tollgewordene Kurtisane. Freilich ist Dir der Beweis geworden, wie ich glaube, daß ich Louis beträchtlich überlegen bin; aber hast Du mich je dabei ertappt, daß ich ihm widerspreche? Bin ich nicht vor der Öffentlichkeit eine Frau, die ihm Respekt zollt, als sei er in der Familie der Machthaber? Heuchelei! wirst Du sagen. Nein, nein. Die Ratschläge, die ihm zu geben ich für nützlich halte, meine Meinungen, meine Ideen gebe ich ihm immer nur im Dunkel und in der Stille des Schlafzimmers; und ich kann Dir beschwören, mein Engel, daß ich sogar dann ihm gegenüber keinerlei Überlegenheit zur Schau trage. Wenn ich nicht insgeheim wie nach außen hin seine Frau bliebe, würde er nicht mehr an sich glauben. Liebste, die Vollkommenheit des Wohltuns besteht darin, sich so gänzlich auszulöschen, daß der Verpflichtete sich gegenüber dem, dem er verpflichtet ist, nicht minderwertig vorkommt; und diese verborgene Aufopferung schließt unendliche Wohlgefühle in sich ein. Daher rechne ich es mir zum Ruhm an, sogar Dich getäuscht zu haben; denn Du hast mir ja Komplimente über Louis gemacht. Gedeihliches Vorwärtskommen, Glück und Hoffnung haben ihn übrigens innerhalb zweier Jahre wiedergewinnen lassen, was Unglück, Nöte, Verlassenheit und Zweifel ihm geraubt hatten. Nach allem, was ich beobachtet habe, finde ich in diesem Augenblick, daß Du Felipe um Deinetwillen liebst, nicht jedoch um seinetwillen. Es liegt etwas Wahres in dem, was Dein Vater Dir sagte: Dein Egoismus als große Dame wird nur durch die Blumen Deines Liebesfrühlings getarnt. Ach, mein Kind, man muß Dich sehr liebhaben, um Dir so grausame Wahrheiten zu sagen. Laß mich Dir erzählen, unter der Bedingung, daß Du dem Baron nicht das geringste davon andeutest, wie eine unserer Unterhaltungen endete. Wir hatten Dein Lob in allen Tonarten gesungen, denn er hat nur zu gut gesehen, daß ich Dich liebhabe wie eine geliebte Schwester; und nachdem ich ihn, ohne daß er es gemerkt hätte, zu Geständnissen verleitet hatte, habe ich zu ihm gesagt: »Louise hat noch nicht mit dem Leben gekämpft; sie ist vom Schicksal wie ein Hätschelkind behandelt worden, und vielleicht würde sie unglücklich, wenn Sie sich nicht darauf verständen, für sie ein Vater zu sein, wie Sie ein Liebhaber sind.« – »Könnte ich das?« hat er gefragt. Er hat abgebrochen; er war wie einer, der den Abgrund gewahrt, dem er entgegenrollt. Jener Ausruf hat mir genügt. Wärst Du nicht abgereist, so hätte er mir ein paar Tage danach noch mehr gesagt.

Mein Engel, wenn dieser Mann einmal seine Kräfte eingebüßt hat, wenn er von Lust übersättigt ist, wenn er sich Dir gegenüber, ich will nicht sagen: entwürdigt, wohl aber in seiner Würde gekränkt fühlen sollte, dann werden die Vorwürfe, die sein Selbstbewußtsein ihm macht, Reue und Gewissensbisse in ihm erwecken, die auch für Dich schmerzlich sind, da Du Dich schuldig fühlen mußt. Das wird dann darauf hinauslaufen, daß Du den verachtest, den zu achten Du nie gewohnt gewesen bist. Bedenke das. Verachtung ist bei der Frau die erste Form, die der Haß annimmt. Da Du edlen Herzens bist, wirst Du Dich stets der Opfer entsinnen, die Felipe Dir gebracht hat; aber er hat Dir keine mehr darzubringen, nachdem er sich im ersten Festrausch gewissermaßen selber dargebracht hat, und wehe dem Mann und der Frau, die nichts mehr zu wünschen übriglassen! Damit ist alles gesagt. Es gereicht uns zur Schande oder zum Ruhm, daß ich über diesen heiklen Punkt nicht zu entscheiden vermag: aber wir sind wohl nur für den Mann anspruchsvoll, der uns liebt!

Ach, Louise, werde eine andere, noch ist es Zeit dazu. Du kannst, indem Du Dich Macumer gegenüber verhältst wie ich l'Estorade gegenüber, den Löwen hervorbrechen lassen, der sich in diesem wahrhaft höhergearteten Mann verbirgt. Man könnte meinen, Du wollest Dich an seiner Überlegenheit rächen. Würdest Du nicht stolz darauf sein, Deine Macht auf andere Weise auszuüben als zu Deinem Nutzen, aus einem großen Mann einen genialen Mann zu machen, so wie ich aus einem durchschnittlichen einen überlegenen Mann gemacht habe?

Auch wenn Du bei uns geblieben wärst, hätte ich Dir diesen Brief geschrieben, ich hätte Furcht vor Deinem Ungestüm und Deinem Geist bei einer Unterredung gehabt; doch nun weiß ich, daß Du über Deine Zukunft nachdenken wirst, wenn Du dieses liest. Liebe Seele, Du besitzt alles, um glücklich zu sein, verdirb Dir Dein Glück nicht und kehre im November nach Paris zurück. Die Pflichten und das Gefesseltsein durch die Gesellschaft, über die ich früher jammerte, sind notwendige Ablenkungen für Euer Dasein, das vielleicht ein wenig allzu intim ist. Eine verheiratete Frau muß ihr bißchen Koketterie haben. Eine Familienmutter, die nie Veranlassung gibt, ihre Gegenwart herbeizusehnen, indem sie sich immer daheim zeigt, läuft Gefahr, dort Übersättigung hervorzurufen. Wenn ich erst mehrere Kinder habe, was ich für mein Glück wünsche, schwöre ich Dir, daß ich, sobald sie in einem gewissen Alter sind, mir Stunden vorbehalten werde, in denen ich ganz allein bin; denn man muß sich bei jedermann wünschenswert machen, selbst bei seinen Kindern. Leb wohl, liebe Eifersüchtige! Weißt Du eigentlich, daß eine Durchschnittsfrau sich geschmeichelt fühlen würde, in Dir eine Regung der Eifersucht ausgelöst zu haben? Ach, ich kann darüber nur betrübt sein, denn in mir leben lediglich eine Mutter und eine aufrichtige Freundin. Tausend Grüße! Abschließend: tu, was Du willst, um Deine Abreise zu entschuldigen: wenn Du Deines Felipe nicht sicher bist – ich bin meines Louis sicher.

XXXVII

Die Baronin de Macumer an die Vicomtesse de l'Estorade

Genua

Liebe, Schöne, mich hat die Lust gepackt, mir Italien ein bißchen anzuschauen, und zu meiner Freude ist es mir gelungen, Macumer zu überreden; er hat seine Sardinien betreffenden Pläne verschoben.

Dies Land bezaubert und entzückt mich. Hier haben die Kirchen und zumal die Kapellen ein verliebtes und kokettes Aussehen, das eine Protestantin begierig machen müßte, katholisch zu werden. Macumer ist gefeiert worden, und man hat sich beglückwünscht, einen solchen Untertan gewonnen zu haben. Wenn ich es wünschte, bekäme Felipe die sardinische Gesandtschaft in Paris; denn der Hof bezeigt sich mir gegenüber äußerst liebenswürdig. Wenn Du mir schreibst, dann adressiere Deine Briefe nach Florenz. Ich habe nicht die Zeit, Dir alles bis ins einzelne zu schildern; bei Deinem ersten Verweilen in Paris will ich Dir von meiner Reise erzählen. Wir bleiben nur eine Woche hier. Dann fahren wir über Livorno nach Florenz, bleiben einen Monat in der Toskana und einen Monat in Neapel, so daß wir im November in Rom sein werden. Die Rückreise soll über Venedig gehen, wo wir die erste Dezemberhälfte verbringen wollen: dann reisen wir über Mailand und Turin nach Paris, wo wir den Januar über bleiben. Wir reisen wie ein Liebespaar: die Neuheit der Stätten erneuert unsern Liebesbund. Macumer hatte Italien noch nicht gekannt, und unsere Reise begann mit der herrlichen Landstraße La Corniche, die anmutet, als sei sie von Feen erbaut worden. Leb wohl, Liebste. Sei mir nicht böse, wenn ich nicht schreibe; ich habe unterwegs keinen Augenblick für mich selber; mir bleibt lediglich die Zeit zum Schauen, zum Fühlen und zum Auskosten meiner Eindrücke. Aber um Dir davon zu erzählen, will ich warten, bis sie die Tönung von Erinnerungen angenommen haben.

XXXVIII

Die Vicomtesse de l'Estorade an die Baronin de Macumer

September

Liebste, in Chantepleurs liegt für Dich eine ziemlich lange Antwort auf den Brief, den Du mir von Marseille aus geschrieben hast. Diese Reise, die Ihr als ein Liebespaar durchführt, ist so wenig angetan, die Befürchtungen zu beschwichtigen, denen ich in jenem Antwortbrief Ausdruck gab, daß ich Dich bitte, ins Nivernais zu schreiben, damit Dir mein Brief nachgesandt wird.

Das Ministerium hat, wie es heißt, beschlossen, die Kammer aufzulösen. Wenn das für die Krone ein Unglück bedeutet, welche die letzte Sitzung dieser ihr ergebenen Gesetzgebenden Versammlung dazu hätte benutzen sollen, die für die Festigung ihrer Macht notwendigen Gesetze zu erlassen, so nicht minder für uns: Louis wird erst Ende 1827 vierzig. Glücklicherweise wird mein Vater, der willens ist, sich zum Abgeordneten ernennen zu lassen, zum geeigneten Zeitpunkt zurücktreten.

Dein Patenjunge hat seine ersten Schritte ohne seine Patin gemacht; er ist übrigens ganz reizend und beginnt damit, mich mit kleinen, anmutigen Gesten zu bedenken, die mir sagen, daß er nicht mehr bloß ein saugender Organismus ist, ein tierhaftes Stück Leben, sondern eine Seele: sein Lächeln ist gedankenvoll. Ich bin in meiner Eigenschaft als Amme so begünstigt, daß ich unsern Armand im Dezember entwöhnen kann. Ein Jahr Muttermilch genügt. Kinder, die man zu lange stillt, werden dumm. Ich halte es mit dem Volksmund. Du mußt in Italien tolle Erfolge haben, Du schöne Blonde. Tausend Grüße.

XXXIX

Die Baronin de Macumer an die Vicomtesse de l'Estorade

Ich habe Deinen infamen Brief bekommen; mein Verwalter hat ihn mir auf meine Bitte hin von Chantepleurs nach hier gesandt. O Renée . . .! Aber ich will Dir alles ersparen, was mein Unwille mir eingeben könnte. Ich will Dir lediglich die Wirkungen schildern, die Dein Brief hervorgerufen hat. Nach der Rückkehr von einem bezaubernden Fest, das der Gesandte uns zu Ehren gegeben hat und wo Macumer abermals in eine Berauschtheit von mir verfallen ist, die ich Dir nicht zu schildern vermag, habe ich ihm Deine abscheuliche Antwort vorgelesen, unter Tränen habe ich sie ihm vorgelesen, auf die Gefahr hin, ihm häßlich zu erscheinen. Mein geliebter Abencerrage ist mir zu Füßen gefallen und hat Dich als eine Schwätzerin bezeichnet; er hat mich auf den Balkon des Palazzo geführt, in dem wir wohnen und von dem aus wir einen Teil von Rom überblicken: und dort ist das, was er sagte, des Anblicks würdig gewesen, der sich unseren Augen bot; es herrschte nämlich wundervoller Mondschein. Da wir bereits Italienisch können, ist seine Liebe, als er sie in dieser weichen, der Leidenschaft so günstigen Sprache ausdrückte, mir als erhaben erschienen. Er hat mir gesagt, selbst wenn Du eine Prophetin wärst, würde er eine glückliche Nacht oder eine unserer köstlichen Morgenstunden einem ganzen Leben vorziehen So gerechnet, habe er bereits tausend Jahre gelebt. Er wollte, ich solle seine Herrin und Geliebte bleiben, und er wünsche sich keinen andern Titel als den meines Liebhabers. Er sei so stolz und so glücklich, sich jeden Tag als bevorzugt zu empfinden, daß er, wenn Gott ihm erschiene und ihm die Wahl ließe zwischen noch dreißig Lebensjahren nach Deiner Doktrin, und dabei fünf Kinder zu haben, oder nur noch fünf Lebensjahren unter Beibehaltung unserer blühenden Liebesfreuden, so sei seine Wahl getroffen: er möchte lieber geliebt werden, wie ich ihn liebe, und sterben. Diese Beteuerungen hat er mir ins Ohr geflüstert, mein Kopf hat dabei an seiner Schulter gelehnt; wir sind in jener Minute durch die Schreie einer Fledermaus gestört worden, die ein

Kauz gepackt hatte. Dieser Todesschrei hat mich so grausam erschreckt, daß Felipe mich halb ohnmächtig auf mein Bett tragen mußte. Aber sei unbesorgt! Obwohl dieses Horoskop in meiner Seele nachhallte, fühle ich mich heute morgen wohl. Beim Aufstehen bin ich vor Felipe niedergekniet, und Auge in Auge mit ihm, seine Hände in den meinen, habe ich zu ihm gesagt: »Mein Engel, ich bin ein Kind, und Renée könnte recht haben: vielleicht liebe ich in dir nur die Liebe; aber du sollst wenigstens wissen, daß in meinem Herzen kein anderes Gefühl lebendig ist, und daß ich dich auf meine Weise liebe. Wenn nun aber in meiner Art, in den kleinsten Dingen meines Lebens und meiner Seele irgend etwas ist, das das Gegenteil dessen bildet, was du von mir wolltest oder dir von mir erhofftest, so sag es! Laß es mich erkennen! Es wird mir Freude bereiten, dich anzuhören und mich einzig durch das Licht deiner Augen leiten zu lassen. Renée erschreckt mich, sie hat mich so lieb!«

Macumer hat die Stimme versagt, er konnte mir nicht antworten, er zerschmolz in Tränen. Jetzt danke ich Dir, Renée; ich hatte nicht gewußt, wie sehr ich von meinem schönen, meinem königlichen Macumer geliebt werde. Rom ist eine Stadt, in der geliebt wird. Wenn man eine Leidenschaft hat, muß man dorthin gehen und sie auskosten: dann hat man die Künste und Gott als Helfershelfer. In Venedig werden wir mit dem Herzog und der Herzogin von Soria zusammentreffen. Wenn Du mir schreibst, dann schreib mir jetzt nach Paris, denn wir reisen in drei Tagen aus Rom ab. Das Fest beim Gesandten war ein Abschied.

P. S. Liebes Dummchen, Dein Brief zeigt nur zu gut, daß Du die Liebe nur in der Idee kennst. Vernimm also, daß die Liebe eine Kraft ist, deren sämtliche Auswirkungen so andersgeartet sind, daß keine wie auch immer beschaffene Theorie sie festzuhalten oder zu schulmeistern vermöchte. Dies für mein Doktorchen im Korsett.

XL

Die Gräfin de l'Estorade an die Baronin de Macumer

Januar 1827

Mein Vater ist ernannt worden, mein Schwiegervater gestorben, und ich stehe abermals vor einer Niederkunft; das sind die hervorstechenden Ereignisse vom Ende letzten Jahres. Ich teile sie Dir schon jetzt mit, damit der Eindruck, den mein schwarzes Siegel Dir machen dürfte, sogleich hinschwindet.

Mein Herzlein, Dein Brief aus Rom hat mich erzittern lassen. Ihr seid zwei Kinder. Felipe ist entweder ein Diplomat, der sich verstellt hat, oder ein Mann, der Dich liebt, wie er eine Kurtisane lieben würde, an die er sein Vermögen verschwendet, obwohl er vollauf weiß, daß sie ihn hintergeht. Und damit genug von alledem. Ihr haltet mich für eine Schwätzerin, und also will ich schweigen. Aber laß mich Dir sagen, daß ich bei der Betrachtung von unser beider Schicksalen zu einer grausamen Folgerung komme: Du willst geliebt werden? Dann liebe nicht.

Louis, Liebste, hat bei seiner Ernennung zum Mitglied des Staatsrats das Kreuz der Ehrenlegion erhalten. Da er jetzt schon bald drei Jahre lang dem Rat angehört, hat mein Vater, den Du während der Sitzungszeit sicherlich in Paris sehen wirst, für seinen Schwiegersohn um die Offiziersklasse gebeten; mach mir doch die Freude und werde bei dem Mamamuschi[50] vorstellig, der mit der Verleihung zu tun hat, und hab ein Auge auf diese kleine Angelegenheit. Im übrigen aber mische Dich nicht in die Angelegenheiten meines hochverehrten Vaters, des Grafen de Maucombe, der den Marquis-Titel erhalten möchte; bewahre Deine Gewogenheit für mich auf. Wenn Louis Abgeordneter ist, also im nächsten Winter, kommen wir nach Paris, und da wollen wir dann Himmel und Erde in Bewegung setzen, um ihm irgendeinen Generaldirektorsposten zu verschaffen, damit wir alle unsere Einkünfte sparen und von dem Gehalt leben können, das mit solch einer Anstellung verbunden ist. Mein Vater hat seinen Sitz zwischen der Mitte und der Rechten; er verlangt lediglich einen Titel; da unsere Familie schon unter König René[51] berühmt gewesen ist, wird König Karl X. keinen Maucombe abschlägig bescheiden; aber ich habe Angst, mein Vater könne sich einfallen lassen, um eine Gunst für meinen jüngeren Bruder einzukommen; wenn man ihm jedoch die Trauben des Marquis-Titels ein bißchen hoch hängt, kann er nicht anders als an sich selber denken.

15. Januar

Ach, Louise, ich entsteige der Hölle! Wenn ich den Mut aufbringe, Dir von meinen Leiden zu berichten, so geschieht das, weil Du mir mein zweites Ich zu sein scheinst. Noch weiß ich nicht, ob ich je wieder an diese fünf entsetzlichen Tage zurückdenken werde! Allein schon das Wort Krämpfe läßt mich bis zum Seelengrund erschauern. Nicht fünf Tage, nein, fünf Jahrhunderte der Schmerzen liegen hinter mir. Solange eine Mutter nicht dies Martyrium durchlitten hat, weiß sie nicht, was das Wort Leiden bedeutet. Du bist mir als glücklich erschienen, weil Du keine Kinder hast; ermiß daran, wie sehr ich von Sinnen war!

Am Vorabend des entsetzlichen Tages schien das drückende, fast heiße Wetter meinem kleinen Armand nicht bekommen zu sein. Er, der sonst so sanft und zärtlich ist, war mißgelaunt; er schrie um jede Kleinigkeit, er wollte spielen und zerbrach sein Spielzeug. Vielleicht kündigen sich bei Kindern alle Krankheiten durch Schwanken der Stimmung an. Dieses sonderbare Unartigsein ließ mich aufmerken; ich stellte bei Armand wechselnde Röte und Blässe fest, schrieb beides jedoch den vier großen Zähnen zu, die bei ihm gleichzeitig durchbrechen. Daher habe ich ihn zu mir ins Bett gelegt und bin alle paar Augenblicke wach geworden. Während der Nacht bekam er etwas Fieber, was mich nicht weiter beunruhigte; ich schrieb es noch immer den Zähnen zu. Gegen Morgen sagte er: »Mama!« und verlangte durch eine Geste zu trinken, aber mit einem Stimmklang, einem konvulsivischen Zucken in der Geste, daß mir das Blut gefror. Ich sprang aus dem Bett, um ihm Zuckerwasser zu bereiten. Stell Dir mein Entsetzen vor: als ich ihm die Tasse darbot, sah ich ihn keine Bewegung machen; er wiederholte bloß: »Mama«, mit einer Stimme, die nicht mehr seine Stimme, die überhaupt keine Stimme mehr war. Ich nahm seine Hand, aber sie gehorchte nicht mehr, sie versteifte sich. Da hielt ich ihm die Tasse an die Lippen; der arme Kleine trank auf eine erschreckende Weise, mit drei oder vier krampfhaften Schlucken, und das Wasser vollführte in seiner Kehle ein absonderliches Geräusch. Schließlich klammerte er sich verzweifelt an mich, und ich sah, wie seine Augen durch eine von innen wirkende Kraft verdreht und weiß wurden, seine Glieder verloren ihre Geschmeidigkeit. Ich stieß grausige Schreie aus. Louis kam. »Einen Arzt! Einen Arzt! Er stirbt!« schrie ich ihm entgegen. Louis verschwand, und mein armer kleiner Armand sagte immer wieder: »Mama! Mama!« und klammerte sich an mich. Das war der letzte Augenblick, da er wußte, er habe eine Mutter. Die hübschen Adern auf seiner Stirn schwollen an, und der Krampf hatte eingesetzt. Eine Stunde lang, bis die Ärzte kamen, hielt ich das sonst so lebhafte, weiße und rosa Kind, diese Blume, die meinen Stolz und meine Freude bildete, und es war steif wie ein Stück Holz, und diese Augen! Ich zittere, wenn ich daran zurückdenke. Schwarz, verengt, verkümmert, stumm – mein niedlicher Armand war zu einer Mumie geworden. Ein Arzt, zwei Ärzte, die Louis aus Marseille mitgebracht hatte, standen steifbeinig wie Unglücksvögel da; sie ließen mich erschauern. Der eine sprach von Gehirnfieber, der andere sah die Krämpfe als solche an, wie Kinder sie eben dann und wann haben. Unser Bezirksarzt schien mir noch der Vernünftigste zu sein, weil er nichts verschrieb. »Es sind die Zähne«, sagte der zweite. »Es ist ein Fieberanfall«, sagte der erste. Schließlich einigten sie sich dahingehend, daß Blutegel angesetzt und Eis auf den Kopf gelegt werden sollte. Mir war zumute, als müsse ich sterben. Dasitzen zu müssen, vor sich eine blauschwarze Leiche, kein Schrei, kein Sichregen, statt des so lauten und lebendigen Geschöpfchens! Einen Augenblick lang verwirrte sich mir der Kopf, ein nervöses Lachen stieg in mir auf, als ich den hübschen Hals, den ich so oft geküßt hatte, von den Blutegeln angesogen sah, und auf dem reizenden Kopf einen Eisbeutel. Liebste, sein hübsches Haar, das wir so sehr bewunderten und das Du gestreichelst hast, hat abgeschnitten werden müssen, damit der Eisbeutel aufgelegt werden konnte. Alle zehn Minuten, wie meine Geburtswehen, kamen die Krämpfe wieder, und der arme Kleine wand sich, bald blaß, bald violett.

Wenn seine sonst so biegsamen Glieder zusammenstießen, gab es einen Ton, als seien sie von Holz. Dieses fühllose Geschöpf hatte mich angelächelt, hatte mit mir gesprochen, hatte vor kurzem noch Mama! gerufen! Bei solcherlei Gedanken durchzuckten unendliche Schmerzen meine Seele und wühlten sie auf, wie Orkane das Meer aufwühlen, und ich spürte alle Bande beben, durch die ein Kind an unserm Herzen hängt. Meine Mutter, die vielleicht hätte helfen, raten oder trösten können, ist in Paris. Mütter kennen sich in diesen Krämpfen besser aus als Ärzte, glaube ich. Nach vier Tagen und vier Nächten zwischen auf und ab und Ängsten, die mich fast umbrachten, kamen die Ärzte überein, eine abscheuliche Salbe aufzustreichen, die Wunden verursachen sollte. Oh, Wunden meinem Armand, der vor fünf Tagen noch gespielt, der gelächelt, der versucht hatte, Patentante zu sagen! Ich habe mich dem widersetzt; ich wollte der Natur vertrauen. Louis hat mich ausgescholten, er glaubte an die Ärzte. Mann bleibt Mann. Aber bei dergleichen schrecklichen Krankheiten gibt es Augenblicke, wo sie die Form des Todes annehmen; und während eines jener Augenblicke erschien mir das von mir verabscheute Mittel als Armands Rettung. Ach, Louise, die Haut war so trocken, so rauh, so rissig, daß die Salbe nicht haftete. Da bin ich denn, über das Bett geneigt, so lange in Tränen zerschmolzen, daß das Kopfkissen ganz davon durchnäßt wurde. Die Ärzte, die aßen derweile! Nun ich mich allein sah, habe ich meinem Kind den ganzen Medizinkram abgenommen, habe es halb wahnsinnig in die Arme geschlossen, es an meine Brust gepreßt, meine Stirn an seine Stirn gelehnt und zu Gott gebetet, er möge ihm mein Leben schenken, wobei ich versuchte, es ihm einzuverleiben. So habe ich ihn ein paar Augenblicke gehalten und habe mit ihm sterben wollen, um weder im Leben noch im Tod von ihm getrennt zu sein. Liebste, und da habe ich gespürt, wie seine Glieder weich wurden; der Krampf hat nachgelassen, mein Kind hat sich bewegt, die unheilverkündenden, gräßlichen Farben sind verschwunden! Ich habe aufgeschrien, wie als er krank wurde, die Ärzte sind heraufgekommen, ich habe ihnen Armand gezeigt.

»Er wird wieder gesund!« hat der älteste der Ärzte gerufen. Oh, welch ein Wort! Welch ein Wohllaut! Die Himmel taten sich auf. Und wirklich, zwei Stunden später hat Armand sich erholt; ich jedoch war wie vernichtet; um nicht zu erkranken, hat es für mich des Balsams der Freude bedurft. O mein Gott, durch welche Schmerzen kettest du ein Kind an seine Mutter? Welche Nägel schlägst du ihr ins Herz, damit es daran hafte? War ich denn noch nicht zur Genüge Mutter gewesen, ich, die beim ersten Lallen und bei den ersten Schritten dieses Kindes vor Freude weinte? Ich, die es stundenlang beobachtete, um alle meine Pflichten richtig zu erfüllen und mich über die Aufgaben einer Mutter zu unterrichten? War es nötig, all dies Schreckliche zu verursachen, diese furchtbaren Bilder derjenigen darzubieten, die aus ihrem Kind ein Idol gemacht hatte? Nun ich Dir dieses schreibe, spielt unser Armand, und jauchzt und lacht. Seither bin ich bemüht, die Ursache dieser entsetzlichen Kinderkrankheit zu erkennen, wobei ich mir vergegenwärtige, daß ich in andern Umständen bin. Liegt es am Zahnen? Ist es ein besonderer Vorgang im Gehirn? Haben die Kinder, die an solchen Krämpfen leiden, einen Schaden im Nervensystem? Alle diese Grübeleien beunruhigen mich im gleichen Maß für die Gegenwart wie für die Zukunft. Unser Landarzt meint, es sei eine durch das Zahnen verursachte nervöse Störung. Ich gäbe alle meine Zähne hin, wenn dadurch die unseres kleinen Armand schon fertig wären. Wenn ich eine dieser weißen Perlen inmitten seines entzündeten Zahnfleischs hervorkommen sehe, bricht bei mir jetzt immer kalter Schweiß aus. Die Tapferkeit, mit der der liebe Engel leidet, zeigt mir, daß er ganz und gar meinen Charakter haben wird; er wirft mir herzzerreißende Blicke zu. Die Medizin weiß nicht allzuviel über die Ursachen dieser Art Starrkrampf, der ebenso schnell vergeht, wie er einsetzt, den man weder voraussehen noch heilen kann. Ich wiederhole Dir, es steht nur eines fest: sein Kind in diesen Krämpfen zu sehen, bedeutet für eine Mutter die Hölle. Mit welcher Wut küsse ich ihn jetzt! Wie lange halte ich ihn in meinen Armen, wenn ich ihn spazierentrage! Daß ich diese Schmerzen habe durchmachen müssen, wo ich doch in sechs Wochen abermals niederkommen muß, war eine schaurige Erschwerung des Martyriums; ich hatte schon Angst vor dem nächsten gehabt! Leb wohl, liebe, liebste Louise, wünsch Dir keine Kinder, das sei mein letztes Wort.

XLI

Die Baronin de Macumer an die Gräfin de l'Estorade

Paris

Armer Engel, Macumer und ich haben Dir Deine ›Gehässigkeiten‹
verziehen, als wir vernahmen, wie sehr Du gequält worden bist.
Es hat mich durchschauert, ich habe gelitten, als ich die Einzelheiten jener doppelten Qual las, und jetzt bin ich weniger bekümmert, nicht Mutter zu sein. Ich beeile mich, Dir zu vermelden, daß Louis ernannt worden ist; er kann fortan die Offiziers-
rosette tragen. Du hast Dir eine kleine Tochter gewünscht; wahrscheinlich wirst Du eine bekommen, glückliche Renée! Die Heirat
meines Bruders mit Mademoiselle de Mortsauf ist nach unserer
Rückkehr gefeiert worden. Unser reizender König, der wirklich
von wunderbarer Güte ist, hat meinem Bruder die Anwartschaft
auf die Würde des Ersten Kammerherrn verliehen, mit der sein
Schwiegervater bekleidet ist. »Die Würde soll mit den Titeln
vereinigt bleiben«, hat er zum Herzog von Lenoncourt-Givry
gesagt. Er hat lediglich bestimmt, das Wappen der Mortsauf
solle dem der Lenoncourt beigefügt werden.

Mein Vater hat hundertmal recht gehabt. Ohne mein Vermögen hätte nichts von alledem sich durchführen lassen. Meine Eltern sind um dieser Hochzeit willen von Madrid hergekommen
und kehren nach dem Fest, das ich den Jungvermählten morgen
gebe, nach dort zurück. Der Karneval wird überaus glanzvoll
werden. Der Herzog und die Herzogin von Soria sind in Paris;
ihre Anwesenheit macht mich ein bißchen besorgt. Maria Heredia ist ganz sicher eine der schönsten Frauen Europas; ich mag
die Art und Weise nicht, wie Felipe sie anschaut. Daher verdop-
pele ich meine Liebe und Zärtlichkeit. Sie hätte dich niemals so
geliebt! – das ist eine Formel, die auszusprechen ich mich sorglich hüte, aber die in allen meinen Blicken geschrieben steht, in
allen meinen Bewegungen. Weiß Gott, ich bin elegant und kokett. Gestern hat Madame de Maufrigneuse zu mir gesagt:
»Liebes Kind, vor Ihnen muß man die Waffen strecken.« Kurzum, ich amüsiere Felipe so sehr, daß ihm seine Schwägerin dumm
wie eine spanische Kuh vorkommen muß. Auch bedaure ich um

so weniger, keinen kleinen Abencerragen in die Welt zu setzen, als die Herzogin sicherlich in Paris niederkommen wird; sie dürfte entstellt wirken; wenn sie einen Jungen bekommt, soll er zu Ehren des Verbannten Felipe heißen. Ein boshafter Zufall bringt es also zuwege, daß ich abermals Patin werde. Leb wohl, Liebste. Ich gehe dieses Jahr beizeiten nach Chantepleurs, denn unsere Reise hat ungeheure Summen gekostet; Ende März werde ich von hier fortgehen, um danach äußerst sparsam im Nivernais zu leben. Überdies langweilt mich Paris. Felipe sehnt sich gleich mir seufzend nach der schönen Einsamkeit unseres Parks, nach unseren frischen Wiesen und unserer mit Sandbänken gesprenkelten Loire, der kein anderer Fluß ähnelt. Chantepleurs wird mir nach dem Pomp und eitlen Glanz Italiens köstlich vorkommen; denn letztlich ist jene Pracht langweilig, und der Blick eines Liebenden ist schöner als ein capo d'opera[52], als ein bel quadro[53]! Wir erwarten Dich dort, und ich werde nicht mehr eifersüchtig auf Dich sein. Du kannst nach Herzenslust das Innere meines Macumer erforschen, darin nach Widersprüchen angeln, Skrupel herausfischen: ich überlasse ihn Dir mit großartigem Vertrauen. Seit der Szene in Rom liebt Felipe mich noch mehr; gestern hat er mir gesagt (er schaut mir gerade über die Schulter), seine Schwägerin, die Maria seiner Jugend, seine ehemalige Verlobte, die Prinzessin Heredia, sein erster Traum, sei dumm. O Liebste, ich bin schlimmer als ein Mädchen von der Oper, diese Herabwürdigung hat mir Freude gemacht. Ich habe Felipe darauf hingewiesen, daß sie kein korrektes Französisch spricht; sie sagt »esempel«, »sain« für »cinq«, »cheu« statt »je«; mit einem Wort, sie ist schön, aber anmutlos, es fehlt ihr auch die leiseste Lebhaftigkeit des Geistes. Macht man ihr ein Kompliment, so schaut sie einen an wie eine Frau, die es nicht gewohnt ist, dergleichen zu empfangen. Bei der Beschaffenheit seines Charakters hätte er Maria schon nach den beiden ersten Ehemonaten den Rücken gekehrt. Der Herzog von Soria, Don Fernandez, paßt tadellos zu ihr; er ist großzügig, aber ein Hätschelkind, das sieht man. Ich könnte boshaft sein und Dich zum Lachen bringen; aber ich halte mich an die Wahrheit. Tausend Grüße, mein Engel.

XLII

Renée an Louise

Meine kleine Tochter ist jetzt zwei Monate alt; meine Mutter und ein alter Großonkel von Louis haben bei der Kleinen Pate gestanden; sie heißt Jeanne-Athénaïs.

Sobald ich kann, reise ich ab und besuche Euch auf Chantepleurs, da Ihr ja keine Angst vor einer Amme habt. Dein Patenjunge kann Deinen Namen sagen; er spricht ihn ›Matumer‹ aus! Er kann nämlich das c nicht anders bilden; Du wirst von ihm entzückt sein; er hat jetzt sämtliche Zähne; er ißt Fleisch wie ein großer Junge, er läuft und springt herum wie ein Wiesel; aber ich umgebe ihn stets mit besorgten Blicken, und es machte mich ganz verzweifelt, daß ich ihn nicht bei mir haben konnte während meines Wochenbetts, das – einiger besonderer Vorschriften der Ärzte wegen – länger als vierzig Tage Zimmeraufenthalt erforderte. Ach, mein Kind, an Niederkünfte kann man sich nun mal nicht gewöhnen! Dieselben Schmerzen und dieselben trüben Ahnungen kehren stets wieder. Indessen (zeig meinen Brief nicht Felipe) bin ich nicht ohne Verdienst am Äußeren dieses kleinen Mädchens, das vielleicht Deinen Armand einmal in Schatten stellt.

Mein Vater meinte, Felipe sei abgemagert, und mein liebes Herzlein ebenfalls ein wenig. Dabei sind doch der Herzog und die Herzogin von Soria abgereist; Du hast nicht den mindesten Grund zur Eifersucht mehr! Verbirgst Du mir irgendeinen Kummer? Dein Brief war nicht so lang und nicht so liebevoll gedacht wie die früheren. Ist das nur eine Laune meiner lieben Launischen?

Und nun ist es übergenug, meine Pflegerin schilt, daß ich Dir überhaupt geschrieben habe, und Mademoiselle Athénaïs de l'Estorade möchte speisen. Leb also wohl, schreib mir gute, lange Briefe.

XLIII

Madame de Macumer an die Gräfin de l'Estorade

Zum erstenmal in meinem Leben, liebe Renée, habe ich einsam
unter einer Weide vor mich hingeweint, auf einer Holzbank,
am Ufer meines langen Teichs zu Chantepleurs; das ist eine
entzückende Stätte, die Du noch verschönern wirst; denn ihr
ermangeln einzig fröhliche Kinder. Deine Fruchtbarkeit hat mich
zu mir selbst zurückgeführt, die ich nach bald dreijähriger Ehe
noch keine Kinder habe. Ach, habe ich gedacht, und wenn ich
noch hundertmal mehr leiden sollte, als Renée bei der Geburt
meines Patenkindes gelitten hat, und wenn ich mein Kind in
Krämpfen vor mir sehen sollte, dann füge es, mein Gott, daß ich
ein engelhaftes Geschöpf wie die kleine Athénaïs bekomme, von
der ich von hier aus sehe, daß sie schön wie der Tag ist; darüber
hast Du mir nämlich nichts geschrieben! Das hat meiner Renée
mal wieder ähnlich gesehen. Es scheint, daß Du meine Leiden
errätst. Jedesmal, wenn meine Hoffnungen enttäuscht worden
sind, werde ich für mehrere Tage die Beute schwarzen Kummers.
Dann ergehe ich mich in düsteren Elegien. Wann werde ich
Häubchen sticken? Wann werde ich den Stoff für Babywäsche
aussuchen? Wann nähe ich hübsche Spitzen, die ein Köpfchen
umhüllen sollen? Soll ich denn niemals vernehmen, daß eins
dieser bezaubernden Geschöpfe mich Mama nennt? Mich am
Kleid zupft, mich tyrannisiert? Werde ich niemals im Sand die
Spuren eines Wägelchens gewahren? Nie zerbrochenes Spielzeug
im Hof auflesen? Werde ich nie, wie so viele Mütter, die ich
gesehen habe, zum Spielzeughändler gehen und Säbel, Puppen
und Puppenstuben kaufen? Werde ich nie das Leben und den
Engel sich entwickeln sehen, der zu einem zweiten, geliebteren
Felipe wird? Ich möchte einen Sohn, um zu wissen, wie man
seinen Geliebten mehr als ihn selbst in seinem anderen Selbst zu
lieben vermag. Mein Park, das Schloß dünken mich öde und
kalt. Eine Frau ohne Kinder ist eine Ungeheuerlichkeit; wir sind
einzig dazu geschaffen, Mütter zu sein. Oh, Du Gelehrter im
Korsett, der Du bist, Du hast das Leben richtig gesehen. Übrigens ist die Unfruchtbarkeit in jeder Beziehung gräßlich. Mein

Leben ähnelt gar zu sehr den Schäferspielen von Gessner[54] und Florian[55], von denen Rivarol[56] gesagt hat, man sehne sich dabei nach Wölfen. Auch ich möchte geopfert werden! Ich verspüre in mir Kräfte, die Felipe vernachlässigt; und wenn ich nicht Mutter bin, muß ich Gedanken an ein Unglück aus meinem Kopf verdrängen. Das habe ich vorhin meinem Maurensprößling gesagt, dem bei diesen Worten die Tränen in die Augen gestiegen sind; er verdient es, als eine sublime Bestie bezeichnet zu werden; man darf ihn mit seiner Liebe nicht aufziehen.

Manchmal überkommt mich das Verlangen, mich neuntägigen Andachten zu unterziehen, Gebete um Fruchtbarkeit an gewisse Madonnenbilder zu richten, oder gewisse Heilbäder aufzusuchen. Nächsten Winter will ich die Ärzte konsultieren. Ich bin zu erbost auf mich, um Dir noch mehr darüber zu sagen. Leb wohl.

XLIV

Dieselbe derselben

Paris 1829

Wie, Liebste, ein volles Jahr ohne Brief . . . ? Ich bin ein bißchen gekränkt. Glaubst Du, daß Dein Louis, der fast jeden zweiten Tag zu mir kommt, Dich ersetze? Es genügt mir nicht, zu wissen, daß Du nicht krank bist und daß Eure Angelegenheiten gut vorankommen, ich will wissen, was Du fühlst und was Du denkst, wie ich Dir preisgebe, was ich fühle und denke, auf die Gefahr hin, gescholten, getadelt oder mißverstanden zu werden, denn ich habe Dich lieb. Dein Schweigen und Deine ländliche Zurückgezogenheit, wo Du doch hier sein und die Triumphe des Grafen de l'Estorade im Parlament mitgenießen könntest, dessen Redekunst und Aufopferung ihm Einfluß gewonnen haben und der sicher nach der Sitzungsperiode eine sehr hohe Stellung einnehmen wird, schaffen mir ernste Besorgnis. Verbringst Du denn Deine Zeit damit, ihm Instruktionen zu schreiben? Numa[57] hat sich nicht so fern von seiner Egeria[58] gehalten. Warum hast Du nicht die Gelegenheit genutzt, Dir Paris anzuschauen? Seit vier Monaten hätte ich Freude an Dir haben können. Louis hat mir gestern gesagt, Du wollest ihn hier abholen und Deine dritte Niederkunft in Paris erleben, abscheuliche ›Mutter Gigogne‹[59], die Du bist! Nach vielen Fragen und Ach und Weh und Gejammer hat Louis, obwohl Diplomat, mir schließlich gesagt, seinem Großonkel, dem Paten der kleinen Athénaïs, gehe es sehr schlecht. Somit erwarte ich von Dir, der guten Familienmutter, daß Du Deinen Vorteil aus dem Ruhm und den Reden des Abgeordneten ziehst und bei dem letzten Verwandten mütterlicherseits Deines Mannes ein ansehnliches Vermächtnis durchsetzt. Sei unbesorgt, liebe Renée, die Lenoncourts, die Chaulieus, der Salon der Madame de Macumer arbeiten für Louis. Martignac[60] wird ihn sicher in den Rechnungshof berufen. Wenn Du mir aber nicht schreibst, warum Du in der Provinz bleibst, werde ich böse. Geschieht es, weil Du nicht den Anschein erwecken willst, Du seiest die Gesamtpolitik des Hauses de l'Estorade? Oder geschieht es um der Erbschaft des Onkels willen? Hast Du Angst, Du seiest in Paris weniger Mutter? Ach, wie gern wüßte ich, ob dem so ist, weil Du Dich nicht zum erstenmal in Paris in Deinem jetzigen Zustand zeigen willst, Du Kokette! Leb wohl.

XLV

Renée an Louise

Du beklagst Dich über mein Schweigen? Vergißt Du denn die beiden braunen Köpfchen, die ich regieren muß und die mich regieren? Du hast übrigens einige der Gründe herausbekommen, die mich daheim zurückhalten. Abgesehen von dem Zustand des teuren Onkels wollte ich mich, solange ich in andern Umständen bin, nicht mit einem fast vierjährigen Jungen und einem bald dreijährigen kleinen Mädchen herumschleppen. Ich habe Dein Dasein und Dein Haus nicht mit einem solchen Zuwachs belasten, ich habe in dem glänzenden Kreis, den Du beherrschst, nicht unvorteilhaft wirken wollen, und ich habe einen Abscheu vor möblierten Wohnungen und dem Hotelleben. Als Louis' Großonkel von der Ernennung seines Großneffen hörte, hat er mir die Hälfte seiner Ersparnisse, zweihunderttausend Francs, zum

Geschenk gemacht; ich sollte davon in Paris ein Haus kaufen, und Louis ist beauftragt worden, in Eurer Stadtgegend eins ausfindig zu machen. Meine Mutter schenkt mir etwa dreißigtausend Francs für die Möbel. Wenn ich also für die Sitzungsperiode nach Paris übersiedle, werde ich im eigenen Heim wohnen. Kurzum, ich will versuchen, meiner lieben ›Wahlschwester‹ würdig zu sein; dies ist kein Wortspiel.

Ich danke Dir, daß Du Louis so prächtig eingeführt hast; aber trotz der Achtung, die die Herren de Bourmont[61] und de Polignac[62] ihm bezeigen, indem sie ihn ins Ministerium berufen wollen, wünsche ich ihn nicht so sehr in die vorderste Reihe gerückt: dort ist man allzu gefährdet. Mir ist der Rechnungshof lieber; dort ist man unabsetzbar. Unsere Angelegenheiten hier liegen in den besten Händen, und wenn unser Verwalter völlig eingearbeitet ist, komme ich und unterstütze Louis, verlaß Dich drauf.

Was nun aber das Schreiben langer Briefe betrifft: könnte ich das jetzt? Dieser hier, in dem ich Dir den Ablauf meiner Tage schildern möchte, wird eine Woche auf meinem Tisch liegenbleiben. Vielleicht faltet Armand daraus Brustwehren für seine auf meinen Teppichen aufgestellten Regimenter oder Schiffchen für die Flotten, die er in der Badewanne schwimmen läßt. Ein einziger meiner Tage würde Dir übrigens genügen; sie ähneln einander alle und reduzieren sich auf zwei Geschehnisse: die Kinder sind krank, oder die Kinder sind nicht krank. Buchstäblich: für mich in dieser einsamen Bastide sind die Minuten Stunden oder die Stunden Minuten, je nach dem Befinden der Kinder. Wenn ich ein paar köstliche Stunden habe, so nur, während sie schlummern, wenn ich nicht das eine wiegen und dem andern Geschichten erzählen muß, um sie einzuschläfern. Schlafen sie dann und ich sitze bei ihnen, so sage ich mir: Jetzt habe ich nichts mehr zu befürchten. Wirklich, mein Engel, tagsüber malen alle Mütter sich in einem fort Gefahren aus. Sobald sie die Kinder nicht mehr vor Augen haben, geht es um ein weggenommenes Rasiermesser, mit dem Armand hat spielen wollen, oder sein Jackett hat Feuer gefangen; vielleicht hat eine Schlange ihn gebissen, er ist beim Lauf gestürzt und hat sich womöglich eine Beule in den Kopf geschlagen; oder er könnte in eins der Wasserbecken gefallen und ertrunken sein. Wie Du siehst, schließt das Muttersein eine Folge lieblicher und schrecklicher Erdichtungen in sich ein. Keine Stunde vergeht, die nicht ihre Freuden und ihre Angstzustände hätte. Abends jedoch, in meinem Schlafzimmer, kommt die Stunde der Wachträume, und dann male ich mir das Schicksal der beiden aus. Dann wird ihr Leben erhellt vom Lächeln der Engel, die ich am Kopfende ihrer Betten gewahre. Manchmal ruft Armand mich im Schlaf, ich gehe zu ihm und küsse ihm, ohne daß er es weiß, die Stirn und seinem Schwesterchen die Füße und betrachte sie beide in ihrer Schönheit. Das sind meine Feste! Gestern hat unser Schutzengel, so glaube ich, mich mitten in der Nacht voller Unruhe an Athénaïs' Wiege eilen lassen, sie lag mit dem Kopf zu tief, und unser Armand hatte sich bloßgestrampelt, und seine Füße waren ganz blau vor Kälte. »Ach, Mutterle!« hat er beim Aufwachen gesagt und mich geküßt. Das, Liebste, ist eins meiner nächtlichen Erlebnisse.

Wie nützlich ist es für eine Mutter, ihre Kinder bei sich zu haben! Kann eine Bonne, und möge sie noch so gut sein, sie hochnehmen, sie beruhigen und wieder einschläfern, wenn ein schrecklicher Alpdruck sie aufgeweckt hat? Denn auch sie haben ihre Träume; und ihnen einen dieser bösen Träume zu erklären ist eine um so schwierigere Aufgabe, als ein Kind dann seine Mutter mit zugleich schlaftrunkenen, erschreckten, verständnisvollen und törichten Augen anschaut. Es ist wie eine Fermate zwischen zwei Schlafzuständen. Daher ist mein Schlummer so leicht geworden, daß ich durch den Gazeschleier meiner Lider hindurch meine beiden Kleinen sehe und höre. Ich wache durch einen Seufzer, durch eine Bewegung auf. Und das Untier Krämpfe kauert für mich nach wie vor am Fußende ihrer Betten.

Bei Tagesanbruch setzt das Gezwitscher meiner Kinder mit den ersten Vogelstimmen ein. Durch die Schleier des letzten Schlafs hindurch ähnelt ihr Geplapper dem Gemurmel des Morgens, dem Gezänk der Schwalben; es besteht aus kleinen frohen oder kläglichen Rufen, die ich weniger mit dem Ohr als mit dem Herzen vernehme. Während Naïs zu mir zu gelangen versucht, indem sie den Weg von ihrer Wiege zu meinem Bett auf den Händen kriechend und mit unsicheren Schritten zuwege bringt, klettert Armand geschickt wie ein Affe zu mir hin und küßt mich. Dann machen die beiden Kleinen mein Bett zum Schauplatz ihrer Spiele, und dabei steht die Mutter ihnen völlig zur Verfügung. Die Kleine zupft mich an den Haaren und will immerzu trinken, und Armand verteidigt meine Brust, als sei sie sein Eigentum. Bei manchem, was sie tun, widerstrebe ich nicht, so bei ihrem Lachen, das aufsteigt wie Raketen und mir schließlich den Schlaf verscheucht. Dann wird ›Menschenfresser‹ gespielt, und die Menschenfressermutter frißt durch Liebkosungen das junge, weiße, zarte Fleisch; sie küßt im Übermaß die in ihrer Schalkhaftigkeit so koketten Augen, die rosigen Schultern, und es kommt zu kleinen Eifersüchteleien, die ganz reizend sind. An manchen Tagen versuche ich um acht Uhr, mir die Strümpfe anzuziehen, und um neun habe ich noch nicht einen an.

Dann endlich, Liebste, wird aufgestanden. Wir fangen mit der Toilette an. Ich ziehe mir den Morgenrock über, seine Ärmel werden hochgestreift, ich binde mir die Wachstuchschürze um; ich bade und säubere meine beiden Blümchen, wobei Mary mir hilft. Ich allein beurteile die Wärme oder Lauheit des Wassers, denn die Wassertemperatur ist zur Hälfte die Ursache des Jauchzens oder Schreiens der Kinder. Dann wird mit Flotten von Papierschiffchen, mit kleinen Glasenten gespielt. Man muß die Kinder lustig beschäftigen, damit man sie gut waschen kann. Wenn Du wüßtest, was man alles an Freuden für diese ›absoluten Könige‹ erfinden muß, um mit dem weichen Schwamm in die letzten Winkel zu gelangen, dann wärst Du erschrocken über den Aufwand an Geschicklichkeit und Klugheit, den das Walten einer Mutter verlangt, um siegreich durchgeführt zu werden. Man bittet, man schilt, man verspricht, man gelangt zu einer gauklerischen Kunstfertigkeit, die um so höherer Art ist, als sie auf bewundernswerte Weise getarnt werden muß. Man wüßte nicht, wie man damit fertigwerden sollte, wenn Gott nicht der Schlauheit des Kindes die Schlauheit der Mutter entgegengesetzt hätte. Ein Kind ist ein großer Politiker, zu dessen Gebieter man sich wie bei einem richtigen großen Politiker durch seine Passionen macht. Zum Glück lachen diese Engel über alles: eine hinfallende Bürste, ein wegrutschendes Stück Seife, so etwas löst Jubelschreie aus! Endlich – wenn die Triumphe auch teuer erkauft sind – kommt es doch zu Triumphen. Aber Gott allein

– denn der Vater weiß von alledem nichts –, Gott, Du oder die Engel, ihr allein also könntet die Blicke verstehen, die ich mit Mary wechsle, wenn wir endlich mit dem Ankleiden unserer beiden kleinen Geschöpfe fertig sind und wir sie sauber inmitten der Seifenstücke, der Kämme, der Schwämme, der Waschschüsseln, der Papierfetzen, der Flanelltücher, der tausenderlei Dinge einer richtigen nursery[63] vor uns sehen. In dieser Beziehung bin ich zur Engländerin geworden; ich gebe zu, daß die Frauen jenes Landes von genialer Begabung für die Ernährung sind. Obgleich sie das Kind nur unter dem Gesichtspunkt des materiellen und physischen Wohls betrachten, haben sie damit in dem, was sie auf das vollkommenste zuwege bringen, recht. Daher sollen meine Kinder stets die Füße in Wollstrümpfen und nackte Beine haben. Sie werden weder eingewickelt noch zu dick angezogen; und ebensowenig werden sie je alleingelassen. ›Die Unterjochung des französischen Kindes am Gängelband ist die Freiheit der Amme‹, das ist der richtige Ausspruch. Eine wahre Mutter ist nicht frei: daher habe ich Dir nicht geschrieben, auf mir lastet nämlich die Verwaltung des Guts und die Erziehung zweier Kinder. Das Wissen und Können einer Mutter trägt seine Verdienste stumm in sich selbst, ist unauffällig und bleibt allen verborgen; es ist eine Tugend, die sich in Einzelheiten verzettelt, eine Hingabe und Aufopferung zu allen Stunden. Man darf die Suppen nicht aus dem Auge lassen, die bei kleinem Feuer gekocht werden. Hältst Du mich etwa für eine Frau, die sich auch nur einer Mühewaltung entzöge? Auch aus der geringsten Sorgfalt läßt sich Zuneigung ernten. Ach, das Lächeln eines Kindes, das seine kleine Mahlzeit vortrefflich findet, ist so niedlich! Armand hat ein Kopfnicken, das ein ganzes Liebesleben aufwiegt. Wie kann man einer anderen Frau das Recht überlassen, die Sorge, die Freude, auf einen Löffel Suppe zu pusten, den Naïs zu heiß finden könnte, sie, die ich erst vor sieben Monaten entwöhnt habe und die sich noch immer der Brust erinnert? Wenn eine Bonne Zunge und Lippen eines Kindes mit etwas zu Heißem verbrannt hat, sagt sie der herbeieilenden Mutter, das Kind schreie vor Hunger. Aber wie könnte eine Mutter in Frieden schlafen bei dem Gedanken, daß unreiner Atem über die vollen Löffel hingestrichen ist, die ihr Kind schluckt, eine Mutter, der die Natur noch nicht gestattet hat, daß es einen Mittler gebe zwischen ihrer Brust und den Lippen ihres Säuglings! Ein Kotelett kleinzuschneiden für Naïs, die ihre letzten Zähne bekommt, und das durchgebratene Fleisch mit Kartoffeln zu vermengen, ist eine Arbeit, die Geduld erfordert, und in gewissen Fällen kann nur eine Mutter wissen, wie sie ein sich sträubendes Kind dazu bringt, seine ganze Mahlzeit zu essen. Weder eine zahlreiche Bedienung noch ein englisches Kindermädchen können eine Mutter davon befreien, sich in Person auf das Schlachtfeld zu begeben, wo Milde und Sanftmut gegen die kleinen Nöte der Kindheit, gegen deren Leiden ankämpfen müssen. Ja, Louise, man muß diese lieben, unschuldigen Wesen mit der Seele betreuen; man darf nur den eigenen Augen trauen, der Zeugenschaft der eigenen Hand bei der Toilette, beim Füttern und beim Schlafenlegen. Grundsätzlich ist das Schreien eines Kindes ein absoluter Grund, der der Mutter oder der Bonne unrecht gibt, sofern das Schreien nicht seine Ursache in einem von der Natur gewollten Schmerz hat. Seit ich ihrer zwei und bald ihrer drei zu betreuen habe, habe ich nichts in der Seele als meine Kinder; und sogar Du, die ich so lieb habe, bestehst für mich nur als Erinnerung. Manchmal bin ich erst um zwei Uhr fertig angezogen. Daher bin ich voller Mißtrauen gegen Mütter, deren Wohnung säuberlich aufgeräumt und deren Kragen, Kleider und sonstige Dinge in tadelloser Ordnung sind. Gestern, wir schreiben Anfang April, war schönes Wetter, und da habe ich mit ihnen vor meiner Niederkunft, deren Stunde schlägt, noch einmal spazierengehen wollen; denn für eine Mutter ist solch ein Spaziergang ein wahres Gedicht, und man verheißt ihn sich am Vorabend für den nächsten Tag. Armand sollte zum erstenmal eine schwarze Samtjacke anziehen, einen neuen Kragen umlegen, den ich gestickt hatte, eine schottische Mütze in den Farben der Stuarts mit Hahnenfedern aufsetzen; Naïs sollte ein weiß und rosa Kleid anziehen und ein entzückendes Babyhäubchen tragen, denn sie ist ja noch ein Baby; diesen hübschen Namen wird sie einbüßen, wenn das Kleine zur Welt gekommen ist, das mich mit Fußstößen traktiert und das ich ›meinen Bettler‹ nenne, da es der jüngste sein wird. Ich habe mein Kind schon im Traum gesehen und weiß, daß es ein Junge wird. Hauben, Kragen, Jäckchen, Strümpfchen, die niedlichen Schuhe, die rosa Bänder für die Beine, das Musselinkleidchen mit dem seidenen Stickmuster, all das lag auf meinem Bett. Als das braune Haar der beiden munteren Vögel, die sich so gut verstehen, frisiert war, bei dem einen gelockt, bei der andern sanft in die Stirn gekämmt, so daß es unter dem weiß und rosa Häubchen hervorschaute; als die Schuhe zugeknöpft worden waren; als die nackten Wädchen, die wohlbeschuhten Füße in der nursery umhertrippelten; als die beiden Gesichter clean waren, wie Mary sagt, was auf Französisch hell und klar bedeutet; als die blitzenden Augen sagten: Nun los!, da habe ich gezittert. Ach, die von unserer Hand geschmückten Kinder zu sehen, die frische Haut, darin die blauen Adern schimmern, wenn man sie eigenhändig gebadet hat, abgetrocknet, gepudert, die Haut, die durch die lebhaften Farben von Samt und Seide noch heller wirkt: das ist schöner als ein Gedicht! Mit welcher kaum gestillten Leidenschaft ruft man sie nochmals zu sich, um ihnen abermals die Hälse zu küssen, die das schlichte Krägelchen noch hübscher macht als den Hals der schönsten Frau? Jene Bilder, die blödesten farbigen Lithographien, vor denen alle Mütter stehenbleiben, die schaffe ich mir jeden Tag!

Als wir im Freien waren und ich das Ergebnis meiner Mühen genoß, als ich mit bewundernden Blicken den kleinen Armand anschaute, der wie ein Fürstensproß aussah und der das Baby den kleinen Weg entlangführte, den Du kennst, kam ein Wagen, ich wollte die beiden Kinder beiseite treten lassen, da sind sie in eine Schmutzlache gefallen, und es war um meine Meisterwerke geschehen! Wir mußten zurück ins Haus und sie umziehen. Ich habe meine Kleine auf den Arm genommen, ohne zu beachten, daß ich mir das Kleid schmutzig machte; Mary hat sich Armands bemächtigt, und so haben wir kehrtgemacht. Wenn ein Baby schreit und ein kleiner Junge naß wird, gibt es nichts anderes: eine Mutter denkt nicht mehr an sich, sie ist völlig in Anspruch genommen.

Es wird Essenszeit, ich habe noch so gut wie nichts getan; und wie könnte ich es fertigbringen, sie beide gleichzeitig zu bedienen, ihnen die Servietten umzubinden, ihnen die Ärmel hochzustreifen und sie zu füttern? Dabei ist das ein Problem, das zweimal täglich gelöst werden muß! Inmitten dieser unablässigen Betreuung, dieser Feste oder Katastrophen wird nur ein Mensch im ganzen Hause vergessen, und das bin ich. Wenn die Kinder unartig sind, kommt es vor, daß ich mit Papilloten herumlaufen muß. Meine Toilette hängt von ihren Launen ab. Um einen Augenblick für mich selber zu haben, um Dir diese sechs Seiten schreiben zu können, muß ich ihnen die Titelbilder meiner Liederhefte zum Ausschneiden überlassen, die Bücher, die Schachfiguren, die perlmuttenen Spielplättchen zum Bau von Burgen und Schlössern. Naïs darf auf ihre Art meine Seiden- oder Wollvorräte in Ordnung bringen, und jene Art, da kannst Du sicher sein, ist so kompliziert, daß sie ihre ganze kleine Intelligenz daransetzt und kein Wort dabei sagt.

Aber schließlich und endlich darf ich nicht klagen: meine beiden Kinder sind von kerniger Gesundheit und ungegängelt, sie beschäftigen sich mit weniger, als man meinen könnte. Sie sind über alles glücklich, sie brauchen mehr eine überwachte Freiheit denn Spielzeug. Ein paar rosarote, gelbe, violette oder schwarze Steinchen, kleine Muscheln, was der Sand an Wunderbarem bietet: das macht ihr Glück aus. Viele von solcherlei kleinen Dingen zu besitzen: darin besteht für sie Reichtum. Ich beobachte Armand: er spricht mit den Blumen, den Fliegen, den Hühnern, er ahmt sie nach; er unterhält sich mit den Insekten, die ihn mit Bewunderung erfüllen. Alles, was klein ist, interessiert ihn. Armand beginnt, nach dem Warum von allem und jedem zu fragen, eben hat er wissen wollen, was ich seiner Patentante schreibe; übrigens hält er Dich für eine Fee, da siehst Du, daß Kinder immer recht haben!

Ach mein Engel, ich möchte Dich nicht traurig stimmen, indem ich Dir von diesen Beglückungen erzähle. Folgendes möge Dir Dein Patenkind schildern, wie es ist. Neulich ging uns ein Bettler nach, denn die Armen wissen, daß eine von ihrem Kind begleitete Mutter ihnen nie ein Almosen verweigert. Armand weiß noch nicht, daß es Menschen gibt, denen es an Brot mangelt, er hat keine Ahnung, was Geld ist; aber da er sich unlängst eine Trompete gewünscht hatte und ich sie ihm gekauft habe, hielt er sie mit königlicher Miene dem alten Mann hin und sagte: »Da, nimm!«

»Darf ich sie wirklich behalten?« fragte mich der Bettler.

Was auf Erden vermöchte die Freuden eines solchen Augenblicks aufzuwiegen?

»Sie müssen nämlich wissen, Madame, daß auch ich Kinder gehabt habe«, sagte der alte Mann zu mir und nahm, was ich ihm zusteckte, ohne es eines Blicks zu würdigen.

Wenn ich bedenke, daß ein Kind wie Armand in ein Internat gesteckt werden muß, daß ich ihn nur noch dreieinhalb Jahre bei mir behalten darf, überläuft mich ein Schauder. Das öffentliche Unterrichtswesen wird die Blumen dieser in jeder Stunde gesegneten Kindheit niedermähen, wird all die Anmut, all die entzückende Offenheit denaturalisieren! Man wird ihm das Lockenhaar abschneiden, das ich so sorglich gepflegt, gewaschen und geküßt habe. Was wird man aus diesem Seelenwesen Armand machen?

Und Du, was wird aus Dir? Du hast mir nichts über Dein Leben geschrieben. Liebst Du Felipe noch immer? Denn was den Sarazenen betrifft, so mache ich mir keine Sorge. Leb wohl, eben ist Naïs hingefallen, und wenn ich weiterschreibe, würde aus diesem Brief ein ganzes Buch.

XLVI

Madame de Macumer an die Gräfin de l'Estorade

1829

Du wirst den Zeitungen entnommen haben, meine gute, zärtliche Renée, welch grausiges Unglück über mich hereingebrochen ist; keine einzige Zeile habe ich Dir schreiben können, zwanzig Tage und Nächte lang bin ich an seinem Lager geblieben, ich habe seinen letzten Seufzer empfangen, ich habe ihm die Augen zugedrückt, ich habe fromm mit den Priestern gewacht und die Sterbegebete gesprochen. Ich habe mir die Züchtigung dieser entsetzlichen Schmerzen auferlegt, und doch, als ich auf seinen heiteren Lippen das Lächeln sah, mit dem er mich bedachte, ehe er starb, konnte ich nicht glauben, meine Liebe habe ihn getötet! Kurzum: er ist nicht mehr, und ich lebe noch! Dir, die uns beide so gut gekannt hat, was könnte ich gerade Dir noch sagen? In diesen beiden Sätzen liegt alles. Ach, wenn jemand mir zu sagen vermöchte, man könne ihn ins Leben zurückrufen, so gäbe ich meinen Anteil am Himmel um diese Verheißung hin, denn sie bedeutete: ihn wiedersehen ...! Und ihn noch einmal zu umfassen, sei es auch nur für zwei Sekunden, das hieße atmen ohne den Dolch im Herzen! Kommst Du nicht bald, um mir das zu sagen? Liebst Du mich nicht genug, um mich zu täuschen ...? Ach nein, Du hast mir ja im voraus gesagt, daß ich ihm tiefe Wunden zufügte ... Ist dem so? Nein, ich habe seine Liebe nicht verdient, Du hast recht, ich habe sie gestohlen. Das Glück, ich habe es erwürgt in meinen sinnlosen Umarmungen! Oh, nun ich Dir schreibe, bin ich nicht mehr von Sinnen, aber ich fühle, daß ich allein bin! Herr und Gott, was kann in deiner Hölle Ärgeres sein als der Inhalt dieses Wortes?

Als er mir genommen worden war, habe ich mich in sein Bett gelegt, ich hoffte zu sterben, es war ja nur eine Tür zwischen uns, ich glaubte mich noch stark genug, sie aufzustoßen! Aber leider war ich zu jung, und nach einer Genesungszeit von vierzig Tagen, in denen ich mit grausiger Kunst durch die Erfindungen einer traurigen Wissenschaft genährt worden bin, befinde ich mich jetzt auf dem Lande, sitze an meinem Fenster inmitten schöner Blumen, die er für mich hat pflegen lassen, genieße die herrliche Aussicht, über die seine Blicke so oft hinweggeschweift sind, die entdeckt zu haben er sich beglückwünschte, da sie mir gefiel. Ach, Liebste, der Schmerz einer Ortsveränderung ist unerhört, wenn das Herz tot ist. Die feuchte Erde meines Gartens läßt mich erschauern, die Erde ist wie ein großes Grab, und mich dünkt, ich schreite auf ihm! Bei meinem ersten Ausgang überkam mich Angst, und ich mußte stehenbleiben. Es ist trübselig, seine Blumen ohne ihn zu sehen!

Meine Eltern sind in Spanien, Du kennst meine Brüder, und Du bist gezwungen, auf Deinem Landbesitz zu sein; doch sei ruhig, zwei Engel sind zu mir geflogen. Der Herzog und die Herzogin von Soria, diese beiden zauberhaften Menschen, sind zu ihrem Bruder geeilt. Die letzten Nächte haben unser dreier Schmerz still und stumm an dem Bett gesehen, in dem einer der wahrhaft edlen und wahrhaft großen Menschen starb; sie sind selten, und dann sind sie uns in jeder Hinsicht überlegen. Die Geduld meines Felipe war göttlich. Der Anblick seines Bruders und Marias hat für einen Augenblick seine Seele erquickt und seine Schmerzen gelindert.

»Liebste«, hat er zu mir mit der Schlichtheit gesagt, die er in alle Dinge legte, »ich muß jetzt sterben und habe vergessen, meinem Bruder die Baronie Macumer zu überschreiben, mein Testament muß nochmals aufgesetzt werden. Mein Bruder wird mir verzeihen, er weiß ja, was lieben heißt!«

Ich verdanke mein Leben der Pflege durch meinen Schwager und dessen Frau, sie wollen mich mit nach Spanien nehmen!

Ach, Renée, dies Unglück, nur Dir kann ich sagen, wie groß es ist. Das Bewußtsein dessen, was ich falsch gemacht habe, erdrückt mich, und es ist ein bitterer Trost, es Dir zu beichten; arme, ungehörte Kassandra. Ich habe ihn umgebracht durch meine Ansprüche, durch meine unberechtigten Eifersuchtsanfälle, durch meine ständigen Quälereien. Meine Liebe war um so schrecklicher, als wir eine erlesene und gleichgeartete Sensibilität besaßen; wir sprachen dieselbe Sprache, er verstand auf bewundernswerte Weise alles, und oft traf mein Scherz, ohne daß ich es ahnte, ihn in seinen Herzenstiefen. Du kannst Dir nicht vorstellen, wie weit dieser geliebte Sklave den Gehorsam trieb: manchmal habe ich ihm gesagt, er solle gehen und mich allein lassen; dann zog er sich zurück, ohne ein Wort über eine Laune zu verlieren, unter der er vielleicht litt. Bis zu seinem letzten Seufzer hat er mich gesegnet und mir immer wieder gesagt, daß ein einziger Morgen, an dem wir allein zu zweit beieinander seien, ihm mehr gelte als ein langes Leben mit einer andern geliebten Frau, und sei es Maria Heredia. Indem ich Dir diese Worte schreibe, vergieße ich Tränen.

Jetzt stehe ich mittags auf, gehe um sieben Uhr abends zu Bett, verwende eine lächerliche Zeit für meine Mahlzeiten, gehe ganz langsam, bleibe eine Stunde vor einer Pflanze stehen, schaue das Laubwerk an, bekümmere mich gemessen und ernst um Nichtigkeiten, liebe leidenschaftlich den Schatten, die Stille und die Nacht; kurzum: ich kämpfe gegen die Stunden an und füge sie mit düsterer Lust der Vergangenheit hinzu. Der Frieden meines Parks ist der einzige Gefährte, an dem mir liegt; dort finde ich in allen Dingen die verklärten Bilder meines Glücks, erloschen und unsichtbar für alle, beredt und lebendig für mich.

Meine Schwägerin hat sich mir in die Arme geworfen, als ich eines Morgens zu ihr sagte: »Sie sind mir unerträglich! Die Spanier besitzen eine Seelengröße, die die unsere übertrifft!«

Ach, Renée, wenn ich nicht gestorben bin, so nur, weil Gott sicherlich das Gefühl des Unglücks auf die Kraft der Betroffenen abstimmt. Nur wir Frauen wissen um die Tragweite unserer Verluste, wenn wir eine Liebe, die frei von Heuchelei war, verlieren, eine Liebe aus freier Wahl, eine ausdauernde Leidenschaft, deren Freuden gleichzeitig der Seele und der Natur genugtaten. Wann begegnen wir einem Mann von solchem Wert, daß wir ihn lieben könnten, ohne uns zu erniedrigen? Ihm zu begegnen, ist das größte Glück, das uns widerfahren kann, und wir sind nicht so beschaffen, daß wir ihm ein zweitesmal begegnen könnten. Ihr wahrhaft starken und großen Männer, die ihr eure Tugend unter der Poesie verbergt, ihr, deren Seele einen erhabenen Zauber besitzt, ihr, die ihr dazu geschaffen seid, angebetet zu werden: hütet euch davor, zu lieben, denn ihr würdet das Unglück der Frau und das eure verursachen! Das rufe ich in die Wege meiner Wälder hinein. Und kein Kind von ihm! Jene unversiegliche Liebe, die mir immer zulächelte, die mich mit nichts als Blumen und Freuden überschüttete, jene Liebe blieb unfruchtbar. Ich bin ein Geschöpf, das unter einem Fluch steht! Sollte die reine, heftige Liebe, denn so ist sie, wenn sie absolut ist, ebenso unfruchtbar sein wie die Abneigung, gerade wie die äußerste Glut des Wüstensands und die äußerste Kälte am Pol alles Dasein verhindern? Muß man sich mit einem Louis de l'Estorade vermählen, um eine Familie zu haben? Sollte Gott neidisch und eifersüchtig auf die Liebe sein? Ich rede irre.

Ich glaube, Du bist der einzige Mensch, den ich in meiner Nähe ertragen könnte; komm also, Du allein darfst bei einer Louise sein, die trauert. Wie furchtbar war der Tag, da ich die Witwenhaube aufsetzte! Als ich mich in Schwarz erblickte, bin ich in einen Sessel gesunken und habe geweint, bis es dunkelte, und ich weine noch immer, nun ich Dir von jenem schrecklichen Augenblick schreibe. Leb wohl, es ermüdet mich, Dir zu schreiben; ich habe genug von meinen Gedanken, ich will sie nicht länger ausdrücken. Bring Deine Kinder mit, Du kannst das Kleinste hier stillen, ich werde nicht mehr eifersüchtig sein: er ist nicht mehr, und der Anblick meines Patenkinds wird mir wohltun; denn Felipe hat sich immer ein Kind gewünscht, das dem kleinen Armand ähnlich wäre. Ja, komm und nimm teil an meinem Schmerz . . .!

XLVII

Renée an Louise

1829

Liebste, wenn Du diesen Brief in Händen hältst, bin ich nicht mehr fern, ich breche ein paar Augenblicke nach seiner Absendung an Dich auf. Wir werden allein sein. Louis muß der bevorstehenden Wahlen wegen in der Provinz bleiben; er will wiedergewählt werden, und es haben sich bereits Intrigen der Liberalen gegen ihn angesponnen.

Ich komme nicht, um Dich zu trösten, ich bringe Dir lediglich mein Herz, damit es dem Deinen Gesellschaft leiste und Dir zu leben helfe. Ich komme, um Dir zu befehlen, daß Du weinst: auf diese Weise mußt Du Dir das Glück erkaufen, ihm eines Tages wieder zu begegnen, denn er ist doch nur unterwegs zu Gott; Du wirst keinen einzigen Schritt tun, der Dich nicht ihm entgegenführte. Jede erfüllte Pflicht bricht ein Glied der Kette, die Euch trennt. Laß es gut sein, Louise, Du wirst Dich in meinen Armen aufrichten und ihm rein, edel, freigesprochen von Deinen unwillentlich begangenen Sünden entgegengehen, und geleitet von den guten Werken, die Du hienieden noch in seinem Namen vollbringen wirst.

Ich schreibe Dir diese Zeilen in aller Hast, inmitten meiner Reisevorbereitungen, im Dabeisein meiner Kinder, und Armand ruft: »Die Patentante! Die Patentante! Wir wollen zu ihr!« Ich könnte eifersüchtig werden: es ist beinah, als sei er Dein Sohn!

ZWEITER TEIL

XLVIII

Die Baronin de Macumer an die Gräfin de l'Estorade

15. Oktober 1833

Doch, ja, Renée, die Leute haben recht, Du hast die Wahrheit vernommen. Ich habe mein Stadthaus verkauft, ich habe Chantepleurs und die Pachthöfe im Département Seine-et-Marne verkauft; aber daß ich von Sinnen und ruiniert sei, das ist übertrieben. Laß uns nachrechnen! Alles in allem blieben mir von dem Vermögen meines armen Macumer etwa zwölfhunderttausend Francs. Als wohlerzogene Schwester will ich Dir getreulich Rechenschaft ablegen. Eine Million habe ich in dreiprozentigen Anleihen angelegt, als sie auf fünfzig Francs standen, und mir auf diese Weise ein Einkommen von sechzigtausend Francs geschaffen anstatt der dreißigtausend, die der Landbesitz mir einbrachte. Ein halbes Jahr in der Provinz zu verbringen, mich mit Pachtverträgen herumzuärgern, die Klagen der Pächter anhören, die immer zahlen, wenn sie gerade wollen, mich dort langweilen wie ein Jäger bei Regenwetter, Bodenerzeugnisse verhökern und sie mit Verlust losschlagen; in Paris ein Stadthaus bewohnen, das ein Einkommen von zehntausend Francs darstellt, Kapital bei Notaren placieren, auf die Zinsen warten, Leute belangen müssen, damit man zu seinen Außenständen kommt, sich mit den Hypothekengesetzen befassen; mit einem Wort: geschäftliche Angelegenheiten im Nivernais, in Seine-et-Marne, in Paris durchführen müssen – welch eine Last ist das, welch ein Verdruß, welche Fülle von Fehlrechnungen und Verlusten bedeutet das für eine siebenundzwanzigjährige Witwe! Jetzt ist mein Vermögen in Staatspapieren angelegt. Anstatt dem Staat Kontributionen zu entrichten, bekomme ich von ihm ohne Unkosten halbjährlich dreißigtausend Francs beim Schatzamt; ein hübscher kleiner Angestellter händigt mir dreißig Tausendfrancsscheine aus und lächelt, wenn er mich erblickt. Aber was wird, wenn Frankreich Bankrott macht? wirst Du mich fragen. Erstens:

Wie kann ich mich vor Unheil hüten, das so fern?

Frankreich würde mir dann höchstens die Hälfte meiner Einkünfte kürzen; ich wäre noch immer genauso reich, wie ich es vor meiner Anlage war; überdies werde ich von heute bis zu der Katastrophe das Doppelte meiner früheren Einnahmen bezogen haben. Solch eine Katastrophe tritt immer nur einmal in jedem Jahrhundert ein, also hat man Zeit, sich durch Sparsamkeit ein Kapital zu schaffen. Und ist schließlich nicht der Graf de l'Estorade Pair der Juli-Halbrepublik Frankreich? Ist er nicht eine der Stützen der Krone, die das Volk dem König der Franzosen angetragen hat? Kann ich Besorgnisse hegen, wo ich doch einen Präsidenten des Rechnungshofes, einen großen Finanzmann, zum Freunde habe? Wage zu behaupten, ich sei von Sinnen! Ich rechne fast ebensogut wie Dein Bürgerkönig. Weißt du, wer einer Frau diese algebraische Weisheit zu verleihen vermocht hat? Die Liebe! Ach, jetzt ist der Augenblick gekommen, Dir die Geheimnisse meines Verhaltens zu erklären, dessen Gründe sich Deinem Scharfsinn, Deiner neugierigen Zärtlichkeit und Deiner Gewitztheit entzogen. Ich verheirate mich ganz im geheimen in einem Dorf in der Nähe von Paris. Ich liebe, ich werde geliebt. Ich liebe, wie es nur eine Frau kann, die genau weiß, wie Liebe zu lieben vermag. Ich werde geliebt, wie ein Mann die Frau lieben muß, von der er angebetet wird. Verzeih mir, Renée, daß ich mich vor Dir, vor aller Welt verborgen gehalten habe. Wenn Deine Louise alle Blicke irreführt, alle Neugier vereitelt, dann mußt Du zugeben, daß meine Leidenschaft für meinen armen Macumer dieses Täuschen forderte. L'Estorade und Du, Ihr hättet mich umgebracht durch Zweifel, betäubt durch Bedenken. Überdies wären Euch womöglich die Umstände zu Hilfe gekommen. Du allein weißt, bis zu welchem Grade ich eifersüchtig bin, und Du würdest mich unnötig gequält haben. Was Du als meine Narrheit bezeichnen dürftest, liebe Renée, habe ich ganz allein durchführen wollen, nach meinem Kopf, nach meinem Herzen, wie ein junges Mädchen, das die Wachsamkeit seiner Eltern täuscht. Das ganze Vermögen meines Geliebten besteht aus dreißigtausend Francs Schulden, und die habe ich bezahlt. Welch ein Anlaß zu Vorhaltungen! Ihr hättet mir beweisen wollen, Gaston sei ein Mitgiftjäger, und Dein Mann hätte den lieben Jungen bespitzeln lassen. Ich habe ihn mir lieber selber genau angesehen. Seit zweiundzwanzig Monaten macht er mir den Hof; ich bin siebenundzwanzig Jahre alt, er dreiundzwanzig. Zwischen Mann und Frau ist dieser Altersunterschied riesig. Eine weitere Quelle von Unheil! Und schließlich und endlich ist er Dichter und hat von seiner Arbeit gelebt; das macht Dir zur Genüge klar, daß er von sehr wenig gelebt hat. Die liebe Dichter-Eidechse hat häufiger in der Sonne gelegen und Luftschlösser gebaut, als im Dunkel des Schlupflochs an Dichtungen gearbeitet. Freilich, die Schriftsteller, die Künstler, alle, die nur vom Geistigen ihr Dasein bestreiten, werden im allgemeinen von real denkenden Leuten der Unbeständigkeit bezichtigt. Sie befassen sich mit so viel launischen Einfällen und denken sie sich aus, daß es ganz natürlich ist, zu meinen, ihr Kopf reagiere auf ihr Herz. Trotz der bezahlten Schulden, trotz des Altersunterschieds, und obwohl er ein Dichter ist, gebe ich mich ihm nach neun Monaten nobler Abwehr und ohne ihm erlaubt zu haben, auch nur meine Hand zu küssen, nach der keuschesten und entzückendsten Liebschaft in einigen Tagen nicht preis wie vor acht Jahren: unerfahren, ahnungslos und neugierig; ich verschenke mich, und ich werde mit einer so großen Unterwürfigkeit erwartet, daß ich meine Hochzeit noch um ein Jahr hinausschieben könnte; aber alledem wohnt nicht das mindeste Knechtische inne: es ist freiwillige Dienstbarkeit und nicht Sklaventum. Nie hat es ein edleres Herz gegeben, nie mehr an Geist in der Zärtlichkeit, nie mehr an Seele in der Liebe als bei meinem Verlobten. Ach, mein Engel, es lohnt, an ihm festzuhalten! Jetzt sollst Du in wenigen Worten seine Geschichte hören.

Mein Freund heißt schlecht und recht Marie Gaston. Er ist nicht der außereheliche, aber der im Ehebruch gezeugte Sohn der schönen Lady Brandon, von der Du sicher hast reden hören und die durch die Rache der Lady Dudley vor Kummer gestorben ist – eine gräßliche Geschichte, von der der liebe Junge nichts ahnt. Marie Gaston ist von seinem Bruder Louis Gaston ins Collège zu Tours geschickt worden; er hat es 1827 verlassen. Ein paar Tage, nachdem er ihn dort untergebracht hat, sei der Bruder zur See gegangen, um sein Glück zu machen, wie ihm eine alte Frau erzählt hat, die für ihn die Rolle der Vorsehung spielte.

Jener Bruder ist Seemann geworden; er hat ihm dann und wann wahrhaft väterliche Briefe geschrieben, Briefe, aus denen eine edle Seele spricht; aber er schlägt sich noch immer in der weiten Welt herum. In seinem letzten Brief hat er Marie Gaston mitgeteilt, er sei zum Kapitän zur See im Dienst irgendeiner amerikanischen Republik ernannt worten, und der Bruder möge hoffen. Leider hat meine arme Eidechse seit drei Jahren keinen Brief mehr erhalten, und er hängt so an seinem Bruder, daß er ebenfalls zur See hat gehen und ihn suchen wollen. Unser großer Schriftsteller Daniel d'Arthez hat diesen Wahnsinn verhindert und sich hochherzig Marie Gastons angenommen; er hat ihm oftmals, wie mein Dichter mir in seiner drastischen Ausdrucksweise gesagt hat, ›Futter und Nest gespendet‹. Wirklich, stell Dir die Enttäuschung dieses Jungen vor: er hat geglaubt, Genie sei der schnellste Weg zum Glück, müßte man da nicht einen ganzen Tag lang lachen? Von 1828 bis 1833 hat er also versucht, sich in der Literatur einen Namen zu machen, und selbstverständlich hat er ein schreckliches Leben voller Ängste, Hoffnungen, Arbeit und Entbehrungen geführt, wie sich denken läßt. Trotz der guten Ratschläge d'Arthez' hat ihn sein außerordentlicher Ehrgeiz dahin gebracht, daß der Schneeball seiner Schulden immer dicker wurde. Indessen begann sein Name durchzudringen, als ich ihm bei der Marquise d'Espard begegnete. Dort fühlte ich mich, ohne daß er es ahnte, auf den ersten Blick lebhaft zu ihm hingezogen. Wie konnte es sein, daß er noch nie geliebt worden war? Wie konnte es sein, daß man ihn mir gelassen hatte? Oh, er hat Genie und Geist, hat Herz und Stolz; die Frauen scheuen stets vor solcherlei vollkommener Größe zurück. Hat es nicht hundert Siege bedurft, bis Joséphine in ihrem kleinen Gemahl Bonaparte den großen Napoléon gewahrte? Das unschuldige Wesen vermeint zu wissen, wie ich es liebe! Armer Gaston! Er ahnt es nicht mal; aber Dir will ich es sagen, Du sollst es wissen, denn in diesem Brief, Renée, ist einiges von einem Testament enthalten. Denk reiflich über meine Worte nach.

In diesem Augenblick habe ich die Gewißheit, so sehr geliebt zu werden, wie eine Frau auf dieser Erde geliebt zu werden vermag, und ich glaube an die wundervolle eheliche Gemeinsamkeit, in die ich eine Liebe einbringe, wie ich sie nicht gekannt hatte . . .

Ich, ich fühle endlich die Lust der mitempfindenden Leidenschaft. Was alle Frauen heute von der Liebe fordern, das gibt mir die Ehe. Ich fühle in meinem Innern für Gaston die Anbetung, die ich meinem armen Felipe eingeflößt habe! Ich bin nicht Herrin meiner selbst, ich erbebe vor diesem Jungen, wie der Abencerrage vor mir erbebt ist. Kurzum: ich liebe ihn mehr, als ich geliebt werde; ich habe Angst vor allem und jedem, ich lebe in den lächerlichsten Befürchtungen, ich habe Angst, verlassen zu werden, ich zittere davor, alt und häßlich zu sein, während Gaston noch immer jung und schön ist, ich zittere davor, ihm nicht genügend zu gefallen! Dabei glaube ich die Fähigkeiten zu besitzen, die Hingabe und den Geist, die erforderlich sind, die Liebe nicht nur andauern, sondern wachsen zu lassen, fern der Welt und in der Einsamkeit. Wenn ich scheitern, wenn das wundervolle Gedicht dieser Liebe ein Ende finden sollte, was sage ich da: ein Ende! Wenn Gaston mich eines Tages weniger lieben sollte als am Abend zuvor, wenn ich das merken sollte, Renée, dann wisse, daß ich es nicht ihm, sondern mir selbst zum Vorwurf machen werde. Es wäre nicht seine Schuld, sondern die meine. Ich kenne mich, ich bin mehr Liebende als Mutter. Daher sage ich Dir im voraus, daß ich sterben würde, auch wenn ich Kinder hätte. Ehe ich mich mit mir selbst verbinde, Renée, flehe ich Dich also an, wenn jenes Unglück mir zustößt, die Mutter meiner Kinder zu werden, ich vermache sie Dir. Dein Fanatismus für die Pflicht, Deine kostbaren Eigenschaften, Deine Liebe zu Kindern, Deine Zärtlichkeit mir gegenüber, alles, was ich von Dir weiß, wird mir den Tod weniger bitter machen – ihn süß zu machen, das wage ich nicht zu sagen. Dieses Bündnis mit mir selbst verleiht der Feierlichkeit der Hochzeit etwas Schreckliches; deswegen will ich auch keine Zeugen, die mich kennen; deswegen wird meine Hochzeit heimlich gefeiert. Ich möchte für mich allein zittern, ich möchte in Deinen lieben Augen keine Besorgnis sehen, und ich allein will mir bewußt sein, daß ich mit dem neuen Ehekontrakt mein Todesurteil unterschrieben haben könnte.

Ich komme nicht wieder zurück auf diesen Pakt zwischen meinem Ich und dem Ich, das ich sein werde; ich habe ihn Dir anvertraut, um Dir den ganzen Ausdehnungsbereich Deiner Pflichten darzulegen. Ich verheirate mich unter Gütertrennung und im vollen Wissen, so reich zu sein, daß wir beide behaglich leben können; Gaston weiß nicht, wie groß mein Vermögen ist. In vierundzwanzig Stunden werde ich mein Vermögen nach Gutdünken verteilen. Da ich nichts Demütigendes tun will, habe ich zwölftausend Francs Rente auf seinen Namen eintragen lassen; er findet die Verschreibung am Tag vor unserer Hochzeit in seinem Sekretär; und wenn er sie nicht annehmen will, trete ich von allem zurück. Es hat der Drohung bedurft, ich würde ihn nicht heiraten, um von ihm das Recht zu erlangen, seine Schulden zu bezahlen. Ich bin erschöpft von der Niederschrift dieser Geständnisse; übermorgen werde ich Dir mehr darüber berichten, denn morgen muß ich für einen ganzen Tag aufs Land fahren.

20. Oktober

Folgende Maßnahmen habe ich ergriffen, um mein Glück zu verbergen, denn ich will jede wie auch immer beschaffene Gelegenheit zur Eifersucht vermeiden. Ich ähnele der schönen italienischen Prinzessin, die wie eine Löwin ihre Liebe in irgendein Schweizer Dorf schleppte und verzehrte, nachdem sie auf ihre Beute gesprungen war wie eine Löwin. Dagegen erzählte ich Dir von meinen Vorkehrungen lediglich, um Dich um eine weitere Gefälligkeit zu bitten, die nämlich, niemals zu uns zu kommen, ohne daß ich selber Dich darum gebeten hätte, und die Einsamkeit zu achten, in der ich leben will.

Ich habe vor zwei Jahren oberhalb der Teiche von Ville d'Avray, an der Landstraße nach Versailles, etwa zwanzig Morgen Wiesen, ein Stückchen Wald und einen schönen Obstgarten kaufen lassen. Am Ende der Wiesen ist der Boden ausgehoben worden, so daß ein Teich von etwa drei Morgen Fläche entstanden ist; in der Mitte wurde eine anmutig gebuchtete Insel stehengelassen. Auf den beiden hübschen, mit Wald bestandenen Hügeln, die das kleine Tal umschließen, entspringen entzükkende Quellen und rinnen in meinen Park, wo sie mein Architekt geschickt verteilt hat. Diese Wasserläufe münden in die Teiche; man kann sie hier und dort erblicken. Der kleine, von jenem Architekten meisterhaft entworfene Park ist, je nach der Bodenbeschaffenheit, von Hecken, Mauern, Wolfsgräben eingefaßt, ohne daß dabei ein Aussichtspunkt verlorengegangen wäre. Auf halber Höhe, eingerahmt von den Wäldern der Ronce, mit köstlichem Fernblick und an einer sich hinab zum Teich senkenden Wiese, wurde für mich ein Chalet gebaut, ähnlich denen, die die Reisenden auf der Straße von Sitten nach Brig bewundern; diese Straße hat mich bei meiner Rückkehr aus Italien entzückt. Das Innere übertrifft an Eleganz die berühmtesten Chalets. Hundert Schritt von dieser ländlichen Behausung liegt ein reizendes Haus, das mit dem Chalet durch einen unterirdischen Gang verbunden ist; es enthält die Küche, die Nebenräume, die Ställe und Wagenschuppen. Von all diesen Bauten aus Ziegelstein sieht das Auge nur eine Fassade von anmutiger Schlichtheit zwischen Strauchgruppen. Die Gärtnerwohnung bildet ein weiteres Haus; es verdeckt den Eingang der Obst- und Gemüsegärten.

Das Tor dieses Besitzes liegt versteckt in der Mauer, die nach der Waldseite hin als Einfriedung dient; es ist fast unauffindbar. Die schon großen Anpflanzungen werden in zwei oder drei Jahren die Häuser völlig verdeckt haben. Der Wanderer kann dann unsere Wohnstätten nur erraten, wenn er oben von den Hügeln aus den Rauch der Schornsteine gewahrt, oder im Winter, wenn die Blätter gefallen sind.

Mein Chalet ist inmitten einer Landschaft gebaut worden, die dem nachgeahmt ist, was man in Versailles den ›Garten des Königs‹[64] nennt, und man überschaut meinen Teich und meine Insel. Nach allen Seiten hin zeigen die Hügel ihre Laubmassen, ihre schönen Bäume, die vermöge der neuen Zivilliste so gut gepflegt werden können. Meine Gärtner haben Weisung, ringsum nur duftende Blumen zu Tausenden zu züchten, so daß dieser Erdenwinkel ein wohlriechender Smaragd ist. Das Chalet ist bis zum Dach mit wildem Wein bewachsen und völlig eingehüllt von Kletterpflanzen, von Hopfen, Clematis, Jasmin, Winden und Azaleen. Wer unsere Fenster erkennt, kann sich guter Augen rühmen!

Dies Chalet, Liebste, ist ein schönes, gutes Haus mit Heizung und allen Annehmlichkeiten, die die moderne Baukunst durchzuführen verstanden hat; sie schafft ja auf hundert Quadratmetern Paläste. Es enthält eine Wohnung für Gaston und eine

für mich. Das Erdgeschoß wird von einer Diele, einem Empfangszimmer und einem Eßzimmer eingenommen. Oberhalb unserer
Räume befinden sich drei Schlafzimmer, die als nursery dienen
sollen. Ich habe fünf schöne Pferde, einen kleinen, leichten Kutsch-
wagen und einen zweispännigen ›Mylord‹; wir sind nämlich vierzig Minuten von Paris entfernt; wenn wir Lust haben, eine Oper
zu hören, ein neues Stück zu sehen, können wir nach dem Essen
losfahren und abends in unser Nest heimkehren. Die Straße ist
schön und verläuft im Schatten unserer Einfriedungshecke. Meine
Leute, mein Koch, mein Kutscher, der Reitknecht, die Gärtner,
meine Zofe sind durch und durch verläßlich; ich habe sie während
des letzten Halbjahres zusammengesucht; sie unterstehen meinem alten Philippe. Obwohl ich ihrer Anhänglichkeit und Verschwiegenheit gewiß bin, habe ich sie beim eigenen Vorteil gepackt; sie bekommen keine allzu hohen Löhne, die sich indessen
durch das erhöhen, was wir ihnen am Neujahrstag schenken.
Alle wissen, daß die leichteste Verfehlung, daß ein Verdacht
hinsichtlich ihrer Verschwiegenheit sie sehr große Vorteile einbüßen lassen kann. Liebende quälen niemals ihre Dienerschaft,
sie sind von Charakter nachsichtig; somit kann ich mich auf
unsere Leute verlassen.

Alles, was es an Kostbarem, Hübschem und Elegantem in
meinem Haus in der Rue du Bac gab, befindet sich jetzt im Chalet. Der Rembrandt hängt wie irgendein ›Schinken‹ im Treppen-
haus; der Hobbema in ›seinem‹ Arbeitszimmer gegenüber dem
Rubens; der Tizian, den meine Schwägerin Maria mir aus Madrid geschickt hat, schmückt das Boudoir; die von Felipe aufge-
triebenen schönen Möbel sind im Empfangszimmer untergebracht, das der Architekt köstlich ausgestattet hat. Alles im Chalet ist von bewundernswerter Einfachheit, jener Schlichtheit, die
hunderttausend Francs kostet. Unser Erdgeschoß ist über Bruch-
steinen auf Betonfundamenten errichtet und kaum sichtbar vor
Blumen und Sträuchern; es ist von köstlicher Kühle ohne die
mindeste Feuchtigkeit. Und schließlich wogt auf dem Teich
eine Flotte weißer Schwäne.

O Renée, es herrscht in diesem Tal eine Stille, die selbst die
Toten erfreuen würde. Man erwacht vom Gesang der Vögel
oder dem Rauschen des leichten Windes in den Pappeln. Vom

Hügel fließt eine kleine Quelle hernieder; der Architekt hat sie entdeckt, als die Fundamente der Mauer nach der Waldseite hin gelegt wurden; jetzt läuft sie auf silbrigem Sand dem Teich zu, zwischen zwei mit Kresse bewachsenen Ufern: ich weiß nicht, mit welcher Summe sie zu bezahlen wäre. Ob Gaston nicht dies allzu vollkommene Glück einmal hassen wird? Alles ist so schön, daß ich erschaure; die Würmer hausen in den schönen Früchten, die Insekten machen sich an herrliche Blumen. Wird nicht immer der Stolz des Waldes von der gräßlichen braunen Larve vernichtet, deren Gefräßigkeit der des Todes ähnelt? Ich weiß bereits, daß eine unsichtbare eifersüchtige Macht der vollkommenen Glückseligkeit nachstellt. Das hast Du mir übrigens schon vor langer Zeit geschrieben, und Du hast Dich als Prophetin erwiesen.

Als ich vorgestern hergefahren bin, um mich zu überzeugen, ob meine letzten Eingebungen erfüllt worden seien, habe ich gespürt, daß mir Tränen in die Augen stiegen, und ich habe auf die Kostenaufstellung des Architekten zu dessen größtem Erstaunen geschrieben: Ist zu bezahlen. – »Ihr Geschäftsführer wird nicht bezahlen, Madame«, hat er gesagt, »es handelt sich um dreihunderttausend Francs.« Ich habe hinzugeschrieben: Ohne Widerrede!, als eine echte Chaulieu aus dem siebzehnten Jahrhundert. »Aber«, habe ich noch zu ihm gesagt, »ich knüpfe meine Erkenntlichkeit an eine Bedingung: erzählen Sie niemandem, wer es auch sein möge, von diesen Baulichkeiten und dem Park. Niemand darf den Namen der Besitzerin erfahren; versprechen Sie mir auf Ehrenwort, daß Sie diese Klausel meiner Bezahlung beobachten werden.«

Verstehst Du jetzt den Grund meiner hastigen Ausfahrten, des geheimnisvollen Kommens und Gehens? Weißt Du jetzt, wo sich die schönen Dinge befinden, von denen es hieß, sie seien verkauft worden? Begreifst Du den hohen Sinn meiner veränderten Vermögenslage? Liebste, Lieben ist etwas Großes, und wer recht lieben will, darf sich mit nichts anderem befassen. Geld macht mir künftig keine Sorgen mehr; ich habe mir das Leben leichtgemacht, und ich habe mich einmal zur Hausherrin aufgeworfen, um künftig nichts mehr damit zu tun zu haben, bis auf die morgendlichen zehn Minuten mit meinem alten Majordomus Philippe. Ich habe das Leben und seine gefährlichen Kurven sorglich beobachtet; eines Tages hat der Tod mir eine grausame Lehre erteilt, und daraus will ich Nutzen ziehen. Meine einzige Beschäftigung soll sein, ihm zu gefallen und ihn zu lieben, Mannigfaltigkeit dem zu leihen, was für vulgäre Seelen als eintönig erscheint.

Gaston weiß noch nichts. Auf meine Bitte hin hat er sich, gleich mir, in Ville d'Avray niedergelassen; morgen siedeln wir nach Le Chalet über. Unser dortiges Leben wird nicht kostspielig sein; aber wenn ich Dir sagte, mit welcher Summe ich für meine Toilette rechne, dann würdest Du mit Recht sagen: »Sie ist verrückt!« Ich will mich für ihn schmücken, jeden Tag, wie die Frauen es gewöhnlich nur für die Gesellschaft tun. Meine Garderobe für den Landaufenthalt kostet jährlich vierundzwanzigtausend Francs, und dabei ist, was ich tagsüber trage, nicht einmal das teuerste. Er mag einen Kittel tragen, wenn er will! Glaub ja nicht, ich wolle aus diesem Leben einen Zweikampf machen und mich in Einfällen erschöpfen, um die Liebe andauern zu lassen; ich will mir Selbstvorwürfe ersparen, und weiter gar nichts. Mir bleiben noch dreizehn Jahre, in denen ich eine hübsche Frau bin; ich will bis zum letzten Tag des dreizehnten Jahres noch glühender geliebt werden als am Morgen nach meiner heimlichen Hochzeit. Diesmal werde ich immer demütig sein, immer dankbar, ohne ein kaustisches Wort; und ich werde mich zur Dienerin machen, da mir beim erstenmal das Kommandieren zum Verhängnis gediehen ist. O Renée, wenn Gaston gleich mir das Unendliche der Liebe erkannt hat, bin ich mir gewiß, daß ich immer glücklich leben werde. Die Natur rings um das Chalet ist recht schön, die Wälder sind entzückend. Bei jedem Schritt erfreuen die erquicklichsten Landschaften, die Aussichtspunkte im Walde die Seele und erwekken wunderbare Gedanken. Diese Wälder sind erfüllt von Liebe. Ich hoffe, ich habe anderes getan, als mir einen prächtigen Scheiterhaufen zu errichten! Übermorgen bin ich Madame Gaston. Mein Gott, ich überlege, ob es christlich ist, einen Mann so sehr zu lieben. »Nun, es ist ja gesetzlich«, hat mir unser Geschäftsführer gesagt; er ist einer meiner Trauzeugen, und als er endlich den Gegenstand der Liquidation meines Vermögens mit

eigenen Augen sah, hat er ausgerufen: »Hierdurch verliere ich
eine Klientin.« Du, mein schönes, ich wage nicht mehr, zu sagen:
geliebtes, Rehlein, Du kannst Dir sagen: Dadurch verliere ich
eine Schwester.

Mein Engel, schreib künftig an Madame Gaston, Versailles,
postlagernd. Ich lasse unsere Briefe täglich abholen. Ich will
nicht, daß wir hier in der Gegend bekannt werden. Alle unsere
Lebensmittel sollen in Paris beschafft werden. Auf diese Weise
hoffe ich, in der Verborgenheit leben zu können. Seit einem
Jahr, seit diese Zufluchtsstätte vorbereitet worden ist, ist hier
niemand gesehen worden, und der Kauf wurde während der
Unruhen abgeschlossen, die der Juli-Revolution folgten. Der einzige Mensch, der sich hier in der Gegend gezeigt hat, ist mein
Architekt: man kennt nur ihn, und er wird nicht wiederkommen. Leb wohl. Indem ich dieses Wort niederschreibe, empfinde
ich im Herzen ebensoviel Schmerz wie Freude; heißt das nicht:
Dich genauso heftig vermissen, wie ich Gaston liebe?

XLIX

Marie Gaston an Daniel d'Arthez

Oktober 1833

Mein lieber Daniel, ich brauche zwei Zeugen für meine Trauung;
bitte kommen Sie doch morgen abend zu mir und bringen Sie
unsern Freund, den guten, großen Joseph Bridau, mit. Die meine
Frau wird, beabsichtigt, fern von Welt und Gesellschaft und von
niemandem gekannt zu leben: sie hat meinen Lieblingswunsch
erahnt. Sie, der Sie mir die Nöte eines Lebens in Armut linder-
ten, haben nichts von meiner Liebschaft erfahren; aber, wie Sie
sich denken können, die Geheimhaltung war notwendig. Das ist
der Grund, daß wir einander seit einem Jahr so wenig gesehen
haben. Am Tag nach meiner Hochzeit werden Sie und ich auf
lange Zeit getrennt sein. Daniel, Sie haben eine Seele, die dazu
geschaffen ist, mich zu verstehen: die Freundschaft soll auch ohne
den Freund fortdauern. Vielleicht werde ich Ihrer manchmal bedürfen; aber sehen kann ich Sie nicht, wenigstens nicht bei mir

daheim. Sie ist, was das betrifft, noch über unsere Wünsche hinausgegangen. Sie hat mir die Freundschaft geopfert, die sie mit einer Kindheitsfreundin verband; jene Freundin ist für sie wie eine echte Schwester; also habe ich ihr meinen Freund opfern müssen. Was ich Ihnen hier schreibe, läßt Sie sicherlich nicht auf eine Leidenschaft schließen, sondern auf eine schrankenlose, vollkommene, göttliche Liebe; sie gründet sich auf das innigste Verstehen zweier Wesen, die sich auf diese Weise vereinigen. Mein Glück ist rein, unendlich; aber da es ein geheimes Gesetz gibt, das uns verbietet, ungetrübte Seligkeit zu genießen, verberge ich in der Tiefe meiner Seele, eingesargt im letzten Winkel, einen Gedanken, der mich allein schmerzt und von dem sie nichts weiß. Sie haben mir in meiner beständigen Not allzu oft geholfen, als daß Sie die schreckliche Lage verkennen konnten, in der ich mich befand. Wo hätte ich den Mut zum Weiterleben schöpfen können, wenn die Hoffnung immer wieder erlosch? In Ihrer Vergangenheit, lieber Freund, in Ihrem Haus, wo ich soviel Zuspruch und taktvolle Hilfe fand! Kurzum, mein Lieber, meine erdrückenden Schulden – sie hat sie bezahlt. Sie ist reich, und ich habe nichts. Wie oft habe ich mir gesagt, wenn mich Faulheit überkam: Ach, wenn sich doch eine reiche Dame meiner annähme. Und jetzt, nun es Tatsache geworden ist, sind die Scherze der unbedenklichen Jugend, die vorgefaßten Meinungen der skrupellosen Armut samt und sonders dahin. Ich bin gedemütigt, trotz des einfühlsamsten Zartsinns. Ich bin gedemütigt, trotz der mir gewordenen Gewißheit des Adels ihrer Seele. Ich bin gedemütigt im Wissen, daß meine Demütigung ein Beweis meiner Liebe ist. Mit andern Worten: sie hat es mitangesehen, daß ich vor dieser Erniedrigung nicht zurückgeschreckt bin. Das ist ein Punkt, wo ich alles andere als der Beschützer, sondern vielmehr der Schützling bin. Diesen Schmerz vertraue ich Ihnen an. Abgesehen von diesem Punkt sind meine Träume bis in die winzigsten Kleinigkeiten erfüllt. Ich habe das Schöne ohne Makel, das Gute ohne Fehler gefunden. Kurzum, wie man sagt, die Braut ist zu schön: sie hat Geist in der Zärtlichkeit, sie besitzt jenen Zauber und jene Anmut, die der Liebe Mannigfaltigkeit leihen, sie ist gebildet und versteht alles; sie ist hübsch, blond, klein und ein bißchen üppig; man könnte meinen, Raffael und Rubens hätten sich zusammengetan, um diese Frauengestalt zu malen! Ich weiß nicht, ob ich je imstande gewesen wäre, eine brünette Frau so zu lieben wie eine blonde: mir hat immer geschienen, als sei die brünette Frau ein verfehlter Knabe. Sie ist Witwe, hat nie Kinder gehabt und ist siebenundzwanzig Jahre alt. Obwohl lebhaft, behend und unermüdlich, gefällt sie sich dennoch in ernsten Gedanken, wie die Melancholie sie eingibt. Diese wunderbaren Gaben schließen bei ihr weder Würde noch Adel aus: sie flößt Ehrfurcht ein. Obgleich sie einer der ältesten und stolzesten Adelsfamilien angehört, liebt sie mich so sehr, daß sie sich über die Unzulänglichkeit meiner Herkunft hinwegsetzt. Unsere heimliche Liebschaft hat lange gewährt; wir haben einander geprüft; wir neigen beide gleichermaßen zur Eifersucht: unsere Gedanken sind das zweifache Aufleuchten desselben Blitzes. Wir lieben beide zum erstenmal, und dieser köstliche Frühling schließt in seine Freuden alle Szenen ein, die die Phantasie mit ihren lachendsten, holdesten, tiefsten Eingebungen auszuschmücken wußte. Das Gefühl hat seine Blumen an uns verschwendet. Jeder dieser Tage ist erfüllt gewesen, und wenn wir nicht beieinander waren, schrieben wir uns Gedichte. Ich habe mir niemals einfallen lassen, diese strahlende Zeit durch ein Begehren zu trüben, obwohl meine Seele davon unablässig aufgewühlt wurde. Sie war Witwe und frei, sie hat wundervoll das Schmeichelhafte dieser beständigen Zurückhaltung verstanden; sie war deswegen oft zu Tränen gerührt. Du wirst also, lieber Daniel, wenn auch nur für kurze Zeit, ein wahrhaft höhergeartetes Geschöpf kennenlernen. Nicht einmal der erste Liebeskuß ist ausgetauscht worden: wir haben einander gescheut.

»Jeder von uns hat sich eine Not vorzuwerfen«, hat sie zu mir gesagt.

»Welche könnte die Ihre sein?«

»Meine Ehe«, hat sie geantwortet.

Sie, der Sie ein großer Mensch sind und der Sie eine der außerordentlichsten Frauen jener Aristokratie lieben, in der ich meine Armande gefunden habe, werden allein schon aus diesem Ausspruch jene Seele erraten und das Glück

Ihres Freundes Marie Gaston.

L

Madame de l'Estorade an Madame de Macumer

Wie, Louise, nach all dem tiefen Unglück, das Dir aus einer beiderseitigen Leidenschaft erwuchs, gerade in der Geborgenheit der Ehe, willst Du mit einem Gatten in der Einsamkeit leben? Nachdem Du den einen durch das Leben in Welt und Gesellschaft umgebracht hast, willst Du Dich zurückziehen, um einen zweiten zu verschlingen? Welche Kümmernisse bahnst Du Dir an! Aber aus der Art und Weise, wie Du Dich darein verstrickt hast, ersehe ich, daß alles unwiderruflich ist. Ein Mann, der Dich von Deiner Abneigung gegen eine zweite Ehe zu heilen vermochte, muß einen engelhaften Geist, ein göttliches Herz besitzen; also bleibt mir nichts, als Dich Deinen Illusionen zu überlassen; aber hast Du denn vergessen, was Du mir von den jungen Männern gesagt hast, die sämtlich durch unsaubere Stätten hindurchgegangen sind und ihre Reinheit an den abscheulichsten Kreuzwegen eingebüßt haben? Wer ist anders geworden, Du oder sie? Du bist gut daran, daß Du an das Glück glaubst: ich bringe nicht die Kraft auf, Dich zu tadeln, obwohl der Instinkt der Zärtlichkeit mich antreibt, Dich von dieser Heirat zurückzuhalten. Ja, hundertmal ja, die Natur und die Gesellschaft tun sich zusammen, um das Bestehen vollkommener Glückseligkeit zu zerstören, da eine solche gegen die Natur und gegen die Gesellschaft verstößt, weil der Himmel vielleicht neidisch auf sein Vorrecht ist. Mit einem Wort: meine Freundschaft ahnt irgendein Unheil, das keinerlei Vorausschau mir zu erklären vermöchte: ich weiß nicht, von wannen es kommen noch was es erzeugen wird; aber Liebste, ein ungeheures, grenzenloses Glück wird Dich sicherlich zermalmen. Maßlose Freude ist noch schwerer zu ertragen als das schwerste Leid. Ich sage nichts gegen ihn: Du liebst ihn, und ich habe ihn schwerlich je gesehen; aber Du wirst mir, das hoffe ich, eines Tages ein Bild dieses schönen, seltsamen Tiers entwerfen.

Du siehst, ich schicke mich heiter in Deinen Entschluß, denn ich bin mir gewiß, daß Ihr nach den Flitterwochen beide in gegenseitiger Übereinkunft tun werdet wie alle Welt. Eines Tages, in zwei Jahren, wenn wir bei einer Spazierfahrt über jene Landstraße kommen, wirst Du mir sagen: »Sieh, da liegt das Chalet, aus dem ich nie wieder heraus wollte!« Und dann wirst Du Dein gutes Lachen lachen und dabei Deine hübschen Zähne zeigen. Ich habe Louis noch nichts gesagt, wir hätten ihn allzusehr zum Lachen gereizt. Ich werde ihm ganz einfach Deine Heirat vermelden und Deinen Wunsch, sie geheimzuhalten. Leider bedarfst Du weder einer Mutter noch einer Schwester, um Dich ins Brautbett zu geleiten. Wir sind im Oktober, als tapfere Frau beginnst Du mit dem Winter. Handelte es sich nicht um eine Ehe, so würde ich sagen, Du packtest den Stier bei den Hörnern. Nun, Du wirst in mir stets die diskreteste und klügste Freundin besitzen. Das geheimnisvolle Innere Afrikas hat schon viele Reisende verschlungen, und mir ist, als stürztest Du Dich, was die Gefühle betrifft, in eine Reise ähnlich denen, bei denen so viele Forscher umgekommen sind, sei es durch die Neger, sei es im Wüstensand. Deine Wüste liegt zwei Meilen von Paris entfernt, ich kann also frohgemut zu Dir sagen: Glückliche Reise! Du wirst schon zu uns zurückkommen.

LI

Die Gräfin de l'Estorade an Madame Marie Gaston

1835

Wie mag es Dir gehen, Liebste? Nach einem zwei Jahre langen Schweigen ist es Renée wohl gestattet, sich um Louise zu sorgen. Das also ist die Liebe! Sie besiegt eine Freundschaft wie die unsre, sie macht sie zunichte. Gib zu, wenn ich auch meine Kinder mehr vergöttere, als Du Deinen Gaston liebst, ist dennoch dem mütterlichen Gefühl eine solche Unermeßlichkeit eigen, daß es allen sonstigen Zuneigungen nicht abträglich ist, und daß es einer Frau gestattet, überdies noch eine aufrichtige, hingebende Freundin zu sein. Deine Briefe, Dein liebes, reizendes Gesicht fehlen mir. Ich bin, was Dich betrifft, bloß auf Vermutungen angewiesen, Louise!

Was nun aber uns angeht, so will ich Dir alles so kurz und bündig wie möglich darlegen.

Beim nochmaligen Durchlesen Deines vorletzten Briefes bin ich auf einige bittere Worte über unsere politische Einstellung gestoßen. Du hast Dich über uns lustig gemacht, daß wir den Präsidentensitz im Rechnungshof beibehalten haben, den wir, wie den Grafentitel, der Gunst Karls X. verdankten; aber kann man bei einem Einkommen von vierzigtausend Francs, wovon dreißigtausend auf ein Majorat fallen, Athénaïs und den armen kleinen Bettler René gebührend ausstatten? Müssen wir nicht von unserer Stellung leben und die Einkünfte unserer Ländereien vernünftig beiseite legen? In zwanzig Jahren werden wir etwa sechshunderttausend Francs beisammen haben, und die sollen dazu dienen, meine Tochter und René, der zur Marine soll, auszusteuern. Mein armer Kleiner wird ein Einkommen von zehntausend Francs haben, und vielleicht können wir ihm eine Summe in bar hinterlassen, die seinen Anteil dem seiner Schwester gleichmacht. Wenn er erst ein Schiff befehligt, kann mein Bettler eine reiche Heirat machen; dann kann er in der Gesellschaft den gleichen Rang einnehmen wie sein älterer Bruder.

Diese vernünftigen Berechnungen haben uns dazu bestimmt, die neue Ordnung der Dinge zu billigen. Natürlich hat die neue Dynastie Louis zum Pair von Frankreich und zum Großoffizier der Ehrenlegion ernannt. Von dem Augenblick an, da l'Estorade den Eid ablegte, durfte er es nicht mit Halbheiten bewenden lassen; seither hat er der Kammer große Dienste geleistet. Er ist jetzt in eine Stellung gelangt, in der er ruhig bis ans Ende seiner Tage verbleiben kann. Er bezeigt Geschicklichkeit in den Geschäften; er ist mehr ein angenehmer Sprecher als ein Redner, aber das genügt für das, was wir von der Politik verlangen. Seine Klugheit, seine Kenntnisse, sei es, was die Regierung, sei es, was die Verwaltung betrifft, werden geschätzt, und alle Parteien betrachten ihn als einen unentbehrlichen Mann. Ich kann Dir sagen, daß ihm letzthin ein Gesandtenposten angeboten worden ist; aber ich habe ihn dahingebracht, daß er ihn ausschlug. Die Schulzeit Armands, der jetzt dreizehn ist, und diejenige Athénaïs', die ins elfte geht, halten mich in Paris fest, und ich will hierbleiben, bis mein kleiner René die seinige hinter sich gebracht hat; sie beginnt gerade.

Um der älteren Linie treu zu bleiben und auf seinen Landbesitz zurückzukehren, müßte man nicht drei Kinder zu erziehen und zu betreuen haben. Eine Mutter, mein Engel, darf kein Decius[65] sein, zumal in einer Zeit, da Leute wie die Decius' rar sind. In fünfzehn Jahren kann l'Estorade sich mit einem guten Ruhegehalt nach La Crampade zurückziehen und Armand beim Rechnungshof einführen; Armand wird dann dort als Referendar weiterarbeiten. Was nun René betrifft, so wird die Marine sicherlich aus ihm einen Diplomaten machen. Der kleine Junge ist mit seinen sieben Jahren schon so gewitzt wie ein alter Kardinal.

Ach, Louise, ich bin eine überglückliche Mutter! Meine Kinder beschenken mich nach wie vor mit Freuden ohne Zahl. (Senza brama sicura ricchezza.[66]) Armand besucht das Collège Henri IV. Ich habe mich zu einer öffentlichen Erziehungsanstalt entschlossen, freilich ohne mich von ihm trennen zu können, und damit habe ich getan wie der Herzog von Orléans[67], ehe er Louis-Philippe war; vielleicht ist er es dadurch geworden. Jeden Morgen bringt Lucas, der alte Diener, den Du kennst, Armand zur ersten Unterrichtsstunde zur Schule und bringt ihn mir um halb fünf wieder heim. Ein alter, gelehrter Repetitor, der bei uns wohnt, läßt ihn abends arbeiten und weckt ihn morgens zu der Stunde, zu der die Internatsschüler aufstehen müssen. Mittags bringt Lucas während der Pause Armand das Essen. Auf diese Weise sehe ich den Jungen beim Abendessen und vor dem Zubettgehen, und morgens bin ich dabei, wenn er fortgeht. Armand ist nach wie vor der reizende, gutherzige, zuverlässige Junge, den Du lieb hast; sein Repetitor ist mit ihm zufrieden. Ich habe meine Naïs um mich und den Kleinen, und beide plappern ohne Unterlaß, und ich bin ebenso Kind wie sie. Ich habe mich nicht entschließen können, auf die reizenden Zärtlichkeiten meiner geliebten Kinder zu verzichten. Es ist mir eine Daseinsnotwendigkeit, daß ich die Möglichkeit besitze, an Armands Bett zu eilen, sobald ich es möchte, um ihn schlafend zu sehen, oder um einen Kuß dieses Engels zu nehmen, zu erbitten, zu erhalten.

Dennoch bringt das System, die Kinder daheim im Vaterhaus zu behalten, manche Unzuträglichkeiten mit sich, und ich bin mir ihrer vollauf bewußt. Die Gesellschaft ist eifersüchtig wie die Natur und läßt nie einen Verstoß gegen ihre Gesetze zu; sie duldet nicht, daß man dadurch ihre zweckmäßigen Einrichtungen stört. Daher sind in Familien, die ihre Kinder bei sich behalten, diese zu früh dem Feuer der Welt ausgesetzt, sie sehen deren Leidenschaften, sie gewahren deren Verstellungskünste. Da sie außerstande sind, die unterschiedlichen Beweggründe zu erraten, aus denen das Verhalten der Erwachsenen entspringt, unterwerfen sie die Welt ihren Gefühlen, ihren Leidenschaften, anstatt ihre Wünsche und Forderungen der Welt unterzuordnen; sie eignen sich den falschen Glanz an, der stärker schimmert als die soliden Tugenden, denn die Welt kehrt vor allem den Augenschein hervor und kleidet ihn in lügnerische Formen. Wenn ein Junge mit fünfzehn Jahren über die Sicherheit eines Mannes verfügt, der sich in der Welt auskennt, so ist er etwas Ungeheuerliches, wird mit fünfundzwanzig ein Greis und macht sich durch jenes frühreife Wissen ungeeignet für alle wirklichen Studien, auf denen die echten und ernsthaften Talente beruhen. Welt und Gesellschaft sind große Komödianten; und wie Komödianten nehmen sie auf und geben alles wieder von sich; sie behalten nichts zurück. Also muß eine Mutter, wenn sie ihre Kinder im Hause behält, den festen Entschluß fassen, sie daran zu hindern, in die Gesellschaft einzudringen, den Mut aufbringen, den Wünschen der Kinder und den eigenen zu widerstreben, sie nicht vorzuzeigen. Cornelia[68] mußte ihre Kleinode verstecken. So werde auch ich tun, denn meine Kinder sind mein ganzes Leben.

Ich bin dreißig Jahre alt, jetzt ist die ärgste Tageshitze vorüber, der schwierigste Teil des Weges liegt hinter mir. In ein paar Jahren bin ich eine alte Frau, daher schöpfe ich ungeheure Kraft aus dem Gefühl erfüllter Pflichten. Man könnte meinen, die drei kleinen Wesen kennten meine Gedanken und paßten sich ihnen an. Es bestehen zwischen ihnen, die mich nie verlassen haben, und mir geheimnisvolle Beziehungen. Kurz und gut: sie überschütten mich mit Freuden, als seien sie sich bewußt, was alles an Entschädigungen sie mir schuldig sind.

Armand, der sich während der drei ersten Schuljahre schwerfällig und nachdenklich gezeigt und mir Sorgen gemacht hatte, ist plötzlich aufgewacht. Sicherlich hat er Ziel und Zweck dieser vorbereitenden Arbeiten begriffen, was den Kindern nicht immer klar wird, nämlich, sie an die Arbeit zu gewöhnen, ihre Intelligenz zu schärfen und ihnen Gehorsam beizubringen, das Grundprinzip gesellschaftlichen Lebens. Liebste, vor einigen Tagen wurde mir die berauschende Freude, zu erleben, daß mein Armand beim allgemeinen Wettbewerb in der Sorbonne ausgezeichnet wurde. Dein Patenkind hat den ersten Preis im Übersetzen erhalten. Bei der Verteilung der Preise im Collège Henri IV hat er die beiden ersten Preise bekommen, den für Verse und den für Aufsatz. Ich bin blaß geworden, als ich hörte, wie sein Name aufgerufen wurde, und am liebsten hätte ich ausgerufen: Ich bin die Mutter! Naïs hat mir die Hand gedrückt, daß es weh getan hätte, wenn man in solch einem Augenblick überhaupt Schmerzen verspüren könnte. Ach, Louise, dieses Fest wiegt viele versäumte Stunden der Liebe auf.

Die Triumphe des Bruders haben meinen kleinen René angestachelt; er will wie sein älterer Bruder ebenfalls das Collège besuchen. Manchmal schreien und toben die drei Kinder im Haus umher und vollführen einen Lärm, daß einem der Kopf dröhnt. Ich weiß nicht, wie ich es überstehe, denn ich bin stets bei ihnen; ich habe kein Vertrauen zu andern, nicht einmal zu Mary, und mag ihnen die Sorge für meine Kinder nicht überlassen. Aber wieviel Freuden heimst eine Mutter bei ihren schönen Obliegenheiten ein! Es zu erleben, daß ein Kind sein Spiel unterbricht, zu mir gelaufen kommt und mich küßt, als treibe es ein Verlangen dazu . . . welch eine Freude ist das! Außerdem kann man sie dann besser beobachten. Eine der Pflichten einer Mutter ist es, schon im zartesten Alter sich über ihre Fähigkeiten klarzuwerden, über den Charakter, über die Berufung der Kinder, was kein Pädagoge je zustande brächte. Alle von ihren Müttern erzogenen Kinder haben Umgangsformen und Lebensart, zwei Angewohnheiten, die die natürlichen Anlagen ergänzen, wogegen die natürlichen Anlagen niemals zu ersetzen vermögen, was die Menschen von ihren Müttern lernen. Ich erkenne bereits diese Nuancen bei den Menschen in den Salons, wo ich sogleich die Spuren der Frau im Benehmen eines jungen Herrn wahrnehme. Wie dürfte man seine Kinder eines solchen Vorteils berauben? Du siehst, meine erfüllten Pflichten bringen mir reiche Früchte.

Armand, dessen bin ich gewiß, wird einmal ein ganz ausgezeichneter Beamter, der geschickteste Verwaltungsmann, der gewissenhafteste Abgeordnete, der sich je finden ließe, während mein kleiner René der kühnste, abenteuerlustigste und gleichzeitig durchtriebenste Seemann der Welt sein wird. Der drollige kleine Kerl hat einen eisernen Willen; er setzt alles durch, was er will, er macht tausend Umwege, um an sein Ziel zu gelangen, und wenn die tausend ihn nicht hinführen, macht er noch einen weiteren ausfindig. Da, wo mein guter Armand still resigniert und den Dingen auf den Grund geht, tobt mein René, zerbricht sich den Kopf, stellt unter fortwährendem Geplapper Überlegungen an und entdeckt schließlich ein Schlupfloch; wenn er nur irgendwo eine Messerklinge hineinstecken kann, läßt er bald seinen kleinen Wagen hindurchfahren.

Naïs nun aber ist so sehr mein Ebenbild, daß ich keinen Unterschied zwischen uns finde. Ach, das allerliebste, das geliebte kleine Mädchen, das kokett zu machen ich mir gefalle, dessen Haar ich flechte, dessen Locken ich ordne, wobei ich meine Liebesgedanken mit hineinwinde, ich will, daß sie glücklich wird: ich gebe sie nur einem, der sie liebt und den sie liebt. Aber, mein Gott, wenn ich sie sich herausputzen lasse oder ihr johannisbeerfarbene Seidenbänder ins Haar flechte, wenn ich die Schuhe über ihre niedlichen Füßchen streife, springt mir in Herz und Kopf ein Gedanke auf, der mich fast ohnmächtig werden läßt. Ist man denn Herrin über das Schicksal seiner Tochter? Vielleicht liebt sie einmal einen ihrer unwürdigen Mann, vielleicht wird sie nicht von dem geliebt, den sie liebt. Oft, wenn ich sie anschaue, steigen mir Tränen in die Augen. Ein bezauberndes Geschöpf verlassen, eine Blume, eine Rose, die an unserer Brust gediehen ist wie eine Knospe am Rosenstrauch, und sie einem Mann geben, der uns alles raubt! Du hast mir zwei Jahre lang nicht die drei Worte ›Ich bin glücklich‹ geschrieben; Du hast mich von neuem an das Drama der Ehe erinnert, das entsetzlich ist für eine Mutter, die so sehr wie ich Mutter ist. Leb wohl, denn ich weiß nicht, warum ich Dir schreibe, Du verdienst meine Freundschaft nicht. Oh, antworte mir, Louise!

LII

Madame Gaston an Madame de l'Estorade

Auf Le Chalet

Ein zwei Jahre lang währendes Schweigen hat Deine Neugier angestachelt, Du fragst, warum ich Dir nicht geschrieben habe; aber, liebe Renée, es gibt keine Sätze, keine Worte, keine Sprache, um mein Glück auszudrücken: unsere Seelen haben die Kraft, es zu ertragen, das ist es, kurz gesagt. Wir brauchen uns nicht die geringste Mühe zu geben, glücklich zu sein, wir verstehen einander in allen Dingen. Innerhalb dreier Jahre hat es nicht die mindeste Dissonanz in diesem Zusammenspiel gegeben, nicht den leisesten Mißton im Ausdrücken unserer Gefühle, nicht die mindeste Abweichung in unserer leisesten Willensäußerung. Kurzum, Liebste, unter diesen tausend Tagen war nicht einer, der nicht seine besondere Frucht getragen, kein Augenblick, den die Phantasie nicht zu etwas Köstlichem gemacht hätte. Nicht nur, daß unser Leben, dessen sind wir gewiß, niemals eintönig werden wird, sondern es wird vielleicht niemals weit genug sein, um alles Poetische unserer Liebe zu enthalten, die fruchtbar wie die Natur ist, und mannigfaltig wie sie. Nein, kein einziger Rechenfehler! Wir haben noch mehr Gefallen aneinander als am ersten Tag, und wir nehmen von Minute zu Minute neue Gründe für unsere Liebe wahr. Jeden Abend, wenn wir nach dem Essen spazierengehen, nehmen wir uns vor, aus purer Neugier nach Paris zu fahren, wie man sagt: Ich will mir mal die Schweiz anschauen.

»Denk nur«, ruft Gaston, »dieser oder jener Boulevard wird umgestaltet, die Madeleine[69] ist fertig. Das müßte man sich mal anschaun.«

Pah! Am andern Morgen bleiben wir im Bett und frühstücken in unserm Schlafzimmer; der Mittag rückt heran, es wird heiß, wir gestatten uns eine kleine Siesta; dann bittet er, mich anschauen zu dürfen, und betrachtet mich, als sei ich ein Bild; er versenkt sich in diese Betrachtung, die, Du errätst es wohl, wechselseitig ist. Dann treten uns beiden die Tränen in die Augen, wir denken an unser Glück und erbeben. Ich bin nach wie vor seine Geliebte, was besagen soll, daß ich weniger zu lieben scheine, als ich geliebt werde. Diese Täuschung ist köstlich. Es ist so reizvoll für uns Frauen, zu erleben, wie das Gefühl den Sieg über das Begehren davonträgt, zu erleben, daß der Herr und Meister schüchtern dort innehält, wo wir wünschen, daß er bliebe! Du hast mich gebeten, Dir zu schreiben, wie er sei, aber, liebe Renée, es ist unmöglich, ein Bildnis des Mannes zu entwerfen, den man liebt; man bliebe nicht bei der Wahrheit. Ferner, ganz unter uns, wollen wir uns ohne Prüderie ein seltsames und trauriges Ergebnis unserer Sitten eingestehen: es gibt nichts so Unterschiedliches wie den Mann der Gesellschaft und den Mann der Liebe; der Unterschied ist so groß, daß der eine dem andern in nichts ähnelt. Der Mann, der die anmutigsten Posen des anmutigsten Tänzers einnimmt, wenn er uns abends am Kamin ein Liebeswort sagt, braucht keinen der heimlichen Reize zu besitzen, die eine Frau nun einmal will. Im Gegensatz dazu kann in einem häßlich wirkenden Mann ohne Manieren, der ungeschickt in schwarzen Stoff gehüllt ist, ein Liebhaber verborgen sein, der den Geist der Liebe besitzt und der sich in keiner der Lagen der Lächerlichkeit aussetzt, in denen wir mit allen unseren äußeren Reizen zugrunde gehen könnten. Bei einem Mann dem geheimnisvollen Zusammenklang zwischen dem, was er zu sein scheint, und dem, was er ist, zu begegnen, in ihm jemanden zu finden, der im intimen Eheleben die angeborene Grazie, die einem geschenkt wird und die sich nicht erwerben läßt, bezeigt; in ihm jene Grazie zu finden, die die antike Plastik in den wollüstigen und keuschen Vermählungen ihrer Statuen bekundet hat, jene Unschuld des Sichgehenlassens, die die Alten in ihren Dichtungen bezeigten und die im Nackten noch Kleider für die Seelen zu haben scheint; das Vollkommene in ihm zu entdecken, das aus uns selbst entspringt und das mit der Welt der Harmonien zusammenhängt, die sicherlich den Geist der Dinge bildet; kurzum: das ungeheure Problem, das durch die Phantasie von allen Frauen gesucht wird – nun, Gaston ist seine lebendige Lösung. Ach, Liebste, ich habe nicht gewußt, was es bedeutet, wenn Liebe, Jugend, Geist und Schönheit sich vereinen. Mein Gaston ist nie affektiert, seine Anmut ist instinktiv, sie entwickelt sich mühelos. Wenn wir allein im Wald spazierengehen, schlingt er den Arm um meine Taille, meine Hand liegt auf seiner Schulter, unsere Köpfe berühren einander; wir gehen gleichen Schrittes, in ein und derselben Bewegung, die so innig ist, so völlig die gleiche, daß wir für Leute, die uns etwa vorübergehen sehen könnten, als ein einziges Wesen zu erscheinen vermöchten, das über den Sand der Waldwege hinweggleitet gleich den Unsterblichen des Homer. Diese Harmonie waltet im Wünschen, im Denken, im Wort. Manchmal, unter dem von einem rasch vorübergehenden Regen noch feuchten Laubwerk, wenn am Abend das nasse Gras von leuchtendem Grün ist, haben wir lange Gänge zurückgelegt, ohne ein einziges Wort miteinander zu sprechen, lauschten dem Geräusch der fallenden Tropfen, genossen die roten Farbtöne, die die untergehende Sonne über die Gipfel breitete oder über die graue Rinde strich. Sicherlich waren unsere Gedanken dann ein heimliches, wirres Gebet, das zum Himmel aufstieg wie eine Entschuldigung unseres Glücks. Manchmal tun wir beide gleichzeitig den gleichen Ausruf, wenn wir am Ende eines jäh abbiegenden Waldweges in der Ferne köstliche Bilder gewahren. Wenn Du wüßtest, was an Honig und Tiefe in einem fast scheuen Kuß liegt, der inmitten dieser heiligen Natur gegeben wird ... man könnte glauben, Gott habe uns einzig geschaffen, um auf diese Weise zu ihm zu beten. Und dann kehren wir heim und sind immer verliebter einer in den andern. In Paris würde eine solche Liebe zwischen Ehegatten als eine Beleidigung der Gesellschaft wirken; wir müssen uns ihr, wie Liebespaare, in der Waldestiefe hingeben.

Gaston, Liebste, ist von mittlerer Größe, wie es alle energischen Männer gewesen sind; er ist weder fett noch mager und sehr gut gebaut; seine Proportionen sind gerundet, in seinen Bewegungen ist er gewandt, er überspringt einen Graben mit der Leichtigkeit eines Raubtiers. Welche Stellung er auch einnehmen möge, es wohnt ihm ein Sinn inne, der ihn stets sein Gleichgewicht finden läßt, und das ist etwas Seltenes bei Männern, die es gewohnt sind, sich Gedanken hinzugeben. Obwohl er ein dunkler Typ ist, wirkt seine Haut sehr hell. Sein Haar ist rabenschwarz und bildet kräftige Kontraste zu der matten Tönung von Hals und Stirn. Er hat das melancholische Antlitz Ludwigs XIII. Er trägt Schnurrbart und Kinnbärtchen, doch habe ich ihn sich die Koteletten und den Vollbart scheren lassen; dergleichen ist zum Gängigen geworden. Sein heiliges Elend hat ihn mir rein von all den Befleckungen bewahrt, die so viele junge Männer verderben. Er hat herrliche Zähne, er ist von eiserner Gesundheit. Sein Blick ist blau und lebhaft, aber für mich von magnetischer Sanftheit; er strahlt auf und leuchtet wie ein Blitz, wenn sein Inneres erregt ist. Wie alle starken Menschen von mächtiger Intelligenz ist er von einer Ausgeglichenheit des Charakters, die Dich überraschen würde, wie sie mich überrascht hat. Ich habe viele Frauen mir den Kummer anvertrauen hören, den ihr häusliches Leben ihnen machte; aber jene Willensschwankungen, jene Unruhe der mit sich selbst unzufriedenen Männer, die nicht altern wollen oder sich aufs Altern nicht verstehen, die sich ewig Vorwürfe wegen ihrer durchtollten Jugend machen, in deren Adern Gifte strömen, deren Blick stets einen Hintergrund von Trauer hat, die sich streitsüchtig stellen, um ihre Unsicherheit zu tarnen, die uns eine Stunde der Ruhe gegen schlimme Vormittage verkaufen, die sich an uns rächen, weil sie nicht liebenswert sein können und gegen unsere Schönheit heimlichen Haß hegen – alle diese Nöte kennt die Jugend nicht, sie sind eine Begleiterscheinung der Ehen ungleicher Partner. Oh, Liebste, verheirate Athénaïs einzig und allein mit einem jungen Mann. Wenn Du wüßtest, wie ich mich an seinem beständigen Lächeln labe, das ein feiner, zartfühlender Geist immerfort vermannigfacht, seinem Lächeln, das beredt ist, das in den Mundwinkeln Liebesgedanken in sich beschließt, stummen Dank, und das stets vergangene Freuden mit gegenwärtigen vereint! Zwischen uns gibt es nichts, was vergessen wäre. Wir haben aus den unscheinbarsten Dingen der Natur Helfershelfer unserer Glückseligkeiten gemacht: alles ist lebendig, alles in den entzückenden Wäldern spricht zu uns von uns. Eine alte, bemooste Eiche nahe dem Haus des Wegewärters sagt uns, daß wir uns einmal müde in ihren Schatten gelagert haben, und daß Gaston mir die Moose erklärt hat, die dort zu unsern Füßen wuchsen, mir ihre Geschichte darlegte; und dann sind wir von jenen Moosen aus immer höher gestiegen, von Wissenschaft zu Wissenschaft, bis ans Ende der Welt. Unser beider Denken hat etwas so Brüderliches, daß ich meine, wir sind zwei Auflagen desselben Werks. Du siehst: ich bin literarisch geworden. Wir besitzen beide die Gewohnheit oder die Gabe, jedes Ding in seiner ganzen Ausdehnung zu überschauen, alles darin und daran wahrzunehmen, und der Beweis dafür, den wir uns beständig vor der Reinheit des inneren Sinnes ablegen, ist eine immer erneute Lust. Wir sind dahingelangt, dieses geistige Einverständnis als ein Zeugnis der Liebe zu betrachten; und wenn wir es je einbüßen sollten, wäre das für uns dasselbe, was in andern Ehen ein Treubruch ist.

Mein von Freuden erfülltes Leben würde Dir übrigens außerordentlich arbeitsam vorkommen. Vor allem, Liebste, vernimm, daß Louise-Armande-Marie de Chaulieu eigenhändig ihr Schlafzimmer in Ordnung bringt. Ich werde es niemals dulden, daß bezahlte Hände, daß eine fremde Frau oder ein fremdes Mädchen in die Geheimnisse meines Schlafzimmers Einblick gewönnen (diesen Konjunktiv schreibt die Literatenfrau!). Meine Religion umfaßt auch das geringste, was zu ihrem Kult erforderlich ist. Das ist nicht Eifersucht, sondern eher Selbstachtung. Daher wird mein Schlafzimmer mit einer Sorgfalt in Ordnung gebracht, wie sie etwa eine junge Verliebte ihren Lieblingsgegenständen zuteil werden läßt. Ich bin peinlich genau wie eine alte Jungfer. Mein Ankleidekabinett ist statt eines Tohuwabohus ein entzückkendes Boudoir. Mein Spürsinn hat alles vorausgesehen. Der Herr, der Herrscher kann jederzeit hereinkommen; sein Blick wird nie betroffen, verwundert oder enttäuscht sein: Blumen, Parfüms, Eleganz, alles schmeichelt dem Auge. Während er noch schläft, morgens, beim Hellwerden, ohne daß er es zu ahnen vermöchte, stehe ich auf, gehe in jenes Kabinett, wo ich im klüglichen Besitz der Erfahrungen meiner Mutter die Spuren des Schlafs durch Waschungen mit kaltem Wasser beseitige. Während wir schlafen, führt die weniger angeregte Haut ihre Funktionen schlecht durch; sie wird warm, sie überzieht sich mit einem kaum sichtbaren Dunstschleier, einer Art Atmosphäre. Betupft eine Frau sich mit dem triefenden Schwamm, so wird sie wieder zum jungen Mädchen. Das ist vielleicht die Erklärung des Mythus von der den Wassern entstiegenen Venus.

Das Wasser verleiht mir also die pikante Anmut der Morgenröte; ich kämme mich, parfümiere mein Haar; und nach dieser sorgfältig durchgeführten Toilette schlüpfe ich wie eine Ringelnatter ins Bett, damit der Herr und Gebieter mich bei seinem Erwachen herausgeputzt wie ein Frühlingsmorgen vorfindet. Er ist bezaubert von dieser Frische, die wie die einer gerade erschlossenen Blüte ist, ohne sich das Warum erklären zu können. Meine Tagestoilette später geht dann die Zofe an; sie vollzieht sich im Ankleidezimmer. Es gibt auch, wie Du Dir denken kannst, die Toilette fürs Schlafengehen. Auf diese Weise mache ich für meinen Herrn Gemahl dreimal, bisweilen viermal Toilette; aber das, Liebste, steht in Zusammenhang mit anderen Mythen des Altertums.

Wir haben auch Arbeit im eigentlichen Sinn. Wir nehmen großen Anteil an unseren Blumen, den schönen Geschöpfen unseres Treibhauses, und an unseren Bäumen. Wir treiben ernsthaft Botanik, wir lieben leidenschaftlich die Blumen, das Chalet ist übervoll davon. Unsere Rasenflächen sind immer grün, unsere Sträucher werden genauso gepflegt wie die in den Gärten der reichsten Bankiers. Daher ist nichts so schön wie unsere Hecken. Wir sind überaus versessen auf Früchte, wir überwachen unsere Pfropfungen, unsere Mistbeete, unsere Spaliere, unsere halbhohen Obstbäume. Falls jedoch einmal diese ländlichen Betätigungen den Geist meines Angebeteten nicht befriedigen sollten, rate ich ihm, in einsamer Stille einige der Theaterstücke zu vollenden, die er in den Tagen der Not angefangen hat und die wirklich schön sind. Diese Art Arbeit ist die einzige auf dem Gebiet der Literatur, die man liegenlassen und wiederaufnehmen kann, denn sie erfordert langes Nachdenken und nicht die Ziselierung, die der Stil beansprucht. Man kann nicht immer Dialoge schreiben; dazu bedarf es des Schwunges, der Zusammenfassung, des Hervorsprießens, das der Geist zuwege bringt, wie Pflanzen ihre Blüten treiben; es stellt sich eher im Abwarten ein als auf der Suche danach. Diese Jagd nach Einfällen ist nach meinem Geschmack. Ich bin die Mitarbeiterin meines Gaston und weiche ihm nicht von der Seite, selbst wenn er die ausgedehntesten Gefilde der Phantasie durchschweift. Kannst Du Dir jetzt vorstellen, wie ich mit den langen Winterabenden fertig werde? Der Dienst bei uns ist so leicht und angenehm, daß wir seit unserer Hochzeit unsern Leuten kein Wort des Vorwurfs, keine Rüge haben zu erteilen brauchen. Wenn sie über uns ausgefragt werden, sind sie klug genug, sich einer Täuschung zu bedienen; sie geben uns für die Gesellschaftsdame und den Sekretär ihrer Herrschaft aus, von der sie behaupten, sie sei auf Reisen; da sie sicher sind, nie auf eine Ablehnung zu stoßen, verlassen sie das Grundstück nie, ohne um Erlaubnis gebeten zu haben; im übrigen sind sie froh und zufrieden, sie sehen ein, daß sie ihre Stellung nur dadurch verlieren könnten, daß sie sich etwas zuschulden kommen ließen. Unsern Gärtnern haben wir erlaubt, den Überschuß an Obst und Gemüse zu verkaufen. Die Milchmagd, der die Molkerei untersteht, darf dasselbe mit der Milch, der Sahne und der frischen Butter tun. Einzig die schönsten Erzeugnisse bleiben uns vorbehalten. Die Leute sind höchst zufrieden mit dem, was sie dabei herausschlagen, und wir sind begeistert von dem Überfluß, den kein Vermögen in dem schrecklichen Paris verschaffen kann oder sich zu verschaffen weiß, wo die schönen Pfirsiche jeder schon die Zinsen von hundert Francs kosten. All das, Liebste, hat einen Sinn: ich will für Gaston Welt und Gesellschaft sein; Welt und Gesellschaft sind amüsant, mein Mann darf sich also in dieser Einsamkeit nicht langweilen. Ich glaubte, eifersüchtig zu sein, als ich geliebt wurde und mich lieben ließ; heute jedoch verspüre ich die Eifersucht der Frauen, die lieben, mithin die wahre Eifersucht. Daher läßt mich jeder seiner Blicke, der mir gleichgültig vorkommt, erbeben. Dann und wann sage ich mir: Wenn er mich nun nicht mehr liebte ...? und erzittere. Ach, ich stehe wohl vor ihm da wie die christliche Seele vor Gott.

Leider, liebste Renée, habe ich noch immer keine Kinder. Sicherlich kommt einmal der Augenblick, da es elterlicher Gefühle bedarf, um diese Zurückgezogenheit zu beleben, da wir beide das Verlangen nach Kleidchen, Umhängen, braunen oder blonden Köpfchen empfinden werden, die zwischen den Gebüschen umherhüpfen und auf unsern überblühten Pfaden laufen. Oh, welch eine Ungeheuerlichkeit ist eine Blume ohne Frucht. Die Erinnerung an Deine schöne Familie ist für mich wie ein Dolchstich. Mein Leben ist enger geworden, während das Deine sich vergrößert hat und ausstrahlt. Die Liebe ist im Tiefsten selbstsüchtig, während die Mutterschaft unsere Gefühle vermannigfacht. Diesen Unterschied habe ich so recht empfunden, als ich

Deinen guten, Deinen zärtlichen Brief las. Dein Brief hat mich neidisch gemacht, indem ich Dich in drei Herzen leben sah! Ja, Du bist glücklich: Du hast klüglich die Gesetze des sozialen Lebens erfüllt, während ich mich aus allen herausgelöst habe. Nur liebende und geliebte Kinder können eine Frau über den Verlust ihrer Schönheit hinwegtrösten. Ich bin bald dreißig, und in diesem Alter setzen für eine Frau die entsetzlichen inneren Klagen ein. Wenn ich auch noch schön bin, so gewahre ich dennoch die Grenzen des weiblichen Daseins; was soll danach erst aus mir werden? Bin ich vierzig, so ist er es noch nicht; er ist dann noch jung, und ich bin alt. Durchdringt dieser Gedanke mein Herz, bleibe ich eine Stunde zu seinen Füßen liegen und lasse ihn schwören, er solle es mir sofort sagen, wenn er weniger Liebe für mich empfände. Aber er ist ein Kind, er schwört es mir, wie wenn unsere Liebe sich niemals mindern könne, und er ist so schön, daß . . . Du verstehst, ich es ihm glaube. Leb wohl, lieber Engel, ob wohl wieder Jahre hingehen, ohne daß wir einander schreiben? Das Glück ist monoton in seinen Äußerungen; vielleicht ist das der Grund für das Problem, daß Dante liebenden Seelen in seinem ›Paradiso‹ größer erscheint als im ›Inferno‹. Ich bin nicht Dante, ich bin nur Deine Freundin, und mir liegt daran, Dich nicht zu langweilen. Du dagegen kannst mir schreiben, denn Du hast in Deinen Kindern ein vielfältiges, stetig wachsendes Glück, während das meine . . . Reden wir nicht davon, ich schicke Dir tausenderlei Zärtliches.

LIII

Madame de l'Estorade an Madame Gaston

Meine liebe Louise, ich habe Deinen Brief gelesen und immer wieder gelesen, und je mehr ich ihn in mich aufgenommen habe, desto mehr bist Du mir weniger als eine Frau denn als ein Kind erschienen; Du hast Dich nicht geändert, Du vergißt, was ich Dir tausendmal gesagt habe: die Liebe ist ein Diebstahl, den die Gesellschaft an der Natur begangen hat; in der Natur ist sie etwas so Flüchtiges, daß die Mittel der Gesellschaft ihre ursprüngliche Wesensart nicht wandeln können: daher versuchen alle edlen Seelen, aus dem Knaben Amor einen Mann zu machen; dann aber wird Amor, wie Du selber sagst, zu einer Ungeheuerlichkeit. Die menschliche Gesellschaft, Liebste, hat fruchtbar sein wollen. Indem sie der flüchtigen Tollheit der Natur dauerhafte Gefühle unterschob, hat sie das größte Menschliche geschaffen: die Familie, die ewige Grundlage aller Gesellschaften. Sie hat ihrem Werk den Mann wie die Frau geopfert; denn täuschen wir uns nicht, das Familienoberhaupt widmet seine Aktivität, seine Kräfte, alles, was es besitzt, seiner Frau. Genießt nicht etwa die Frau alle diese Opfer? Sind Luxus und Reichtum nicht etwa für sie da? Für sie Ruhm und Eleganz, Anmut und Reiz des Hauses? Ach, mein Engel, abermals faßt Du das Leben völlig falsch auf. Angebetet zu werden ist etwas für junge Mädchen und taugt für einige Frühlinge, ist aber nichts für eine Frau, die Gattin und Mutter ist. Vielleicht tut es der Eitelkeit einer Frau Genüge, wenn sie weiß, daß sie angebetet zu werden vermag. Wenn Du Gattin und Mutter sein willst, dann komm wieder nach Paris. Laß mich Dir wiederholen, daß Du Dich durch das Glück zugrunde richtest wie andere durch das Unglück. Die Dinge, die uns nicht erschöpfen, die Stille, das Brot, die Luft, sind ohne Tadel, weil sie nach nichts schmecken; während die gewürzten Dinge, indem sie unsere Begierden reizen, diese am Ende matt machen. Hör auf mich, mein Kind! Selbst wenn ich heute einem Mann begegnete, für den ich in mir die Liebe erstehen fühlte, die Du für Gaston hegst, würde ich es dennoch fertigbringen, meinen geliebten Pflichten und meiner mir so teuren Familie treu zu bleiben. Mutterschaft, mein Engel, ist für das Herz der Frau eins der einfachen, natürlichen, fruchtbaren, unerschöpflichen Dinge gleich denen, die die Grundelemente des Lebens bilden. Ich weiß noch, daß ich eines Tages, es sind bald vierzehn Jahre her, mich der Hingabe, der Aufopferung anbefahl, wie ein Schiffbrüchiger sich vor Verzweiflung an den Mast seines Schiffes klammert; heute nun aber, wenn ich zurückblickend mein ganzes Leben vor mir erstehen lasse, würde ich abermals dieses Gefühl zum Grundgesetz meines Lebens erheben, weil es verläßlicher und fruchtbarer als alle übrigen ist. Das Beispiel Deines Lebens, das auf wüster Selbstsucht, die sich durch die Poesien des Herzens tarnt, aufgebaut ist, bestärkt mich in meinem Entschluß. Ich werde Dir fortan nie wieder mit diesen Dingen kommen, aber ich mußte sie Dir noch ein letztesmal sagen, als ich vernahm, daß Dein Glück auch der schwersten Erprobung standhält.

Dein ländliches Dasein, der Gegenstand meiner Überlegungen, hat mich zu einer weiteren Feststellung geführt, die ich Dir unterbreiten muß. Unser Leben ist, was den Körper und das Innere betrifft, aus gewissen regelmäßigen Bewegungen zusammengesetzt. Jeder diesem Mechanismus zugemutete Exzeß wird zur Ursache einer Lust oder eines Schmerzes; nun aber sind Lust oder Schmerz ein seinem Wesen nach vorübergehendes Fieber der Seele, denn beide sind auf die Dauer unerträglich. Aber sein eigentliches Leben aus dem Exzeß zu gestalten, heißt das nicht: ein krankes Leben führen? Du lebst ein krankes Leben, indem Du Dein Gefühl im Zustand der Leidenschaft erhältst, das durch die Ehe zu einer gleichmäßigen, reinen Kraft werden sollte. Ja, mein Engel, heute erkenne ich es: das Rühmliche der Ehegemeinschaft beruht in jener Stille, in der tiefen gegenseitigen Kenntnis, in jenem Austausch von Gutem und Schlimmem, aus all dem, was vulgäre Scherze ihr zum Vorwurf machen. Ach, wie groß ist der Ausspruch der Herzogin von Sully, der Gattin des großen Sully[70], als ihr hinterbracht wurde, ihr Mann, wie würdevoll er auch auftrete, mache sich kein Gewissen daraus, eine Geliebte zu haben: »Das ist doch ganz einfach«, hat sie geantwortet, »ich bin die Ehre des Hauses, und ich wäre sehr bekümmert, wenn ich darin die Rolle einer Kurtisane spielen sollte.« Du bist mehr wollüstig als zärtlich, und Du möchtest deshalb Frau und zugleich Geliebte sein. Mit der Seele der Heloïse und den Sinnen der heiligen Therese gibst Du Dich Ausschweifungen hin, die die Gesetze sanktionieren; mit einem Wort: Du mißbrauchst die Institution der Ehe. Ja, Du, die Du mich so streng beurteiltest, als ich dem Anschein nach unmoralisch handelte und vom Vortage meiner Hochzeit an in die Mittel zum Glück einwilligte; indem Du alles zu Deinem Gebrauch umbiegst, verdienst Du heute die Vorwürfe, die Du damals an mich richtetest. Ja, willst Du denn Natur und Gesellschaft Deiner Laune untertänig machen? Du bleibst Du selber, Du formst Dich nicht zu dem um, was eine

Frau recht eigentlich sein müßte; Du behältst den Willen, die Ansprüche eines jungen Mädchens bei und fügst Deiner Leidenschaft die genauesten Berechnungen hinzu, die kaufmännischsten; verkaufst Du Deine Reize nicht sehr teuer? Du kommst mir mit all Deinen Vorsichtsmaßnahmen recht herausfordernd vor. Ach, liebe Louise, wenn Du doch das Beschwichtigende der Mühen kennenlernen könntest, die die Mütter sich auferlegen, um zu ihrer ganzen Familie gut und zärtlich zu sein! Unabhängigkeit und Stolz meines Charakters sind zu einer sanften Melancholie verschmolzen; die Mutterfreuden haben sie aufgelöst und dadurch ihren Lohn gefunden. War der Morgen auch schwierig, der Abend wird rein und heiter sein. Ich habe Angst, in Deinem Leben könne das Gegenteil der Fall sein.

Als ich Deinen Brief zu Ende gelesen hatte, habe ich Gott angefleht, er möge Dich einen Tag in unserer Mitte verleben lassen, um Dich zur Familie zu bekehren, zu den unaussprechlichen, beständigen, ewigen Freuden, denn das sind sie, weil sie wahr, schlicht und innerhalb des Natürlichen sind. Aber ach, was vermag meine Vernunft gegen eine Sünde, die Dich glücklich macht? Ich habe Tränen in den Augen, nun ich Dir diese letzten Worte schreibe. Ich habe, offen gesagt, geglaubt, daß einige diesen ehelichen Liebesbeziehungen gewährte Monate Dich durch Übersättigung der Vernunft wiedergäben; aber ich sehe, daß Du unersättlich bist, und nachdem Du einen Liebhaber umgebracht hast, wird es Dir auch noch gelingen, die Liebe umzubringen. Leb wohl, liebe Verirrte, ich verzweifle, da der Brief, durch den ich hoffte, Dich durch die Schilderung meines Glückes dem Leben in der sozialen Gemeinschaft wiederzugeben, nur dazu nütze gewesen ist, Dich Deine Selbstsucht verherrlichen zu lassen. Ja, in Deiner Liebe gibt es nur Dich, und Du liebst Gaston weit mehr um Deinet- als um seinetwillen.

LIV

Madame Gaston an die Gräfin de l'Estorade

20. Mai

Renée, das Unglück ist eingetreten; nein, es ist über Deine arme
Louise mit der Schnelligkeit des Blitzes hereingebrochen, und
Du verstehst mich: für mich ist das Unglück der Zweifel. Ge-
wißheit wäre der Tod. Vorgestern, nach meiner ersten Toilette,
suchte ich Gaston überall, um mit ihm vor dem Mittagessen
einen kleinen Spaziergang zu machen, und fand ihn nirgends.
Ich bin in den Stall gegangen, ich habe seine Stute schweißbe-
deckt vorgefunden; der Groom schabte ihr mit einem Messer die
Schaumflocken ab, ehe er sie trockenrieb. »Wer hat nur Fedelta
so zurichten können?« habe ich gefragt. »Der Herr«, hat der
Junge geantwortet. Ich habe an den Gelenken der Stute Pariser
Schmutz wahrgenommen; der sieht ganz anders aus als der
Schmutz auf dem Lande. Er ist in Paris gewesen, habe ich gedacht. Dieser Gedanke hat in meinem Herzen tausend andere
aufschießen und alles Blut hineinströmen lassen. Nach Paris zu
reiten, ohne es mir zu sagen, die Stunde wahrzunehmen, da ich
ihn allein lasse, so rasend schnell hin und zurück zu reiten, daß
Fedelta dabei beinah draufgeht . . .! Der Argwohn hat mich mit
seinem schrecklichen Gürtel umschnürt, so daß ich kaum atmen
konnte. Ich bin ein paar Schritte weitergegangen bis zu einer
Bank, um zu versuchen, meine Kaltblütigkeit wiederzufinden.
Dort hat Gaston mich überrascht, dem Anschein nach war ich
erschreckend bleich, denn er hat mich gefragt: »Was hast du?«,
und zwar so hastig und mit so besorgt klingender Stimme, daß
ich aufgestanden bin und seinen Arm genommen habe; aber was
ich vorbrachte, klang kraftlos, und ich mußte mich wieder setzen; da hat er mich in die Arme genommen und mich die paar
Schritte weiter ins Empfangszimmer getragen, wohin unsere er-
schrockenen Leute uns gefolgt sind; aber Gaston hat sie durch
eine Geste hinausgewiesen. Als wir allein waren, habe ich, ohne
etwas sagen zu wollen, in unser Schlafzimmer gehen können;
dort habe ich mich eingeschlossen und nach Herzenslust geweint.
Gaston hat etwa zwei Stunden dagestanden, mein Schluchzen

angehört und mit Engelsgeduld an sein Geschöpf Fragen gestellt, doch das hat nicht geantwortet. »Ich komme zu Ihnen heraus, wenn meine Augen nicht mehr rot sind und meine Stimme nicht mehr zittert«, habe ich ihm schließlich gesagt. Das ›Sie‹ hat ihn zum Haus hinausstürzen lassen. Ich habe ein Glas eiskaltes Wasser genommen und mir die Augen gewaschen, habe mein Gesicht erfrischt, die Tür unseres Schlafzimmers hat sich aufgetan, er hat dagestanden, er ist wieder hereingekommen, ohne daß ich das Geräusch seiner Schritte gehört hätte. »Was hast du?« hat er mich gefragt. »Nichts«, war meine Antwort »Ich habe den Schmutz von Paris an Fedeltas müden Gelenken erkannt, es ist mir unbegreiflich, daß du hinreiten konntest, ohne es mir zu sagen; aber du bist ja frei.« – »Die Strafe für deinen schmählichen Zweifel soll darin bestehen, daß ich dir erst morgen meine Gründe darlege«, hat er geantwortet.

»Sieh mich an«, habe ich zu ihm gesagt. Ich habe meine Augen in die seinen versenkt: Unendliches hat Unendliches durchdrungen. Nein, ich habe die Wolke nicht bemerkt, die Untreue in der Seele ausbreitet und die die Reinheit des Blicks trüben muß. Ich habe getan, als sei ich beruhigt, obwohl noch immer Unruhe in mir verharrte. Die Männer wissen, genau wie wir, zu täuschen und zu lügen! Wir sind beisammen geblieben. Ach, Liebste, wie sehr habe ich, wenn ich ihn anschaute, mich ihm für Augenblicke unlöslich verbunden gefühlt. Welch innerliches Zittern durchwogte mich, als er wieder hereinkam, nachdem er mich eine Weile allein gelassen hatte! Mein Leben beruht in ihm und nicht in mir. Ich habe auf Deinen grausamen Brief ein grausames Dementi gegeben. Habe ich je eine solche Abhängigkeit bei dem göttlichen Spanier empfunden, für den ich war, was dieser furchtbare Bambino für mich ist? Wie hasse ich jetzt die Stute! Wie albern von mir, Pferde zu halten. Aber ebensogut könnte ich Gaston die Füße abschneiden oder ihn in unserer Sennhütte gefangenhalten. Solcherlei blöde Gedanken haben mich beschäftigt; ermiß daran meine Geistesverwirrung. Wenn die Liebe ihm keinen Käfig baut, kann keine Macht einen Mann festhalten, der sich langweilt. »Langweile ich dich?« habe ich ihn ohne Übergang gefragt. »Wie unsinnig du dich quälst«, hat er mir geantwortet, und in seinen Augen ist weiches Mitleid gewesen. »Nie habe ich dich so sehr geliebt.« – »Wenn dem so ist, mein angebeteter Engel«, habe ich ihm erwidert, »dann laß mich Fedelta verkaufen.« – »Verkauf sie!« hat er gesagt. Diese Antwort hat mich zermalmt, es war, als habe Gaston mir sagen wollen: Du allein bist hier die Reiche, ich bin nichts, mein Wille existiert nicht. Wenn er das auch vielleicht nicht gedacht hat, so habe ich doch geglaubt, er habe es gedacht, und abermals bin ich von ihm gegangen, um mich schlafen zu legen; es war inzwischen dunkel geworden.

O Renée, in der Einsamkeit kann ein verheerender Gedanke einen zum Selbstmord treiben. Die entzückenden Gartenanlagen, die überstirnte Nacht, die Kühle, die in Wellen den Weihrauch all unserer Blumen zu mir trug, unser Tal, unsere Hügel, all das dünkte mich düster, schwarz und öde. Mir war, als liege ich in der Tiefe eines Abgrunds zwischen lauter Schlangen und Giftpflanzen: ich konnte Gott im Himmel nicht mehr gewahren. Nach einer solchen Nacht ist eine Frau gealtert.

»Nimm Fedelta, reite nach Paris«, habe ich ihm am folgenden Morgen gesagt, »wir wollen sie nicht verkaufen; ich habe sie lieb, da sie dich trägt!« Allein er hat sich nicht täuschen lassen, in meiner Betonung schwang der innere Zorn mit, den ich zu verbergen trachtete. »Hab Vertrauen!« hat er geantwortet, mir die Hand mit einer so noblen Bewegung hingestreckt und mir einen so noblen Blick zugeworfen, daß ich mir gedemütigt vorkam. »Wie klein wir doch sind«, habe ich ausgerufen. »Nein, du liebst mich, und das ist alles«, hat er gesagt und mich an sich gezogen. »Reite ohne mich nach Paris«, habe ich zu ihm gesagt und ihm dadurch zu verstehen gegeben, ich entledigte mich meines Argwohns. Er ist fortgeritten; ich hatte gemeint, er werde dableiben. Ich verzichte darauf, Dir meine Leiden zu schildern. In mir war ein zweites Ich, von dem ich nicht meinte, daß es existieren könne. Für eine liebende Frau, Liebste, wohnt dergleichen Szenen eine tragische Feierlichkeit inne, für die es keinen Ausdruck gibt; in dem Augenblick, da sie sich ereignen, ersteht das ganze Leben vor einem, und das Auge erblickt darin keinen Horizont; das All ist leer, ein Blick spricht Bände, das Wort ist eisig, und aus einer Bewegung der Lippen vermag man ein Todesurteil zu lesen. Ich war seiner Rückkehr gewärtig, denn hatte ich mich nicht zur Genüge nobel und groß bezeigt? Ich bin ganz oben hinauf oberhalb des Chalet gestiegen und bin ihm mit den Blicken auf der Landstraße gefolgt. Ach, liebste Renée, ich habe ihn mit grauenhafter Geschwindigkeit verschwinden sehen. »Wie eilig er es hat!« habe ich unwillkürlich gedacht. Als ich dann allein war, bin ich wieder in die Hölle der Vermutungen hinabgestürzt, in den Dschungel der Verdächtigungen. In manchen Augenblicken dünkte mich die Gewißheit, verraten worden zu sein, ein Balsam im Vergleich zu den Schrecken des Zweifels! Der Zweifel ist unser Zweikampf mit uns selbst, und wir fügen uns dabei schreckliche Wunden zu. Ich ging die Gartenwege auf und ab, ich kehrte ins Chalet zurück, ich lief wieder hinaus wie eine Irre. Um sieben war Gaston weggeritten, erst um elf kam er wieder; und da man durch den Park von Saint-Cloud und den Bois de Boulogne nur eine halbe Stunde bis Paris braucht, ist es offenbar, daß er sich dort drei Stunden lang aufgehalten haben muß. Triumphierend kam er herein und überreichte mir eine Reitpeitsche in Gummi mit goldenem Griff. – Ich war seit vierzehn Tagen ohne Reitpeitsche; die meine, die alt und abgenutzt war, war zerbrochen. – »Deswegen hast du mich so gequält?« habe ich ihn gefragt und die Schönheit dieses Kleinods bewundert, an dessen Ende ein Parfümfläschchen angebracht war. Dann ist mir klargeworden, daß sich hinter diesem Geschenk eine neue Täuschung verbarg; aber ich fiel ihm sofort um den Hals, nicht ohne ihm gelinde Vorwürfe darüber zu machen, daß er mir um einer solchen Kleinigkeit willen so große Qualen auferlegt habe. Er kam sich sehr gewitzt vor. Dann gewahrte ich in seiner Haltung, in seinem Blick jene Art heimlicher Freude, die man empfindet, wenn einem eine Täuschung gelungen ist; sie entschlüpft unserer Seele wie ein Strahl unserem Geist, der sich in den Zügen widerspiegelt, der sich in jeder Körperbewegung bekundet. Ich warf bewundernde Blicke auf das hübsche Ding, und in einem Augenblick, da wir einander tief in die Augen schauten, fragte ich ihn: »Wer hat dir denn dies Kunstwerk gefertigt?« – »Ein mir befreundeter Künstler.« – »Ach! es stammt von Verdier[71]«, sagte ich noch; ich hatte den Namen des Händlers gelesen; er stand auf der Reitpeitsche gedruckt. Gaston, der sehr kindlich geblieben ist, wurde rot. Ich habe ihn mit Zärtlichkeiten überschüttet, um ihn dafür zu belohnen, daß er sich schämte, mich getäuscht zu haben. Ich spielte die Ahnungslose, und er hat wohl geglaubt, es sei alles erledigt.

25. Mai

Am andern Morgen gegen sechs habe ich mein Reitkleid angezogen und bin um sieben bei Verdier gewesen, wo ich mehrere Reitpeitschen jenes Modells sah. Ein Angestellter erkannte, als ich sie ihm zeigte, die meine wieder. »Wir haben sie gestern einem jungen Herrn verkauft«, sagte er mir. Und auf die Schilderung hin, die ich ihm von meinem arglistigen Gaston entwarf, schied jeder Zweifel aus. Ich verschone Dich mit den Herzbeklemmungen, die mir während des Ritts nach Paris und während dieser kleinen Szene, in der mein Leben sich entschied, die Brust zu zersprengen drohten. Um halb acht war ich wieder daheim, und Gaston fand mich strahlend in der Morgentoilette, als ich mit trügerischer Unbeschwertheit umherschlenderte, überzeugt davon, daß nichts meine Abwesenheit verraten würde; nur meinen alten Philippe hatte ich eingeweiht. »Gaston«, sagte ich zu ihm bei einem Rundgang um unsern Teich, »ich weiß genau Bescheid über den Unterschied zwischen einem Kunstwerk, das nur einmal existiert und mit Liebe für eine einzige Person gefertigt worden ist, und einem Serienfabrikat.« Gaston wurde blaß und sah mich an, als ich ihm das schreckliche Beweisstück vor Augen hielt. »Lieber Freund«, sagte ich, »dies ist keine Reitpeitsche, sondern ein Wandschirm, hinter dem Sie ein Geheimnis zu verbergen trachten.« Daraufhin, Liebste, habe ich mir das Vergnügen gemacht, zu beobachten, wie er sich in den Hainbuchenhecken der Lüge und den Irrgärten der Täuschung verstrickte, ohne hinauszugelangen, wobei er erstaunliche Künste entfaltete beim Versuch, eine übersteigbare Mauer zu finden; allein er war gezwungen, auf ebener Erde zu verbleiben, angesichts eines Gegners, der schließlich darauf einging, sich hinters Licht führen zu lassen. Dies Entgegenkommen geschah indessen zu spät, wie stets bei dergleichen Szenen. Zudem hatte ich den Fehler begangen, vor dem meine Mutter mich immer gewarnt hatte. Indem ich meine Eifersucht nackt zeigte, eröffnete sie den

Krieg zwischen Gaston und mir mit allen seinen Listen. Liebste, die Eifersucht ist im Grunde dumm und brutal. Ich habe mir zu jenem Zeitpunkt gelobt, schweigend zu dulden, die Augen offenzuhalten, zu einer Gewißheit zu gelangen und dann entweder mit Gaston Schluß zu machen oder mich in mein Unglück zu schicken: ein anderes Verhalten für eine wohlerzogene Frau gibt es nicht. Was verbirgt er mir? Denn er verbirgt mir ein Geheimnis. Und dies Geheimnis betrifft eine Frau. Ist es ein Jugendabenteuer, dessen er sich schämt? Was für eins? Dieses ›Was‹, Liebste, ist in drei Feuerbuchstaben allem eingeprägt. Ich lese das verhängnisvolle Wort im Spiegel meines Teichs, durch das Buschwerk hindurch, in den Wolken am Himmel, an den Zimmerdecken, bei Tisch, im Blumenmuster meiner Teppiche. Mitten im Schlaf ruft eine Stimme mir zu ›Was?‹ Von jenem Morgen an waltet in unserm Leben ein grausames Beteiligtsein, und ich habe den bittersten der Gedanken kennengelernt, die einem das Herz zerfressen können: einem Mann anzugehören, von dem man glaubt, er sei untreu. O Liebste, mein Leben hängt jetzt in gleicher Weise mit der Hölle wie mit dem Paradies zusammen. Ich hatte noch nicht den Fuß auf diese Glut gesetzt, ich, die ich bislang so fromm angebetet worden war. Ach, hattest Du Dir nicht gewünscht eines Tages, in die düstern, glühenden Paläste des Leidens einzudringen? habe ich mich gefragt. Nun, die bösen Geister haben deinen verhängnisvollen Wunsch erhört: jetzt geh hinein, Unselige!

30. Mai

Seit jenem Tag arbeitet Gaston nicht mehr träge und mit der Lässigkeit eines reichen Künstlers, der an seinem Werk herumfeilt, sondern er stellt sich Tagesaufgaben wie ein Schriftsteller, der von seiner Feder lebt. Er arbeitet täglich vier Stunden am Abschluß zweier Bühnenwerke.

Er braucht Geld! Eine innere Stimme flüstert mir diesen Gedanken ein. Er gibt so gut wie nichts aus; wir leben in absolutem Vertrauen, es gibt keinen Winkel in seinem Arbeitszimmer, den meine Augen und meine Finger nicht durchstöbern könnten; was er jährlich verbraucht, beläuft sich auf noch nicht zweitausend Francs, ich weiß, daß er dreißigtausend Francs in

einem Schubfach hat; sie sind weniger angehäuft, als zurückgelegt. Du weißt, was ich meine. Mitten in der Nacht, während
er schlief, bin ich nachsehen gegangen, ob die Summe nach wie
vor da sei. Welch eisiger Schauer überrann mich, als ich das
Schubfach leer fand! In derselben Woche habe ich herausbekommen, daß er seine Briefe in Sèvres abholt, und er muß sie, sowie
er sie gelesen hat, zerreißen, denn trotz meiner Figaro-Findig-
keit habe ich keine Spur davon gefunden. Ach, mein Engel, trotz
meiner Vorsätze und aller schönen Schwüre, die ich mir selber
der Reitpeitsche wegen geleistet hatte, hat eine Seelenregung,
die man als Wahnwitz bezeichnen muß, mich vorwärtsgetrie-
ben, und ich habe ihn auf einem seiner schnellen Ritte zum
Postamt verfolgt. Gaston war entsetzt, als er zu Pferde überrascht wurde; er war dabei, das Porto für einen Brief zu bezahlen, den er in der Hand hielt. Er sah mich starr an, dann setzte
er Fedelta in einen so scharfen Galopp, daß ich mich völlig
zerschlagen fühlte, als wir an der Eingangstür des Wäldchens
anlangten; aber ich glaubte, keinerlei körperliche Erschöpfung zu
verspüren, so sehr litt meine Seele! Dort sagt Gaston mir kein
Wort, er schellt und wartet, ohne den Mund aufzutun. Ich war
mehr tot als lebendig. Entweder hatte ich recht oder unrecht;
aber in beiden Fällen war mein Spionieren Armande-Louise-
Marie de Chaulieus unwürdig. Ich wälzte mich im sozialen
Schlamm und stand noch tiefer als die Grisette, das schlecht
erzogene Mädchen, auf gleicher Stufe mit Kurtisanen, Schau-
spielerinnen, ungebildeten Geschöpfen. Welch ein Elend! Schließlich geht die Tür auf, er übergibt das Pferd seinem Groom, und
auch ich sitze ab, sinke aber in seine Arme, die er mir entgegen-
hält; ich werfe die Schleppe meines Reitkleides über den linken
Arm, reiche ihm den rechten, und wir gehen . . . noch immer
schweigend. Die hundert Schritte, die wir so zurückgelegt haben,
können mir als hundert Jahre Fegefeuer angerechnet werden. Bei
jedem Schritt flackerten unsichtbar Tausende von Gedanken wie
Flammenzungen vor meinen Augen, sprangen mir in die Seele,
und jede war wie ein Dolch, jede barg ein anderes Gift! Als der
Groom und die Pferde weit sind, halte ich Gaston zurück, ich
sehe ihn an, und mit einer Bewegung, die Du vor Augen haben
solltest, sage ich ihm und zeige dabei auf den verhängnisvollen

Brief, den er nach wie vor in der rechten Hand hält: »Läßt du mich ihn lesen?« Er gibt ihn mir, ich breche das Siegel auf und lese einen Brief, in dem der Dramatiker Nathan ihm mitteilt, eins unserer Stücke sei angenommen, einstudiert, geprobt und werde am nächsten Samstag in Szene gehen. Dem Brief lag ein Logenbillett bei. Obwohl das für mich bedeutete, aus dem Martyrium in den Himmel zu gelangen, rief der böse Geist, um meine Freude zu trüben, mir in einem fort zu: Wo sind die dreißigtausend Francs? Und die Würde, die Ehre, mein gesamtes Ich von ehemals hinderte mich daran, eine Frage zu stellen; ich hatte sie auf den Lippen; ich wußte, wenn mein Gedanke Wort wurde, mußte ich mich in den Teich stürzen, und ich leistete mühsam dem Drang, zu sprechen, Widerstand. Liebste, habe ich nicht über die Kräfte einer Frau hinaus gelitten? »Du langweilst dich, armer, guter Gaston«, sagte ich zu ihm und reichte ihm den Brief zurück. »Wenn Du willst, siedeln wir wieder nach Paris über.« – »Nach Paris? Warum denn?« fragte er. »Ich hatte wissen wollen, ob ich Talent hätte, und wollte am Becher des Erfolgs nippen!«

Wenn er bei der Arbeit sitzt, könnte ich beim Stöbern in dem Schubfach, falls ich die dreißigtausend Francs nicht fände, die Erstaunte spielen; aber würde ich dann nicht vielleicht eine Antwort bekommen wie: »Ich habe diesem oder jenem Freund ausgeholfen«; ein Mann von der Schlagfertigkeit Gastons hätte sie mir sicher gegeben.

Liebste, herausgekommen ist bei alledem nur der schöne Erfolg des Stückes, in das gegenwärtig ganz Paris läuft, und der uns zu verdanken ist, obwohl Nathan den ganzen Ruhm davon einheimst. Ich bin einer der beiden Sterne hinter: ›Unter Mitarbeit der Herren**‹ Ich habe der Erstaufführung beigewohnt, ganz hinten in einer Parterreloge.

1. Juli

Gaston arbeitet nach wie vor und reitet nach wie vor nach Paris; er arbeitet an neuen Stücken, um einen Vorwand zu haben, nach Paris zu reiten und sich Geld zu verschaffen. Drei unserer Stücke sind angenommen, und zwei angefordert. Ach, Liebste, ich bin verloren, ich wandere durch Finsternisse. Ich würde mein Haus niederbrennen, um klarzusehen. Was bedeutet ein solches Verhalten? Schämt er sich, von meinem Geld zu leben? Seine Seele ist zu groß, als daß eine solche Lappalie ihm zu schaffen machen könnte. Übrigens, wenn ein Mann damit anfängt, über so etwas Skrupel zu empfinden, dann werden sie ihm durch Gefühlsgründe eingeflößt. Man nimmt von seiner Frau alles entgegen, aber man will nichts von einer Frau haben, die man zu verlassen gedenkt oder die man nicht mehr liebt. Wenn er soviel Geld haben will, hat er sicher Ausgaben für eine Frau. Handelte es sich um ihn selber, würde er dann nicht ohne weiteres meine Börse in Anspruch nehmen? Schließlich haben wir hunderttausend Francs Ersparnisse! Kurzum, mein schönes Rehlein, ich habe eine ganze Welt an Vermutungen durchlaufen, und wenn ich alles richtig erwäge, bin ich überzeugt, daß ich eine Rivalin habe. Er verläßt mich; aber um wessen willen? Ich will sie sehen.

10. Juli

Jetzt habe ich Gewißheit: ich bin verloren. Ja, Renée, mit dreißig Jahren, in aller Glorie der Schönheit, reich an Mitteln des Geistes, geschmückt mit dem Verführerischen meiner Toiletten, immer frisch und elegant, und dennoch verraten, und um wessen willen? Einer Engländerin mit großen Füßen, groben Knochen, dicker Brust, irgendeiner britischen Kuh. Jeder Zweifel schaltet aus. Folgendes ist mir in den letzten Tagen widerfahren.

Der Zweifel müde, überlegte ich, daß, wenn er einem Freunde unter die Arme gegriffen, Gaston es mir hätte sagen können; sein Schweigen klagte ihn meiner Meinung nach an, und ich hielt ihn für überführt durch seinen beständigen Hunger nach Geld durch Arbeit; ich war auf seine Arbeit eifersüchtig, seine ewigen Ritte nach Paris schufen mir Unruhe, und so ergriff ich denn Maßnahmen, und jene Maßnahmen haben mich so tief hinabsteigen lassen, daß ich Dir nichts darüber schreiben kann. Vor drei Tagen habe ich herausbekommen, daß Gaston, wenn er nach Paris reitet, sich in die Rue de la Ville-Lévêque begibt, in ein Haus, wo seine Liebschaft durch eine für Paris beispiellose Diskretion gehütet wird. Der wortkarge Portier hat wenig gesagt, aber genug, um mich in Verzweiflung zu stürzen. Da habe ich mein Leben aufs Spiel gesetzt, ich habe nun mal alles wissen wollen. Ich bin nach Paris gefahren, habe eine Wohnung gegenüber dem Haus genommen, in das Gaston zu gehen pflegt, und habe mit eigenen Augen gesehen, wie er in den Hof eingeritten ist. Oh, nur zu bald ist mir eine schreckliche, grausige Enthüllung geworden. Jene Engländerin, die mir sechsunddreißig Jahre alt zu sein scheint, führt den Namen Madame Gaston. Diese Entdeckung bedeutete für mich den Todesstoß. Schließlich habe ich sie in den Tuilerien gehen sehen, mit zwei Kindern ... Oh, Liebste, zwei Kindern, die lebende Miniaturbilder Gastons sind. Unmöglich, von einer so skandalösen Ähnlichkeit nicht tief betroffen zu sein ... Und was für hübsche Kinder! Sie sind so prunkvoll gekleidet, wie nur die Engländerinnen es verstehen. Sie hat ihm Kinder geschenkt! Das erklärt alles. Jene Engländerin ist eine Art griechischer Statue, die von irgendeinem Sockel herabgestiegen ist; sie besitzt die Weiße und Kälte des Marmors, sie schreitet feierlich als glückliche Mutter einher. Sie ist schön, das läßt sich nicht leugnen, aber es ist die schwerfällige Schönheit eines Kriegsschiffes. Es ist nichts Feines und Vornehmes an ihr: bestimmt ist sie keine Lady, sondern irgendeine Pächterstochter aus einem elenden Dorf in einer entlegenen Grafschaft, oder das elfte Kind eines armen evangelischen Geistlichen. Ich fühlte mich auf der Heimfahrt von Paris wie eine Sterbende. Unterwegs haben mich tausend Gedanken überfallen wie ebenso viele böse Geister. Ob sie verheiratet ist? Hat er sie gekannt, ehe er mich heiratete? Ist sie die Geliebte irgendeines reichen Mannes gewesen, der sie hat sitzenlassen, worauf sie dann wieder Gastons Fürsorge zur Last gefallen ist? Ich habe endlose Vermutungen angestellt, als ob es angesichts der Kinder noch der Hypothesen bedurft hätte. Am nächsten Tag bin ich nochmals nach Paris gefahren, habe dem Portier ziemlich viel Geld in die Hand gedrückt, und er hat mir dann auf die Frage: »Ist Madame Gaston gesetzlich verheiratet?« geantwortet: »Ja, Mademoiselle.«

15. Juli

Liebste, seit jenem Morgen habe ich meine Liebe zu Gaston verdoppelt, und er ist verliebter denn je gewesen; er ist ja noch so jung! Zwanzigmal nach dem Erwachen bin ich nahe daran, ihn zu fragen: Liebst du mich also doch noch mehr als die in der Rue de la Ville-Lévêque? Aber ich wage nicht, mir das Geheimnis meiner Selbstverleugnung zu erhellen. »Hast du Kinder gern?« habe ich ihn gefragt. »Ja, freilich«, hat er mir geantwortet, »aber wir werden ja welche haben!« – »Und wie?« – »Ich habe die erfahrensten Ärzte konsultiert, und alle haben mir zu einer Reise von zwei Monaten geraten.« – »Gaston«, habe ich zu ihm gesagt, »wenn ich einen, der nicht bei mir ist, hätte lieben können, wäre ich für den Rest meiner Tage im Kloster geblieben.« Er hat zu lachen angefangen, und mich, Liebste, hat das Wort Reise fast umgebracht. Ja, gewiß, ich möchte lieber aus dem Fenster springen als mich die Treppe hinunterrollen zu lassen, mit Zwischenpausen von Stufe zu Stufe. Leb wohl, mein Engel, mein Tod soll leicht, elegant, aber unfehlbar sein. Gestern ist mein Testament niedergeschrieben worden; jetzt kannst Du zu mir kommen, das Verbot ist aufgehoben. Eile herbei und nimm meine Abschiedsworte entgegen. Mein Tod soll, wie mein Leben, den Stempel der Vornehmheit und der Anmut tragen: ich will sterben, wie ich bin.

Leb wohl, liebe, schwesterliche Seele, Du, deren Zuneigung keinen Abscheu, weder hohen noch niedrigen, gekannt hat und die Du, wie die gleichmäßige Helle des Monds, von je mein Herz geliebkost hast; wir haben die Heftigkeit der Leidenschaften nie kennengelernt, aber wir haben auch nicht die giftige Bitterkeit der Liebe ausgekostet. Du hast das Leben weise betrachtet. Leb wohl!

LV

Die Gräfin de l'Estorade an Madame Gaston

16. Juli

Meine liebe Louise, ich schicke Dir diesen Brief durch Eilboten, bevor ich selber nach Le Chalet eile. Beruhige Dich, Deine letzten Zeilen sind mir so unsinnig vorgekommen, daß ich, unter diesen Umständen, geglaubt habe, ich könne Louis alles anvertrauen: es geht darum, Dich vor Dir selbst zu retten. Wenn wir, gleich Dir, zu schrecklichen Mitteln gegriffen haben, so ist das Ergebnis so glücklich ausgefallen, daß ich Deiner Billigung sicher bin. Ich habe mich so weit erniedrigt, daß ich die Polizei eingeschaltet habe; das jedoch ist ein Geheimnis zwischen dem Präfekten, uns und Dir. Gaston ist ein Engel! Folgendes sind die Tatsachen: Sein Bruder Louis Gaston ist in Kalkutta gestorben, im Dienst einer Handelsgesellschaft, und zwar in dem Augenblick, da er reich, glücklich und verheiratet nach Frankreich hatte zurückkehren wollen. Die Witwe eines englischen Kaufherrn hatte ihm ein überaus glänzendes Vermögen mit in die Ehe gebracht. Nach zehn Jahren der Arbeit, deren er sich unterzog, um seinem Bruder das Lebensnotwendige schicken zu können, seinem Bruder, den er sehr lieb hatte und dem er in seinen Briefen nie von seinen Mißerfolgen geschrieben hatte, um ihn nicht trübe zu stimmen, wurde er in den Konkurs des berüchtigten Helmer verwickelt. Die Witwe ist ruiniert. Der Schlag war so heftig, daß Louis Gaston darüber den Kopf verloren hat. Das Ermatten seiner moralischen Kräfte gab einer Krankheit die Oberherrschaft über seinen Körper; er ist ihr in Bengalen erlegen, wohin er sich begeben hatte, um die Reste des Vermögens seiner armen Frau zu retten. Dieser liebe Kapitän hatte bei einem Bankier als erste Zahlung, die er seinem Bruder leisten wollte, die Summe von dreihunderttausend Francs deponiert; aber jener Bankier, der ebenfalls in den Konkurs der Firma Helmer verwickelt war, hat die beiden um diese letzten Hilfsmittel gebracht. Louis Gastons Witwe, die schöne Frau, die Du für Deine Nebenbuhlerin hältst, ist mit zwei Kindern, Deinen Neffen, völlig mittellos nach Paris gekommen. Der Schmuck der Mutter hat kaum zur Bezahlung der Überfahrt der Familie hingereicht. Die Weisungen, die Louis Gaston dem Bankier für die Übersendung des Geldes an Marie Gaston gegeben hatte, haben es der Witwe ermöglicht, die ehemalige Wohnung Deines Mannes ausfindig zu machen. Da Dein Gaston verschwunden war, ohne zu sagen, wohin er gehe, ist Madame Louis Gaston an d'Arthez gewiesen worden, als den einzigen, der Auskunft über Marie Gaston geben könne. D'Arthez hat die junge Frau um so großherziger mit den ersten Mitteln versehen, als Louis Gaston sich vor vier Jahren, bei seiner Heirat, bei unserm berühmten Schriftsteller nach dem Bruder erkundigt hatte; er wußte, daß d'Arthez Maries Freund sei. Der Kapitän hatte bei d'Arthez angefragt, auf welche Weise die Summe am sichersten an Marie Gaston gelangen könne. D'Arthez hatte geantwortet, durch seine Heirat mit der Baronin de Macumer sei Marie Gaston reich geworden. Die Schönheit, dies prächtige Vermächtnis ihrer Mutter, hatte die beiden Brüder in Indien wie in Paris vor allem Mißgeschick bewahrt. Ist das nicht eine rührende Geschichte? Wie es nicht anders sein konnte, hat d'Arthez schließlich Deinem Mann geschrieben, in welcher Lage seine Schwägerin und seine Neffen sich befänden; zugleich hat er ihm die großherzigen Absichten mitgeteilt, die der Zufall zunichte gemacht, die aber der Gaston in Indien für den Gaston in Paris gehegt hat. Dein lieber Gaston ist, wie Du Dir vorstellen kannst, schleunigst nach Paris geeilt. Das ist die Geschichte seines ersten Ritts. Im Lauf von fünf Jahren hat er aus der Rente, die anzunehmen Du ihn gezwungen hast, fünfzigtausend Francs zurückgelegt, und die hat er dazu verwandt, je zwölf-tausend Francs Rente auf den Namen seiner Neffen eintragen zu lassen; dann hat er die Wohnung möbliert, in der Deine Schwä-gerin wohnt, und ihr vierteljährlich dreitausend Francs versprochen. Das ist der Grund seiner Arbeit fürs Theater und der Freude, die der Erfolg des ersten Stücks ihm bereitet hat. So ist also Madame Gaston keineswegs Deine Nebenbuhlerin, und sie trägt Deinen Namen mit Recht. Ein edler, zartfühlender Mann wie Gaston hat Dir dieses Abenteuer verschweigen müssen, da er Deine Freigiebigkeit fürchtete. Dein Mann betrachtet das, was Du ihm geschenkt hast, durchaus nicht als sein Eigentum. D'Ar-thez hat mich den Brief lesen lassen, in dem Gaston ihn gebeten hat, bei Eurer Eheschließung einer der Trauzeugen zu sein: Ma-rie Gaston schreibt darin, sein Glück wäre vollkommen, wenn er Dich nicht seine Schulden hätte bezahlen lassen und wenn er reich wäre. Eine unberührte Seele kann nicht umhin, solcherlei Empfindungen zu hegen: man hat sie, oder man hat sie nicht; aber wenn man sie hat, sind ihre Zartheit, ihre Forderungen be-greiflich. Es ist doch ganz einfach: Gaston hat von sich aus ins-geheim der Witwe seines Bruders eine anständige Existenz schaf-fen wollen, weil ja doch jene Frau ihm hunderttausend Taler aus ihrem eigenen Vermögen zugedacht hatte. Sie ist schön, sie hat

Herz, vornehme Umgangsformen, aber keinen Geist. Jene Frau ist Mutter; ist es da nicht verständlich, daß ich mich sofort zu ihr hingezogen gefühlt und sie aufgesucht habe? Ich traf sie an, als sie ein Kind auf dem Arm hielt; das andere war gekleidet wie das Baby eines Lords. Alles für die Kinder! heißt es bei ihr auch in den geringsten Dingen. Auf diese Weise hast Du keinerlei Grund, Deinem vergötterten Gaston zu zürnen, vielmehr neue Gründe, ihn zu lieben! Ich bin ihm flüchtig begegnet, er ist der liebenswürdigste junge Herr von Paris. Ja, liebes Kind, als ich ihn sah, habe ich sehr wohl verstanden, daß eine Frau sich in ihn vernarren könne: sein Antlitz ist das seiner Seele. An Deiner Stelle nähme ich die Witwe und die beiden Kinder in Le Chalet auf, ließe ihnen ein hübsches Cottage bauen und machte sie zu meinen Kindern. Beschwichtige Dich also und bereite Deinerseits Gaston diese Überraschung.

LVI

Madame Gaston an die Gräfin de l'Estorade

Ach, Geliebte, vernimm das schreckliche, unheilvolle, unverschämte Wort des Toren Lafayette, das er seinem Herrn, seinem König entgegnete: ›Es ist zu spät!‹[72] O mein Leben, mein schönes Leben, welcher Arzt gibt es mir zurück? Ich habe mir den Todesstreich versetzt. Ach, war ich nicht ein Irrlicht von Frau, zum Erlöschen bestimmt, nachdem es geleuchtet hatte? Meine Augen sind zwei Tränenströme, und . . . ich kann nur fern von ihm weinen . . . Ich fliehe ihn, und er sucht mich. Meine Verzweiflung ist ganz im Innern. Dante hat meine Marter in seiner Hölle vergessen. Kommst Du und siehst mich sterben?

LVII

Die Gräfin de l'Estorade an den Grafen de l'Estorade

Auf Le Chalet, 7. August

Mein Freund, nimm die Kinder und mach die Reise in die Provence ohne mich; ich bleibe bei Louise, sie hat nur noch wenige Tage zu leben: ich schulde mich ihr und ihrem Mann, der, wie ich glaube, irrsinnig wird.

Seit dem Dir bekannten kurzen Brief, der mich in der Begleitung von Ärzten nach Ville d'Avray eilen ließ, habe ich die liebenswerte Frau nicht verlassen und Dir nicht schreiben können, denn jetzt geht die fünfzehnte Nacht vorüber.

Bei der Ankunft habe ich sie schön und geschminkt, lachenden Gesichts und glücklich mit Gaston vorgefunden. Welch erhabene Lüge! Die beiden schönen Menschen hatten sich miteinander ausgesprochen. Eine Weile habe ich mich, wie Gaston, durch diese Kühnheit täuschen lassen; aber Louise hat mir die Hand gedrückt und mir ins Ohr geflüstert: »Er darf nichts merken, ich liege im Sterben.« Ein eisiger Schauer hat mich umhüllt, als ich merkte, daß ihre Hand glühend heiß war und ihre Wangen rote Flecken wiesen. Ich habe mich zu meiner Klugheit beglückwünscht. Es war mir nämlich in den Sinn gekommen, um niemandem einen Schrecken einzujagen, die Ärzte zu einem Waldspaziergang zu veranlassen und sie warten zu lassen, bis ich sie rufen ließe.

»Laß uns allein«, sagte sie zu Gaston. »Zwei Frauen, die einander nach fünf Jahren der Trennung wiedersehen, haben sich Geheimnisse anzuvertrauen, und sicherlich hat Renée mir mancherlei zu sagen.«

Als wir allein waren, hat sie sich in meine Arme geworfen, ohne ihren Tränen wehren zu können. »Was ist denn?« habe ich sie gefragt. »Auf alle Fälle bringe ich dir den ersten Chirurgen und den ersten Arzt des Hôtel-Dieu mit, und außerdem Bianchon; kurzum: sie sind zu viert.« – »Ach, wenn sie mich retten können, wenn noch Zeit ist, sollen sie kommen!« hat sie gerufen. »Das gleiche Gefühl, das mich in den Tod trieb, treibt mich jetzt dazu an, zu leben.« – »Aber was hast du denn getan?« – »Ich habe mich innerhalb einiger Tage im höchsten Grade lungenkrank gemacht.« – »Aber wie denn?«– »Ich habe mich nachts zum Schwitzen gebracht, bin dann an das Ufer des Teichs gelaufen und habe mich in den Tau gesetzt. Gaston glaubt mich erkältet, und dabei sterbe ich.« – »Schick ihn doch nach Paris, ich selber hole die Ärzte«, habe ich gesagt und bin wie von Sinnen nach der Stelle gehastet, wo ich sie gelassen hatte.

Ach, mein Freund, nach der Untersuchung hat keiner der Gelehrten mir die leiseste Hoffnung gelassen; sie meinen ausnahmslos, wenn die Blätter fielen, werde Louise sterben. Die Konstitution dieses lieben Geschöpfs ist Louises Plänen auf ganz besondere Weise entgegengekommen; sie hatte Anlagen zu der Krankheit, die sie nun zum Ausbruch gebracht hat; dabei hätte sie noch lange leben können; aber innerhalb weniger Tage hat sie alles unwiderruflich gemacht. Ich kann Dir nicht schreiben, wie mir zu Mute war, als ich dieses völlig begründete Todesurteil vernahm. Du weißt, daß ich von je alles durch Louise im gleichen Maße wie durch mich erlebt habe. Ich habe vernichtet dagesessen und habe die grausamen Ärzte nicht hinausgeleitet. Mit tränengebadetem Gesicht habe ich, ich weiß nicht, wie lange, schmerzlichen Gedanken nachgehangen. Eine himmlische Stimme hat mich aus meiner Benommenheit durch die Worte geweckt: »Ja, nun ist es also aus mit mir«; das hat Louise gesagt und mir die Hand auf die Schulter gelegt. Ich mußte aufstehen, und sie hat mich in ihren kleinen Salon geleitet. »Geh nicht von mir fort«, hat sie mich mit einem flehenden Blick gebeten, »ich will keine Verzweiflung um mich her erblicken; vor allem aber will ich ihn täuschen, ich werde schon die Kraft dazu aufbringen. Ich bin voller Energie und Jugend, ich werde es fertigbringen, aufrecht zu sterben. Was nun mich betrifft, so bejammre ich mich nicht; ich sterbe, wie ich es mir oft gewünscht habe: mit dreißig Jahren, jung, schön, unversehrt. Und er – ihn hätte ich doch nur unglücklich gemacht, das sehe ich jetzt ein. Ich habe mich in den Seen meiner Liebe ertränkt; ich war wie ein Reh, das sich erdrosselt, indem es sich ungeduldig aus den Schlingen freizumachen trachtet; von uns beiden bin ich das Reh . . . und ein recht ungestümes. Schon meine unangebrachten Eifersüchteleien haben sein Herz verletzt und ihn leiden lassen. An dem Tag, da mein Argwohn auf Gleichgültigkeit gestoßen wäre, auf den Lohn, der der Eifersucht wartet, ja, da wäre ich gestorben. Meine Rechnung mit dem Leben ist abgeschlossen. Es gibt Menschen, denen sechzig Dienstjahre im großen Lebensbuch zugestanden sind und die dabei keine zwei Jahre wirklich gelebt haben; umgekehrt scheine ich nur dreißig Jahre alt zu sein, aber in Wirklichkeit habe ich sechzig Jahre der Liebe durchlebt. Also ist für mich wie für ihn diese Lösung ein Glück. Bei dir und mir liegen die Dinge anders: du verlierst eine Schwester, die dich liebhat, und dieser Verlust ist unersetzlich. Du allein hier darfst meinen Tod beweinen. Mein Tod«, fuhr sie nach einer langen Pause fort, während der ich sie nur durch den Schleier meiner Tränen hindurch erblickt habe, »birgt eine grausame Lehre. Mein lieber ›Gelehrter im Korsett‹ hat recht: die Ehe darf als Basis nicht die Leidenschaft, und nicht einmal die Liebe haben. Dein Leben ist ein schönes und nobles Leben, du bist deines Weges gegangen, du hast deinen Louis immer inniger geliebt; während, wenn das Eheleben mit ungewöhnlicher Glut begonnen wird, diese nur abnehmen kann. Ich habe zweimal falsch gehandelt, und nun wird der Tod zum zweitenmal mein Glück mit seiner Knochenhand ohrfeigen. Er hat mir den edelsten und mir ergebensten Mann geraubt; heute nimmt mich der Sensenmann dem schönsten, dem liebreizendsten, dem poetischsten Gatten der Welt weg. Aber ich habe nacheinander das schöne Ideal der Seele und das der Gestalt kennengelernt. Bei Felipe beherrschte die Seele den Leib und verwandelte ihn; bei Gaston wetteiferten Herz, Geist und Schönheit. Ich sterbe angebetet, was könnte ich mehr verlangen . . .? Mich mit Gott zu versöhnen; vielleicht habe ich ihn vernachlässigt, aber ich will mich voller Liebe zu ihm aufschwingen und ihn bitten, mir eines Tages im Himmel jene beiden Engel wiederzugeben. Ohne sie wäre das Paradies für mich Wüste. Meinem Beispiel zu folgen, wäre verhängnisvoll: ich bin eine Ausnahme. Da es unmöglich ist, einen Felipe oder einen Gaston zum zweitenmal aufzufinden, stimmt in dieser Beziehung das Gesellschaftsgesetz mit dem der Natur überein. Ja, die Frau ist ein schwaches Wesen und muß, wenn sie heiratet, ihren Willen gänzlich dem Mann zum Opfer bringen, der ihr seinerseits seinen Egoismus opfert. Die Auflehnungen, die unser Geschlecht neuerdings mit soviel Lärm angezettelt, die Tränen, die es vergossen hat, sind Albernheiten und tragen uns zu Recht die Bezeichnung ›Kinder‹ ein, mit der uns so viele Philosophen bedacht haben.«

Sie hat mit ihrer lieben Stimme, die Du ja kennst, weitergesprochen und hat die sinnvollsten Dinge auf die eleganteste Weise gesagt, bis Gaston hereinkam; er brachte aus Paris seine Schwägerin, die beiden Kinder und die englische Bonne mit, die zu holen Louise ihn gebeten hatte. »Da kommen meine hübschen Henker«, hat sie beim Erblicken ihrer beiden Neffen gesagt. »Konnte ich anders, als mich zu täuschen? Wie sie ihrem Onkel ähneln!« Sie ist zu Madame Gaston der Älteren ganz reizend gewesen; sie hat sie gebeten, sich auf Le Chalet als daheim zu betrachten, und sie war liebenswürdig zu ihr in der echt Chaulieuschen Art, die sie im höchsten Grade besitzt. Ich habe sofort an das Herzogspaar de Chaulieu, den Herzog de Rhétoré und den Herzog de Lenoncourt-Chaulieu geschrieben, und ebenso an Madeleine. Daran habe ich recht getan. Am nächsten Tag hat die von so viel Anstrengungen erschöpfte Louise nicht mehr spazierengehen können; sie ist nicht mal aufgestanden, um am Essen teilzunehmen. Madeleine de Lenoncourt, ihre beiden Brüder und ihre Mutter sind im Lauf des Abends angelangt. Die Abkühlung, die durch Louises Heirat zwischen ihr und ihrer Familie eingetreten war, ist hingeschwunden. Seit jenem Abend kommen Louises beide Brüder und ihr Vater allmorgendlich hergeritten, und die beiden Herzoginnen verbringen jeden Abend auf Le Chalet. Der Tod nähert im gleichen Maße, wie er trennt, er bringt alle kleinlichen Leidenschaften zum Verstummen. Louise ist wundervoll in ihrer Anmut, ihrer Klugheit, ihrem Zauber, ihrem Geist und ihrer Feinfühligkeit. Bis zum letzten Augenblick bezeigt sie den Geschmack, der sie so berühmt gemacht hat, und verschwendet an uns die Schätze jenes Geistes, der sie zu einer der Königinnen von Paris gemacht hatte.

»Ich will bis in den Sarg hinein hübsch sein«, hat sie zu mir mit dem Lächeln gesagt, das einzig ihr eigentümlich ist, und sich dann in das Bett gelegt, um dort seit vierzehn Tagen hinzusiechen.

In ihrem Schlafzimmer findet sich keine Spur von Kranksein: die Tränke, die Gummibeutel, das ganze medizinische Zubehör sind versteckt.

»Nicht wahr, ich werde doch eine schöne Tote sein?« hat sie
gestern den Pfarrer von Sèvres gefragt, der ihr Vertrauen genoß.
Wir alle genießen ihren Umgang habgierig. Gaston, den so
viel Besorgnis, so viel erschreckende Hellsicht vorbereitet haben,
läßt es nicht an Mut fehlen; aber er scheint angesteckt zu sein: es
würde mich nicht wundern, wenn ich es erleben müßte, daß er
seiner Frau auf natürliche Weise folgte. Gestern hat er mir bei
einem Gang um den Teich gesagt: »Ich muß diesen beiden Kindern ein Vater sein . . .« Und damit deutete er auf seine Schwägerin, die seine Neffen spazierenführte. »Aber obwohl ich nichts
tun will, um dieser Welt den Rücken zu kehren, müssen Sie mir
versprechen, ihnen eine zweite Mutter zu sein und Ihren Mann
die gesetzliche Vormundschaft übernehmen zu lassen, die ich, gemeinsam mit meiner Schwägerin, ihm anvertrauen möchte.« Das
hat er ohne die geringste Emphase gesagt, und wie ein Mann,
der spürt, daß es um ihn geschehen ist. Sein Gesicht antwortet
durch ein Lächeln auf Louises Lächeln, und nur ich lasse mich
nicht dadurch täuschen. Er entfaltet eine Tapferkeit, die der
ihren gleicht. Louise hat ihr Patenkind sehen wollen; aber ich
bin nicht bekümmert, daß Armand in der Provence ist; sie hätte
ihn womöglich mit großzügigen Geschenken überschüttet, die
mich verlegen gemacht hätten.

Leb wohl, mein Freund.

25. August (an ihrem Geburtstag)

Gestern abend hat Louise eine Zeitlang phantasiert, aber es war
eine wahrhaft elegante Bewußtseinstrübung, die beweist, daß
Leute von Geist nicht irre reden wie Bourgeois oder Dummköpfe. Sie hat mit erloschener Stimme Weisen aus den ›Purita-
nern‹[73], aus der ›Nachtwandlerin‹[74] und aus ›Moses‹[75] gesungen.
Wir haben ganz still am Bett gesessen und alle Tränen in den
Augen gehabt, sogar ihr Bruder Rhétoré, so sehr war uns deutlich, daß ihre Seele entfloh. Sie konnte uns nicht mehr sehen! In
diesem leisen Singen war noch ihre ganze Anmut und eine göttliche Lieblichkeit. In der Nacht hat der Todeskampf eingesetzt.
Soeben, um sieben Uhr morgens, habe ich ihr beim Aufstehen
geholfen; sie war wieder ein wenig zu Kräften gelangt, sie hat
an ihrem Fenster sitzen wollen und nach Gastons Hand ver-

langt ... Dann, mein Freund, hat der holdeste Engel, den wir je auf Erden erblicken werden, uns nichts zurückgelassen als seine Hülle. Ohne Gastons Wissen, der sich während der schrecklichen Zeremonie ein wenig Schlummer gönnte, war sie abends zuvor versehen worden; sie hatte überdies von mir verlangt, ich solle ihr auf Französisch das ›De Profundis‹ vorlesen, während sie der schönen Natur gegenübersitzen würde, die sie sich erschaffen hatte. Sie wiederholte im Geist die Worte und drückte ihrem Mann die Hände; er kniete an der andern Seite des Polstersessels.

26. August

Mein Herz ist gebrochen. Eben habe ich sie im Leichentuch liegen sehen, sie ist ganz bleich geworden, mit violetten Schatten. Oh, ich will meine Kinder sehen! Meine Kinder! Bring mir meine Kinder her!

Anmerkungen

Memoiren zweier Jungvermählter

1 Louise de la Baume Le Blanc, Herzogin von La Vallière (1644–1710), Geliebte Ludwigs XIV., beschloß ihr Leben als Karmeliterin.

2 Geflügeltes Fabelwesen mit Pferdeleib und Greifenkopf; wie das Pferd Pegasus Schutzgeist der Dichter.

3 Die Danaïden sind nach der griechischen Sage die Töchter des Danaos, die in der Unterwelt ein Faß ohne Boden mit Wasser füllen müssen; sinnbildlich für vergebliches Bemühen.

4 Griechisch parakletos, Fürsprecher vor Gott.

5 Françoise-Athénaïs de Rochechouart, Marquise de Montespan (1641 bis 1707), Geliebte Ludwigs XIV., bewirkte dessen Trennung von Madame de La Vallière.

6 Wandfeld über einer Tür; speziell im Rokoko-Baustil gebräuchlich.

7 Gobelin- und Teppichmanufaktur, die 1627 in die Seifenfabrik von Chaillot verlegt und 1826 mit Les Gobelins vereinigt wurde.

8 Berühmte Genueser Adelsfamilie, aus der mehrere Dogen hervorgegangen sind.

9 Roman von Mme. de Staël (1807).

10 Roman von Benjamin Constant (1815).

11 Das Tal von Gémenos, auch Mulde von Saint-Pons genannt, liegt im Bezirk Aubagne in der Nähe von Marseille. Der Abbé Jacques Delille (1738–1813), Lyriker und Übersetzer Vergils und Miltons, hat es besungen.

12 Die wichtigsten Angehörigen des maurischen Geschlechts der Abencerragen wurden um 1485 im Löwenhof der Alhambra durch die mit ihnen rivalisierenden Zegris ermordet, was Chateaubriand den Stoff zu seiner Novelle ›Aventures du dernier Abencerrage‹ bot.

13 Ferdinand VII. von Bourbon, König von Spanien (1784–1833). Ludwig XVIII. mußte 1823 unter dem Befehl des Herzogs von Angoulême ein Expeditionsheer einsetzen, um ihm den Thron zu erhalten. Der Herzog von Angoulême (1775–1844) war der älteste Sohn Karls X.

14 Gayetano Valdez y Florez (1767–1835), spanischer Admiral, 1823 Gouverneur von Cadiz. Er hatte sich bei Trafalgar und 1807 im spanischen Unabhängigkeitskrieg ausgezeichnet; nach der Kapitulation von Cadiz wollte Ferdinand VII. ihn verhaften lassen.

15 Rafael del Riego y Nunez (1785–1823), Liberaler, der lebhaften Anteil an der Erhebung gegen Ferdinand VII. nahm. 1823 war er Präsident der Cortes; beim Einmarsch der französischen Armee

organisierte er den Partisanenkrieg, wurde geschlagen, geriet durch Verrat in Gefangenschaft und wurde nach Ferdinands VII. Wiedereinsetzung am 7. November 1823 gehängt und gevierteilt.

16 Rey neto (= der freie König), ist in Spanien die Formel für die traditionelle, absolute Monarchie im Gegensatz zur konstitutionellen, liberalen Monarchie nach englischem Muster.

17 Der feierliche Einzug des Herzogs von Angoulême nach Beendigung des spanischen Interventionskrieges fand am 2. 12. 1823 statt.

18 Ehemals vierfache spanische Pistolen, rund 60 Mark.

19 Inhaber eines Lesekabinetts in der Rue Vivienne, bei dem u. a. englische und amerikanische Zeitungen auslagen.

20 Verbindungsstraße zwischen der Rue de Varenne und der Rue de Grenelle, 1850 in der Rue de Bellechasse aufgegangen.

21 Dionys der Jüngere, zweiter Tyrann von Syrakus, hatte sich nach seiner Verjagung 343 v. Chr. nach Korinth geflüchtet, wo er Schulmeister wurde.

22 Mutter des regierenden Sultans.

23 In Rossinis Oper ›Otello‹ (Uraufführung Neapel 1816) sang Garcia den Mohren und Pellegrini den Jago. Der Sänger Vicente Garcia (1775–1832) ist der Vater der Malibran und der Mme. Viardot und war seit 1812 mit Rossini eng befreundet. Felice Pellegrini (1774–1832) sang seit 1819 in Paris. Das erwähnte Eifersuchtsduett findet sich im ersten Akt des ›Otello‹. Die Desdemona sang die Malibran; bei einem Wutanfall Otellos, also ihres Vaters, fürchtete sie, daß er sie tatsächlich erdrossele. Louise vergleicht den italienischen ›Otello‹ Rossinis mit dem englischen ›Othello‹ Shakespeares.

24 Spanischer Feldherr (1443–1515).

25 Spanischer Staatsmann, Großinquisitor von Toledo (1436–1517).

26 Samuel Richardson (1689–1761), zu seiner Zeit vielgelesener englischer Romanschriftsteller, Autor von ›Clarissa Harlowe‹.

27 Gaius Marius, römischer Feldherr (156–86 v. Chr.), als Vertreter der Volkspartei Gegner Sullas und der von diesem geführten Senatspartei.

28 Lucius Cornelius Sulla, römischer Staatsmann (138–78 v. Chr.), bekämpfte als Führer der Senatspartei die Marianer.

29 Joséphine Mainville, genannt ›die Fodor‹, eine 1793 in Paris geborene italienische Sängerin, brachte es nie fertig, in französischer Sprache zu singen. Ihre Glanzrolle war die der Semiramis in Rossinis Oper. Bei einer Pariser Aufführung dieses Werks im Jahr 1825 verlor sie in einer der ersten Szenen ihre Stimme.

30 Jacques-Bénigne Bossuet (1627–1704), Bischof von Meaux, berühmter Prediger (›Trauerreden‹, ›Oraisons funèbres‹), Erzieher des

Dauphin; großer Historiker, gelehrter, kritischer Geist, Bekämpfer von Fénélons Quietismus.

31 Kleine Stadt im Département Indre; das schöne, nach Plänen von Philibert Delorme erbaute Schloß gehörte dem Fürsten Talleyrand.

32 Robert Lovelace ist eine Romangestalt aus dem Briefroman ›Clarissa Harlowe‹ von Samuel Richardson (1689–1761), einem der ersten im empfindsamen Stil geschriebenen Romane.

33 Romangestalt aus ›La nouvelle Héloïse‹, dem berühmten Briefroman Rousseaus, der unter dem Eindruck von Richardsons ›Clarissa Harlowe‹ geschrieben wurde.

34 Siehe Anmerkung 12.

35 Oper von Niccolo Antonio Zingarelli (1752–1827), letzter Komponist der neapolitanischen Schule. Uraufführung in Mailand 1796, Pariser Erstaufführung 1812.

36 ›Artamène, ou le Grand Cyrus‹ (1653), Roman der Madeleine de Scudéry (1607–1701).

37 ›L'Astrée‹, 1610 bis 1627 erschienener, preziöser Hirtenroman von Honoré d'Urfé (1568–1626).

38 Louis, Vicomte de Bonald (1754–1840), politischer Schriftsteller, glühender Verteidiger des monarchistischen und katholischen Prinzips. Er starb um die Zeit, da Balzac die ›Memoiren zweier Jungvermählter‹ schrieb.

39 Lizinska de Mirbel (1796–1849), zu ihrer Zeit berühmte Miniaturen-Malerin.

40 Anspielung auf Bonald; siehe Anmerkung 38.

41 (Antikes) Hochzeitslied.

42 Lateinisch: Wegzehrung.

43 Kleine Kirche in der Rue de Bourgogne, zwischen der Rue Saint-Dominique und der Rue de Grenoble-Saint-Germain.

44 Psychologischer Roman (1804) von Étienne Pivert de Sénancourt (1770–1846).

45 Die Errichtung von Majoraten (unverkäuflichen Gütern, die unter dem Grad nach gleichnahen Verwandten durch Erbfolge an den jeweils Ältesten gelangten, um den Besitz für die Familie zu erhalten) war unter dem Ancien Régime gebräuchlich, wurde von der Revolution unterdrückt, von Napoleon zugunsten einzig des kaiserlichen Adels wiederhergestellt und von der Restauration bewahrt und neu geregelt. Der Majoratsherr war nur eine Art Nutznießer. Der Besitz des Majorats war die wesentliche Vorbedingung für die Erwerbung der Pairswürde. Ein mit dem Titel Baron verbundenes Majorat mußte jährlich mindestens 10 000 Francs abwerfen; ein mit dem Titel Graf oder Marquis verbundenes mindestens 20 000

Francs, ein mit Herzogstitel verbundenes mindestens 30 000 Francs. Ein königliches Edikt von 1835 untersagte für die Zukunft jede Errichtung oder Übertragung eines Majorats.

46 Römische Göttin, die die Geburt leitete.

47 Etwa: ›Wir müssen immer Haltung wahren‹.

48 Anspielung auf Richardsons Roman ›Clarissa Harlowe‹.

49 Lateinisch: Undankbare.

50 Erdichtete Benennung eines türkischen Großwürdenträgers in Molières ›Le Bourgeois gentilhomme‹.

51 René von Anjou (1409–1480), Herzog von Bar und Lothringen, Graf der Provence, lebt durch seine väterlich friedliche Regierung als ›René der Gute‹ fort.

52 Italienisch: Meisterwerk der Oper.

53 Italienisch: Schönes Bild.

54 Salomon Gessner (1750–1788), Schweizer Dichter und Maler.

55 Jean-Pierre Claris de Florian (1755–1794), Literat, Fabeldichter.

56 Antoine, Graf de Rivarol (1753–1801), geistvoller antirevolutionärer Literat und Journalist.

57 Spitzname des Ministers Guizot (1787–1874).

58 Römische Nymphe, Freundin des Numa Pompilius; Anspielung auf Guizots Freundin Mme. Benkendorff-Lieven.

59 Gestalt des Marionettentheaters, dargestellt mit einer Unzahl kleiner Kinder, die unter ihren Röcken hervorkommen.

60 Jean-Baptiste Gaye, nach dem spanischen Interventionskrieg Vicomte de Martignac (1778–1832), liberaler Minister unter Karl X., 1829 plötzlich entlassen und durch Polignac ersetzt.

61 Graf Louis de Bourmont (1773–1846), General unter Napoleon I., ging am Vorabend der Schlacht bei Ligny (16. Juni 1815) zu Ludwig XVIII. nach Gent, war einer der Ankläger Neys, unter Polignac Kriegsminister, wurde zum Marschall von Frankreich ernannt und übernahm das Kommando der Armee, die 1830 Algier besetzte. Er bewies in diesem Feldzug mehr Tapferkeit als Fähigkeit.

62 Fürst Armand de Polignac (1780–1847), ultraroyalistischer Minister, dessen Maßnahmen die Juli-Revolution auslösten.

63 Englisch: Ammenstube.

64 Der ›Jardin du Roi‹ im Kleinen Park von Versailles ist die ehemalige Königsinsel oder Liebesinsel, die 1816 nach den Plänen des Architekten Dufour in einen englischen Park umgestaltet wurde. Das Schlößchen soll dem Haus Hartwell nachgeahmt sein, das Ludwig XVIII. während seines Exils in England bewohnte.

65 Publius Decius Mus, Name zweier römischer Konsuln und Feld-

herren, die sich, um den Sieg zu erringen, freiwillig für das Vaterland opferten: der ältere 340 v. Chr. in der Schlacht am Vesuv, der jüngere, sein Sohn, 295 in der Schlacht am Metaurus. Historisch beglaubigt ist nur der zweite Opfertod.

66 Italienisches Sprichwort; etwa: ›Ohne heftiges Begehren sicherer Reichtum‹. (Anspielung auf den Brief Louises S. 110).

67 Der Herzog von Orléans, der spätere König Louis-Philippe, hatte seine Söhne gleichfalls das Lycée Henri IV besuchen lassen.

68 Frau des Konsuls Sempronius Gracchus, Mutter der Gracchen, vollkommenster Typ der römischen Mutter.

69 Der Bau der Madeleine-Kirche wurde 1763 beschlossen, aber erst 1797 nach den neuen Plänen Coutures begonnen. Napoleon gedachte aus dem unvollendeten Bauwerk einen Ruhmestempel zu machen. Die Restauration gab ihm seine ursprüngliche Bestimmung wieder; Vignon führte den Bau fort, Hurée vollendete ihn. Am 4. Mai 1842 wurde die Madeleine geweiht.

70 Maximilien de Béthune, Herzog von Sully (1559–1641), Freund und Minister Heinrichs IV., Ordner des Finanzwesens und Förderer der Landwirtschaft.

71 Verdier, ein Händler mit Spazierstöcken und dergleichen, war Balzacs Lieferant und hatte seinen Laden Rue de Richelieu 95.

72 Das Wort wurde nicht an den König gerichtet, und ob Lafayette (1757–1834) es ausgesprochen hat, ist in Anbetracht seines nicht eben zu spontanen Ausbrüchen neigenden Charakters zweifelhaft. Am 30. Juli 1830 während des Aufstandes begab sich Collin de Sussy im Auftrag des Herzogs de Mortemart ins Hôtel de Ville, wo die Commission municipale tagte; er wurde zu Lafayette geführt, der von drohenden Nationalgardisten und Delegierten umgeben war, und verkündete die Zurückziehung der berüchtigten Ordonnanzen vom 25. Juli. Schon bei seinen ersten Worten wurde gerufen: »Es ist zu spät! Karl X. hat aufgehört zu regieren!« In diese Rufe soll auch Lafayette eingestimmt haben.

73 ›I Puritani di Scozia‹, Oper von Bellini, Erstaufführung am Théâtre Italien zu Paris am 25. Januar 1835.

74 ›La Somnambula‹, Oper von Bellini, Pariser Erstaufführung am 28. Oktober 1831.

75 ›Mosè in Egitto‹, Oper von Rossini, Pariser Erstaufführung der umgearbeiteten französischen Fassung am 26. März 1827.

Biographische Notizen über die Romangestalten

Memoiren zweier Jungvermählter

ARTHEZ, Daniel d'. Dank dem Zusammenklang eines schönen Talents und eines schönen Charakters war Daniel d'Arthez zwischen 1820 und 1830 das Haupt des ›Kreises‹, der die Schriftsteller und Gelehrten seiner Generation vereinigte. Auf diese Weise half er mit seinem Geld und seiner Feder Lucien de Rubempré in dessen Anfängen (›Ein großer Mann aus der Provinz in Paris‹; ›Verlorene Illusionen I‹). Als er reich, berühmt und Abgeordneter der legitimistischen Rechten unter der Juli-Monarchie geworden war, ließ er sich von Diane, Fürstin von Cadignan, verführen, der es gelang, ihn davon zu überzeugen, daß ihre zahlreichen, stadtbekannten Liebschaften nichts als Verleumdungen seien; fortan zog er sich aus der Politik, der Literatur und der Gesellschaft zurück (›Die Geheimnisse der Fürstin von Cadignan‹).

BRIDAU, Joseph. Trotz seiner genialen Begabung und seiner verbissenen Arbeit hatte es der Maler Bridau, ein Schüler des Barons de Gros, in seinen Anfängen sehr schwer; er mußte seine Mutter und seine Tante Descoings unterstützen, die von seinem Bruder Philippe ausgeplündert worden waren und dabei seine Anhänglichkeit mißverstanden (›Die Fischerin im Trüben‹). Aber unterstützt vom ›Kreis‹, dem d'Arthez vorstand, gelangte er endlich zur Berühmtheit (›Verlorene Illusionen‹). Er arbeitete im Schloß L'Isle-Adam für den Grafen de Sérisy (›Ein Lebensbeginn‹), gab Pierre Grassou (in der gleichen Novelle) den Rat, der Malerei zu entsagen. Nun er sich durchgesetzt hatte, half er seinerseits seinen jungen Kollegen und unterstützte unter andern den Bildhauer Wenceslas Steinbock (›Tante Bette‹).

CADIGNAN, Diane d'Uxelles, Herzogin von Maufrigneuse, Fürstin von, geboren 1796, schwang das Zepter der Mode unter der Restauration und während der ersten Jahre der Juli-Monarchie. Ihre Liebschaften lassen sich nicht zählen: die bemerkenswertesten waren die mit Henry de Marsay, Victurnien d'Esgrignon, den sie ruinierte (›Das Antiquitäten-Kabinett‹), Lucien de Rubempré, den sie zu retten versuchte (›Glanz und Elend der Kurtisanen‹), und schließlich Daniel d'Arthez, den sie zu überzeugen verstand, daß die Gerüchte über ihre galanten Abenteuer nichts als Verleumdungen seien (›Die Geheimnisse der Fürstin von Cadignan‹).

CANALIS, Constant-Cyr-Melchior, Baron de, war seit 1824 eins der Häupter der romantischen Schule (›Verlorene Illusionen‹) und schon seit 1821 der Liebhaber der Herzogin von Chaulieu. 1829 hatte er das Amt eines Berichterstatters über die Bittschriften im Staatsrat inne; die zur Schau getragene Hörigkeit, in der Madame de Chaulieu ihn hielt, trug dazu bei, die Eheschließung zu verhindern, die er mit Modeste Mignon (Heldin des gleichnamigen Romans) wünschte, in der seine seraphischen Verse eine ideale Leidenschaft entfacht hatten. 1838 heiratete er die Tochter Moreaus, des ehemaligen Verwalters des Grafen de Sérisy (›Ein Lebensbeginn‹).

CHAULIEU, Herzog von, schuldete es seiner gesellschaftlichen Autorität, an dem Familienrat teilzunehmen, der sich bemühte, die Herzogin von Langeais, die in den General de Montriveau verliebt war, zu der unter Hochgestellten gängigen Vorsicht zu bekehren. Dank seinem politischen Einfluß gelang es ihm später, seine Freunde Grandlieu über den heimlichen Lebenswandel Luciens de Rubempré zu unterrichten, der sich um deren Tochter bemühte (›Glanz und Elend der Kurtisanen‹).

CHAULIEU, Herzogin von, sehr eifersüchtig auf Canalis, zeigte ihm bei Gelegenheit, daß sie ihm nicht gestattete, zu heiraten (›Modeste Mignon‹).

ESPARD, Athénaïs de Blamont-Chauvry, Marquise de, war die Rivalin der Herzogin von Maufrigneuse, der sie während der Restaurationszeit das Zepter der Mode streitig machte. Kalt, egoistisch und grausam, wie sie war, hatte sie ihren Mann enttäuscht, der sich von ihr trennte und den sie entmündigen zu lassen versuchte (›Die Entmündigung‹); in ihrer Prüderie und Strenge löste sie Madame de Bargeton von Lucien de Rubempré (›Verlorene Illusionen‹), der sich durch einige beißende Worte an ihr rächte (›Glanz und Elend der Kurtisanen‹), versuchte die Fürstin von Cadignan in Daniel d'Arthez' Augen herabzusetzen (›Die Geheimnisse der Fürstin von Cadignan‹) und kehrte Béatrix de Rochefide den Rücken, die die Geliebte Calystes du Guénic geworden war; dafür jedoch tat sie aus Rachsucht ihr Möglichstes, um Madame Félix de Vandenesse Raoul Nathan in die Arme zu treiben (›Eine Evastochter‹). Unter der Juli-Monarchie war ihr Salon im Faubourg Saint-Germain nahezu der einzige, der seine Pforten nicht schloß (›Eine zweite Frauenstudie‹).

GASTON, Louis, geboren 1805, ältester außerehelicher Sohn der Lady Brandon, die ihn sterbend, trotz seiner Jugend, mit der Vormundschaft seines Bruders Marie beauftragte. Er brachte ihn im Collège in Tours unter und schiffte sich als Freiwilliger auf einem Schiff der Staatsmarine ein (›Die Grenadière‹).

GASTON, Marie, geboren 1810, zweiter außerehelicher Sohn der Lady Brandon, stirbt schwindsüchtig (›Die Grenadière‹).

LENONCOURT-GIVRY, Madeleine de Mortsauf, Herzogin von, war eifersüchtig auf die zärtlichen Gefühle ihrer Mutter zu Félix de Vandenesse, den sie für schuldig am Tod der Madame de Mortsauf hielt (›Die Lilie im Tal‹). Im Mai 1830 reiste sie mit Clotilde de Grandlieu nach Italien; auf der Fahrt erlebten beide, daß Lucien de Rubempré, Clotildes Verlobter, vor ihren Augen unter der Anschuldigung verhaftet wurde, Esther van Gobseck ermordet zu haben (›Glanz und Elend der Kurtisanen‹).

MARSAY, Henry de, natürlicher Sohn Lord Dudleys, dem Gesetz nach Sohn des Grafen de Marsay, Löwe der ›Jeunesse dorée‹ nach 1815, war gegen Ende der Restauration bereits eine angesehene Persönlichkeit. Die Juli-Monarchie machte ihn zu einem ihrer ersten Minister; er starb 1834 an Entkräftung. Er ist einer der Protagonisten der ›Menschlichen Komödie‹, und dabei ist er in keinem Roman die Hauptgestalt, außer in ›Das Mädchen mit den Goldaugen‹, wo seine ebenso pikante wie tragische Liebschaft mit der Lesbierin Paquita Valdès erzählt wird.

MAUFRIGNEUSE, Diane d'Uxelles, Herzogin von. Siehe CADIGNAN, Fürstin von.

RHETORE, Alphonse de Chaulieu, Herzog von, trat in den diplomatischen Dienst und wurde Gesandter. In Paris war er der übelwollende Kamerad Luciens de Rubempré, den er verachtete. (›Verlorene Illusionen‹; ›Glanz und Elend der Kurtisanen‹.) 1835 heiratete er die Herzogin von Argaïolo (›Albert Savarus‹).

VANDENESSE, Graf Félix de, war zur Zeit der Liebschaft von Émilie de Fontaine mit Maximilien de Longueville der Liebhaber der Lady Dudley, die ihn Madame de Mortsauf entrissen hatte (›Die Lilie im Tal‹); später wurde er derjenige der Nathalie de Manerville (›Der Ehekontrakt‹; ›Die Lilie im Tal‹). Schließlich heiratete er Angélique-Marie de Granville, die sein Takt und seine Erfahrung im Liebesleben gerade noch zur rechten Zeit davor bewahrten, sich Raoul Nathan hinzugeben (›Eine Evastochter‹).

Nachwort

I

»Ein Hauch von Weiblichkeit entströmt seinem Œuvre: sobald man die Schauplätze betritt, hört man hinter sich Türen zugehen, ein Rascheln von Seide und das leise Tappen von Stiefelettchen.« Diesen Satz über Balzac schrieb vor über hundert Jahren der Dichter und Kritiker Théophile Gautier in seinen ›Zeitgenössischen Porträts‹.

Und wirklich, gibt es einen Romancier der Weltliteratur, der Frauen seiner Zeit treffender geschildert hätte als der Schöpfer der ›Menschlichen Komödie‹?

Weltberühmt sind sie geworden: seine Aristokratinnen, seine Bürgersfrauen, seine Halbweltdamen, seine jungen Mädchen und selbst seine alten Jungfern.

Die beiden Frauen aus den ›Memoiren zweier Jungvermählter‹ zählen zu den weniger bekannten. Balzac selber hat dieses kleine Werk sehr geschätzt. Das ist bemerkenswert; bereits erschienene Romane kümmerten ihn kaum je noch. Über die ›Memoiren‹ schrieb er am 14. Oktober 1842 an die Gräfin Hanska, seine Geliebte und mit seinen Arbeiten Vertraute: ». . . meiner Ansicht nach verblaßt alles, was ich schrieb, neben den ›Memoiren‹ . . . Dieses Buch ist ein Glanzstück, es stellt sämtliche anderen in den Schatten.« Und am 2. März 1843: ›Ihre Meinung über die ›Memoiren‹ hat meinen Beifall. Alle Künstler, alle mit dem Herzen Begabten, haben ein Faible für sie.«

Die ›Memoiren‹ sind Balzacs einziger Briefroman. Das Genre hatte im XVIII. Jahrhundert geblüht, im XIX. war es verwelkt. Man will jetzt nicht mehr fiktive Briefe lesen, man will von authentisch erlebten Geschehnissen aus der großen Revolution oder aus dem Empire erfahren. Eine Flut von ›Memoiren‹ (im eigentlichen Sinn) ergießt sich über den Buchmarkt. Balzac geht darauf im Vorwort zur Erstausgabe seines Briefromans folgendermaßen ein: »Diese Korrespondenz hat nichts gemein mit den prallen, packenden, stilistisch wohlfeil dargebotenen Handlungsabläufen, welche unserm auf Dramatisches erpichten Zeitgeschmack entgegenkommen, sofern sie nur in Erregung versetzen können. Er bedarf einer gewissen Nachsicht. Verständlicherweise bietet er sich den Auserwählten an, die heutzutage selten sind und deren geistige Neigungen gewissermaßen denjenigen ihrer Zeit konträr laufen.«

Balzacs ›Memoiren‹ möchten in erweiterter Bedeutung verstanden werden: als Tagebuch, als geschriebene Bekenntnisse, die, sehnlich erwartet, begierig gelesen, in mehr oder minder losen Abständen beantwortet, per *Diligence* von einer Freundin zur andern befördert werden, wobei die Empfängerin, nicht die Absenderin die Beförderung bezahlen mußte. (Briefmarken zum Freimachen wurden erst ab 1848 ausgegeben.) 52 Frauenbriefe werden auf solche Weise ausgetauscht, fünf Männerbriefe sind dazwischen geschoben.

Die erste Buchausgabe der ›Memoiren‹ erschien zweibändig im Januar 1842 beim Balzac-Verleger Hyppolite Souverain. Sie enthielt das zitierte Vorwort Balzacs und seine Widmung an George Sand. Letztere fand sich in allen Folgeausgaben, das Vorwort indes entfiel seither.

II

Die Genese der ›Memoiren‹ erweist sich als kompliziert und langwierig. Anfang der 1830er Jahre hat Balzac zwei Titel in seinem *Bulletin de travail* notiert: ›Sœur Marie-des-Anges‹ und ›Memoiren einer Jungvermählten‹. Das erste Thema soll von einer aus dem Karmel entflohenen Nonne handeln, die unter ihrem zivilen Namen Mademoiselle de Chaulieu nach Paris gelangt und sich dort mit Vehemenz in das verderbte Treiben der Metropole stürzt. Das zweite war für die minuziöse Aufzeichnung von Seelengeheimnissen einer Jungvermählten vorgesehen. An beiden Entwürfen ist Balzac viel gelegen, doch kommen sie nicht zur Ausführung, bleiben vielmehr im Vagen und Disparaten stecken. Andere, bereits honorierte Arbeiten rücken in den Vordergrund.

Das Jahrzehnt von 1830 bis 1840 gerät ihm zum fruchtbarsten: 46 Romane und Novellen stellt er in ihm fertig, die journalistischen Publikationen nicht gerechnet.

In diese Zeitspanne fallen auch seine besten Mannesjahre. Er steht auf der Höhe seines Ruhms, wird ein gerngesehener Habitué in den Salons der vornehmen Gesellschaft. Diese trifft sich während der Juli-Monarchie weniger häufig in den Nobelvierteln Saint-Germain und Saint-Honoré als draußen vor den Toren von Paris, in Versailles.

Ein dort ansässiger Zivilrichter, dessen Memoiren ein knappes Jahrhundert später durch Zufall entdeckt und veröffentlicht worden sind, weiß folgendes zu berichten: Auf einem Ball, den die österreichische Botschaft 1834 gibt, sieht Balzac die umworbene Gräfin Guidoboni-Visconti und verliebt sich in sie. Er läßt sich ihr durch die Frau des Botschafters, die Gräfin Apponyi, vorstellen und bittet sie, ihr seine Aufwartung machen zu dürfen. Schon am nächsten Morgen erscheint er im Pavillon des Italiens, der Versailler Residenz der Madame Guidoboni-Visconti, gekleidet in eine Nankinghose, eine weiße Weste mit korallenen und einen grünen Frack mit goldenen Knöpfen; überdies geht er in grauen Halbstrümpfen und lackfarbenen Schuhen. Auf dem Kopf trägt er den berühmten hohen Zylinder, an den Fingern mehrere Ringe. Ein Duft von Patchouli umweht ihn. Die ebenso ehrgeizige wie schöne Gräfin fühlt sich geschmeichelt, daß der illustre Literat ihr seine Reverenz erweist, und zeigt sich angetan von ihm. Kurz darauf avanciert er zu ihrem Liebhaber, und als sie 1835 von ihm schwanger wird, überträgt er ihr, zuvor sein Konzept erklärend, die Ausarbeitung einer Ehegeschichte. Noch handelt es sich um eine alleinige Jungvermählte, die jetzt keine Memoiren verfassen, sondern Briefe schreiben sollte. B. stattet sie mit dem weltlichen Namen der Nonne ›Louise de Chaulieu‹ aus und verehelicht sie bereits mit Felipe de Macumer.

Voller Stolz entledigt sich die Gräfin des Auftrags. Ihr Mentor jedoch ist nach Lektüre des Manuskripts durchaus nicht zufrieden: er kürzt, fügt ein, streicht durch und schreibt um, so daß eine völlig neue Fassung entsteht.

Diese legt Balzac zunächst beiseite. Ein paar Jahre darauf, nachdem er das Thema der Nonne endgültig aufgegeben, hingegen für die ›Memoiren‹ seinem Verleger einen erklecklichen Vorschuß entwunden hat, nimmt er sich ihrer wieder an, entschlossen, sie zu einem raschen Ende zu bringen. Er erfindet für Louise de Chaulieu die Gesprächspartnerin Renée de Maucombe, teils durch seine Schwester Laure de Surville beraten, die ihm Vorlagen zu Renée-Briefen geschrieben hat, teils inspiriert von seiner Freundin Zulma Carraud, der Gattin eines älteren Offiziers und einer vorbildlichen Mutter.

Seine Mitarbeiterin aber, die Gräfin, bekommt den Roman erstmals nach der Drucklegung zu Gesicht. Indigniert stellt sie die in ihrem Text vorgenommenen Änderungen fest und weist den Autor bei einer Soirée, vor versammelten adligen Gästen, zurecht. Balzac weint, was als ungehörig empfunden wird. Auf dem Heimweg sucht ihn der genannte Memorialist zu trösten. Balzac nimmt das übel auf: »Ich brauche keine Belehrung. Ich kenne die Frauen – alle Frauen!«

Einige Stellen in jenem ominösen Vorwort der Erstausgabe klingen dunkel, wenn man nicht geneigt ist, der *chronique scandaleuse* große Wahrscheinlichkeit zuzumessen. Es heißt da, »eine Freundeshand« habe ihm, Balzac, »etliche Elemente« des Buches »hinterlassen«, die er mit anderen (seinen eigenen) zu einem wohlgeordneten Ganzen erhoben habe. Erweckten die ›Memoiren‹ Interesse und hätten sie Erfolg, könnte man die Briefe ohne weiteres wieder in ihre ursprüngliche Form umsetzen.

Kompromittierend hört sich der Satz an, mit dem Balzac vermutlich gerade verschleiern wollte: »Jedermann wird die Namensänderung billigen. Es geschah dies mit Rücksicht auf Personen, die aus historischen Geschlechtern zweier Länder stammen.«

Nun, die Gräfin war gebürtige Engländerin aus erstem Haus, der Graf aus italienischem Uradel.

III

In der Bourbonen-Restauration erfreuen sich die Feudalen, Überlebende und Emigranten, noch einmal am Glanz ihrer Existenz, doch es ist ein verblichener Glanz. Des einstigen Landbesitzes, der ihnen Privilegien und Einkünfte verschaffte, enteignet, sehen sie sich nach Ämtern am Hof, in der Regierung oder Diplomatie um, wohl ahnend, daß ihre Herrschaft zur Neige geht. Unter Louis-Philippe, dem Sproß der Orléans, müssen sie dann erkennen: eine neue Zeit bricht an, in der die ehemals Untergebenen der Klassengesellschaft unwiderruflich Staatsbürger zu werden im Begriff sind, denen ein Bürgerkönig, ein *roi-citoyen,* vorsteht. Jahre des Übergangs, der Vermischung von Altem mit Neuem, das sich in den Individualschicksalen spiegelt.

In diese widersprüchlichen Jahre plaziert Balzac seine ›Memoiren zweier Jungvermählter‹. Anhand der Lebensstationen der beiden Freundinnen gestaltet er zwei weibliche Typen, welche die Liebe in der Ehe auf unterschiedliche Weise erleben. Renée de l'Estorade, die *épouse-mère,* die Mutterfrau, liebt zärtlich, unerotisch, hingebungsvoll. Louise de Macumer, in zweiter Ehe Louise Gaston, die *femme-maîtresse,* die Geliebtenfrau, liebt leidenschaftlich, sinnenverstrickt, ichbezogen. Der Briefdialog kreist um aus den Ehen sich ergebende Probleme. Äußere Ereignisse dienen daher nur als Antrieb, den aus seelischen Vorgängen geborenen Gedanken, Gefühlen, Reaktionen nachzuspüren. Diese »Innenleben-Schau«, wie Louise sie nennt, wird durch eine Fülle von oft die damalige Gesellschaft berührenden Sentenzen ergänzt. Renée und Louise sind von der Richtigkeit ihrer Aussagen überzeugt, die erste mitunter in belehrendem oder selbstgerechtem Ton, die zweite auf arrogante oder belustigte Art ihn zurückgebend.

Schon früh, als Klosterschülerinnen, haben sie nur e i n Lebensziel: die Heirat. Daß sie für beide, obwohl sie ohne Mitgift sind, zustande kommt, daß ihnen die Männer begegnen, die ihrer Eigenart Rechnung tragen, liegt an Balzac, an seiner Absicht, mit den ›Memoiren‹ einmal »ein Buch der glücklichen Liebe« zu schreiben.

Selbstverständlich ist das Glück kein von Anfang bis Ende gleichmäßig andauerndes. Renée hat »einen schwierigen Morgen« gehabt, aber »der Abend wird rein und heiter sein« für sie. Louise beginnt ihr Ehedasein bei strahlendem Sonnenschein und muß es, gleich zweimal, in Düsternis beenden. Doch beide Frauen haben die Glückseligkeit ihrer Wesenserfüllung erfahren dürfen.

Die Erzählhandlung bringt nichts aus dem Rahmen Fallendes. Renée, die Dunkle »von spanischer Schönheit«, willigt in eine von den Eltern arrangierte Vernunftheirat ein, wie es die Konvention gebot. Ihr Mann, der Chevalier Louis de l'Estorade, Veteran der Schlacht bei Leipzig, zwanzig Jahre älter als sie, ohne jegliche Ambitionen, schüchtern und farblos, stellt den Typ des mediokren Landedelmannes dar. Er verehrt und liebt seine so junge, so kluge Frau.

Sie gehört zu jenen weiblichen Typen, die Gelassenheit zur Schau tragen, innerlich jedoch wachen Intellekts sind und zum Mann als einer höhergearteten Persönlichkeit emporblicken wollen. Die »Superiorität« war damals eine vielgenannte, erstrebte Charakterqualität. Und gerade die kann der Chevalier seiner Frau nicht bieten. Von Anfang an bilden sich daher in ihr feste Vorstellungen von dem, was sie im Zusammenleben mit Louis de l'Estorade zu verwirklichen wünscht: einmal möchte sie die »Leitung« in der Ehe übernehmen, die ihr Louis anstandslos konzediert, und dann möchte sie so bald wie möglich eine »Privilegierte«, nämlich Mutter werden.

Die Siebzehnjährige ist unaufgeklärt in die Ehe gegangen. Auf pränuptialer Aufklärung lag ein schweres Tabu; der Liebe Erwachen erfolgte daher für die jungen Mädchen unter einem Dunstschleier von exaltierter Schwärmerei, zu der sie Zuflucht nahmen, um Ängste, Unsicherheit und Ignoranz zu verbergen.

Renée, kein bißchen verliebt, eher kritisch ihrem Angetrauten gegenüber, erbittet sich eine dreimonatige Karenz, in die Louis (ebenfalls!) einwilligt. Ihr Einwand, sie wolle sich hierdurch ihre Freiheit bewahren, ist in Wahrheit ein Vorwand, »das schreckliche Geschehen, das das Mädchen zur Frau wandelt«, hinauszuzögern. Renées Widerstreben hindert sie dann daran, in der liebenden Vereinigung mit dem Mann Lust zu finden, sie könne allenfalls, sagt sie, »abstrakt zärtlich« zu ihm sein, wie zu einem Freund. Deshalb verspüre sie auch »sanfteste Ruhe« im Herzen.

Renées Verlangen nach Freiheit und Ruhe ist aus ihrer seelischen Konstitution und als Folge des distanzierten Gattenverhältnisses zu begreifen. Es hat nichts zu tun mit dem bereits im Keim vorhandenen Unabhängigkeitsdrang der Frauen, den der Graf v. Saint-Simon mit seiner Parole »l'affranchissement de la femme« (die 1835 mit »Emanzipation der Frau« ins Deutsche übersetzt wurde), unterstützte.

Renée erwähnt nie den in der Öffentlichkeit diskutierten Frühsozialisten Saint-Simon, wohl aber schreibt sie Louise über den Politphilosophen Louis Vicomte de Bonald, weil er »die heilige und starke Familie« verherrlicht. Daß er die alten Schemata aus der autoritär-patriarchalischen Ära meint, scheint ihr zu entgehen. Bonald ist im Grunde ein Reaktionär, während Renée sich fortschrittlich zeigt, indem sie die Verfügungsgewalt des Vaters vom Einfühlungsvermögen der Mutter abgelöst, den unbedingten Gehorsam durch freies Sich-Entfalten ersetzt haben möchte. Insofern trägt sie das Mutterbild späterer Zeiten in sich.

Die Briefe 46 und 51, die Renées mütterliche Zuneigung am schönsten zur Geltung bringen, sind gleichzeitig symptomatisch für Balzac. Im Beschreiben des genrehaften trauten Beieinander von Mutter und Kind gelingt ihm die visionäre Beschwörung eines Paradieses, das ihm in eigener Kindheit und Jugend verschlossen geblieben war.

Das Mutter–Sein entspricht zwar Renées Naturell, hält indes die Sehnsucht nach dem Frau–Sein nicht immer und absolut in Schach. Gemütsregungen wie Neid und Eifersucht peinigen sie beim Lesen von Louises liebestrunkenen Ergüssen.

Doch Madame de l'Estorade besitzt die Kraft, sich zu bescheiden. Dreißigjährig, als »der Sommer schon hinter ihr liegt«, verliert sie das geheime Sehnen nach einer ihr als Frau zustehenden Liebe der Sinne.

Sie weiß jetzt, daß, selbst wenn das Schicksal, wie sie bisweilen argwöhnte, ihr unwiderruflich eine bloß kompensatorische Liebe zugedacht hat, eben diese und keine andere ihre eigentliche Berufung ausmacht: die Hingabe an die Familie.

IV

Stellt Renée eine zeitgenössische Figur dar, so erinnert Louise an längst geschwundene Zeiten, an die des Ancien Régime. Renée ist von christlichem Ethos durchdrungen, Louise huldigt freigeistig dem Gotte Amor, und nur ihm.

Sie ist ein träumbares weibliches Wesen, zu fassen am ehesten im räumlichen Interieur, zwischen den von der Großmutter, einer Prinzessin fürstlichen Geblüts, ererbten alten Möbeln im Rokoko-Stil – im Stil Louis XV, wie er in Frankreich genannt wird – in einem eleganten Salon, in ihrer Adelsloge.

Renée wird nicht genauer gekennzeichnet, Louise, die verführerische Blonde (ein damaliges Schönheitsideal!), können wir uns mühelos vorstellen, wenn sie in ihre Equipage steigt, um, entzükkend gekleidet, in die Oper zu fahren oder zu einem Ball. Wir können sie im Geiste begleiten in Augenblicken, da sie den Prunksaal betritt, in graziöser Haltung, mit anmutigem Lächeln, und alsdann mehr oder weniger tief, je nach Stand und Würde der zu begrüßenden Adelspersonen, die Knie beugt. Und wir sehen sie noch, huldvoll nickend bei der Aufforderung zum Walzer, zum Kontertanz, zur Polka oder Quadrille von einem der »Löwen« – der gutaussehenden jungen Herren der Pariser Hautevolée.

Sie begegnen ihr mit der größten Ehrerbietung, denn, sagt ihr Vater, der Herzog v. Chaulieu: »Üble Nachrede, die sich gegen dich richtet, könnte dem, der sie sich herausnimmt, das Leben kosten – oder einem deiner Brüder, wenn der Himmel ungerecht wäre.« Die Reinheit des Rufs wie die Unberührtheit des Körpers galt als der jungen heiratsfähigen Töchter höchstes Gut, und dieses mit Leib und Leben zu schützen, forderte der Ehrenkodex der männlichen Mitglieder der Familie.

Die Heirat kam in jener Epoche einem unumstößlichen Lebensentscheid gleich. Eine Alternative gab es nicht. Unter Napoleon war die Auflösung der Ehe de jure noch möglich, unter den erzkatholischen Bourbonenkönigen nicht mehr. Adlige Gatten lebten im *divorce élégant* – in eleganter Scheidung –, wenn sie einander nichts mehr bedeuteten. Das heißt, es erfolgte die Trennung vom Bett, nicht jedoch vom Tisch. Meist gingen sie eine Liaison ein, danach, wie die Herzogin v. Chaulieu, eine *dame à la mode*, dies tut, wobei sie in schönem Freimut den Geliebten in ihrem Boudoir empfängt. Es entbehrt nicht der Pikanterie, daß ausgerechnet diese Dame ihrer Tochter Louise vor deren Hochzeit achtbare Eheanweisungen erteilt, die sie respektvoll (in der Originalfassung redet sie die Mutter mit Madame an) entgegennimmt.

Louises Charakterbild hat übrigens eine Schattenseite: den Adelshochmut. Balzac beschrieb ihn in vielen seiner Romane. Demnach erblicken gewisse Aristokraten in ihrem Adel eine Stufe, die nur dazu geeignet ist, sie über andere Menschen zu erheben und einen Ich-Kult sondergleichen zu treiben.

Ein Beispiel hierfür gibt unbestreitbar Louise de Chaulieu ab: Erst als sie erfährt, ihr spanischer Sprachlehrer, anfänglich – in ihren Augen! – nur »ein armer Flüchtling«, ein »inferiorer Mensch«, der es wagt, sich zu einem adligen Mädchen »aufzuschwingen«, kurz, als sie hört, dieser Unbedeutende käme ihrer sozialen Stellung gleich, er sei nämlich in Wirklichkeit ein Ex-Grande, ein vormaliger Herzog, der diesen Adelstitel abgelegt habe und sich nunmehr Baron betitle – erst da zieht sie ihn ernsthaft als Bewerber in Betracht. Felipe de Macumer besitzt aber auch alles, was Louise begehrt: hohe Abkunft, Exotik und Reichtum, Superiorität (j e t z t hat er sie), und er ist jederzeit willens, in grenzenloser Anbetung vor ihr zu versinken. Die Minnerituale, die zu erfüllen er nicht ansteht, dürfen selbst zeitgenössische Leser und Leserinnen wie eine Karikatur angemutet haben.

Oder – war es Balzac doch ernst damit? Im Dezember 1845 schreibt er an Madame Hanska, die inzwischen verwitwet ist, und mit der er im Monat davor eine Reise nach Neapel gemacht hatte: »Ich liebe Dich s o, wie Macumer seine Frau liebte.«

Louises Talent zu einer großen Amourösen beruht zum nicht geringen Teil auf ihrem ungenierten Verhältnis zum eigenen Körper: die morgendliche Toilette in ihrem Ankleidekabinett, nach der sie »wie eine Ringelnatter« zum Mann ins Bett schlüpft, porträtiert sie als die Verführerin schlechthin.

Die Szene rührt allerdings aus der zweiten Ehe Louises her. Felipe de Macumer, die erotische Potenz, ist nach vierjährigem »Wahnrausch« eines plötzlichen Todes gestorben. Louise verheiratet sich nach Ablauf von vier Jahren wieder, mit Marie Gaston, einem jüngeren und erstaunlicherweise bürgerlichen Mann. Obwohl dieses Mal s i e sich in einem Abhängigkeitsverhältnis zum Partner befindet, beraubt sie ihn wiederum, wie schon den ersten, voll und ganz der Freiheit. Und ähnlich dem Los Macumers würde auch dem armen, verschuldet gewesenen Literaten Gaston – Balzac identifiziert sich abermals mit dem Mann Louises – ein Versacken in der Nichtigkeit beschieden sein, zumal da er in der Nestidylle eines Chalets, außerhalb von Paris, zum süßen Schlenderleben verleitet wird, wenn nicht der Schöpfer der ›Memoiren‹ hier eine Peripetie hätte walten lassen. Zum Schluß wird Louise das Opfer ihrer (unbegründeten) Eifersucht. Aus Angst vor möglichem Liebesverlust wählt sie sich ein opernhaftes Finale, das ihr noch in der Selbstzerstörung Genuß verleiht.

Ihr Tod ist unnütz. Auch ihr Leben war unnütz, vorab nach Dafürhalten einer Gesellschaft, für die sie nichts getan, und die ihre Idole nicht mehr nur in jener dem Luxus und Müßiggang frönenden obersten Schicht zu suchen gewillt ist.

Irma Sander

Bitte beachten Sie
die folgenden Seiten:

Tagebuch der Maria Bashkirtseff

Ullstein Buch 30151

Maria Konstantinowa Bashkirtseff, die junge russische Adlige, die eine glanzvolle Rolle in der Pariser Gesellschaft vor der Jahrhundertwende spielte, die die geistige Elite faszinierte und zur Kultfigur wurde, begann mit zwölf Jahren, Tagebuch zu schreiben. Bis zu ihrem Tode als Vierundzwanzigjährige (1884) hat sie es Tag für Tag fortgeführt.

»Dem Schicksal zum Trotz, das sich ihr verweigern wollte, hatte sie sich zuletzt die Unsterblichkeit verdient«, schreibt Hilde Spiel.

»In dem Mädchen ist eine groteske Vorurteilslosigkeit der Reflexion, eine Freiheit und Frechheit der Beobachtung, die empörend sein könnte, wenn sie nicht reizend wäre.«
(Hugo von Hofmannsthal)

**Die Frau
in der Literatur**

Maxim Gorki

Die Mutter

Roman

Mit einem Nachwort
von Martin Gregor-Dellin

Ullstein Buch 30109

Gorkis Roman »Die Mutter«
(1907) gilt heute als das
klassische Werk des Soziali-
stischen Realismus. Gorki
gestaltet in ihm die politische
Bewußtseinsbildung der
russischen Arbeiterschaft am
Beispiel der Titelheldin
Nilowna, die durch ihren
revolutionären Sohn Pawel
allmählich aus passiver
Beobachtung in eine
kämpferische politische
Aktivität hineinwächst
und schließlich als über-
zeugte Revolutionärin
verhaftet wird. Obwohl die
didaktische Absicht des
Romans immer präsent
bleibt, so ist die Verwandlung
der Mutter doch nicht aus
ideologischen Gründen
so ergreifend, sondern weil
sie vollkommen aus der
psychologischen Situation
der Mutter erfaßt, ganz aus
dem Menschlichen motiviert
ist. Die Mutter steht bei
Gorki für die Idee der Güte,
der Zusammengehörigkeit
und einer tieferen, helleren
Menschlichkeit.

**Die Frau
in der Literatur**